SUNGLOW

摄影／洪　磊

吴　亮

祖籍潮州，生于上海，小学学历，务工十四年，从文逾卅载。《朝霞》是他的第一部长篇小说。

人类的一切都与我血肉相关

——泰伦修

生活美如斯
流放者归来堕落将信件锁进记忆
冒险的想象 城市地形学 拒绝谈论
偏离肉身的面纱不可替代革命和歧见无法开脱
被剥夺的逻各斯失乐园 无知强于忍耐
日落时分无神论者做弥撒谜团摇摇欲坠空间仿佛凝固
世界在燃烧付诸等待沉默即渴望
藏匿在一张旧地图上写作 神恩降临全景
式目光 还有无数朝霞尚未
点亮天空

吴亮 著

朝霞

SUNGLOW

人民文学出版社

图书在版编目 (CIP) 数据

朝霞／吴亮著 .—北京：人民文学出版社，2016
ISBN 978-7-02-011806-9

Ⅰ．①朝… Ⅱ．①吴… Ⅲ．①长篇小说—中国—当代 Ⅳ．① I247.5

中国版本图书馆 CIP 数据核字（2016）第 142248 号

责任编辑　樊晓哲
装帧设计　刘　静
责任校对　李晓静　李　雪
责任印制　史　帅

出版发行　人民文学出版社
社　　址　北京市朝内大街 166 号
邮政编码　100705
网　　址　http://www.rw-cn.com

印　　刷　北京智慧源印刷有限公司
经　　销　全国新华书店等

字　　数　299 千字
开　　本　880 毫米×1230 毫米　1/32
印　　张　14.5　插页 4
印　　数　1—20000
版　　次　2016 年 8 月北京第 1 版
印　　次　2016 年 8 月第 1 次印刷

书　　号　978-7-02-011806-9
定　　价　48.00 元

如有印装质量问题，请与本社图书销售中心调换。电话：010-65233595

-1

醒来头一天,他就似乎感觉原有生活痕迹统统被抹去了,虽然你确认你已经洗了澡,电视还通宵开着,隔壁在播报综合时事,一轮一轮光谱,一张自绘的市中心地图,演职员名单反复滚动,月光洒落,芸芸众生蜂巢灯火一盏接着一盏熄灭,机器模拟的现实不可直接接触,一出手就搞定他们,坐在家里哪儿都不要去,推开窗户大千世界向你自动走来,不要不甘安守本分,藐视那坚固壁垒,幼稚、仓促、早熟、知识、自以为是,铜墙铁壁,飞翔,白鸽误食禁果,他记不起昨晚最后吃的食物,无声的发酵可以改变一个角落,这些书籍显然不是他的,还有那些陌生人的照片,玩具枪,路条,不敢相信那个喜剧今天被终于证实了,它只是一条不真实的传闻。

阐述者说,这里女人们姿势好像都彼此相似,她们不希望被冷落,姿势是她们原始语言,自傲感不及自卑感,向后看,她们慢慢就随时间流逝分化,各奔前程,她们离去,姿势绝不会只为一张照片而存在,那个曾经的勾引者,闯入者、过路者,即那个留名或不留名拍摄者,捕捉这些姿势,被谈论、被定义、被引申、被遗忘,和语词相比,姿势无言,姿势是动能,是渴望,是拒人以千里,是施暴前之静默，是光线在某个物理表象留下投影，姿势终是虚无。

一事无成的人不再大声喧哗，猫们的逃亡路线无法探知，成群蝙蝠以倒挂的照片形式滑稽地站立于黑色电线之上，成熟的猎物学会了猎手的逻辑，反之亦然，艺术不可能仅仅是模仿或比喻，反艺术纵容了深刻思想奄奄一息，万有引力之虹穿透了她们细腻的心脏，那个时光几乎凝固的下午就决定写一本书，这里无人大声喧闹。

扔银币，投骰子，薛蟠风月宝鉴妖魔神圣化，勇敢，正义，温和，审慎，苏格拉底美德起源于动物，寻找食物，回避敌人，它们天赋善良本性，祖母依然在轻手轻脚准备晚餐，家里做事的女人最安静不过，圣母天堂，老花镜，银盒里的牙粉，六神油，义齿，长乐鸳鸯，女人独居的地方不一定荒凉，院子长满蓬蒿，一切虽萧寂，阳光下，湛蓝褂子与手帕飞扬。

此刻他尚在此地，巴特曾对一张母亲照片感叹，此曾在，一个人不能两次走进同一间房间，好像只有赫拉克利特是永久的，整整十五年了，父亲背影从这条街消逝，就像父亲生前曾在这里目送他的母亲远去，中午阳光先后带走了他们，上帝仁慈，他深信他们没有被黑暗吞没，父亲带走的一切秘密只有极少部分为他所知，尽管他的历史秘密似乎在那个大炼狱时期被全部撕开，父亲注定了是困扰他后半生的未解之谜，他们父子面对面交流的机会一再被他们有意无意错过，他想象父亲正像他父亲生前也努力想象他这个儿子，自以为是地声称"知子莫若父"。大饥荒时期他们经常分享食物，一块饼干、一小堆花生或一只瘦小的卤麻雀，却没有在可以自由交谈的解冻时期充分交换思想，两个嗜书如命的男人，他们怯于表达，他们习惯了隐藏表达，那种压迫，无声的压迫，永无尽头的压迫。

哀伤难以诉说，偶尔，悄悄躲起来，和平年代，亲人死亡是必修课，先是来自远方的噩耗，电报或家书，迟到的消息传到你这里，大人们低声嘀咕一些含糊的名字，疾病名称，祖母开始哽咽饮泣，天漆黑了，全家在沉默中吃饭，只有咀嚼声吞咽声在口腔里回响，不可复述的，尽量遗忘，每一次回忆都是一次新想象，从某处说起娓娓道来，说自己的事要像说别人的事，这简直是一个铁律：男孩真正成熟必须亲历目睹死亡，先是听说，传递，旁观，站在最后一个，渐渐，你站到第一排，你可以抚摸灵柩，你看到了大限在此，那边无限。

写作欲望被一种难以忘怀的童年经验唤起，不断强化它，终于成为一个意念，挥之不去，阅读通过文字把各种各样故事传递给我们，经年累月，我们忘记了大部分故事却记住了语言文字，我们每个人的阅读史，就是我们每个人的内在传统，独一无二的传统，不可替代的传统，写作就是把自己的传统想办法传递出来，让它成为一个物质存在。

0

邦斯舅舅回到溧阳路麦加里的那年已经六十五岁了，自然博物馆派人看望他，邦斯舅舅没有发脾气，二十七年前将他送进青海共和县劳改农场的那些干部和同事，基本全都办了退休，据说"文化大革命"中也死了好几个了，邦斯舅舅为他们开门，不说话，褪下绛红色绒线帽，拿在手里来回地折叠，一折二，再对折，然后复原，用他的大手掌抚平，重新一折二，再对折，就是不给那一男一女让座倒茶，把他们堵在门口说话，后来邦斯舅舅对他外甥讲青海劳改故事，外甥发现舅舅手里在折一张糖果纸，一折二，再对折……一九八四年是邦斯舅舅最逍遥自在的一年，但是因为他终于回到了上海，失去了下一个目标，天天待在家里，无所事事的他明显变迟钝了。

邦斯舅舅终于回来了，他头发日见稀疏，天天戴顶绛红色绒线帽，搬个小凳子坐在窗前太阳底下，鼻子与两颊晒得通红，太阳光线移动，他也拿起小凳子跟着移动，遇到没有太阳的天气，邦斯舅舅就会坐着不动，长久地陷于沉思，他的母亲建议邦斯舅舅陪朱莉去虹口公园走走，两个人一起晒太阳，朱莉说，医生讲她不能晒太阳，不然面孔脖子会起疱疹，医院诊断她患了一种奇怪的血液病，目前查不出原因，只能待在家里安静地陪邦斯舅舅。

问我何心，百感闲宿东流去，误秋风迟日尘满天，如果不是有了摄影术，这四位亭亭玉立的舞女又有谁晓得，其中最矮那个是朱莉，昙花一现的微笑，快乐，矜持，含蓄地卖弄风情，这张照片摄于何时何地？

丝雨织红，苔阶压绣纹，是年年肠断黄昏，多少个暮春多少个雨季，多少个长夜寂寞碎人心，瞧瞧她们身着旗袍早已化为朽土，朱莉朱莉你在哪里，让我们再一次好好端详你们的打扮与容颜，三位皆旗袍，惟幼小朱莉黑裙，朱莉长裙袒胸，耀眼，一层如蝉翼般的纱——手臂交叠，略显斯文收敛，知书达理，然腰胯腿腹之玲珑曲线蜿蜒而下，光芒掩不住，正所谓：荷裳羽被，问那夜今宵谁与盖鸳鸯？

"我们之间什么也没有发生"，这句话太平常，这里可能真没有故事发生，前面的话还没说完，再继续，"如此彻底，如此纯粹和干脆地什么也没，对我们的能力和大小再合适不过——以致不需要枚举。什么也没，除了别期望普通里会出现什么……"

一句简单套话就可以勾起悬念：我们之间……和"我们之间"，就像一个诗人分析另一个诗人，他谦卑地说他只想"取悦一个影子"。

他头一次看到朱莉是在一九七〇年冬天，她跟着邦斯舅舅鸿兴路搭乘旧兮兮的2路有轨电车，叮叮当当八仙桥下车，慢吞吞两个人谈谈讲讲走到妇女用品商店转角，给宋老师买了一件绒线马甲，朱莉说，十四年没有到淮海路荡马路了，邦斯舅舅说不会吧，淮海路最闹猛，上海女人不可能不兜淮海路，朱莉说，闹猛啥，橱窗贴满大字报，啥人有心想荡马路，邦斯舅舅说，我去了青海以后的几年，你会不来淮海路？朱莉说，多讲的，我是讲我们两个人，十四年没有兜淮海路了，邦斯舅舅说，这个我晓得，那个时候应该叫霞飞路，朱莉说，要叫淮海路。后来听父亲说，邦斯舅舅的死穴就是虚荣心太强，回上海第一天就要紧寻朱莉，母亲说，他们一直通信的，父亲说，藕断丝连，害人，老四一辈子回不来，这个朱莉看不出，娇滴滴，还要铁心跟老四，母亲说，前世欠的。

父亲说的"老四"，就是邦斯舅舅。

原罪——亚当夏娃被赶出伊甸园，这个故事他以前一直不能理解，周围没有一个人可以询问，我们经历过，是见证，革命是美好的，战争也是美好的，甚至战争比革命更美好，政治是不流血的战争，战争是流血的政治……其实政治也是流血的，大楼洗劫一空，焚烧古董，捣毁图书馆，墓园破败，校园荒芜，教堂被掏尽了内脏，这等于证明了我们统统被赶出来了，被赶出来，是因为我们已经堕落，还是因为被赶出来，我们才开始堕落，越来越堕落？

上床前念念有词，支离破碎的语词脱落为标签，荒诞喜剧与道德剧的不同之处，前者不需要逻辑，或类似无视那些明确的三段论，譬如黑太阳，教皇，小丑，流氓凯旋，古板的风流寡妇，何处下手，制服者，沉默与枯萎，对于这个种族，是否还有别的走向？我们这些无数次在想象中经历过战争的人永远不会忘记那个永不休战的日常中的战争状态，骚乱死亡者照片被处决者照片就义者照片还有自杀者照片，为什么喜欢红色因为血是红的祭坛是红的战友的血和敌人的血是红的新生儿是红的光荣与恐怖是红的太阳也是红的，"进入太阳的红金夜，太阳之火！死于太阳，进入太阳！"他到了很久以后才读到哈里的这首诗，黑暗里，他笑得如此狰狞。

不是拒绝历史难题，而是无力谈论历史难题，甚至不相信有可能为自由谈论历史铺平道路，反讽、戏仿、怀疑，申诉，揭露乃至不屈不挠地抗议与否定，都试过了无数次，哗啦啦哗啦啦，不讨论，装作看不见，拖延，模糊是非，够好的了，他最烦那些喋喋不休的理论，一个既定目标，一套清晰的计划，一组区分好坏善恶的标准，自上而下推动的运动，一个接一个的形式，名目繁多不一而足，似乎为了获得某种效果，使这个庞大机器运转正常，还不仅如此。

1

一九七二年他中学毕业，等待分配的那个秋天在他以后的记忆中真是漫长啊，他在溧阳路外婆家住了两个礼拜，他不喜欢猫科动物，那年头上海弄堂里的野猫四处出没，过去那些吃定息的有钱人都无产阶级化了，他想起来，麦加里的养猫者多是一些个存心穿得邋里邋遢的老太婆，昔日少奶奶大小姐白天拿只小凳子在自家门口晒太阳，猫们围着她们转，麦加里深处栽满了植物，他只认得广玉兰和夹竹桃两种，夹竹桃香味刺鼻令他不适，但是猫屎的异味更加难以忍受，关于这个问题他问过宋老师，问她为什么喜欢养猫，他觉得宋老师干干净净的，身上气味非常好闻，为啥要养龌龊扒拉的猫咪，宋老师说，猫咪清爽的，天天沐浴呀！宋老师教语文，他偷偷向母亲打听过宋老师年龄，母亲说，小鬼头，你问这个做啥，他一下子产生了一种似乎不可告人的犯罪感。

听宋老师说朱莉"文化大革命"之前在欧阳路一个民办小学做了几年代课老师，那天下午他坐在宋老师低矮三楼房间里，从老虎天窗望出去对面是一排高高低低灰砖厂房，他想象中当年这个城市应该比现在更安静，黄昏鸽子在棉纱厂砖砌仓库上空盘旋，蜂拥而出一大群工人阶级女工疲惫地迅速穿越铁道闸口，朱莉身着过时卡其布束腰列宁装目光暗淡匆匆从她们旁边一闪而过。

作为音乐代课老师朱莉能给她学生们教些什么呢，半夜里朱莉突然发烧她做了个噩梦有个男人盯梢浑身汗淋淋几乎昏厥憋醒了，她确定这是一个预警，作为弱者和潜在地被觊觎的女人，有污点的代课女老师很危险，中午午歇时间回响着第五套广播体操豪迈领操音乐操场空空荡荡，朱莉听到走廊里教导主任和图画老师热烈交谈声，教堂礼拜已经被禁止许多年了，一个平等而艰苦朴素的工人阶级城市只要你参加体力劳动你就不会受到指责，有歧视吗，工人和资本家的劳动不同，前者是主人，后者是惩罚，他很想知道此时此刻的朱莉在干什么，宋老师说她好像挖过一阵防空洞后来又去了一个街道图书馆，朱莉不爱说自己的事，那个下午，他一直琢磨朱莉现在可能正在想什么，也许在想邦斯舅舅吧，这不用说，他知道邦斯舅舅不可能遣返回上海，所以朱莉必须不得不遗忘邦斯舅舅，这个道理，他早已经懂了。

我不会把说假话的人安置在我眼前，你已经找到蜜了吗，尽可能多地取食，不然你就会吃饱就会呕吐。

一九七三年夏李兆熹叔叔第二次获罪入狱，这次很严重，判了三年从南市看守所押解到提篮桥服刑，母亲不敢告诉崇明五七干校的父亲，母亲说，你爸爸自顾不暇，泥菩萨过河，讲不定你爸爸罪名比他还要重，他说，泥菩萨过河，后头一句是自身难保，母亲说，去去去，啥个辰光了，你懂啥，兆熹叔叔这趟关了提篮桥，知道龚品梅吗，美国特务，间谍，趁放风的空档，两个人大概好打照面了。

他们称我们是社会寄生虫，不劳而获剥削阶级，我们最不体面，虽然他们脚上有牛屎，他们还是比我们干净，我们生命意义在于赎罪，重新做人，我们权利应该被剥夺，我们心甘情愿丧失不应该属于我们的一切，我们必须卑怯地苟活，遭蔑视，我们理应厌恶自己，我们的原罪就是因为我们比他们有钱，现在我们一无所有，我们等待着地狱的火焰。

按照犹太法典的传统,"果园""乐园"和"天堂"指的都是同一个意思,就是"最高知识",以西结看到的异象,是神秘知识象征,解释这种知识,在场人中间只有一个人能够知晓这个秘密。兆熹叔叔三年刑满释放回家了,先是唐山大地震接着是伟大导师离世,他不顾自己仍处在被继续管制的反动阶级身份,偷偷跑来对母亲窃窃私语:除了对于耶稣,我们不应该再相信别的什么。

许多年以后,父亲有一次不知为什么,对母亲说起兆熹叔叔为啥吃官司的底细,说你们以为我不知道兆熹脑子发昏做的事,鬼摸头了,母亲说,就你料事如神,父亲说,他是自作孽,他是犯了罪,偏要讲人人有罪,母亲说,兆熹到底对那个女小囡做了啥?父亲说,不要再问了,母亲说,肯定是冤枉,父亲说,只有他自己心里清爽,母亲说,兆熹对耶稣不会讲瞎话吧,父亲说,兆熹自己坦白了,母亲说,啊呀,真的?父亲不吭声。

2

旁观者态度就是这样逐渐形成的,他许多经验都先由观察得来,还有良莠不齐的阅读,饥不择食阅读,沉溺在形形色色书里,世界消失了,世界在书本中,世界在世界里,所有关于世界的概念与描绘,用来掩盖世界的另一个世界,被这个世界封锁的另一个世界,父亲担心他视力会急剧下降,事实确实如此,父亲对他的关心围绕着他肉体,过度用眼，吸烟太多，睡眠不足，户外活动太少，那些来历不明的书的另一端，是个什么人？

这是父亲唯一关心甚至十分警惕的问题，无关肉体，直指思想，以及联系到那个极端危险的外部世界。

把无法重现的昨天——这个昨天包括一切刚刚过去的那个瞬间——从记忆的混沌牢笼中解放出来，不依靠影像与图片，是一项不可能完成的任务吗？某个德国人的计划，一个用高调喊出来的决定性计划："把语法从逻辑中解放出来，"当然只是一个矫揉造作的呼吁，就像另一位聪明的意大利人讽刺地追问：我们将不得不同时也把语言从语法中解放出来——语言不可追问，按照逻辑，那么作为语言，追问也必须被追问，诸如此类这种无意义的哲学语言把戏，他已厌恶透。

宋老师口头语"你明白了吗"一定是她上课时候使用频率最高的，她不是他老师，宋老师据朱莉说她是朱莉一个远房亲戚，而他呢，从小对语言表现出一种几乎要让语文老师头疼的敏感，如果还没有达到讨厌程度的话，他很少跟同班同学咬文嚼字，就喜欢向语文老师提出一些意想不到的问题，比如现在，他坐在宋老师的床沿上翻一本宋老师推荐的《憩园》，巴金写的吧，他不耐烦地两条腿一会儿并拢一会儿分开，宋老师说，两只脚不要动来动去，你明白了吗？他赶紧站起来，手里拎着翻到一半的那本书说，嗯，宋老师说，不喜欢？他把书合上，交到宋老师手里，说，我不大喜欢巴金小说，宋老师说，我知道你喜欢外国小说，我们学校董老师家里有许多外国小说，不过他不肯借，他嗯了一声，说，宋老师，我很喜欢你对我说"你明白了吗"这句话，宋老师一下子觉得非常诧异，停了一停，问他为什么，他说，别人都说"你懂吗？"或者"你现在懂了吗？"我讨厌大人这样教训我，我以前算术老师老是"懂了吗懂了吗"，烦死了。

和宋老师在一起，他总有种软绵绵愉悦，宋老师整张脸很精致，他一直不知道宋老师具体年龄，这让他有点不安，他猜想宋老师年龄应该是自己母亲和大姐年龄之间的中间值，这样算的话，母亲是在她二十四岁那年生下大姐的，二十四除以二，宋老师就比大姐大十二岁，这使他产生了一种奇妙的身体感受，介乎于妈妈与姐姐之间的一个女人，粉红颧骨，鼻尖几颗浅色雀斑，他喜欢看宋老师手指，特别在她翻书时，手指灵活好像在弹钢琴。

外婆眼睛终于闭合，如此珍贵假牙就是证据，还有那把象牙柄小刀，她的随身武器，全家当然明白外婆难免一死，只是希望这一天永远是明天，照片里那个女人躺进了棺木低沉哀乐总是为一个刚刚去世的人播放，他们列队走过鲜花围绕灵床，他发现外婆脸颊变短了像婴儿般熟睡，不知道大人们是否为她准备了与这个时代并不相配的墓地，水门汀、大理石或真正泥土，源于尘土归于尘土，尽管外婆不是基督徒愿上帝眷顾她进入天堂，他想象中坟墓美好而静谧，四季花朵如庭院大片草坪记录了数不清昨天与前天，她将长眠此地，直到知道外婆姓氏后代们也一个一个离开尘世,惟剩树木环抱浓荫密布,所有记忆都被彻底遗忘。

3

他走出牯岭路地段医院时雨停了,天空亮了许多,对面江阴路花鸟市场冷冷清清,多么荒唐,为了一张病假条他偷偷地做了手脚,董医生说,又是你,他假装腼腆说,不好意思,不当心,董医生翻翻他病历卡,慢吞吞问,最近不发低烧了,手弄开了?他一惊,马上镇静地说,思想不集中嘛,董医生说,你厂里青工近来请病假比较多,他暗想,完结,苦肉计今天没有得逞,董医生站起来,走了几步到另外一只柜子面前,停下来,拉开抽屉寻找什么,他很沮丧,想,不给病假单,消炎药多少要开几包吧,装总要装到底,这时候他听见董医生站在那里说,我今天给你开三天病假,省得你天天跑医院,下趟当心,年纪轻轻不要拿自己身体寻开心。

董医生眼睛尖,厉害,肯定被他看出来了,想想也是,天天那么多病人,真的假的,啥没见到过?还好,他今天这么大方,明明是告诉我以后别再去他那里混病假了……他脑子有点乱不过毕竟手里拿到了病假单,而且是三天,三天啊,过一个春节也就区区三天,他顺着江阴路往黄陂北路走,正在盘算他收获了三天意外假期怎么安排呢,斜对过马路慢悠悠荡过来一个女人,笑吟吟立停在他跟前说,喂喂喂,一个人,笑啥?

驯养一种有权许诺的动物,是特殊使命,他在读尼采《道德的谱系》,我使命是什么,二楼亭子间养了两只龌龊扒拉猫王家姆妈算有使命吗,假定,某种程度,合乎必然,单调,差异,嚯嚯,跳过去,"尽在算计之中,这项可怕的劳动"这句好,他太有体会了,翻过一面,下面又是"人类""历史""残暴""愚蠢",这些好像明白的词,又不明白……他合上书,没有夹书签,看理论书他从不夹书签,看长篇小说一定要夹书签,理论不一样,读得懂就反复读几遍,读不懂,跳过去,其实他读长篇小说也经常跳读。

现在又下起了雨,但雨不大,天倒是真的暗了,雨雾濛濛中如果我们站在江阴路邮政局这一边远远望去,在图书馆花岗岩拱券门廊底下,他们好像在兴致勃勃聊着天,毕竟他手里已经紧紧地攥住了三天完全属于自己的自由时光,而那一个呢,他的邻居女孩纤纤,七二届,红扑扑的小鹅蛋脸,眼睛闪闪发亮,去年冬天纤纤被分配到崇明前进农场,先是和新老男女职工一起开河挖河泥,一周后调到食堂烧大锅饭,算混得不错了,纤纤娇生惯养还是吃不消,半年都不到就找个借口搭乘拖拉机冲进南门港买张船票逃回了上海,纤纤自由了,和他一样,虽然他只有三天,以后还有缝隙可钻,到底上海呀!

邦斯舅舅又来信了。他经常为此纳闷:四舅舅过了五十岁,孤零零一个人待在青海湖旁边的劳改农场,在那里坚韧地活着,活得那么健康,甚至还那么开朗,他凭啥?

自从一九七〇年他第一次看见邦斯舅舅，紫红色脸膛紫红色脖子，胸脯胳膊肌肉依然不可思议结实三角肌肱二头肌棱角分明，神奇的是，邦斯舅舅躯干皮肤居然如此白皙，没有肌肉的皮肤都松弛了，而且是一种病态的、缺乏日照的苍白……这一切就深深地刻在他心里，此后，他对邦斯舅舅的关心差不多超过了母亲对她亲哥哥的关心，当然啦，邦斯舅舅在每封寄来的家信里通常会附一份清单，嘱咐他的亲妹妹给他买这买那，邦斯舅舅的劳动教养虽已解除，但他仍以劳改农场留场职工类似脱帽右派分子贱民身份继续生活劳动在这个劳改农场中，不过他可以正大光明地接受家属和亲友寄来的邮包了，吃的穿的用的还有——看的，这个变化，给邦斯舅舅继续滞留在大西北生活带去了希望和各种具体的也是渺不足道的日常满足，清单列举下这些繁杂琐事与廉价物品，毫无疑问归母亲一项一项解决，他则负责邦斯舅舅的阅读清单，因为有了这样分工，邦斯舅舅每次写过来的信，就会有意识增加若干他饥渴外甥盼望看到的内容，邦斯舅舅知道外甥充满好奇心，上海有图书馆上海有新华书店上海有邮政局，但是邦斯舅舅肚子里的东西和秘密，上海没有。

懦夫怎样用铁锤去思考，别不愿意，别勉强，做一根脆弱芦苇去思考吧，沉寂的思考，无用的激情，物质世界可以用一道命令去摧毁，谁说苏联没有男子汉？一张从雁荡路废品回收站偷捡回来的海报，列宁伸出手臂指向未来，久违了为了下意识，为了少先队员之歌和钢琴老师，为了操场黑板报和乌鲁木齐路宋庆龄少年宫大合唱，为了遗忘了的一九六六年和铭刻在心的昨日空白，几十年过去了，中途断片了的黑白纪录电影,凛然蔑视它背后是卑微恐惧，为实现社会主义工业化而奋斗,电影里捷尔任斯基话不多，父亲说康生是中国捷尔任斯基，他们都是党内理论家，一个乡村俄罗斯应该变成金属俄罗斯，金属是我们未来，林林说，捷尔任斯基再厉害没有列宁厉害，艾菲说，那当然，捷尔任斯基排在斯大林后头，林林说，你不懂，艾菲说，哼，孙继中问，你说嘛，你复旦大学生，林林说，不关大学生啥个事体，大学生不及工人阶级，孙继中说，那为啥，艾菲说，因为是伟大领袖讲的，孙继中说，去去去，林林说，讲给你们听，你们也不懂，孙继中说，为啥，林林说，你们还小，艾菲说，不讲拉倒，林林说，看过《攻克柏林》吧，孙继中和艾菲异口同声，看过的，林林说，苏联人坦克厉害吗？艾菲说，那还用你讲，林林说，坦克身体就是捷尔任斯基讲的金属，但是列宁比捷尔任斯基更加深刻，苏维埃就是电气化加共产主义，孙继中说，坦克用汽油，和电气化不搭界，林林说，电气和汽油，都是能源，懂了吗？艾菲和孙继中呆了一会儿，林林又说了一句奇怪的话：列宁是头脑，警察是机器。

你老是问我一个同样的问题，什么？问我看哲学书有啥用场，因为很危险，不允许，你不懂利害，哲学后面是政治，康德宇宙物自体，物质无限可分，宋江反贪官不反皇帝，伟大领袖在想啥，没有人晓得，你去猜，就是走火入魔，存在第一，错了，伟大领袖第一，舍得一身剐敢把皇帝拉下马，开玩笑！关起门，你是天王老子，看哲学，不得了啊，看康德，你会变康德吗，自说自话，第一个命题就是你自己，你照镜子，所以你先发现你，不是镜子第一，是你第一，你再看见这张桌子，它是第二个存在，物质是第二个存在，不是吗？这是唯心论，列宁说这是一架发了疯的钢琴，离开你，钢琴照样存在，旧货店摆了许许多多钢琴，不以你的存在而转移，不对，哲学不研究谁先谁后，哲学是概念，没有概念就没有钢琴这个概念，我们讨论哲学，首先是我们两个人存在，然后再去想象旧货店堆了许多没人弹的钢琴，比方讲，今天舅舅写信来要姆妈代他买榨菜，我看到榨菜这个概念，我再想培丽南货店是不是有榨菜，不管培丽有没有榨菜，就是你讲的物质的榨菜，信里写的榨菜这个概念一直是存在的，所以先有概念榨菜，然后再有具体榨菜，这个就是你的哲学呀，瞎三话四，你这是狡辩。

4

社会青年马立克卧室没有窗，这是一间嵌在走廊转弯处的储藏室，房间里的房间，这给了马立克一种小时候躲迷藏幻觉，一九六七年"一月革命"这里曾经是第一商业局所属烟糖公司一个造反司令部，大联合之后这个造反组织解散了，马立克一家回到这里满目疮痍，被抛弃的司令部像摩天岭指挥部那样遗留下了一些来历不明苏联海报和五十年代各种彩色宣传画，马立克挑了几张苏联海报贴在储藏室三面墙壁上，正中一幅非常醒目，几乎是由几块几何形的黑黄色块构成，洗练简洁，马立克当时还不知道什么叫抽象画。马立克当然早就晓得苏联和中国闹翻，珍宝岛中苏打了仗，苏联与美国都是中国头号敌人，不过在自己睡觉房间里贴几张彩色海报代替墙纸不应该有什么麻烦，画面内容毕竟是歌颂劳动，一位正在拉木锯干活的工人，手边有一支上了刺刀的步枪，布尔什维克工人纠察队占领冬宫一手拿锤一手拿枪，再说海报文字是俄文，没几个人看得懂。

在这里，红旗飘扬烟囱林立灰色工业大城市里，一定还残存着零星思想异端，如果不这么想，就无法解释自己此刻疯狂思想，不会只有一个人，或许还很多，不是不知道思想一直在被公开监视，个人思想成了危险之物，积极的监视者和胆小的告发者是大多数，他们不需要自己思想，他们按照一份甄别思想的教条。不要惹麻烦，畏惧啊，畏惧是人的天性，畏惧者众，畏惧就不再是耻辱，思想者的遭遇就会鼓励装聋作哑，假装服从，人生来平庸，无条件服从，趋利避害是人习得的求生之道，独立思考不如随大流，没脑子的胆小鬼大行其道，不应该把矛头指向胆小鬼，他们已经有失尊严，他们对真的猛士喊杀杀杀，留下这样的日记毋宁是玩火，这些话必须以只有自己才认得的潦草字加上某些专用代号，密密麻麻地写进一本旧账簿的空白缝隙，塞在储藏室的枕头底下，写出来固然是一种冒险，自己对自己的告白，虽然它脱离了主人，貌似被藏到世界的另一个秘密地点，房间中的房间，没有窗的密室，人口拥挤的大城市深处，它照样是隐患。

秋意渐浓，黄陂北路辉煌蝉鸣快要谢幕，马立克坐在南京西路弧型转角二楼海燕呷咖啡，不知底细的几个中年女服务员，老阿姨，闲来无事，就像巴尔扎克小说里嚼舌根贝姨，凡看见几个面熟呷咖啡老客户，总归要远远站着，轻轻议论一番，马立克蓬头垢面是经常的，但是一双手始终汏得清清爽爽，捏咖啡耳杯三根手指好像捏牢一把小提琴琴弓，纹丝不动，付钞票当口更是让几个阅人无数的老阿姨叹为观止，五元，二元，一元，五角一直到一角，很少看到五元的，每趟付钞票都像做仪式，慢沓沓一丝不苟，所有的纸币叠得整整齐齐，从大到小插在一只塑料公交月票票夹里，似乎是一本集邮簿。

有天早晨，一阵噼噼啪啪炮仗把他惊醒，古老硝烟味环聚在弄堂中央的小游廊，那里有个高出地面的大平台，红纸屑狼藉一地，酷暑无风季节，街坊四邻太阳落山知了们烦躁嘶鸣伴奏，渔阳里那口深井铁盖被打开冰凉腥臭井水一桶接一桶浇泼向发烫的水门汀平台，蝙蝠白天蜷伏在黑暗屋檐下，一被惊醒立即在这块小小空地上方神秘地飞来飞去，现在，这些蝙蝠又在老地方打转，他想起一个词，阶级敌人，阶级敌人平时躲在阴暗角落里，稍有风吹草动他们就跑出来了，他忘记了他的父亲就是一个阶级敌人，他的邦斯舅舅也是，还有王嘉岐、翁伯伯、姚宗藻通通是阶级敌人，他知道本来这个时候应该是看不见蝙蝠的，早晨只有鸽子在屋檐之上飞翔，他喜欢仰望飞行中的鸽子，鸽子好像只知道飞，它们没有心事，对了，蝙蝠们好像有心事，鬼鬼祟祟，所谓惊弓之鸟，它们和我们有什么相似吗，人养猫不养老鼠，养鸽子不养蝙蝠，一定是有道理的，人施惠于万物，强迫万物向自己俯首称臣，只有老鼠与人为敌，还有神秘蝙蝠，瞧，它们又不见了。

艾菲和孙继中都是他小学同班同学，他们住同一个街区，多么奇妙啊，入学注册那个上午秋日明媚微风和煦，思南路小学楼梯走廊叽叽喳喳，三个兴高采烈的妈妈围在杨老师办公桌旁发现三个孩子出生日期都在五月份下旬，于是她们就共同回想并谈论起她们分娩的日子，不过后来还发生了一件事这三位母亲是不是记得，恐怕就无法证实了——生活安逸的女人们和贪玩淘气的男孩们并无预感的风暴前夕，一九六五年五月第一个礼拜天，三个小男孩一起过了他们的十岁生日，这个主意属于艾菲妈妈，理由仅仅是，艾菲的家有个大天井。

十岁前他经常做可怕的梦，梦见老虎脑袋伸进窗口，他无法移动两腿，梦见他从三楼晒台跌落，然后慢慢飘了下来，晃晃悠悠一直没有落地，梦见一个和他自己很像的男孩影子潜入房间，离他只有几步路，他呢，好像正躺在床上午睡，那个影子男孩一语不发地看他，但是他看不见影子的眼睛……结果是，他惊醒了，他十岁之前就无师自通地为自己释梦，他后来有了秘密，他会瞒着家人，就是从隐瞒他的噩梦开始的。

艾菲一家最让街坊们羡慕的就是那个大天井，它面积超过了那条弄堂所有底层邻居的天井，尤其是夏天，从早到晚艾家天井两扇大铁门永远敞开，它优势在于，退缩性地处在终端位置，如同一个非常具有隐秘性同时又能一览无遗张望整条弄堂的观察哨，路人远远看去也不显眼，隆康坊建于民国十四年，它与毗邻的渔阳里曲曲弯弯地缠绕，没有办法从那片气息衰败而结构依然坚固的建筑群外观看出里面复杂层次，内部生活一天一天地展开而无人知晓，乌云密布的夏季，整整一年之后上海某条小巷窗内，她与他要告别了，房间很暗，他会一直记得她那天穿的齐膝布裙是什么颜色吗，至少他不会忘记她底下白色长筒袜，他们都有点手忙脚乱，空气里弥漫咖啡氤氲，他们闻到了对方的浓稠汗味，灼热接吻浑身颤抖接吻慌乱饥渴吻个不停透不过气，他们不约而同地意识到他们暧昧关系必须结束了，真是惊心动魄的一年啊，她一开始就感觉他盯住她了，她害怕他的直接，儿子同学的爸爸，她害怕他不擅长掩饰大胆目光，一种势在必得的神情，那一次学校家长会上，他们因同时迟到而认识了，两个人站在教室门口轻声说话，她问他是哪个同学的家长，他说我儿子叫李致行，你呢？她说，我认识李致行，他经常到我家来玩，噢，我知道了，你就是艾菲妈妈？她笑笑，摇摇头说，不是的，我是沈灏妈妈。

莎士比亚的语言不等于莎士比亚生活时代的语言，就像《希伯来书》那样，《彼得前书》拥有一种非常优美的希腊文写作风格，后人质疑两千年前一个加利利渔夫居然写出如此叹为观止的作品，他们不是没有理由，尤其是在《使徒行传》中，彼得还特别被描画成一位"没有学问的小市民"，这样看来，用一种与某特殊时代盛行的语言格格不入的文风和修辞方式去重塑那个惊惶、恐怖、匮乏、粗俗的极端时代，理所当然会遭质疑，不是后世人，而是同时代人的质疑，真实，真实，真实！他们似乎看到了这悬在头上的三把利剑，却没有能力发现他们身边的秘密天才，这些天才就像稀有动物，无论生存条件怎样严苛艰难，他们仍然受到了上帝的眷顾，他们在沉寂中一遍一遍默诵他们自己的语言，他们不需要任何学院的培训，就像彼得和莎士比亚一样，突然有一天破土而出。

艾菲妈妈身体本来就不好，晕倒过几次，不能三班倒熬夜了，棉纺厂医务室把她转到大医院做了胃镜，批给她长期假条照顾她只上半天班，许多同学都以为艾菲妈妈是个家庭妇女，他们下午在天井里一起做作业，总会看见艾菲妈妈也在家，艾菲妈妈没事的时候好像病殃殃的，见了艾菲同班那帮男孩子她就变了一个人，讲起话来眉飞色舞，非把最后一点精力耗尽不可。全班半数男同学都去过艾菲的家，剩下另一半男生都不知道传说中艾菲家的天井究竟有多大，思南路小学就近招生，学生来源以居住所在街道分为东西两个区域，以思南路和成都南路划界，西边伸向瑞金路茂名路和襄阳南路，东边反方向直指重庆南路淡水路到马当路为止，这样一来，巨鹿路长乐路南昌路和皋兰路，看似住在一条街的同学就被切开了，老师为便于家访，以这个划界为准则，让他们就近组织业余学习小组，东边的归东边，西边的归西边，艾菲的大天井在东边隆康坊，住西边的男同学只能凭空想象，艾菲妈妈好客，记性好，艾菲带来的每个同学她不仅能全部叫出他们名字，还大概了解他们各自的功课成绩，虽然偶尔也会张冠李戴，然后说，对不起对不起，不是你，是他是他，我搞错了。

5

爱德华·里尔在一百多年前就说过，让我把这句话写下来，"一首五行俗谣把莎士比亚逐出我们的深心"，他问林林，爱德华是谁，他有莎士比亚有名吗，林林说，我不认识，是从一本书里抄来的，他说，啥叫俗谣，林林说，就是民歌，他说，就是伟大领袖讲的阳春白雪下里巴人，林林说，伟大领袖的古典知识更好，外国不好，他不懂，说，外国不好是啥意思？林林说，不是外国不好，是伟大领袖对外国知识了解比较少，停了几秒钟，林林很严肃凑近他说，这句话，外头绝对不许讲，他说，你放心，我懂的，马克思是老祖宗我老早看出来了，林林说，马克思当然好啦，不过外国人不止一个马克思，他说，还有啥人？林林说，不一定是有名的人，比方刚刚那个爱德华，英国人是肯定的，爱德华是英国一个姓，他说，他是做啥的，林林说，不晓得，我从一本书里抄来的，讲得好，就背出来了。

一个念头在他酝酿了好久，他想向林林借书，迟迟没敢开口，有一天他问林林，马克思的经济学理论来源是亚当·斯密和大卫·李嘉图，还有谁？林林说，这个都是列宁总结的，都是马克思之前的经济学家，马克思死了以后又出来许多人，他有点自卑地说，你都看过？林林说，我不研究这个，不过可以肯定有的，我们这里现在不会翻译的，他说，因为腐朽？林林说，外国人思路很特别，你看过许多外国小说，应该懂的，他说，哪能思路特别，你举个例子，林林说，比方讲马克思讲钞票是一种"一般等价物"，任何东西都是商品，有钱什么买不到啊，是吗？他点点头说，嗯，金钱万能，林林说，外国人就从其他角度研究钞票，比方假币，假钞票，听到过劣币驱逐良币法则吗，格来舍姆，好像也应该是英国人，林林一边讲一边在一张报纸空白写"劣币驱逐良币"六个字，格来舍姆的意思其实就是讲，优秀的东西会得输给蹩脚的东西，这是一个规律，他一脸狐疑，说，为啥？林林补充了一句，你自己脑子想，外头不好讲，外头大部分人是劣币。

　　如果不是因为羞怯，他的早熟很可能将是致命的，自恋，在身边寻找精神偶像，沉浸在精神恋爱的期待与幻觉中，自我唤醒，克制，自尊，接受爱，忍受被拒绝的沮丧，无人知晓的失恋，单相思的愉悦与煎熬，在他都是自学的，纤纤，纤纤，纤纤，纤纤纤纤，纤纤纤纤纤纤，我的纤纤，然后咬咬牙，把"我的"两字慢慢抹去，先是轻轻的，留恋的，诀别式的，直至完全抹去，纤纤，纤纤，纤纤纤纤，你把写满"纤纤"的那张明信片藏到哪里去了，穿灰蓝色短裤的吴琼花，芭蕾舞吴琼花，你从来就没有喜欢过样板戏芭蕾舞《红色娘子军》，惟独这一张明信片，纤纤寄给你的明信片，并不是纤纤穿短裤好看，其实就是纤纤穿短裤好看，他去林林家借书就是为了看纤纤，他去纤纤家看纤纤就是为了向林林借书，几十年之后，一句话孤零零地从本雅明《单向街》里蹦出来，就为了追回他的年轻记忆，"相爱的两个人在一切之中最眷恋的是他们的名字！"

朱莉觉得自己生病了，咳嗽，低热，手心潮红，舌苔黏滞，配了几服中药，站在霍山路地段医院旁边水果摊打传呼电话给宋老师，不用回电的，告诉正在上课的宋老师，说朱莉身体不舒服，回家了。宋老师下午没有课，中途买了几只天津鸭梨，她知道朱莉肺热，要清火，却不知道，朱莉打完电话就在水果摊顺便捎了的几只也是天津鸭梨，朱莉喜欢吃水果，宋老师喜欢嗑瓜子，她们两个人在一起的时候，宋老师话多，朱莉话少，朱莉静静地给水果削皮，宋老师就嗑着瓜子说话，两人话题散漫，朱莉说，你讲两节课不累吗，来看望我，又让你讲那么多话，宋老师说，习惯了，上课讲的不是我自己想讲的，同事之间也知人知面不知心，你叫我过来看你，不就是我们姊妹俩可以讲讲心里话，朱莉说，看到你就蛮好，瓜子嘛倒是应该少吃吃，火气大，容易喉咙痛，朱莉说，我近期心里有点烦，宋老师说，是为剑虹吧，朱莉说，明知故问，宋老师说，讲给我听，到底哪能了，朱莉，他回青海了，昨天接到他一封信，要我跟老刘离婚。

她们讲的那个"剑虹"，便是邦斯舅舅。

一九七七年恢复高考以后，林林曾对他说了这么一段话，事后他还算准确地记录了下来——我其实对政治讨论并没有特别嗜好，除非它不容许被自由讨论，但是这样一来，继续讨论政治就要准备牺牲，人家还没有听懂你的话什么意思,你任务就结束了,在一个不准谈论政治的地方谈政治不需要见识,需要的是勇气,所以这就是当年我们讨论稍微一点点政治经常无法深入、流于肤浅的原因,只有一种政治是可以讨论的,那就是公开的政治,还有一种政治不能讨论,它叫秘密政治,台上的秘密政治和台下的秘密政治都不能公开讨论,重读法国大革命,一边是镇压,一边是起义,这是明明白白的常识,并不是秘密。

他不清楚其他城市是否像上海腹地密密麻麻弄堂两侧,有无数配钥匙的小作坊,稍微规模大些的,还兼修雨伞、为使用多年的铝合金锅换底或焊接穿孔的铝质烧水壶,他一度迷恋这些拥挤空间里各种物件,它们拥有各种形态、材质与用途,但是它们好像都从原来的地方脱落下来了,像一个缩微难民营或像一所袖珍医院,其中一切破损物件都有待领回,有待治愈,还有整面墙壁上琳琅满目悬挂大小钥匙,锅盖,门把手,漏勺,平底锅,水管,形形色色盒子,罩子,盘子,只要是铝制品,这里都能找到它们踪迹,至少是某个零部件,他不清楚六十年代以来工业铝合金运用全面渗入进日常生活,他迷恋铝制品柔软,易变形,不生锈,他喜爱琢磨所有无用事物,他并非只喜爱读无用的书,其实他不了解,读书会中毒,飞扬在狭窄空间中的铝制品碎屑,也有毒。

这条早被遗忘的河,熟视无睹的河,不要分散注意力,推荐人叮嘱"善于与各种人打交道,但千万不要引人瞩目",苏州河畔简陋阶级教育图书馆原来属于一个面粉厂,混凝土大石板式建筑夹缝里一排临时防震棚，马立克按照手绘地图找到了这个地下联络地点，大英博物馆马克思读书身体姿势得到延展性的最好表达，它表明由于在世界另一个不为人知的角落，亚洲人身体完全可以取代犹太人身体，思想可延展性已经超越了人类界线，超越了有限生物性身体的限制，进入某种精神性的人类身体彼此融合的大同世界，马立克趴在两张拼起来的小学生课桌上奋笔疾书："在这个世界一切存在过的都还在继续展开，死人抓住活人，马克思世界文学和我身体混在一起我已经感觉到它的存在，我若是一颗行星，行星必有自己轨道。也就是说，在自我构建的网络中，人不再是主人，也不再是中心，人类大多数他们的身体太沉重，他们受重力支配他们无法旋转，只围绕着一个问题，身体应该以何种形式活下去……"防震棚上面有一只猫慢慢悠悠走过，现在是面粉厂午休时光，图书保管员坐在靠门口的长凳上打盹，手里拿一本《中学自学课本》滑到了水泥地上。

马立克马立克，谨记啊，说过即弃，不落文字，记下来就是隐患，马立克思想来去无踪，他不关心在他周围有多少人会像他那样殚精竭虑想一个无关痛痒的问题，或者危险的问题，他一定发疯了，他们可怜他！他的思考常常会出现突然性和偶发性，他说他已经不再令自己惊讶，他独自微笑，他认为尼采笔下的查拉图斯特拉就是他灵魂附体，他的天赋，少年时代的自闭，天生的怀疑，对反题的逆向思考习惯，无师自通的写作能力，灵感，轻而易举就捕获某个概念，让它出现在最需要的位置，照亮了昏暗的上下文，他自我欣赏，他从不示人，现在也不过给几个人看！他从生活中直接抓取它们，以极有限的词语和知识理解将它们呈现出来，他从记忆深处唤醒它们，使之出现在他的秘密写作之中，而他能触及的书是那么屈指可数！

6

三天病假来得全不费功夫值得好好庆祝一番，第二天一早他兴冲冲去找东东，问东东《茹尔宾一家》是否看完了，外面大雨倾盆，房间里开盏暗黝黝八支光日光灯，东东赤膊赖在床上捧一本书正起劲看呢，扭头说，又混病假了？他说，我额角头碰到天花板，因闻到地板空气有股来沙尔药水味道，有点呛鼻，问东东为啥大清早消毒房间，东东说，纤纤前几天从崇明农场回来了，他说，纤纤生病啦，东东说，纤纤头发里有老白虱，绒线衫里也有，姆妈吓坏了，华山医院药房弄了一点来沙尔，刚刚拖过地板，他说，纤纤呢？东东说，大概，同学屋里白相去了，他伸手拿东东的书，东东说，不要抢我手里的书，阳台吃饭桌子上还有几本书，你自己去寻一本看，不过今天夜里要还，不好借回去看。

下面是他偷听到的父亲和母亲一段对话，其实也不能算偷听，半夜里就像以往那样他做了一个梦，他掉到游泳池里了，不断往下沉，然后就有惊无险地憋醒了，黑暗中，他听到父亲和母亲压低声音窸窸窣窣在说话，恰巧话题讲到了邦斯舅舅，赶紧竖起耳朵听——父亲说，老四一直在做梦，我劝他没用，你劝劝，母亲说，姆妈活着时讲过四阿哥，讲他们四兄弟里，他最聪明，命最苦，父亲哼了一声说，老四苦点啥，解放前他花天酒地，母亲说，你老讲这句话，他在青海十几年，你同情心没有啊，父亲说，你还管他，中国跟苏联随时要打仗，你不知道啊，母亲说，苏联人会打到上海来吗，父亲叹口气说，不打仗，全国多少干部下放五七干校，一打仗，我们这种阶级敌人牛鬼蛇神肯定要充军新疆，全国挖防空洞，囤积粮食，不是寻开心的，母亲说，一家人又要拆散了？父亲说，老四在青海消息闭塞，新闻广播总归听得到，啥个形势了，还想着朱莉，要她跟老公离婚，自己不想想自己状况，要一个女人家跟一个劳教留场人员结婚，热他大头昏啊！母亲说，朱莉倒是对老四蛮痴心，父亲说，老四这把年纪，还吃迷魂汤，母亲说，他们是有情缘，没有姻缘，父亲说，人是空的，空就是色，色就是空，母亲说，你还有心思讲《红楼梦》，父亲说，老四要的榨菜买好了？母亲嗯了一声，说，这块腊肉你舍得送给老四啊，我倒不舍得，父亲说，上海吃肉总归比青海机会多，多用几张旧报纸包起来，用细绳子扎扎紧，外头再拿两件衣裳包一包，明天到思南路邮局寄给他。母亲说，晓得了，过一会父亲又说，叫老四不要去破坏人家的家庭，多少家庭拆散了，不要再作孽。

　　时髦年轻人来了，老妇人就避走，这个新广场好像就是应该属于他们，东一块西一块拔除历史秘闻的飞地，它和周围空间有机联系断裂了，海防路平阳路多伦路呢，随意穿行他们无法找到他的藏身之处，不要自己跑出来自首，作为躯体历史可以被谋杀，这在伦理上通不过，董医生说不要瞎吃头痛粉，不要做一个不见天日的档案保管员……

一九六七年六月一个寻常午后，他、沈灏、孙继中他们几个叫上了住在西部南昌大楼的江楚天和李致行，五个人浩浩荡荡，敲响了东部隆康坊笃底的那两扇大铁门，一边还此起彼落地呼唤艾菲的名字，对于这一天下午发生的事，他们五个人至今都还记得清清楚楚，五个人的细节描述似乎都没有重大出入，但是围绕着如何理解这些细节，每个人解释都不太一样，起因则是由一个自己设计并创造的游戏开始的。

写出一种在那个时代似乎不可能的例外生活，这是错觉，你们认为的荒芜与贫瘠，可怜兮兮的羡慕都无从发生，有什么值得羡慕的？游荡于十字街头的少年不知维特之烦恼，不理解伊阿古之嫉妒与奥赛罗之轻信，被幻觉化了的阳光灿烂的日子或许就是当年最真实的体验，幻化、投射、覆盖残酷记忆，人类儿童时期的嗜血本能，身体内部的骚动，破坏欲望，崇拜领袖或暴君，解放与奴役，墨索里尼总是有理消灭法西斯为了斯大林冲啊自由不属于人们，折返回去门已经轰然关闭，审判日尚未来临，或突然宣布即时判决，在这之前每个瞬间都是特定时刻的审判瞬间，最后的黎明静悄悄多雪的冬天你们到底要什么？

林林很少直接讲艺术或文学的话题，但他不谦虚，看不起文学，他曾经说戚本禹有学问，到底读历史的，扎实，张春桥姚文元不行，因为他们写的都是文学评论，分量轻，只会引用伟大领袖语录，不算真本事，几年后李致行插队赣南，东游西荡半年猫在上海睡懒觉自学俄语，半年闯南走北背个书包寻访山沟沟里的布尔什维克，认真看了几本普列汉诺夫卢那察尔斯基和别林斯基，回上海耿耿于怀对林林说，别林斯基就很伟大，林林说，别林斯基思想都从黑格尔那里批发过来的，列宁就不写文学评论，黑格尔也不写，李致行说，黑格尔写美学，林林说，美学是哲学，李致行说，你是我们老大哥，你说我们中国有哲学吗，林林说，没有，李致行使出撒手锏，笑眯眯恶狠狠地问，伟大领袖就一定是哲学家吗？林林毫不犹豫地说，当然不是，李致行说，你胆子大啊！林林说，你讲出去我也不怕，伟大领袖不一定是伟大的哲学家，懂吗？李致行只好哑口无言，彻底服帖，过一会，林林对他耳语，导师也是自学的，你们都是自学的，出了一个伟大领袖，不会出第二个，不要自以为是，多看书长知识，可以了，不要想入非非，外头不许乱讲。

7

一天夜里江楚天约了同住淮海坊的郭小红国泰电影院看电影，阿尔巴尼亚老片子《海岸风雷》，第三场七点一刻，两个人怕附近邻居撞见，先后过去，郭小红先到，位子空出来许多，就找了最后一排位子坐下吃棒冰，江楚天晚到，刚刚走到郭小红旁边，电影放映厅灯就暗了，只听见前面一排隔了几只位子有个人回过头轻轻叫他们一声，原来是你们两个人啊，江楚天一愣，听出是李致行，说，不可以是我们两个人啊，你怎么又逃回来了，郭小红说，我老早看到你了，十三点，李致行说，看到你一个人吃棒冰，不好意思叫你，江楚天说，坐过来坐过来，看好电影我请你们吃酒酿圆子，郭小红说，啥意思啊，一歇歇我怎么跟李致行在一道了，你们你们的瞎叫，江楚天说，烦吗烦吗，都是老同学，郭小红笑笑说，晓得你们是好朋友，不过嘛，没有幽默感。

首先，我们要定一个规则，我们今天的任务，是提出对陆军棋和海军棋如何进行改进，我们先务虚地议一议，有什么具体建议，也可以摆出来，群策群力，虽然我们的改进目的，最终必须还是为了发展这种游戏，它不是真实的战争，但是我们必须要联系中外战争实践，历史著名战役，往往出现以弱胜强的情况，但是遗憾的是，在我们目前的陆军棋游戏中，军长必须吃掉师长以下的棋子，除了司令、炸弹和地雷，这种惟军阶论、惟人数论，不讲天时地利不讲战略战术的胜负机械论，再也不能继续下去了。

也许有一天他们或他们的后代终于无比惊悚地发现：这一带崭新街区的未来房东们有两副面孔，优越的和低卑的，拥有一处无产权、损耗、负资产之漂移不定无根居所，既自豪，又惶然，其起因，在于两者都与他们个性无关，他们将没有个人性可言，究其根源，失落在他们的父辈乃至祖辈，身体，姿势，表情，目光，看不见的神经运动，植物神经，条件反射，无意识，这一接连不断的触及灵魂和肉体的圣战至今还拒斥回复到某种确定性的自然位置。

李致行爸爸事后才领教了沈灏妈妈的滔滔不绝，这之前李致行爸爸一直以为沈灏妈妈是个冷美人，很像无风阳台上的一株植物，虽貌似妖娆，却是惜身静止的，那一天他们碰巧都在东湖路天鹅阁吃罗宋汤，下午两点钟光景，餐厅里有几个散客在吃咖啡，他们两个人分坐两张桌子，各吃各的，怎么就一起抬头发现了对方，皆不好意思地笑出了声，李致行爸爸说，我可以坐过来吗，沈灏妈妈把盘子朝自己方向挪了挪，说，过来呀，李致行爸爸说，尴尬的，沈灏妈妈说，为啥，李致行爸爸移步换位，坐到沈灏妈妈对面说，男人一个人跑出来吃点心，难看相，沈灏妈妈说，你讲我吗，李致行爸爸赶紧解释，不是不是，沈灏妈妈说，长远没有在家长会看见你了，李致行爸爸说，到南汇县搞四清去了，沈灏妈妈说，唔，黑了，李致行爸爸说，乡下晒的，沈灏妈妈说，皮肤黑健康，李致行爸爸看了沈灏妈妈一眼，沈灏妈妈把目光往下移动，李致行爸爸发现沈灏妈妈睫毛很黑，沈灏妈妈又将目光移到李致行爸爸脸上，李致行爸爸却有一点回避了，两个人沉默了十几秒，李致行爸爸找话说，乡下没有肉吃，没有油水，沈灏妈妈说，上海也一样没有肉吃，两人会意地笑笑，沈灏妈妈说，天鹅阁罗宋汤不及红房子，就是路近，李致行爸爸说，有得吃蛮不错了，看了两片红肠的面子上。

他们之间势必会有一场对话，不是现在，时机尚未到来，一次一次失去了机会，不可救药的马立克，很大程度上他是一个逃兵，阿克苏农场农业工人，坐标测绘不是塔里木更不是吐鲁番，还没睡醒吐鲁番葡萄熟了湿漉漉阿娜尔罕头巾不见了，我们不过附和难以辨别大合唱动动嘴唇滥竽充数不发声，不要对我神魂颠倒说这个，手掌心渗出沙漠甘泉细密汗珠，我不是玉麒麟卢俊义更不是拼命三郎石秀，为什么要我去种地为什么我就是螺丝钉为什么只有你可以把皇帝拉下马？以怀疑为开端，不要走了太远好吗，真正哲学的一个标志是接受一切怀疑和挑战，根本就没有什么真正！我赞同康德的某些观点，柏拉图是他的根基，不可知论自在之物来自柏拉图，常识是自明的，真理无法争论，真理越辩越明，这个真理就是强权，真相如何才能够被我们知道，假设你正坐在咖啡馆，有人过来向你挑战，就像巴尔扎克的伏脱冷发表演讲，或拉斯蒂尼一个人偷偷发誓：来吧，让我们干一场！如果身边没有一个警察，官方哲学家会马上说，我没空，抱歉，这些都是纸上谈兵，我必须走了，他们会尽可能快地消失，无影无踪，过几天警察突然出现了，把你带走，不是去见哲学家，而是去见审讯员，不让你看书，用电灯泡通宵照你眼睛，所以张春桥姚文元就无可匹敌，柏拉图对话不在单人牢房做，他的洞穴是幻影，牢房是牢房，囚犯滔滔不绝，狱卒不反驳，无须理由关了你半年，你的思想记录仅有半页篇幅，最后你心情复杂对那群例行公事的狱卒一一道别。

马立克坐下来，招呼服务员，说，我要一杯冰咖啡，服务员说，没有冰，马立克说，冰箱不是开着吗，服务员说，冰箱里只有雪糕棒冰，马立克想了想，说，小冰砖总归有的吧，服务员说，卖光了，只有紫雪糕，赤豆棒冰也卖光了，今天热呀，马立克有点生气了，为啥凯司令的冰箱可以做冰块，你们不能做冰块，讲起来两爿店都开了南京路，服务员说，不瞒你讲，凯司令资格老呀，自己做沙滤水，海燕本来是卖卖馄饨酒酿圆子的呀，市口好呀，近几年才开始卖咖啡，不正宗的呀，阿弟你好像住了附近吧，做啥不去凯司令？马立克说，凯司令门面太小，人贴人，服务员说，讲究多唻，哪能，讲了半天，咖啡要吗，热的，咖啡吃冰的不香呀，马立克说，好，来一杯，服务员说，好像我还要请你客，勉强得唻，马立克看看服务员，好像有四十来岁的样子，胖嘟嘟的脸盘，长发在后脑盘个髻，说，阿姐你耐心好的，服务员说，我看你经常来，面熟，碰到别人，我懒得讲。

海燕咖啡店（起码在马立克看来它就是一家马马虎虎的咖啡店）的几个老阿姨一致认定马立克是一个赖在上海不肯下乡的社会青年，屋里本来蛮有钞票，小开腔调，公私合营了还可以吃定息屋里还有佣人服侍，小时候大人宠惯了，"文化大革命"一抄家彻底败掉，荡在社会上，魂灵头像丢了一般，以前爷娘不晓得享过多少福，现在"文化大革命"让他们吃苦头了，几个老阿姨吃定了马立克从来没有离开过上海，或许家里还藏了一点零碎银两，一九七三年香港有钞票人家又允许给内地亲戚寄港币了，因为国家需要外汇，国家邮政局收到香港人寄给内地的港币，换算成人民币给内地亲戚，有钱人总归是有钱人，所以马立克留给她们印象全是迷惑，穷归穷，还是要吃咖啡，而且死讲究，他派头如此非凡，使她们猜测全然无效，她们从未见过这个城市还有这样奇特作品，其实她们根本不知道马立克吃过许多苦，说出来会让她们毛骨悚然，马立克如鼹鼠那样隐匿在自己家的储藏室中，他注定了是一个无人知晓的天才，由于历史条件的险恶他无法为此留下明确的证据，就像一朵花曾经绽放在密林深处，直到悄悄凋零，但是马立克不是浪漫主义的，他居然还有另外一面，他不脆弱，他有十分坚硬的心灵，他有一种内在的可怕。

8

忽有一天，邦斯舅舅说他有个念想，年底回上海探亲想吃陆稿荐酱汁肉，父亲对母亲嘀咕，意思是老四一身毛病，都是从外公遗传来的，要么说大话，要么吃吃吃，还挑剔，指定酱汁肉，红烧肉我们也舍不得吃，他在旁边听了不响，他有点不满意父亲的刻薄，觉得邦斯舅舅十几年蹲在青海劳改，想吃一块酱汁肉不能算过分，母亲打圆场，回邦斯舅舅说熟食店卖酱汁肉红肠要收二分之一肉票，划不来，建议邦斯舅舅去金陵路洪长兴清真馆吃涮羊肉，羊肉膻，南方人不习惯，并且又不收肉票，邦斯舅舅当即接受了这个建议，年底邦斯舅舅坐了两天两夜火车，马不停蹄，到溧阳路行李一扔，直奔洪长兴，那个晚上邦斯舅舅胃口特别好，他和母亲作陪，目睹了邦斯舅舅的狼吞虎咽，最后还用一块脏兮兮的手帕包走了两块剩下的馕，他被邦斯舅舅十根手指的运动迷住了，邦斯舅舅从裤兜掏出一团揉皱的布，打开，捋平，他才看清这是一方手帕，这方手帕包了一副老花镜和一把小洋刀，他眼尖，发现这把小刀柄刻了几个古怪的文字，邦斯舅舅将他的随身装备交予母亲，开始用这方叫作手帕的布，认真仔细地包两块馕，他被眼前的景象打动了，回家路上他一直心不在焉，邦斯舅舅吹起了口哨，他无缘无故想起了青海湖的夜晚。

全世界无产者联合起来，年底照例工会讨论今年的补助事项，聊补无米之炊，一张缝纫机票，四张棉花票，党中央伟大领袖关怀，艰苦朴素作风还是要继续发扬，好日子当穷日子过，四张棉花票给谁？大家评议评议，不要锦上添花，要雪中送炭，民主协商，发扬风格，最后支部决定，基本上要考虑老师傅，小青年不怕冷，棉花票用不上，回去问问姆妈去，一张缝纫机票是上级公司发下来的，听说黑市可以卖几十块钱，投机倒把分子无孔不入，千万不要忘记阶级斗争啊，公司领导人讲了，缝纫机票是一种福利，建议每个基层组织一定要办好这件事，不要把好事办成坏事，公司领导进一步提出具体建议，中国老传统，可以采取摸彩的方式进行，人人有份，充分发挥社会主义的优越性，现在我们先选出一个三人小组，再由他们三个人监督这次缝纫机票摸彩。

住进了提篮桥，李兆熹现在对世界的衰落和人的罪孽更有刻骨感受了，他很平静，他默念四福音书，他是戴罪之身，魔鬼附身，耶和华在试探他，让他受惩罚，就是为了拯救他，他生出来就是原罪，罪是人的根本，所有人都有罪，他没有见过自己亲生父亲，传说他父亲是高丽人，参加过李承晚反日秘密活动，后来不知道怎么就失踪了，一点点消息都没有，李兆熹母亲是个潮州女人，知道她名字和生平的同乡后来都一个一个去世，他记得他和他阿妈被围圈在横滨桥广东街一带，阿妈背个纸板箱子叫卖美丽牌香烟，阿妈长得很好看，人来人往阿妈会突然无声地嘻嘻笑，觉得阿妈神经不正常，兆熹相信自己是阿妈亲生儿子，爸爸你在哪里，回来吧爸爸，你会得到阿妈原谅！

耶稣的使命，《旧约》中的应许早就注定了，兆熹叔叔被释放那一天，他意识到了他今后的使命，不管是3034还是李兆熹，潮州人还是高丽人，犹太人还是波斯人，要想得救必须跟随耶稣，马可离开了保罗，但是保罗后来在书信中还是用赞许的口气提到了马可，他们一定摒弃前嫌重归于好了，三年的牢狱生活，一千零九十五天，天方夜谭啊，3034，八个狱友就是八个兄弟，大家都是罪人，反革命罪，盗窃罪，投机倒把罪，猥亵罪，在这个十四平米的监房里，排序就是这样，反革命罪地位最高，盗窃罪其次，投机倒把第三，猥亵罪末席。按照规矩，兆熹叔叔进号子的第一天少不了要吃点皮肉苦头，起码也要饿上几顿，兆熹叔叔完全不懂提篮桥的常规，他知道是2767姚宗藻保护了他，这一定是耶稣在佑护他，姚宗藻是不是基督徒不重要，重要的是耶稣是爱大家的，姚宗藻判了十五年徒刑，他算了算，刨去坐过的两年，等他李兆熹三年后刑满释放，姚宗藻还要在这间十四平米的水泥地房间坐十年,我的上帝啊,帮帮我的兄弟吧,我的小兄弟!

兆熹叔叔站在正午阳光之下,他把那只塞得满满的旅行包轰然丢在脚边,双手合十,两眼紧闭,我的主啊我赞美你,天上地下的一切都是你的,我愿意永远跟随你,免我的罪,免我的债,求主不要再给我试探,我的所有都归你所有,不要再抛弃我,求求主耶稣,哈利路亚!

9

沈灏妈妈从二楼厢房里走出来,转弯下楼梯,进入阳光刺眼的天井,问,啥人叫沈灏啊,他去向明中学游泳了,石库门房子天井三面是红砖墙,天井当空飘扬了底层邻舍晾晒的衣裳袜子,水滴滴答答,沈灏妈妈皱皱眉头,撩起一件女式长袖衬衫,丰臀柳腰,只听门外应答说,我是李致行爸爸呀,我以为小鬼头在沈灏这里玩呢,沈灏妈妈盈盈一笑,侧身拉开天井大门,一身桃红小碎花睡衣睡裤站立在李致行爸爸面前,把半掩两扇门挡在身后,说,哦,是你啊,这么远跑过来寻儿子,有啥急事是吗,李致行爸爸说,是呀,刚刚我去艾菲家寻过了,没有,艾菲也不在,艾菲妈妈告诉我沈灏地址,哦哦,你们的家,冒昧了冒昧了,中午晌哇啦哇啦叫,沈灏妈妈说,事情要紧吗?李致行爸爸说,宁波乡下来亲戚了,不容易出门一趟,还要去办事,就想看看李致行,还带了一点黄泥螺,屋里没什么东西送,致行妈妈陪亲戚讲话,我去淮海中路买万年青饼干,哈尔滨没有货，跑到长春食品店，顺便寻寻李致行，沈灏妈妈说，不晓得呀，暑假马上要结束了，小孩子贪玩呀，李致行爸爸说，那我回去了，亲戚等着，沈灏妈妈说，有空来白相呀，反正你也认得了，李致行爸爸左右看看无人，靠近沈灏妈妈说，你太好看了，沈灏妈妈灿烂一笑说，怎么个好看，李致行爸爸说，魂被沈灏妈妈勾去了，沈灏妈妈轻声说，连我名字都不晓得，瞎讲点啥？

朱莉从床上坐起，与邦斯舅舅共分一碗羊肉与红枣做的汤羹，她视线越过邦斯舅舅肩膀，废弃的工厂一片寂静空无一人，朱莉以前讨厌这家铁合金厂毗邻而居，冲床嘭嘭声和电焊弧光此起彼落，现在反而不习惯那种死寂般的荒凉了，邦斯舅舅呢，他眼前出现昨晚的虹口电影院门口，朱莉挽住他的胳膊，一个老头正在扫街，他当时想起了父亲与大哥玉琦，玉琦喝得酩酊大醉，电影散场了，雨好像已经下了很久，所有的人都没带雨具，紧贴沿街屋檐与橱窗人头攒动，邦斯舅舅把两张电影票根夹入他的塑料票夹，朱莉说，你在想什么，邦斯舅舅说，想昨晚我们看的电影，朱莉说，老电影，没啥看头的，邦斯舅舅说，是你买的电影票，朱莉说，是为了陪你，邦斯舅舅说，刚才我回忆我们昨天看电影，就是最好的电影，像是放电影一模一样，朱莉说，真的人坐在你旁边，你还想昨天，看看我，亲亲我，摸摸我，邦斯舅舅轻轻亲了一下朱莉额头，拍了拍朱莉手背，朱莉眼睛红了，说我也在想以前的事呢，邦斯舅舅说，想什么，朱莉说，想起你第一次亲我，也是这样的，一面亲我，一面想自己心事。

矗立在人民广场北侧这座丑陋的大楼如同一句突兀高音，突然从大型史诗中摘引出来，麻雀掠过两边空空荡荡观礼台，聋哑人用手语探问在舞台上上下下红红绿绿演员究竟在为谁唱赞歌，流眼泪时候体验到了什么，这个城市曾经疯狂，此刻则麻木不仁，群众剧院没有像样向导，甚至找不出一个像样领座员，没有涉及任何难以启齿的刁钻问题，美国总统要来了也要看芭蕾舞《红色娘子军》，一号人物和二号人物卷进三角恋爱，资产阶级趣味私人生活！无产阶级立场！个人问题！这只不过是隐藏在剧院幕布背后的一个寻常例子，不算偏离常规，本城芭蕾舞剧团居然以无比宽容的姿态接纳各种版本丑陋，流言蜚语让口头文学一度风行本城，有人怀疑它是否故意用无所谓去淹没它——马立克抬头看了看天，并没有看见天空，于是他嘟哝说："那只是积雪开始融化了。"

每天都是这样子过去，一日复一日不错啦，他常常想象邦斯舅舅独自一人在青海，举目无亲，天苍苍野茫茫天高云淡望断南飞雁，吹号吃晚饭过后站在戈壁大漠劳改农场的营房门前眺望，邦斯舅舅会看到怎样一幅景象，又会想些什么呢，也许就是挥挥手，深呼吸，准备去集体浴室洗个热水澡，劳改农场有热水澡吗，经过一天高强度的劳动，休息就是快乐了吧，他自己都有切身体会，所谓轻松快乐，不就是在艰苦劳动之后短暂休息吗，他师傅说，苦尽甘来，真的，但是苦不会尽，甜只是苦暂时停止，今天歇工了，明天又要出工，邦斯舅舅还不如他外甥呢，邦斯舅舅梦想就是回上海，上海有什么好呀，他猜想邦斯舅舅生活在具体日常中，这个可以从外表观察得到，邦斯舅舅不会像他外甥那样沉溺于内心独白，邦斯舅舅固然也酷爱看书，但他早发现了：邦斯舅舅对各种知识感兴趣，惟独对文学不感兴趣。

一九六五年的十月底最后的星期六，一个欲望，一个渴望了大半年之久的梦想，今天他终于如愿以偿了，沈灏妈妈坐在沙发上写日记，我不能爱他，不能让他控制我，可怜可怜我吧，谁让你屈服他的，字迹故意写得潦草，也许是心情烦乱，断断续续，涂涂改改，她想起了安娜·卡列尼娜，一个十岁男孩丈夫远在天涯，那个刚刚知道他全名的男人老练地进入了她发烫的身体，很奇怪呀，在她突然眩晕并且感到一阵有节奏的痉挛时刻，她走神了，她发现她害怕了，"沈灏妈妈"，他趴在她耳朵边含含糊糊叫她，他不叫她刚刚告诉他的名字，太久了，这段时间他对沈灏妈妈的思念和无法克制的幻想，一直与"沈灏妈妈"四个字连在一起的，"沈灏妈妈，沈灏妈妈，沈灏妈妈……哦哦，沈灏妈妈！"他现在睡在她的床上，他现在终于安静了，他不打鼾，她继续写，我太软弱了，女人为什么会引狼入室，我爱他吗，还有下一次吗，只要我愿意，只要他想，他多像一个大孩子，写到这里，她眼前出现了那个令她昏厥的凌乱场景：一个老练危险的男人掐住她，一个男孩在叫唤妈妈。

10

隆康坊的布局不是一次规划形成的，它外表保留了各种时期建筑特色，如果还配不上是风格的话——时间是一只无形的手，它会改变任何房子外貌与内部格局，房子使用者，即漂浮不定房东与神秘莫测房客，他们将不声不响地篡改它们内外空间，由于六十年代上海所有建筑物几乎都没有真正主人，它日益陈旧及破败就无可挽回，人民当家做主就是没有人做主，一九六六灼日八月红卫兵抄家浪潮和紧随其后一九六七寒冷一月工人造反运动，先后打碎了一切私有产权与一切官僚权力，在八月抄家狂飙和一月革命颠覆双重奏中，一八七一巴黎公社幽灵在上海天空游荡，革命万岁，一切权力归于工人阶级，工人阶级领导一切，工人阶级地位达到了历史的巅峰，工人造反家炙手可热，一夜之间，谁都可以扮演罗伯斯庇尔、安东与马拉，流氓无产者冲进了旧日资产者和他们家属居住的别墅和公寓，驱赶主人，宣布主人非法，然后抢占没有主人的房屋，打土豪分田地，消灭资产阶级。

长乐路通向淮海中路的隐秘弄巷有许多条，太阳初升时候，脑子里可以想许多事，老住户偏爱穿近路弯弯曲曲走弄巷，休息日稠密脚步杂沓，心无旁骛仍然惊觉四十年前遗韵犹在，呼啦发一声喊，纠集几个同学去复兴公园抓知了捕蜻蜓爬篱笆墙，注意了后窗吗，后窗，里面悦耳声音，温柔甜蜜，挥之不去迤逦意象，寻常、不引人注意、易被忽略、尚未受到惊扰，后窗浪漫传说，这个城市物资供应匮乏，连刑事犯罪都缺乏想象力，以致小偷都彻底忘记了它。

第二天是星期天，早上他们一直躺着没有起床，两人缠绵良久，沈灏妈妈说，你必须等到中午之后才能离开，上半天邻居眼杂，致行爸爸说，听你的，沈灏妈妈说，我很怕，一夜没睡，眼圈都黑了，致行爸爸说，怕邻居？沈灏妈妈的手正在抚摸致行爸爸的睾丸，突然重重捏了一记，说，怕我离不开你这个物事，致行爸爸说，真的啊？沈灏妈妈说，你去找个地方，以后不要到这里来了，致行爸爸说，我突然不来了，邻居反而要怀疑，沈灏妈妈说，你去租一间亭子间，可以白天见面，夜里我要陪沈灏，我跑不出来，致行爸爸四面看看，说，对了，沈灏哪里去了？沈灏妈妈说，你昨天又没有问我，急得要命，现在想起我儿子啦，我送他去阿爷屋里去了，致行爸爸说，沈灏跟致行以后他们两个就是兄弟了，我会拿他当亲儿子看待，沈灏妈妈说，绝对不可以让两只小鬼头晓得噢，致行爸爸说，晓得，两人又缠绵，致行爸爸嗯嗯了几声，说，你又想要了？沈灏妈妈说，嗯。

女人的身体会不会背叛她阶级属性，背叛她自尊和恐惧，破解这个问题对他来说，好像来得比较早，沈灏妈妈与李致行爸爸的私情曾经被他意外地窥见一次，那年他才十岁，但足以让一个初入人世的男孩子心惊胆战了。许多年以后，七十年代初开始，出于偶然，他通过各种渠道借阅了大量的欧洲爱情小说，那些被无以计数的陌生年轻人贪婪翻阅几乎要散架的繁体字翻译小说，《少年维特之烦恼》《茶花女》《高龙巴》《初恋》《欧根·奥涅金》，这份清单还可以继续列下去，这些陈腐发霉的旧书为他打开一个令人心跳的世界，这个世界既在他身体外部，又在他身体之内，在他体内的最深处，他那时还不知道这个古老的问题，身体和情爱，嫉妒与不安，早就开始在困扰着自柏拉图以来的众多欧洲思想家，他有限阅读经验告诉他，似乎只有欧洲人对男人女人的解释最符合他心愿，笛卡尔用灵魂假设来证实灵魂的独立存在，人可以控制身心的二元对立，沈灏妈妈家庭出身对她邻居们是一个谜，不过我们却目睹了，她惊恐地发现了她无法从身心二元论中脱身，她坐在沙发上写的每一句话都是真实的，她躺在床上对李致行爸爸讲的每一句话难道不是真实的吗，她知道李致行爸爸十分危险，为什么危险？这只有她最清楚，哪怕仅仅来自猜测，或者预感，身体的召唤，难以克制的欲望，以及有关女人身体和女人直觉，在他那个年纪，几乎就是一片白纸。

李兆熹日记：

爱是恒久忍耐，又有恩慈；爱是不嫉妒，爱是不自夸，不张狂，不做害羞的事，不求自己的益处，不轻易发怒，不计算人的恶，不喜欢不义，只喜欢真理；凡事包容，凡事相信，凡事盼望，凡事忍耐。

爱是永不止息。

（《新约·哥林多前书》十三章）

今天见洪稼犁兄弟，他的身体健朗，现在胃欠安，面包太贵，天天吃粥，主耶稣保佑，洪兄弟说，《马可福音》的结尾，不是故意包含复活故事，复活是一个暗示，马可当然不会不相信耶稣被钉十字架之后的荣耀，门徒们未能理解耶稣话语的完整含义，我正想请洪兄弟解释这句话，有人敲门打断了。

　　回家读《路加福音》，路加和《使徒行传》，对诊断疾病有记载，医学术语多，很体贴医生，下次请教洪稼犁兄弟。

沈灏妈妈日记：

　　三弟，多少天了，日子好快，好慢，为什么你一离开，我就轻松，你不来，我就孤独，半夜醒来一个人，冷清清，我避过邻舍眼睛，心虚，想你种种，最近忘性重，几次出门没带钥匙，到沈灏学堂拿钥匙，三弟，我们会一直好下去吗，不敢想，不会有前途，哪能办？

　　三弟三弟，要你叫我妈妈妈妈妈妈。

11

　　接连不断政治社会运动，这座远东最大都市毫无抵抗地挤入了一种因激进而形成的衰败中，人们忙于阶级斗争，多快好省建设社会主义，为了新社会新未来，新思想新道德新风俗，但是没有新房子，只有新主人，所有的房子都渐渐变成了老房子，社会主义教育运动正在如火如荼展开，没有人关心这个问题：老建筑到底留给后人什么历史信息呢，剥削阶级遗下的痕迹，奢华糜烂的生活方式，厨房间里不舍丢弃的旧冰箱，磨得锃亮的黄铜门把手，围墙顶端涂了柏油的铸铁栅栏，走廊天花板粉刷已剥落，露出几处曾经被覆盖的纹饰，颓垣断壁或一鳞半爪的雕像、花坛与通往林荫小道的台阶……色彩的变奏，覆盖，形成了一个不可逆转的空间系列，而且是怎样偌大的城市空间啊，新的权力不断在巩固自己的根基，它越出所有界限，为了铭刻自身的丰功伟绩，它把这个大都市变成了一个巨型剧场，它不遗余力地灌输、推动和分泌一种力量，让这座沸腾城市的居民通通卷入其中，无法逃逸。

他和东东昨天夜里就约好，按照东东熟悉的地理知识，他们下午四点不走成都北路走捷径，从严家弄直接插到巨鹿路小菜场，再迅速穿越大沽路和威海卫路，最后他们身影在江阴路曲里拐弯的弄堂肚子里冒出来，两个人神不知鬼不觉地站在了南京路街沿，东东扭头，踏上那扇门的台阶，朝里面张望，店堂开了好几支日光灯，放心了，遂又退下台阶，他老老实实站那里，抬头眯着眼睛念，翼风航模店，这个值得看，我们就直接进去吧，东东说，不要急，我们先去花鸟市场买黑玛丽，他说好吧好吧，反正回家总要经过这爿航模店，它要六点钟才打烊。他说南京路的店家都这么早关门吗，东东说，为了节约用电，淮海路也一样，七点钟敲过，除了电线木杆上路灯，橱窗照明关闸熄灯，淮海路西藏路八仙桥统统乌漆墨黑，他说现在还早，东东说，五点一刻之前一定要回到翼风，营业员五点三刻就要收摊关灯打烊换衣裳回家吃饭，他对东东说，你已经老早侦察过了。

他相信一个人可以在一天之内穿越上海穿越世界，只凭借一幅完整的地图，他有一九七〇年上海行政地图和交通地图各一份，上海没有地质图，不用说，这还用老师教吗，上海的自然地表被无数房子和纵横交错的柏油马路覆盖了，他看到过马路被挖开的内部，渣土、泥沙、污泥、管道、电线电缆，再往下挖，抽水机就突突突冒水了，非不得已，上海的地底下是不能打开的，它的纵深难以想象，城市下水道一度使他为之着迷，每逢台风季节来临，暴雨和潮汛几乎总要把整条整条的马路淹没，他兴奋不已赤脚站在大雨中，全神贯注凝视那些无穷无尽天上之水汹涌地注入到街沿排水阴沟中，他想象地下有一个巨大无比的蓄水库，后来他明白了这些不尽天上滚滚来的水最后将汇入黄浦江。他慢慢知道了一些无用知识，比如除了地形地图和行政地图，还有雨水分布地图和植被和农作物纬度分布图，这种零碎概念知识真的毫无用处，连在盛夏纳凉聊天都没有人感兴趣，不过他不一样，地图对于他的诱惑其实不在知识，而是一种神秘，好像整个世界就藏在一幅可以折叠的地图之中，小炉匠手里不就捏着一幅先遣图吗，如果你有兴致和足够的耐心，加上必要的实地考察，做统计做记号，那么，你就完全可以把你对马路的那块街区详详细细画下来，已到夜深人静，你在你的小小阁楼上，开一盏八支光台灯，用半张旧报纸围住灯罩，然后你坐下来，把你的秘密地图打开，轻轻捋平，手握一杆放大镜，这个激动人心的时刻，你想象想象吧，你会看到什么？

想获得悲剧的灵魂体验，他必须是个贵族——马立克对他这么说，他嗯一声，抬头看看马立克，眼神流露出明显怀疑，马立克说，你不知道什么叫贵族，他说，我从巴尔扎克和屠格涅夫那里知道什么叫贵族，马立克说，这不够，他说，我没见过贵族，马立克说，我讲的不是这个意思，我也没有见过贵族，他说，你祖父是贵族吗，听我舅舅讲，我外婆的爸爸曾经是贵族，镶黄旗，马立克说，没落贵族，他说，我当故事听，马立克说，贵族祖宗都是强盗，英雄，他问，造反的无产阶级是贵族吗，他们是英雄，也是强盗，马立克说，他们不是贵族，他们是主人，他说，我是工人，我是主人吗，马立克说，一个工人，不等于无产阶级，所以你不是主人，他说，那么，无产阶级在哪里，马立克说，无产阶级是空气，他包围我们，但是摸不到他们，他说，你为什么推荐我读叔本华？马立克说，要做贵族，不是杀人做英雄，是做空气里的贵族，他说，这是自我欺骗，马立克说，如果一切书本都是欺骗，今天的世界不会是这样，他想了想，指着窗台叔本华那本《意志自由论》，说，图书馆没有叔本华，马立克说，民国旧书，拿去看，三天后还，不要借给任何人，切记！

如果没记错，马立克那几年应该住在复兴中路和重庆南路转角那排长长的深褐色公寓，三楼临街有三个窗户横向展开，里面分别是宽敞的客厅与两间卧房，一九六六年夏天北京红卫兵老子英雄儿好汉凛凛然封了他资产阶级知识分子父母的家，那时候扎根边疆的马立克还远在阿克苏栽培新型号的杂交哈密瓜，完全不清楚家里发生了什么变故，整个城市被革命暴力点燃，大规模的混乱就不叫混乱，大规模的践踏就不叫践踏，大乱以后就是大治，这个历史规律马立克并不陌生，两年后疾风暴雨式的革命稍有降温，马立克以慢性肝病的名义回上海治疗休养，此时他父母仍在江西五七干校劳动改造，复兴中路三间大房间空空荡荡垃圾四处飘荡，马立克一头扎进走廊扶梯旁边的储藏室，他自我弃绝了身体的舒服享受，他喜欢睡在终年黑暗的房间中——将身体形而上学化，他把他仅剩的热情全部交予思想，从此，附近人们纷纷说看到一个蓬头垢面的马家大儿子回来了，没发现他精神失常，他只是脾气性格变了，每天他没有动静地出门，又悄无声息地回家，对于一些奇怪现象，比如邻居有时感觉马立克好像失踪一个礼拜了，但大家对他依然非常放心，你们想想，马立克一个人新疆都不远万里地回来了，还怎么可能失踪呢，不过有一个迹象引起过某些邻居的怀疑，因为不合常理，马立克的几个大房间从来门窗大开，他走道上的储藏室倒是锁得严严实实，难道会有什么问题吗？为此人们不禁议论了许多次，有几个住在附近的中学生还郑重其事开过一次会，其中一个看了不少反特故事的男生极富有想象力，他说他怀疑马立克很可能是一个苏联特务，大家于是计划对马立克进行秘密监视，包括盯梢，最后还是这个聪明男孩大叫一声，然后不顾别人的惊讶哈哈大笑起来，人们问他发生了什么事，他说，马立克不锁他的大房间是因为大房间什么都没有，他锁储藏室是他的一家一当统统在储藏室里面，这有什么奇怪呢？

但丁被封为圣徒，教皇和红衣主教没有插手，默认了，但丁写了《神曲》但他生前四处流浪没有人注意他，他是个悲苦忧伤的人就像叔本华描述的，那幅肖像真的是吉奥托画的吗，孤单的面孔周围饰以月桂树叶那是一种追认与赞叹，不朽，薄伽丘写的《但丁生平》可靠否，薄伽丘爱八卦最爱说闲话打听流言蜚语，佛罗伦萨湿潮温润，不知能否种植艾草，五月初五吃粽子屈原投江时近端午蜈蚣百脚纷纷出笼杀菌消毒驱虫辟邪，九歌天问神农尝百草希波克拉底黑胆汁抑郁质，身体决定命运气质决定胜负，第三世界革命风起云涌毛泽东武元甲卡斯特罗格瓦拉出走哈瓦那贝雷帽皮靴大雪茄冲锋枪玻利维亚丛林毒蛇蚊蚋肆虐武装斗争不是表演死亡不是做戏红卫兵深入缅泰腹地东南亚人民革命战争是世界共产主义运动的新阵地，游击队理论和革命新战略，宣告了即将过去的六十年代并不是对旧世界及其意识形态的概念肯定，而是一个结果难予估计的不期然政治革命时代，底牌快翻开，第一代各国革命领袖的身体与气质，物质力量必须用物质力量去取代，老朽的身体让给年轻的身体，所以他们一直为接班人发愁。

12

同样的六十年代彼岸，一个迥然不同的世界，工会运动，和平与社区组织，新公民权利运动崛起，绝食静坐和争取自由的游行，摇滚乐音乐形式虽然出现，鲍勃·迪伦仍然弹奏着无线电声放大的吉他，经历了垮掉派运动只有凯鲁亚克和金斯堡少数几位依然非常活跃，当年同道退出了，反叛已经退化为失败的浪漫主义政治和艺术共有的玩世不恭……而此岸，一切政府运动与反叛运动都掌握在领袖手中，苏联领导人与中国领导人的争吵刚刚拉开序幕。

满载而归，把所有战利品摊开，分类，点数，图纸是灵魂，红色蜡光纸，旗帜，最后点缀，松木条，舰身主体，炮塔，舰舱，薄板，前甲板后甲板，砂皮，打磨，黏合剂，组装，空气中充满浓烈的香蕉水味，找出铅笔，钳子，剪刀，棉纱绳，蜡线，工作前的仪式，深吸一口气，阅读图纸所示程序，按其步骤，切割并打磨，两道舒缓的弧线，底部两道直线，多面体木纹流畅的舰体进入船坞。

他们原来想法彻底崩溃了，早先自豪已甩在脑后，他们假装出一副无所谓样子哄堂大笑着，其实他们是想听到更多他们此前根本没听别人说过的消息，这个欲望是如此的强烈，他们窃窃私语，说记得过去听小学老师讲苏联发射了人类第一颗围绕地球转的人造卫星，那时候他们还没有出娘胎呢，后来又是老大哥苏联人加加林率先进入了太空中，把个美帝国主义头子艾森豪威尔吓出尿来，难道不是吗，你们笑个啥呀？笑你跟不上国际形势嘛，还艾森什么尔，都尼克松访华了，苏修才是头号敌人哪，美国人阿波罗都登陆月球啦，你们知道美国人背后是谁在研究这个东西赶上老大哥的，不知道吧，不是一群苏联火箭专家吗，卫星和飞船都要火箭推动，那是废话，这么简单，中国卫星也上天了，东方红一号，只放音乐，像天空广播喇叭，摆个样子吧，自力更生基础差，苏联把专家撤了，美帝苏修封锁我们，别废话别废话，全是广播电台讲的，耳朵听出茧，告诉我们，苏联专家背后是谁？

一个德国人，一个德国战俘，火箭专家冯·布劳恩，四颗脑袋围过来，他又缓慢地、轻声细语地，重复了一遍，"冯"字拖了好几秒：冯·布劳恩。

马立克自称他每天思考二十分钟，而且分早晨一次傍晚一次，他说思考是离不开语言文字的，凭空思考，语言在他双眼紧闭的前方很容易飘走，他宁愿把读书之外的闲暇用在逛马路上，西方人说这叫散步，其实就是荡马路，马立克喜欢随手抓过一张纸片，开始在上面涂写，这个时候就是他真正在思考的时候，他此时的思考未必都记录在那张纸片上，而是他的思考在他随手涂写的时刻发生，他无法把他的思考完整地记录下来，他常常写到半途就跑题，离开原来的焦点，甚至立即意识到这个自以为有价值的想法是没有价值的，或者他本来想反对的一个观点居然是他内心隐藏很深的潜在观点，于是他就停下笔，揉揉两边的太阳穴，从桌前站起来，想起了咖啡。

关于"最后"这个词条的几种不同释义：

邦斯舅舅：回上海是我的最后愿望，从重庆回上海，从提篮桥回上海（他不认为提篮桥监狱是上海），从青海回上海，风华正茂始，颠沛流离后，聊度余生终。

马立克：政治家喜欢讲最后的斗争，但是他们从来没有最后。

李兆熹：最后，就是站在上帝面前。

朱莉：最后？不知道，害怕想。

沈灏妈妈：最后是分手。

洪稼犁牧师：补充兆熹兄弟一句，《国际歌》里的奴隶，原文应该是罪人，最后的罪人。

13

孙继中一九七二年底去安徽泾县插队落户，捣蛋鬼一走，屋里厢里里外外清静许多，孙继中爸爸是个老资格八级技工，样样拿得起，脑子灵，靠技术吃饭，有手艺，有窍门，触类旁通，大多数时间被上级单位派去甚至跨区跨市参加一些重要项目技术攻关，因有区里或市里的红头调令，他几乎一直在外头跑，关系多，朋友多，如鱼得水天马行空，算是混得好，令人羡慕。孙继中爸爸外面虽然兜得转，家里还摆得平，这个劳动模范竟然还有时间玩情调，染上了白相人三大爱好：集邮、栽花、养鸽子，门门玩得精，江湖朋友来来往往，在那个政治年代，也算是一位奇人。

讨论一张邮票的版本、品相与成色，可能比讨论邮票中的红色革命历史内容更吸引人，不是可能，而是肯定，谁都知道邮票中的革命历史内容不需要你们讨论，井冈山会师、遵义会议、飞夺泸定桥、延安窑洞宝塔山，是你们讨论的吗，当然不是，但是事物总是一分为二的，看待任何事物一定要辩证地看，比如纪念邮票，它既是寄信邮资，又是艺术品、收藏品，所以你们可以热烈地讨论它，你们从邮票的角度看一张邮票，却不必从政治历史意义的角度看一张邮票，不过事物虽然有多面性，可以一分为二，但是一张印有红色革命历史遗址的邮票是完整的，是不可分割的，它不是政治，又是政治，这就是发展群众性集邮运动的辩证关系，就是邮票中的对立与统一，就是伟大领袖的思想。

李致行爸爸终于明白了，他为此感到惊恐：一开始是他主动，为了得到沈灏妈妈的身体，他说他如何如何想她梦她爱她，其实只是为了得到她的身体；现在事情正好颠倒过来，是沈灏妈妈赤裸裸地要控制他李致行爸爸的身体了，不仅如此，李致行爸爸惊恐的，恰恰是沈灏妈妈通过身体欲望表达出来的那种可怕的爱，一种致命的爱。

邦斯舅舅致他妹妹的信：

毓琇：你为了我的遣返事项，四处打探奔波，不能按时膳食，引起胃炎，我很不安。最近新闻说上海连续高温天气炎热，你反为我忙碌起来，我以为你无须如此紧张，我在此地已丢掷了二十余年，虽思念家乡，其实早心如槁木，日子还是要慢慢打发，性急是没用的。承你寄来二哥哥寄你的照片，看到他们一家人今年春节合影，站在一堆，倒好像军队内有一班的人马，煞是热闹。我的身体目前看来正逐步好转，我想再有半月可以脱离病床，如年底我能走动，我将南下去上海,顺便去二哥吴江家中一行,对他进行探望,届时希望你能同去见见淑芳二嫂,予以慰问。余不一一,近好!

他后来问过母亲,四舅舅七十年代给你写过那么多信,大部分我都看过,这些信现在还留着吗,母亲说,留着干吗,他说,很珍贵的,现在大家都不写信了,母亲说,四娘舅一九九一年搬到四川南路去住,写给我的信我都留着,不过,信越写越短,有辰光只有半张纸头,他说,你再寻寻,七十年代四娘舅从青海寄来的信,讲不定还有一点,母亲肯定地说,没有了,他问为啥?母亲说,你爸爸叫我不要留,信,还有日记,有文字的不要保存,屋里厢留这些物事,容易闯祸。

马立克读书笔记:
十五世纪重大事件,君士坦丁堡沦陷,现在叫伊斯坦布尔,东罗马帝国灭亡。印刷术在地中海地区普及,留下许多个人记述,歌谣,小册子,印刷品,报纸,用当时西欧所有文字写成,还有几百万份备忘录,信件,秘密报告,主要人物口述。据说西班牙国王菲利普二世留下的全部信件没有一个历史学家能够读完,他坐在书房里(就像我现在这样!)统治半个世界四十二年,天天写信,有时候一个月里能写一千两百封信!

沈灏妈妈要李致行爸爸讲讲在南汇搞四清的故事,李致行爸爸说，阶级斗争，贪污腐化，占集体便宜，无啥故事好讲，沈灏妈妈说，人民公社了，乡下人只有一眼眼自留地，还有啥个阶级斗争，李致行爸爸说，看不出，你好几年不去工作了，不接触社会，外头事体晓得蛮多，看不出，沈灏妈妈说，不出门，报纸总归要翻翻，李致行爸爸指指床边五斗橱上的无线电，说，好像从来没有看见你听无线电，沈灏妈妈说，坏掉了，李致行爸爸说，为啥不拿出去修一修，沈灏妈妈说，小鬼头他爸爸讲，等他回来他自己修，李致行爸爸沉吟了片刻，说，他爸爸到底在啥地方，问过你两次，你都打岔，我就不好意思问下去，沈灏妈妈说，支内呀，李致行爸爸说，支内，啥地方不讲，保密啊？沈灏妈妈说，嗯，李致行爸爸说，啥时候回来探亲？沈灏妈妈说，信都难得写，不晓得，李致行爸爸赶紧安慰她，伸手拿条毛巾给沈灏妈妈抹眼泪，沈灏妈妈说，这死鬼是国家的，不是我的，李致行爸爸说，啥人今天不是国家的，我也是一个十七级的国家干部，沈灏妈妈说，你不能跟他比，李致行爸爸问，他是什么级的干部，回家都不行，沈灏妈妈说，他在酒泉，你千万不要对任何人讲，他说他在为国家国防研究火箭。

14

马立克读书笔记：
　　一三六一年奥斯曼土耳其苏丹穆拉德一世用投降的俘虏建立起自己私人奴隶武装，有意识扩大基督徒阵容，选拔他们在政府中任职，平衡土耳其传统贵族的权力，目光远大。

　　穆罕默德二世，能使用土耳其语，希腊语，斯拉夫语，亚美尼亚语，如亚历山大，二十多岁挥师奥斯曼大军一四五三年攻陷君士坦丁堡，灭拜占庭，西侵巴尔干半岛腹地，东抗御白羊王朝，奠定奥斯曼百年霸业，知语言者知天下，只知槐安语言者安能论天下，知语言者知己知彼，穆罕默德二世先后征服塞尔维亚，摩里亚，波斯尼亚，阿尔巴尼亚，詹达尔奥卢公国，特拉布松帝国，卡拉曼公国，统一了安纳托尼亚，控制了克里木汗国，建学校，建医院，建图书馆，建清真寺，目光远大。

　　十六世纪奥斯曼帝国每年有超过一千名来自各个民族血统和各种改宗伊斯兰的原基督徒等等异教家庭的男孩，选拔出那些天赋最好的，将他们送入官廷学堂，学习阿拉伯语，波斯语，土耳其语，学习《古兰经》，数学，地理，历史，军事，法律，熟悉官廷和政府事务，同时还学习摔跤，射箭，标枪，马术，音乐，诗歌，难以置信，目光远大！

　　真主啊，上山下乡读书无用，又会怎么样呢？

　　李致行爸爸平时叫她沈灏妈妈，两个人沉溺爱河时也叫她沈灏妈妈，沈灏妈妈紧紧抱住李致行爸爸脑袋，李致行爸爸透不过气，掰开沈灏妈妈的手说，你要闷死我啊，沈灏妈妈说，这个辰光不要叫我儿子名字，李致行爸爸说，我不想叫你名字，沈灏妈妈说，我的名字不好听？李致行爸爸说，不是，沈灏妈妈说，那为啥，李致行爸爸说，因为足足有半年我不晓得你的名字，一想起你，心里就叫你沈灏妈妈，沈灏妈妈说，那为啥你现在突然软了，李致行爸爸说，因为你不让我叫了，沈灏妈妈说，变态，李致行爸爸说，其实没关系，沈灏是你儿子，两个字，你叫沈灏妈妈，四个字，两桩事体，沈灏妈妈说，那就叫吧。

李兆熹日记：

《约翰福音》八章，耶稣对信他的人说，你们若常常遵守我的道，就真是我的门徒。《马太福音》五章，耶稣基督的门徒是听从祂的教训和遵守的。

今天见洪牧师，通过他向主耶稣忏悔，因为我欺骗了我的兄弟2767，姚宗藻关心我，保护我，夜里熄灯我半夜坐起来在监房里偷偷为他祈祷，他轻轻问我嘴巴叽哩咕噜讲什么，我说我感谢耶稣保佑了我，保佑了你，姚宗藻说，明明是他保护了我，为什么谢耶稣，我说，不管你信不信耶稣，耶稣是最最爱我们的。洪牧师说，你没有欺骗你这位兄弟呀，我说，我讲的是另一件事体，因为姚宗藻待我像亲兄弟，我出狱之前问他，家里有什么长辈亲人，需要不需要去探望，或者带点什么话给重要朋友，开始他说不要不要，他说家里人三个月可以来提篮桥探监一趟，无啥好讲的了，后来，我出狱前几天，他偷偷对我说，要我出狱之后为他办一件重要事体，洪牧师问是什么重要事体？我老老实实对洪牧师讲，可能是一件犯法的事体，姚宗藻说，他虽然是犯了反革命罪，但是在"文化大革命"初期到处抄家的时期,在几家被红卫兵贴了封条的资本家花园洋房里半夜爬进去拿过几样值钱的古董字画,一直藏在一个同学家里,他请我出狱后,过一段时间太平了,去找那个朋友,说到这里,洪牧师打断他说,你去了?我说,我答应了,主要是我答应了,洪牧师说,但是你没有去,你害怕了,你不敢去,所以你说你骗了这个姓姚的兄弟,主耶稣啊,洪牧师眼睛雪亮啊,洪牧师说,不管碰到的是什么世道,偷盗都是一种罪,让我们为这位不幸的善良兄弟祈祷吧!

朱莉对邦斯舅舅说,我们去长风公园吧,我们请宋老师一道去,你妹妹那里有一台照相机,听说还是德国牌子,让宋老师帮我们拍拍合影,后天是礼拜日,早点跟宋老师约时间,中饭我们三个人吃盖浇饭,原来盖浇饭只有西郊公园有,现在去长风公园划船爬山的年轻人愈来愈多了,也弄出来盖浇饭满足游客,吃过饭再白相,有力气呀,整天公园里都有游客,上海人喜欢闹热,以前长风公园不大有游客,只有春秋两季,学堂组织小学生集体春游秋游,小朋友实在是多呀,平时根本没有几个人影子,好吗,讲话呀,发声音呀,一声不响做啥啦?

邦斯舅舅说,今天你特别话多嘛,不是我不响,是我插不进,你从来没有像今天这样讲话的。朱莉说,你自己批评我话太少,邦斯舅舅说,你今天是有一点反常,去啥个公园去白相都是小事体,你从来不为去哪里白相那么兴奋,今天怎么了,是不是有啥情况?

类似的，有所隐瞒的，含糊，欲说还休，亲密无间的人，他们之间的交流为什么也会发生困难，障碍，误解和被误解，或者害怕被误解，偏偏又是那些心智敏锐的人，想想是非常有趣的，而不是遗憾，人的精力，浪费在斟酌语词中，呼吸节奏变了，撒谎的能量又明显不够，它们同时出现，有时候是交叉出现，很想真诚，又意识到虚伪，要命的是，他和她彼此透明极了，于是他和她就会互相吞噬互相击伤。

15

久无音讯的马立克父亲马箴伦寄回一封家书，有关其中的内容后来一直有几种不同的流传广泛的版本，伴随七七八八的臆测和想象，最后马立克本人出来澄清，家父告诉他，在江西五七干校劳动锻炼了三年之后，中央来了两个神秘人物，拿出一纸调令，将通晓六种语言的翻译家马箴伦带回北京，并吩咐当地有关领导立即安排马箴伦同志的妻子张曼雨去上海治疗类风湿关节炎，待病情稳定之后，再赴北京与其丈夫马箴伦团聚，并协助马箴伦所承担的重大政治任务，他目前已经在重建的中央编译局德语小组开始工作，一切前期筹备差不多都已准备就绪。

马立克的几个房间终于被打扫得干干净净，他目睹了这个时光逆转的过程，街道办事处来了数位力气很大的年轻人，疾风暴雨般，半天光景他们就改变了原有的一切，然后站在房间中央，环顾四周，叹息说这个老房子到底是好，人家到底是高级知识分子，伟大领袖到底还是读书人，大学还是要办的，全党要读书，要读马列主义，晓得马克思恩格斯是什么人吗，德国人！马教授不仅也姓马，听说还精通德语……就这样，快到黄昏了，街道办事处的另外两位笑吟吟女同志陪同马立克母亲张曼雨从华山医院坐三轮车回家，马立克如幻如梦，很有可能，付出这些代价不可避免，许许多多人早已死于自我哀悼，甚至无人哀悼，历史的车轮啊，个人命运和世界的关系就是偶然性与必然性舞台的关系，意志消沉者死，强大者生存，或者得以幸存，但是还会有更残酷的斗争与抵抗，父亲的位置从猪圈上升到管弦乐队的后排，依然是个小小角色，他将看到的未来会怎样一无所知，会有更大的意外、恐怖、震惊，一定、一定、一定。

　　李致行的外公一九四九年之前是一个富裕的绸缎贸易商，三反五反，李致行爸爸（当然啦，那时候世界上还没有李致行呢）作为工作组成员进驻了李致行外公所在的纺织丝绸商会，很快就娶了李致行的妈妈，五十年代公私合营，李致行外公仅剩的两家绸布庄也敲锣打鼓兴高采烈地贡献给人民了，好多年之后李致行妈妈带小小李致行逛街，有一次途经河南中路，李致行妈妈，指了指对街的一家布店，弯腰对着儿子的耳朵说，致行看见吗，对过这家布店以前是你外公的呀，李致行眯着眼睛朝马路对面来回找，说，哪一家，有三家布店呢，李致行妈妈说，寿头，老介福旁边一家，李致行说，这么小啊，李致行妈妈说，外公还有一家布店在四川北路，李致行打断说，外公是资本家，李致行妈妈觉得马路上不方便说这个话题，回到家里，李致行妈妈说，小鬼头吃外公用外公，不可以讲外公坏话，尤其外头不好瞎讲，你外公是工商联民主人士，区政协委员好哦，李致行说，这有啥稀奇，总归是剥削阶级，李致行妈妈说，政府每个月发定息给外公，说明外公不是剥削，懂吗，李致行问，啥叫定息？李致行妈妈说，定息赛过银行利息，外公从前刻苦勤奋晓得吗，赚了许多钱，现在借给政府做生意，定息就是政府付给外公的报酬，懂不懂？李致行说，不懂，外公不劳动，吃吃喝喝，顶多开开会，就算剥削，李致行妈妈说，要死快了，嘴巴犟，养了个吃里扒外的小赤佬，小祖宗，外头不要瞎讲啊！

我信上帝，全能的父，创造天地的主。
我信我主耶稣基督，上帝的独生子；
因着圣灵感孕，从童贞女玛利亚所生；
在本丢·彼拉多手下受难，被钉在十字架上，受死，埋葬；
降在阴间，第三天从死里复活；
升天，坐在全能父的右边；
将来必从那里降临，审判活人、死人。
我信圣灵；
我信圣而公之教会；
我信圣徒相通；
我信罪得赦免；
我信身体复活；

我信永生。阿门！

睁开眼，就是一扇窗，单页，四十五度打开，垂直线有轻微歪斜，唯一的光源，禁闭室在六楼，中性的空间，堆物、档案、更衣、储存、工具、发报、捉迷藏，或许把它遗忘，就像他此时此刻被遗忘，冒险游戏，他是这个空间的统治者，今天已是第七日，安息日，可以远远眺望天空，附近没有比这幢楼更高的高楼，六楼之上是个大平台，站起来走到窗前也看不见马路，窗台几乎有一米多宽挡住了往下看的视线，换句话说，他若站在窗前，外面没有人能够发现他的脑袋出现在某个窗口，因为六楼这排窗口都朝内退缩，非常奇特的设计，它意味着曾有那么一位不知国籍的建筑师，出于不知道的原因，给几十年后的某位偶然的闯入者留下了难题，像碉堡，梳妆台，茫然的白天与黑夜的交替，它的主人不断轮换，一幅体量巨大的荒诞黑白画，两者之间没有过渡，没有方向，没有时钟，没有高度与深度，一幢垂直的石灰岩建筑，厚实坚固，渐渐覆盖八十号水泥与碳酸石灰，在四十五度范围散散步，平安无事，今天没守卫。

朱莉做了一个梦，她和邦斯舅舅去的不是长风公园，而是中山公园，好像邦斯舅舅说那里有个露天音乐台，于是他们去了，恍恍惚惚公园安静，树木不动，他们出了公共汽车站，看见一条河，他们沿着河岸走，没有公园围墙，河对面有一座高高的褐色土堆，天突然变暗，脚下的青草从他们周围的石缝里冒出来，她看见邦斯舅舅在仰头大笑，拉住她的手往那个土堆跑，这时候，天空打雷了……朱莉醒了，邦斯舅舅不在她身边，睡在朱莉身边的男人老刘正鼾声如雷。

关于"起誓"这个词条的几个不同理解：
李兆熹：我对耶稣起誓，别人叫我起誓，我沉默。
马箴伦：通常异教徒都不愿起誓，因为他们相信起誓会受到诅咒。
洪稼犁：一份凭福音做出的誓言会令人无比感动。
邦斯舅舅：我对自己起誓，不对任何人起誓，我不相信今天的人还愿意相信一个人的起誓，既然不相信，又何必叫人起誓呢？
朱莉：我相信起誓，起誓很美好，起誓是花开，花落怎么办？
《马太福音》：你们的话，是，就说是；不是，就说不是。

马立克读书笔记：
　　罗马陷落，东部希腊教会强调一种"正统实践"，过一种隐修的生活，灵性隐修，与正统信仰同样重要。评论，批注，引文，文献不容易看到，需要实践，游泳中学游泳，立地成佛。
　　马克西姆是异端认信者，比马丁·路德早将近一千年，找到正统不容易，偏离正统多么容易，认识上帝通过敬拜和祷告，而非语言可以清晰建构信仰。殊途同归。
　　沉思的作用，祷告形式，与牧师交谈，专注耶稣的名,尼塞福罗斯(十四世纪人)说,不要沉思或默想别的,主耶稣基督,上帝的儿子,可怜我,无论在什么情况下,都不要中断。

16

现在,下半日两点多钟,有人看到他摇摇摆摆从牯岭路地段医院嘈杂门洞里走出来了,估计又混到病假单了,他仿佛刚刚睡醒,飘浮在一团青云中,迷迷糊糊不怎么注意马路上来往的脚踏车,他漫无目的向东边看看,然后踱到一间卖散装啤酒的烟纸店门前,犹豫片刻,打定主意要了两大杯生啤,他熟悉这段石子路的每一家店铺,能闻出它们不同的味道,一股清冽的气泡冲进了他的鼻腔,他抬头仰望那条狭长的蓝灰色天空,它似乎在他头顶旋转,他端起了第二杯琥珀色啤酒,浓浓泡沫流出杯沿,流淌在他脚边,那些白色泡沫朝四面八方流去,渗进了石子街面的黑色缝隙,汇成几条带有麝香气味的溪流,并且照出了他的倒影。

事情刚开始时候总是这样,他买了《许国璋英语》第一册,顾安邦说,学《许国璋英语》,将来只有一种用场,他狐疑地看看顾安邦,说,什么意思?顾安邦说,只好再教学生,除此之外一点点用都不会有,我见的多了,他说,你的意思呢,顾安邦拿过《许国璋英语》第一册,翻了翻,看封底印数,说,你看,第一册印了一百万,可能还会加印，等到第二册，不会超过五十万，《许国璋英语》教材一共四册，我打赌，第四册印十万都卖不掉，他问为什么，顾安邦嘿嘿一笑，这个不能怪许教授，要怪中国人人来疯，尼克松来了，英语热，田中角荣来了，日语热，学外语要花时间要坚持，还要学习方法得法，当然最重要是天赋，还有兴趣，你想想，一百万人开始跑马拉松，几个人可以跑到终点的，几百万人学英语，最后留下来几千，不得了啦！

差不多整个夜里，宋老师打开窗户，明月当空，夜上海，冷冷清清，难得，给自己倒一小杯桂花酒，茫茫烟水着浮身，哎呀呀，湘弦洒遍胭脂泪，香火重生劫后灰，她还是心仪苏曼殊，李清照，语文课早就不讲这些封资修了，近几年新出版了几本谈论古典的书，刘大杰、郭沫若、冯友兰、杨国荣，哲学宋老师不太热衷，她还是喜欢郭沫若，李白与杜甫，蔡文姬，胡笳十八拍，洪波曲，都看了许多遍，画了许多记号，刘大杰好像伟大导师蛮偏爱，不管怎么样，语文课本里目前几乎没有古典文学，上课夹进去一些古典文学典故，名诗名句子，不管学生要听不要听，自己讲起课来，也有劲头，明月几时有，把酒问青天，但愿人长久千里共婵娟，伟大导师好像也推崇苏东坡，哦哦，那个叫马立克的，讲伟大导师一直翻的是二十四史，文学是政治，伟大导师讲文学，兴趣从来不在文学，《武训传》《清宫秘史》《海瑞罢官》，现在又推荐全国人民读《红楼梦》，读《水浒》，《红楼梦》是阶级斗争，《水浒》要害是投降，哪里是文学？这个年轻人厉害，不晓得哪能会看过这么多书？

诱惑啊，少年发育之烦恼，头昏啊，青春之歌之无聊，原来的暗恋骤然降温，他把马立克带到宋老师家，本意找个借口看看宋老师，他不希望他去看宋老师的时候，母亲啊，邦斯舅舅啊，特别是那个朱莉，只要他们几个在，他们就会啰里啰嗦只讲他们的话题，鸡零狗碎，简直难以忍受，他喜欢邦斯舅舅一个人和他说话，这个时候的邦斯舅舅会非常生动有趣，似乎没有什么他不知道的，经历又那么跌宕起伏，为什么三个女人一加入，邦斯舅舅就变得如此无聊呢，不过，他现在好像知道了，男人都喜欢和女人聊天，哪怕话题很没意思，因为男人喜欢女人，讲什么不重要，重要的是要和女人在一起，我的上帝呀（他心里这样默默念，外国小说里学来的，没有人知道他懂不懂上帝），近在咫尺他看见宋老师与马立克，第一次见面就一个暗送秋波，另一个含情脉脉！

很自然的，在某些特别时期，人们无法把他们的真实处境随时记录下来，不是他们没有这个意识，也不完全因为恐惧，这种恐怖未必来自政治环境，还来自某种约定俗成，即不落文字，虽然人们很难统计在那个晦暗时代，是否仍然有一些执拗、怪癖、不晓得利害、自闭、患有妄想症与强迫症的人，一股暗流中的人，不合时宜的人，他们以各种方法记录了他们当时的所思所见，凌乱的词语，逻辑颠倒，密密麻麻，错字连连，在他们那个时期，有能力写作的文人都鸦雀无声，如惊弓之鸟，他们没有必要用文字为自己事先留下犯罪证据，他们相信世界已经到了最后阶段，这是最后的斗争，旧世界打个落花流水，他们没有能力处理他们正在亲历的惊悚现实，把它们概括、压缩、命名，他们的心灵生活难以存在，因频受磨损、消耗、出卖、打击而渐渐退化，不再用文字记录他们的时代，更不值得写下他们当时的心灵，人们浑浑噩噩，只有野心家在黑暗中睁大了他们的眼睛。

这是他的第一份工作，未来开始了，工厂生涯他当然知道一些，他并不兴奋，反忐忑不安，可以确定的是，他与无所事事的生活告别了，这就是他的成人礼，从今以后，他必须很早起床，提前给闹钟上发条，迅速穿衣，把稀饭放到煤气灶上点火，匆匆洗漱，匆匆把烫嘴的早餐呼啦呼啦吞入肚子，冬季来临了，街上积有薄冰，肮脏的空气肮脏的菜场，云层灰暗，嘈杂的成都路一路向北，都是匆匆的行人，买菜的妇女和上班的男人，灰头土脸，无精打采赶路，默默地疾行，嘴唇紧闭，远处喧哗声嗡嗡嗡嗡，无产阶级的一天开始了，抬头挺胸，举手的森林，欢呼致敬。

17

马馘伦教授的历史问题有了结论，敌我矛盾作为人民内部矛盾处理，恢复发放全额工资，可以正常工作了，接受的第一项任务是审读马克思恩格斯全集重译稿中的法文著作和德文著作里的法文注解，从蒲鲁东《贫困的哲学》

与马克思《哲学的贫困》对照校勘入手，久违了十九世纪的法国与德国，久违了法国咸棍面包，食堂供应白菜鸡蛋饺子，每人可以添半份，真想念韭菜鸡蛋饺子，有鸡蛋可以啦，遇见了老钱老金和老徐，渡尽劫波余生在，夕阳虽好却黄昏，真不易真不易，下午继续埋头校勘，逐字逐句兢兢业业，时光流逝如飞矢，不知北楼窗外已是晚霞满天，马教授站起身弯弯腰，看着北京晚霞却想起江西五七干校的赤日百里，不禁出神一笑，少顷，遂收拾桌面准备回家，只见厚厚几沓书稿旁边有几页废纸，上面以工工整整的法文与中文写成对照表，法文在前中文在后：鱼子酱，菠菜泥，咸金枪鱼，干鱼子，风干咸鲱鱼，油焖白菜，鲜奶油，沙丁鱼，黄油盐渍蚕豆，青豆泥，鳀鱼……最末一行注：拉伯雷，《巨人传》。

他到那家修理工场报到不到两个礼拜就请了病假，他的手掌被一只铅皮桶的锋利破口划伤了，挖防空洞是他的第一份工作，他知道了病假与工伤休息的重大区别，前者不仅要记录在出勤卡中而且会影响月底发工资时扣奖金，后者则什么都不扣除，所以他的第一次是工伤，为工作而受伤，不是身残体弱的生病，受了工伤的工人老师傅一个个神气活现拿着一张休息假条好像英雄凯旋，感冒发烧拉肚子，一个个装得像痨病鬼，其实工人老师傅们大多会装病，他们之所以不愿意装病开假条，无非为了月底发薪水不被扣奖金，所以工人老师傅不仅不装病，就是真的感冒发烧也不请病假，所以党支部书记就表扬生了病还坚持工作的工人老师傅，称赞他们是铁人王进喜，活雷锋。

江楚天的招工通知来得最慢，淮海坊三支弄的邻居们纷纷猜测，皇帝不急急太监，江楚天一身轻松，荡来荡去跟一帮比他小一两岁的中学生下陆军棋，江楚天嘀嘀咕咕说，没有几天好白相啰，要收骨头啰，邻居问，江楚天你怎么一点都不着急，你们班，留在上海工矿的，只剩你一个没有接到通知了，江楚天说，急有啥用，不见得通知被人偷走了，这个又不能冒名顶替的，邻居说，啥人这样笨，偷你通知有屁用，人家不可以调包啊，拿你的名额，暗地里给了另一个同学，江楚天说，不可能，啥人胆子这么大？邻居说，我这是讲讲的，反正你要去问问，江楚天说，问啥人啊，问学校，还是问邮局？邻居说，奇怪了，你的事体自己不起劲，关心你，你跟我辩论半天，不知好歹，拉倒拉倒。

续马馘伦教授翻译的拉伯雷食单：水田芥，啤酒花，小野菜，风铃菜，野蘑，芦笋，欧芹，咸鲑鱼，咸鳗鱼，带壳牡蛎，糖醋海鳗，小鲻鱼，鲸鱼，煎牡蛎，火鱼，鲃鱼，鳐鱼，鲭鱼，扇贝，鳟鱼，墨斗鱼，西鲱鱼，虾，白鲑，章鱼。

学习《实践论》《矛盾论》读书札记，摘自马馘伦调去北京工作之后的私人笔记本：

……作为实践数学家和实验科学家的皮尔士，对文化领域反而更加有兴趣，矛盾的对立和统一，反映在一个人的多样性矛盾可以集于一身，詹姆斯呢，并不十分在乎康德黑格尔，相对皮尔士和杜威，他对宗教问题更有兴趣，杜威深受黑格尔影响，激进的反康德主义者，更关注政治和教育，重点并不在科学或宗教……不妨做一个假设：主席解决了宗教问题，也解决了科学问题，科学社会主义就是宗教加科学，剩下三个问题没有解决，或没有彻底解决，即文化、教育、政治，改革教育，"文化大革命"，就是解决没有解决的历史任务，但是，政治究竟如何定义，还是不清楚，实践是一种动态过程，所以政治就千变万化，一切事物都在运动中，事物经常会朝它的对立面转化，所以没有一成不变的政治？反苏联修正主义，是为了反美帝国主义，请美国总统来，又是为了反苏联社会帝国主义，没有永远的联盟，"实践"就是实用，"矛盾"就是变来变去，深不见底啊。

房间烟雾缭绕，母亲和邦斯舅舅还有朱莉，母亲躺在床上，一条手臂伸出来，手指夹住一支香烟，向一只碟子弹香烟灰，朱莉坐在床沿，似乎也心情无比美好地正在深吸手中的那支烟卷，然后把她美丽的胳膊伸向天花板，吐出一连串小小的烟圈，邦斯舅舅站在她们两个女人的对面，表情欢快，右手食指与拇指捏牢一截香烟屁股，正在吟唱京戏《苏三起解》，他平时通常黯淡无神的两眼熠熠生辉，房间里薄雾升腾视线模糊，朱莉与这兄妹俩，邦斯舅舅与他的女人和妹妹，三人各怀心事，这一无法忘怀的场景现在又浮现出来，逼近眼前。

东东说，粘胶水要小心，绝对不好用手指头，艾菲说，晓得，手指头太龌龊，弄得一塌糊涂，东东说，用自来火棒头挑一点点就可以了，中心涂一小点，不要涂到外围，不然粘好后四面胶水会挤出来，拿小刀去刮，总归会弄龌龊，艾菲说，这个炮塔和炮筒哪能粘得起来，东东说，这个好弄，先了炮塔当中画好位置，用铅笔点个记号，再拿这把锥子轻轻钻一个小洞眼，懂了吗？艾菲说，我有数了，东东说，我还没有讲完，你就懂了？艾菲说，挖只洞眼，再涂胶水，双保险，不对吗，东东说，对是对的，但是这次胶水可以多一点，艾菲问，为啥？东东说，胶水稍微多一点，炮筒压进去，挤出来一小圈胶水不要碰，等它干透，这个炮身炮塔就很结实，最后，我们再用灰颜色涂一涂，整体，局部，乓乓响！

一九七二年的东东枪式还是比较老魁，就是老卵，以前东东非常老卵，养金鱼，做航模，游泳，拉单杠撑双杠，隆康坊东面地盘白相的弄堂模子当中有点小名气，样样要摆魁，但是东东很少在他面前摆魁，两个原因，一，东东小说书没有他看得多，二，凡是东东擅长玩的几样东西，养鱼和体育，他碰都不碰，做航模嘛，也就是近几天刚刚发生兴趣，东东前几年等分配，天天野了弄堂里瞎玩，俯卧撑举杠铃，胸大肌三角肌背阔肌，向明中学游泳池回来，东东拎个汗衫背心赤了个膊，肚皮上方六块棱角分明的腹肌，真真神气十足，后来邻居们突然发现东东变文雅了，弄堂里不大看见东东的身影，他躲在家里除了做航模养金鱼，据说开始发奋读书了，读书总是会有用的，大概很多男孩子都是这样的吧,突然发奋,就像突然爱上一个女孩,东东那时身边没有女孩,但是有一天,东东发现纤纤在哥哥眼皮底下和邦斯舅舅的外甥好上了。

18

他做了一个梦:弄堂里熙熙攘攘,许多人,好像都站在甲板上,前方灯塔的光柱像探照灯那样垂直地向天上照去,许多人似乎在议论,现在我们不是等船,是等飞机,有个人说,不是等飞机,旁边的人问他,不是等飞机,那是等什么?这个人说,是在等火箭,这时候升起了雾气,这个人不见了,熙熙攘攘的人朝前面拥挤,他觉得他抬不起脚,两只脚好像被灌了铅,后来,好像艾菲问他,你有胶水么,他很奇怪,说,现在这个紧急情况,要胶水干什么,艾菲朝他诡异地笑笑,然后他就醒了。

洪稼犁牧师说,人都会做坏事,李兆熹说,一个人如果做了许多好事,又做了一件坏事,他的罪是不是比较轻呢?洪稼犁牧师说,我问你,如果一个人一直做坏事、做错事,那么他会不会做一件对的事、会不会做一件正确的事呢?李兆熹说,我不知道答案,关于这个问题,正是我今天要听取洪牧师教诲的,我们的主耶稣祂会怎么看呢?洪稼犁牧师说,我亲爱的李兄弟,我今天不讲主耶稣怎么说,我给你讲个犹太人的笑话吧——有一个女孩子名字叫莎拉,她每天早晨都要吃面包片,但是她每次不小心把面包片掉在地板上的时候，涂了果酱的一面总是朝地，不过有一天，莎拉又把面包片掉地上了，果酱居然没有朝着地下，于是莎拉就去问她的教堂主持，是不是上帝显灵了？教堂主持回答莎拉说，那是你把果酱涂错了面。

邦斯舅舅一九七四年写给他妹妹的信，其中有大半页讲到了烟草，邦斯舅舅为节省信纸，字写得小：

……烟草与马铃薯、番茄、辣椒、矮牵牛一样，属于茄科植物，西方人把植物分类，无数个"种"构成"属"，又无数个"属"构成了"科"，香烟属于茄科烟草属烟草种，所以出现了"茄科植物""烟草属植物"的不同叫法……烟草的学名，用的是拉丁文，有属名的意思，印第安人的语言里，烟草就是"烟"。现在全世界都用拉丁文来表述植物的学名，这个规范是林奈确立的，就是"二名法"，我五十年代在上海自然博物馆业余看植物学的书，因为自己吸烟，就专门看了烟草这个部分，烟草的学名是世界通用的……我们现在吸的普通香烟，以野生林烟草为母本，以绒毛烟草组的野生绒毛状烟草为父本天然杂交而成的"双二倍体"，因染色体数目加倍不同，所以它的特性兼有母本和父本的遗传，从这个植物的基因起源，我们现在吸的烟草应该诞生在南美安第斯山脉，在玻利维亚和阿根廷，生长区域在海拔一千五百米左右……烟草可以栽培，比如黄花烟草，尼古丁含量高，香和味皆不好，我在青海吸的烟就是黄花烟草，新疆甘肃青海一带都叫它"莫合烟"，或者"马合烟"，俄语发音，我吸了十几年，用报纸卷来吸，我一九七〇年回上海探视母亲大人，她看我咳嗽痰多，恳切嘱咐我不要再吸烟，说她自己也吸了大半辈子烟，老年后落下一个哮喘，我听了母亲话，当天就把烟戒了，现在我偶尔吸一支烟纯粹为了大家开心，不足为训的。

东东按照几本大哥林林留给他的六十年代初的过期《航空知识》图片，数易其稿，割爱许多细节之后，择其大概，仍然远远超过翼风航模商店橱窗里的样品，手工做了一架米格7歼击机，机身八英寸长，涂了银灰色，用一张红色玻璃糖果纸刻出两颗绿豆大小的五角星，据他说他刻了两个下午，整整一个工作日，报废了七颗星，报废了三片剃须刀片，东东无比细心地将那两颗薄如蝉翼的玻璃纸五角星用清水贴附在米格7的机翼两侧，迎着午后洒落在天井里的逆向阳光，他把那架泛着银光的战斗雄鹰高高托向蓝天，沉浸在一种只有他感觉得到的幻想中，呈现在几乎要让他眩晕的天光之下的两道舒缓的机身弧线，以及伸开双臂般的两翼，东东窒息了，为它的不可一世，为它想象中的舱体、构件、性能、航速、攻击力，他窒息了。

肉眼所见，文字无法追赶与捕捉，描述永远是滞后的，失去的场景，它们沉睡在缄默的抽象概念中，回述一个情节就是重塑一个情节，它子虚乌有，是语言，将一切心里想的、幻觉的、错置的、被刻意修饰的、自我伪装的、精心回避的内在经验、意识、渴望、疯癫以完整或分散的形式进入一种个人化的字里行间，换一个词或挪动一个词都会改变你想召回的世界，别人的世界，这个世界之中有无数的小世界，如同邦斯舅舅所讲的植物分类，目、属、科直至个体：最后的单元，所有的戏剧性，都浓缩在每一个瞬间即逝的有形无常的情节中，啪啪啪！

他们四人已饥肠辘辘，夜之淮海中路寒风呼号黑灯瞎火，一种甘愿忍饥受冻的自豪感鼓舞了这几位少年，他们鱼贯进入培文公寓"戊"门，楼道的电灯泡不翼而飞，黑影脚步中实物和幻觉混作一处，江湖结拜知音难觅，他们此时的目的地是八层楼的大露台，像游击队突袭侦察，神不知鬼不觉，黑暗里的白日梦，他们究竟在寻找什么，某种脱离大集体的欲望，背叛，出走，另立门户另立山头，一个精悍的团伙，他们明天太阳升起后就有了一个组织有了一个名，反到底，反什么，其实他们并没有认真讨论，取这个名，是因为更多的名已经被人征用，他们不愿重复别人，特别是太有名太熟悉太附近的，必须避开，不能拾人牙慧，做跟屁虫，一切资产阶级一切传统观念统统要砸烂打倒，他们喘着气走完了十八级台阶乘以八层总共等于一百四十四级台阶，列队站在星光之下，白天的呼啸已经远去明天又将掀起新的风暴，这一切的背后到底是历史在推动革命还是革命推动了历史，此类的争论在他们从来没有结果，他们享受争论的快感，参与或模仿大人的行为与组织方式，就是自己造就自己的实践游戏，或游戏式的舞台排演，在漫长的他们共同度过的三年半的小学生涯中，少年宫的合唱团舞蹈团小话剧团居然都没有他们的名字，那帮马屁精，人才埋没怀才不遇啊！

米什莱说，米什莱是谁？一个法国人，十九世纪的历史学家，哦，没听说过，米什莱说，识文断字者永远痛苦，生活也不轻松……完了？就这么两句，没讲啥呀，我也这么认为，中国老话也有许多类似的，识字多，想法多，瞻前顾后，敏感多虑，至少烦恼多，他不是这个意思，他的意思是特别指写作的识字断字者，为什么，因为他们的一切生活都要过两遍，生活一遍，再回忆一遍，那是讲写小说的，想象一遍等同于回忆一遍，那大多数不写作的人，他们难道不回忆吗，我觉得他们回忆得厉害，那些唠唠叨叨的老人，女人，受过刺激的，吃过苦的，有秘密不能说的，享过福的，年轻过的漂亮过的……我们不讲一般人好不好，就讲回忆的人，讲用回忆的形式讲故事的人，回忆也好虚构也好，虚构就是想象出来的、已经发生过的事情，不是吗，是这样子，那又如何呢？他想了一想，斟酌词句，然后说：回忆，需要将眼前的生活停顿下来，于是回忆就成了一种"生活"，哦，就这些啊，我还以为你有惊世骇论呢，说白了，任何一个人，一个人躲在家里，无所事事，他断断续续想他过去的事，以前的事，前天或昨天的事，统统都是回忆，都要把生活停顿下来，他的心理活动你看不见，他的内心你看不见，难道不是这样吗，我的巴尔扎克？

19

马立克读书笔记摘录：

民弱则国强，民强则国弱，故有道之国，务在弱民，说得赤裸裸，商鞅时代只有贵族断文识字，不怕赤裸裸，传授帝王统治术，能制天下者必先制其民，能胜强敌者必先胜其民，攘外先必安内，宁赠友邦不与家奴，故人民不足惜，政胜其民，谓兵强，《商君书》反人民反马克思主义，人民万岁是口号，为人民服务，让人民害怕，民辱则贵爵，弱则尊官，贫则重赏，社会主义和商鞅主义，古为今用推陈出新，反封资修，以资反封，转化为以封反修，矛盾转化不一定是客观规律而是主观需要，个人在历史上的作用。

一九七一年九月某日夜饭之后，他们四个人又猫在路灯下打扑克，孙继中艾菲搭档，江楚天李致行联手，隆康坊大战淮海坊，他和纤纤在旁观看，六个人围了一圈，六个人，原本可以打大怪路子，三对三，开始有人提出让纤纤也参加，话音未落就遭到反对，说纤纤是女孩子，纤纤说，我来来无所谓，不过你不要讲我女孩子，比你差，艾菲说，主要是纤纤不熟悉我们几个人的牌路子，不是讲你不会打牌，孙继中说，纤纤要不把你小哥哥东东叫过来，纤纤白了孙继中一眼，说，人家根本不想跟七二届小鬼头一道打牌呢，小哥哥没空，艾菲说，纤纤不打牌不要紧，要紧的是还有五个人，啥人发扬风格？纤纤说，抽签抽签，我最欢喜看大家抽签，江楚天说，孙继中专门踏一部脚踏车过来叫我打牌，我再拖一个李致行，不见得还要抽签打牌吧，李致行说，我其实也无所谓的，不打牌，大家吹吹牛皮也蛮好的，孙继中说，明年要毕业分配了，以后大家一道白相机会越来越少,李致行说,分配就是分配,毕业个屁啊,读点啥个书啊,艾菲说,打牌不打了是吗,改吹牛皮了,纤纤说,阿诺你哪能一句话不讲,他们三个人铁定是要打牌的,孙继中江楚天李致行,还有一个艾菲,你不想想,扑克牌是艾菲的,你好意思跟艾菲抢最后一个名额吗,阿诺?

"阿诺"就是邦斯舅舅的外甥,那个"他"。

一九六六年八月红卫兵扫四旧把扑克牌的西方资产阶级图案改掉了,移风易俗,几只老人头一律改成工农兵形象,结果民间革命群众纷纷反映打牌变得寡然无趣,爱司老开皮蛋夹钩总不见得改成马恩列斯,我们的伟大统帅摆在什么位置?革命狂潮消退,娱乐活动悄悄复辟,最快恢复的业余生活还是打扑克牌,阳春白雪不及下里巴人,成本低,随身携带,有利于节约闹革命,城市农村部队工矿天南地北,这个外来货和中国历史文化毫无关系的纸质阿拉伯数字图片,全面占领了社会主义神州大地,中国民间牌九骰子麻将统统扫除得一干二净,只剩这个成本低廉的扑克牌仍在广泛盛行,一九七一年秋天的这六个少年男女,远远望去,他们围作一圈手忙脚乱地把艾菲三副狮虎牌扑克挑出两副来,狮虎牌扑克纸质挺刮优良,骨子虽硬却富有弹力,洗牌手感好,发牌不粘手,老开皮蛋夹钩印得好,看上去就惬意。

宋老师一九七四年寄马立克手抄旧体诗一首,兹敬录下左:

怅望窗前日暮云，一声离雁孤绝尘。
天涯旧城空谷音，海角听侬有几人。
梦回知否来故客，何必剪烛欲相寻。
记曾春尽江南雨，重阳时节到夜分。

宋　筝

　　你能否从失恋的钝痛中快速走出来，其实这个根本谈不上是恋爱，根本就没有发生恋爱，仅仅是，仅仅是一场被你凭空杜撰的恋爱，那个女人根本没有意识到你在暗恋她，或者有那么一点点感觉，但她不愿意朝那个方向去想，所以她才会毫无顾忌地当着你的面，对你带去的这个青年男子表示了不可遏制的好感，就像她把你当作一个孩子，她是中学语文老师，她喜欢男学生，你就是她的学生，难道你不是这样称呼她的吗，尽管你心里觉得自己很了不起，你很骄傲，她看得出你内心骄傲，但她知道你的缺点，你的羞怯，你的脱离实际，她知道你的纯洁与干净，你不可能是她意中人，因为你太小！去爱一个与你年纪相仿的女孩吧，不管你们的初恋是否失败，当然，初恋总是要失败的，你不同意，说分手也行，反正，年纪相仿的年轻男女必须要有同代人话题，你怎么可能懂得大你二十岁的宋老师！你必须爱上新的人，哪怕寻找另外一个能使你沉醉的爱之幻影，这取决于你的依恋模式，如果还不是恋爱模式的话。你和宋老师不能算分手，记住，你们什么都没有发生，你仍然可以见到她，她是朱莉的朋友也是你母亲和邦斯舅舅的朋友，你完全应该冷静下来，去寻找你的新欢，这并不是一个特别棘手的问题，根本就没有任何问题。

修正主义是对的，人都要犯错误，犯了错误就要改正，改正第一是改，错误改掉了，第二步，以后怎么办？答案是，必须修正，不断犯错误，不断修正错误修正理论，就是修正主义，修正主义是强调动态的历史发展与错综复杂的现实变化，强调一切理论为实践服务而不是实践为理论服务，为人民服务是一句空话，没有这句话，人民为自己服务从来就是一个事实，人民为人民服务，其实就是相互服务相互依存，人类分工就是人民相互依存相互服务，服务不可能是免费的，所以付钞票，你为我服务了，我付你钞票，下次我有力气服务别人了，就收别人钞票，亲眷朋友可以相互帮忙，相互服务不收钞票，但是彼此认得，礼尚往来，人情记牢了，大家有机会，但是对陌生人，买他东西，只好付钞票，不付钞票，这个人情怎么还？陌生人白白送你一件衣裳穿，不要你付钞票，可能吗，他吃西北风啊？共产主义，废除商品交换，废除钞票，商店统统变成供应站，大家排队领食品，商品越来越少，为啥？因为没有积极性，为人民服务，好像原来全世界的人都不知道"人人为我，我为人人"。

20

两排灰砖楼房，由东往西平行矗立在小花园中，朝阳一排面向大街，朝内一排面向树荫，每排底层有五个拱券门洞，四级台阶，阳光耀眼，垂直的走道隐入幽暗，许多年之后看着籍里柯画册里的米兰与都灵，一条街道的忧郁与神秘，凝固的下午，一部厢式卡车无缘无故停在路旁，在那个时期成长，命定会在将来回忆它，而它已消亡，以梦的形式，图片的形式，电影的形式，以文字的形式，曾经路经此地的过路人，其中生活过的几辈人，租客与投靠亲友的乡下姑娘，他们还记得起吗，不可能的忧郁与神秘，还有龌龊，拥挤，失窃，打架以及病故与自杀，陌生和熟悉的辩证法，记忆的修正主义，这种很难唤醒的生活之流，对面是个设备简陋的民办小学，它一成不变的坡顶与木架敞廊，在他的印象里，从对街的籍里柯视线眺望，如一条宽阔的舞台布景，忧郁，冰冷，神秘。

　　戒烟很容易，海明威说，我已经戒了一千次了，这不是承诺更不是炫耀他的风格，他是告诉人们，语文就是陷阱，它会把一个问题偷换成另一个问题，戒烟很容易，戒了一千次如同登山登了一千次，这不是一则关于戒烟不成功的笑话，关于叙事中旁逸出去的变奏，亦非隐喻，故意与一部分读者偏执地关心人物情节的阅读习惯过不去，刻意打断，让叙事夹杂无关之物，保留应该大刀阔斧删除的冗余段落，不可逆转，无法拒斥的诱惑，写作的诱惑必须激起新的阅读诱惑，忘我写作与被注意到的写作，它们，它们的历史，真实或者虚构，并行不悖，并置，有一些躲躲闪闪，从虚构世界闯进了现实世界，它们开始振动开始呼吸，可惜，这个徒有其表灰乎乎庞大都市已经成功地捍卫了它革命的新形式，它以激进的表象走向倒退，衰败，停滞不前，还不仅仅停滞不前：蓄意地开倒车，一种机械唯物主义者唯意志论者的共振，它想以体面的形式离开权力角逐场，为了留下自己的行迹，它们酷爱永不休止的运动，自己既不记录自己的言与行，也绝不允许他人来记录它们的言与行，它们继续自身理想，塑造历史，时刻准备着，为人类史上最壮丽的事业而奋斗终生。

阿诺十八岁了，他在十八岁生日的前一天给李致行写信，李致行此前给阿诺写了一封长信，说自己那时正在江西南昌做社会调查，一个偶然机会，四处流窜访学寻友的李致行意外在上饶火车站旁边一家招待所遇到了来自马鞍山的采购员李敏行，他们睡通铺而认识了，交换姓名时发现两个人的名字只差中间一个字，而且从这一字之差看，两人好像是兄弟，他们换了铺位，挨在一起睡，也可以互相关照，人在旅途，十几个来自五湖四海风尘仆仆的住宿者高声谈笑，也有沉默不言者，面对墙壁倒头大睡。采购员李敏行与李致行一见如故，无所不聊，到了下半夜其他投宿者都一个一个进入梦乡，他们开始轻轻低声交谈，其中一个非常重要的话题，令李致行惊骇无比，即发生在十年之前的"三年自然灾害"的的确确饿死了许多人，李敏行对李致行耳语，我老家凤阳一带，全家饿死，绝门绝户，据说全村饿死的都有，李致行把自己裹在被窝筒里听见自己心脏咚咚咚狂跳。

马鍼伦给儿子马立克的家书摘要：

多读经典是对的，但是什么是经典？词源学上它来自classis,"船队"的意思,丰富、庞大、有条有理,另外,一部经典作品乃同类书中十分突出的书,后世人对它崇拜得无以复加……普鲁塔克说,亚历山大总把《伊利亚特》和宝剑藏在枕下,但是没有一个希腊人会认为《伊利亚特》每一个字都是完美无缺……中国禅语说,智者无知,知者无智,有许多层意思,你自己琢磨吧。

快有三年了,李致行或许早已忘记了一九七一年九月那个晚上,他被江楚天和孙继中拉去隆康坊打扑克牌,起先商量六个人玩大怪路子,后来因为阿诺隔壁的女孩纤纤不高兴了,就决定改为四个人玩二对二的中怪,他们于是乱哄哄将艾菲混在一起的三副狮虎牌扑克捡出一百零八张,最后李致行审核花色点数,他把八张爱司八张老开八张皮蛋依大小排成整整齐齐的纵队阵型,忽然想起什么似的,抽出四张老开,黑桃老开、红桃老开、梅花老开和方块老开,端详片刻说,你们发现吗,这四只老开有啥不一样,于是,大家都从桌上抢抓那几张老开看,说没啥呀,好像三只老开都佩剑,只有一只老开拿斧头,李致行说,是吗,我倒没有发现这个斧头,艾菲说,快点讲呀,讲好了马上打牌了,李致行把四张花色不同的老开平铺在桌面上,说,你们看,三只老开有胡子,只有这只红桃老开胡子刮得精光,不像老开,倒像小开,江楚天把红桃老开捏了手里,看了会,慢吞吞说,K的意思是国王,国王照外国人规矩,应该留胡子。

马立克致父亲马馘伦的家书摘要：

……何乃谦老先生已在近日拜访，何老知道父亲调京工作，亦喜亦忧，毕竟惊弓之鸟，浦卓运先生两次上门造访不遇，后一次问其邻居，邻居无语而走避，不知福兮祸兮……父亲嘱我多读经典，不知反经典的是不是也可以是经典，儿子不才，抛弃专业乱读书都不敢告诉父亲，担心父亲担心我，我不问政治，请父亲放心，请教父亲一个问题，尽管对这个问题儿子心中已有答案：最高的经典常常尖锐抵触，冰火不同器，你死而我活，同时读南辕北辙的经典，又该何去何从？以儿浅见，中国古话多半鬼话，正一句，反一句，父亲引用的"智者无知，知者无智"当然指出大半真相，但与苏格拉底比较，我只知道我一无所知，后者是开放性的谦逊，又是对智慧的喜爱，他讨论了那么多的问题，人的根本问题，价值超过了希腊巴尔干，中国的禅学卖弄聪明，以禅机公案，真假难辨，摆出无所不知洞若观火却指东道西草船借箭暗度陈仓，儿子以为这是中国传统之黑暗面，不可不察——另：尼采写《敌基督》与《偶像之黄昏》，能算经典吗，如果算，《圣经》又该如何安放？

马馘伦回复马立克的家书摘要：

贺拉斯曾感叹云："有时候，这位荷马像是睡着了"。经典不意味它字字是真理，经典是讲理，辩护，争论，阐述，它说什么，都有它的特殊对象，柏拉图式对话，可以探讨问题，《论语》是学生对老师的回忆和记录,也有对话的成分,我不同意中国文化是鬼话,即使中国鬼话我们也要整理研究,中国迷信,道教巫蛊,都应该研究不要一棍子打死……最后一个问题,尼采哲学当然是经典,你问我,那么《圣经》如何安放?你父亲不信有神论,从我作为一个文化哲学工作者,给你的回答是:摩西五经,希伯来圣经,《新约》和《古兰经》皆非经典,它们是"圣典"。

李兆熹日记摘录:

我们在天上的父,愿人都尊祢的名为圣。愿祢的国降临。愿祢的旨意行在地上,如同行在天上。我们日用的饮食,今日赐给我们。免我们的债,如同我们免了人的债。不叫我们遇见试探,救我们脱离凶恶。因为国度、权柄、荣耀,全是祢的,直到永远。阿门!

今天终于拜访到了姚宗藻兄弟托我寻找的张守诚兄弟,张先生人非常诚恳,说姚宗藻托他保管的东西(他问我,姚先生在监狱里有没有告诉我,有什么具体东西,譬如啥人画的书画,我说没有具体讲,因为我完全不懂古董字画,张守诚先生听过噢了一声)大部分都在,请他放心。我讲,我现在没有机会告诉姚先生,写信不行,写信的话提篮桥监狱会拆检,张先生问,那么姚先生哪能晓得这个消息呢,我说,姚先生在我出狱之前告诉我,今年年底会有一个姓刘的人打传呼电话给我,然后这个刘姓兄弟再来找你,我只不过帮你们双方联络,具体你们自己谈。

总算一件心事落地,姚宗藻兄弟为你祷告,阿门!

21

邦斯舅舅一九七四年岁末回上海,由于阿诺表哥结婚,麦加里房子邦斯舅舅不能再住了,说起来麦加里房子还是邦斯舅舅民国三十五年租赁的,户主本来是他,一九五一年邦斯舅舅因反革命罪入狱,户口吊销,出狱后迁回麦加里,户口簿户主早就改为阿诺外公名字了,好景不长,不识时务的邦斯舅舅命也实在不好,一九五七年年底他被自然博物馆开除公职,卷铺盖发配到青海劳改农场,判劳改,听起来好像比判徒刑罪孽轻,其实比判徒刑更加令人绝望——劳改,也就是劳动改造,劳改不像判了徒刑有一个明确的时间限度,虽然住宿条件稍好于提篮桥铁窗监房,身体不被禁锢,天苍苍野茫茫,风吹草低无牛羊,盐碱戈壁,昆仑山下一根草死在那里芦苇裹尸无人晓,基本就是一个变相的无期徒刑还盼望个啥?

除了邦斯舅舅自己和朱莉(阿诺猜想朱莉也未必知道许多),家里剩下的几个远近亲戚,没有人知道他在青海的十几年究竟是怎么熬过来的,没有人问,不忍心问,见了面就是好消息,人健健康康的,黑了,瘦了,老了,然后坐下吃饭,谁不老,谁不瘦?劳动改造上山下乡五七干校广阔天地大有作为,城市乡村男男女女谁不是熬过来的?阿诺一开始也不敢问,即便想问,又不知道应该怎么问,这回知道邦斯舅舅要借住南码头大姨妈的房子,而且一住就是两个月，他暗地思忖，我应该问问邦斯舅舅一点什么了。

江楚天一九七六年初写给李致行的一封信函，摘要如次：

……我们这里情况差不多，都在观望，除了观望还能做什么，不，我不喜欢猜测，猜测也得有根据，有情报，有内线，而且要有多方面的线索，知己知彼，全是流言，谣言，既不相信，又不要全不相信，流言背后有背景，谣言背后有民意……那两本书千万不要寄给我，现在邮件检查很厉害，一封信走一个星期，印刷品要走一个月，书拆开检查，毫不掩饰，邮包撕破，就拿绳子扎一扎，明确告诉你，我们是要拆开检查的，马克思厌恶普鲁士书报检查制度，这里是邮包检查，不需要制度……今年春节你回上海过吗，如果回上海，把两本书随身带回了，韶关的卷烟丝不错，颜色金黄，富含烟油（不是尼古丁），加工比较粗糙，少带几包，切得细一点……附言：查到红桃老开是谁了，查理曼大帝，公元七四二至八一四，法兰克国王，后来加冕为"罗马人的皇帝"，在位十四年期间东征西讨，控制了大半个欧洲版图，扑克牌上的红桃老开图像来自一幅查理曼的木刻版画，画家不小心，手里的凿子一滑动，把查理曼上唇的胡子刮掉了，将错就错，从此成了查理曼的标准像。

年底，阿诺的大姨妈去了无锡，大姨妈二女儿生了一个女孩，大姨妈要去伺候二女儿坐月子，正好把南码头的老房子空出来让邦斯舅舅住，但是这两件事碰在一道并非是巧合，因为大姨妈早就知道她的二女儿今年年底要生产，大姨妈把这个喜讯写信告诉阿诺的母亲，于是母亲就想到邦斯舅舅现在回上海无处落脚，是否可以让她的四哥（从小，大姨妈一直叫邦斯舅舅"四哥"）在大姨妈离家探望二女儿期间，可以使用她的房子，安安静静住一阵，说四哥不容易，学历最高人最聪明父母又最宠爱，五十多岁了一个人待在青海高原，至今还孑然一身呢，两个老姐妹拿着手帕边抹眼泪边拉家常，大姨妈才知道表妹表妹夫在"文化大革命"中吃的苦，阿诺母亲也第一次知道了这么多年两家一直没联系，是因为大姨父一九六九年已去世，大姨妈心情不好，现在二女儿出嫁了又要做妈妈，大姨妈才渐渐开朗，阿诺母亲问大姨妈，表姐夫生了什么病，大姨妈"哇"的一声嚎啕大哭，于是乎两女人抱成一团。

现在阿诺渴望看到的南码头那个下午，裤兜里装了母亲画的行走路线，公共汽车穿越八仙桥闹市，经过长长的通衢大道中山南路拐进鲁班路，另一种心烦意乱的拥挤与杂沓，板条泥墁和瓦楞铁皮搭建的简陋房屋，停靠制造局路时，他无意识提前下车，因缘际会，公共汽车离站了卷起尘土，按照方向所示街景渐渐生疏，大片大片的工厂区出现了，高墙接着高墙，墙根堆满铸件、轮胎与锈斑累累的废铜烂铁，缝隙中长满野草和蕨丛，几乎没有行人只有笨重的载货卡车不断从身边驶过，带着一股浓烈的腐木、煤渣和铁屑粉尘扬起的怪味，酸涩而呛鼻，这里景观完全不同于他所习惯的城内小作坊，他恍惚想起了恩格斯高尔基笔下的早期工厂，两者似乎很不相同，这里没有嘈杂吵闹，寂寥、荒凉，如化外之地。

邦斯舅舅寄给他外甥的一页纸条，附在给他的毓琇妹信里，摘录如次：

> 六十年代后，我在兰州郊区定远见过种有黄花烟的烟田，记得吗，莫合烟的原料就是黄花烟这个品种，兰州一带的人多吸水烟，他们与新疆人吸手卷烟不同，兰州黄花烟加工后变成烟墩，仅供吸水烟的当地老枪吸食，除了甘肃还有左邻宁夏与青海，但是我只吸手卷烟，农场职工不能使用烟管之类的烟具吸烟，这是规定的。我见过兰州人吸黄花烟的水烟管，多半是两种材料制作，高级一点的是银制的，还有一种是用老鹰翅膀的骨管做的，听上去好像很稀罕，当地老鹰骨很容易搞到，而且不卫生。

李致行：是这个吗？
阿诺：请吧，真正的兰州黄花烟。
江楚天：继中，你也来一支。
阿诺：我们四个，只有我们四个，多久没见了？
江楚天：一九七一年秋季，我们一起打牌。
孙继中：那天还有艾菲，五个人。
李致行：还有纤纤，不是吗，阿诺忘记了？
阿诺：没忘记，我问的不是这次。
孙继中：多少年啦。

李致行：啊，让我想想。

阿诺：那天筹备反到底战斗队，半夜了，我们爬到培文公寓八楼平台上。

江楚天：是啊，那是一九六七年一月，夜里很冷。

李致行：饥肠辘辘，身无分文。

江楚天：有钱也买不到食品，我记得，当时我们口袋里有一点零钱的。

阿诺：整整九年了。

孙继中：这个烟还是有点呛。

李致行：很怀念那天打牌的事，可惜艾菲不在。

孙继中：纤纤现在怎么样？

阿诺：问我吗？

孙继中：当然。

阿诺：我不知道。

江楚天：你们昨天还在一起的，你刚才说过来着。

阿诺：继中问我"现在"。

22

危险通常是隐藏着的，有时候危险的征兆明显呈现，变成一种即将到来的未知事件，出于恐慌和平息恐慌，风险预警和风险评估就会应运而生，它多数由社会权威机构去执行，风险评估本质上是主观的，代表了科学、心理、社会、文化和政治要素评断的综合体，谁掌握风险定义谁就掌握着解决手头问题的合理手段，只要以某种方式定了风险，那就意味着已经有了一个位于头筹的选择，并被视为最有效最安全的最佳选项，但是反过来，你以另一种方式界定风险，考虑了该风险其他特征和其他背景因素，你的最后行动方案将会有不同的排序，因此，定义风险是一种权力的使用。

人们孜孜不倦寻找或打听、传播有关风险与危机的更多信息，以流言与谣言，以公开消息作为分析材料，但是根本不知道风险与危机的起源和秘密因素，所以他们对真正的风险与危机知之甚少，他们对未来风险的评估只是他们各自愿望的表示，或者是他们内心恐惧的表示。

北京风和日丽，某日，马瓺伦在中央编译局收发室收到一封不落款的信，邮戳是浙江桐乡，投寄时间是在十六天之前，信封上的字，猛一看眼熟陌生，然后就怎么也想不起了，信封倒是完好，没有污损，依然狐疑的马瓺伦把信封颠来倒去细看，总觉有些异样，估计这里一定有什么名堂，赶紧离开收发室，拐过走廊，慢慢悠悠踱进男厕，整个男厕没有别人，六个蹲坑位的门都半开着，马瓺伦走向最里面那个蹲位，插上门，解裤带，蹲下，掏出那封信，轻轻撕开，里面只有一张半页纸条，却用一块剪报包在中间，马瓺伦开始紧张，听听外面没有动静，默读信中内容，仅十六字，分四行，每行四字，信曰：凡武之兴，为不服也，文化不改，然后加诛。

马瓺伦把这十六个字反复看了几遍，包括反面，生怕有什么遗漏，然后轻轻把这半页纸撕得粉碎，扔进坑内，站起来，拉动水箱，系裤带，他知道是谁写的了，好消息，浦卓运至少还活着，脑子还清楚。

戊午中秋怀古

昔余梦登天兮，翡帷翠帐，众饮琼浆。欲拾阶而伏槛兮，渺渺明月远望。鸟兽鸣以号群之民兮，草寇四起而在四方。遥想东坡周郎赤壁兮，彼窃诗而假以惆怅。

（李致行1978秋）

如果你不小心踏进迷途，塔吉亚娜请不要寻找借口，所有的记忆都不值得留恋，等你看清镜子里的自己，一切缘分断了又重新开始，请耐心等待，音乐以读谱的古老方式激发爱的力量，你知道其实两者无关，如果不是这样，花开花谢，你独自去往，我在远处目送你，你见到了我，时间太慢，有许多事被永远地耽误，你终将离去，也许是另一个人，无言地出现在她身后，用手蒙住她黑色的眼睛。

每当你不再害怕，生命漫无尽头，候鸟般迁徙不是你归宿，那些陈旧课本只是安抚。

毓琇妹：见信如晤，寄我的《参考消息》剪报数则均收悉，两条腊肉，消咳喘药片两瓶，斜桥榨菜若干，橡皮胶两卷亦于昨天中午收到，甚为快慰。

《参考消息》通过外国通讯社的报道，廖承志先生投书蒋经国先生信，对我是一个好消息，父亲生前在广州曾见过廖的父亲廖仲恺，其时蒋中正尚未北伐，我们全家都住在番禺财政稽查局宿舍，我大概六七岁，你还在襁褓中，这些事都是后来父亲告诉我的。

腊肉两条让我十分的高兴，但是这里没有可以配它们的新鲜菜蔬，这里大白菜很难见到，只有腌白菜，腌萝卜，在上海，想不到白菜也要排队购买，不可理解，卷心菜比较多，你不喜欢吃大白菜和卷心菜，是大小姐习气。大白菜和卷心菜营养非常丰富，不要小看，大白菜古代称之为"菘"，秋冬季节比较多，维生素C含量高，民间有"百菜不如白菜"一说。

邦斯舅舅用圆珠笔誊抄的有关大白菜和卷心菜词条摘录：宋代诗人范成大曾写诗云，拨雪挑来塌地菘，味如蜜藕更肥浓，维生素C每五百克大白菜含一百毫克左右，相当于成人每日对维生素C的需要量，大白菜还含有较多的微量元素钼，它可以抑制人体对亚硝胺的吸收与合成，因此常吃大白菜有防癌作用……卷心菜又称圆白菜或洋白菜，原产欧洲地中海沿岸，近百年才传入我国，含有维生素C，维生素A，维生素B，钙，磷，铁，还含有硒元素，可以防止弱视，中医认为，卷心菜性平，味甘，入脾，具有健脾、健胃、益心肾、明耳目的功效，适用于肾虚腰痛、胃和十二指肠溃疡等症，还适用于老年斑、黄褐斑。

毓琇妹：见信如晤，欣悉外甥女儿从崇明农场调至市内粮食储运公司工作，很是不简单，她性格内向倔强，很吃苦耐劳，像她父亲。

前一封信你说起最近身体欠佳，常烦躁，胃纳差，睡眠质量差，我估计就是更年期的症状反应，甚是典型，这次在上海毓容表妹家小住期间，你来探视我，我已注意到你面部潮红，而且易发脾气了，回青海共和农场后，我特意请教医务室陈子谟医师，陈医师是全科医生，中西医均能拿得起，本来学西医外科，抗战时参加徐埠会战后方医院工作，亦是功勋，后不知何故，也与我同样命运发配此地劳动改造，年岁还大我四年，可告慰是，陈太太也在此地工作，在附近一个公路检查站做内勤兼医生，估计是其丈夫身传言教之故，看来陈医师夫妇要扎根此地了。

我择空将陈医师借给我参考学习的几个偏方抄与你，现在西医不太可靠，中医是比较温和的补充，你可试试。

23

女人生来就是为了爱，塔吉亚娜，安娜，娜娜，德瑞娜，在政治之外，她们说一种陌生的语言，把我夹在中间，都害怕被这个世界伤害，所以她们终将抽身，委身于安全，走得远远，不要，不要，尝试，尝试之后，爱情不能适应吗，恐惧被言中，女人的圣所为谁打开，有人说你会七种语言，眼睛，手势，步态，头发，声音，睡姿，还有沉默，你会哑语吧，腹语，呓语，走过去，桥梁不会总在原处等你，小心翼翼忧郁像冰雹坠落，还是趁早抽身吧，男人要的是不惹麻烦的女人，好吧，好吧。

邦斯舅舅用圆珠笔誊抄的有关"面部潮红"的食疗偏方，来自陈子谟医师：

面部潮红，多与血液循环差，表皮毛细血管充血有关。有阴虚内热、口舌生疮、虚火上升或高血压症状，食疗便方：新鲜地瓜，胡萝卜各适量，将地瓜洗净，切条块，用榨汁机榨取原汁一百毫升，一次饮完，每日服二至三次，用凉开水调服。另，面敷便方一则：欧芹洗净切末，与新鲜豆腐拌匀成敷料，用清水将面部洗净，涂上敷料，十五至二十分钟后，用清水洗净，每周敷二至三次，活血、通络、消红。

邦斯舅舅注：陈子谟医师提到的榨汁机和粉碎机之类，是大城市西医出身的医生常见的，现在很少有人使用，不必拘泥，更不要按图索骥。

张曼雨按照组织安排，在浓荫蔽日的华山医院治疗类风湿关节炎，病情稍有稳定，但上海毕竟地处江南潮湿梅雨气温带，马臧伦希望妻子还是早些搬去气候干燥的北京住，这对类风湿关节炎患者的康复有好处，即便类风湿关节炎这种慢性病难以根治，秋季快要到了，有关上海冬天的寒冷闻名遐迩，屋子里居然没有暖气，北京不同，再怎么艰苦，缺衣少穿，虽然日日吃冬腌菜和冻伤了的萝卜白菜，一到阳历十一月十五日，冬天每家每户的供暖还是有保障的。张曼雨犹豫了好几天，她知道她迟早要回到马臧伦身边去，只是她不舍得那么快离开上海，作为一个毕业于震旦女中的上海女人，不舍得离开上海还需要说什么理由吗？

马立克奉父亲之命帮助母亲整理行李，马馘伦信中近乎冷酷无情地指示儿子说，家里一切具有资产阶级趣味的东西都不能带到北京，马立克当然能够听懂父亲话里有话——一九六六年夏天"文化大革命"拉开序幕，马馘伦就被呼啸而来的北京红卫兵抄了家，九月份，一个由两家跨市的造反组织联合起来的专案组第二次抄了马馘伦的家，这一次的抄家是毁灭性的，两年后马立克从新疆逃回上海之所以只钻进那个暗无天日的储藏室栖身，面对原来熟悉的家已经沦为洗劫一空的陌生之地，那种彻骨的感觉你们应该不难想象，资产阶级趣味，当然不会是在这里，张曼雨放了复兴中路房子的客厅里本来有一架德国制的钢琴，马馘伦和张曼雨事后都回忆不起来是怎么被人弄走的，马馘伦说是北京红卫兵拿去了，因为他记得有一个白白净净的女红卫兵弹过这架钢琴，还嘀嘀咕咕说要想个办法把它搬走，张曼雨说不对，应该是第二次，北京红卫兵没有大卡车，马馘伦说，我们不争了，不管第一次还是第二次，反正导师说了，"文化大革命"不是一次两次，而是许多次，反正钢琴这个东西就是资产阶级，早晚要砸烂，张曼雨说，现在殷承宗都可以弹钢琴协奏曲《黄河》了，可见钢琴还是可以为人民服务为社会主义服务，是啊，就算张曼雨现在有钢琴，这架钢琴落实政策还给了马馘伦张曼雨夫妇，他们也不可能把这架笨重的德国钢琴运到北京去，马馘伦强调，他们夫妻现在只能住在木樨地筒子楼，一间前厅一间卧室，吃饭写作全在那里解决，根本没有空间摆放那些没有用的"资产阶级趣味"！张曼雨说，我们两个人都搞文字工作，起码要一个书房吧，马赇伦说，现在只有毛主席有书房，因为他要在书房里接见外宾，尼克松基辛格西哈努克亲王塞拉西皇帝，别人要那么宽敞的书房干什么？

邦斯舅舅提供的治疗"飞蚊症"食疗偏方：

眼球玻璃体混浊，俗称"飞蚊症"，多与葡萄膜炎、视网膜炎、近视眼的玻璃体变性以及外伤性眼内出血有关，患者眼球玻璃体混浊，感到眼前好像有少量黑丝或文字在飘动，中医治疗一般以养肝明目、祛混化浊为主，平时多吃胡萝卜、枸杞子、菊花、菠菜、荠菜，少吃辛辣上火之物。

偏方一：枸杞300克，晒干，研为细末，瓶内储存，每日2次，每次服9克，用温开水送服。补肝，明目，化浊，常用有效。

偏方二：杭菊120克，枸杞240克，炒淮山药300克，熟地180克，将上述备料晒干，分别研为细末，混合搅拌，瓶内储存，每日3次，每次9克，用温开水送服，补益肝肾，明目化浊。坚持服药数月有效。

沈灏妈妈周末去奉贤南浦镇住两天，说老家亲戚办喜事，让沈灏住到了爷爷那里，她没有告诉李致行爸爸她已经怀孕三个月了，她要自己解决，沈灏妈妈性欲炽烈，远远超出李致行爸爸的想象，李致行爸爸在沈灏妈妈家里第一次留宿的那个晚上，李致行爸爸预备了一只避孕套，包在手帕里，李致行爸爸很懂女人，他知道沈灏妈妈已经准备接纳他了，不过李致行爸爸想得很周到，他当然不喜欢和他渴望已久的女人第一次上床就用避孕套，但是，如果沈灏妈妈提出了要采取避孕措施呢，假如说，李致行爸爸马上把准备好的避孕套拿出来，也许沈灏妈妈就会觉得李致行爸爸是蓄谋已久的，可是要是李致行爸爸没有随身携带避孕套，反倒是沈灏妈妈自己主动从抽屉里拿出来一只避孕套，沈灏妈妈岂不是告诉李致行爸爸，她沈灏妈妈虽然丈夫不在家，甚至是常年不回家，她的抽屉里还藏着避孕套，那又是给什么人使用的呢？为了不让沈灏妈妈到时候难堪，李致行爸爸决定将可能发生的尴尬留给自己……出乎李致行爸爸意外的是，他事先反复想象的对话根本没有发生，出现的完全是另一个场景：一切都十分顺利，意外的顺利，李致行爸爸进入沈灏妈妈炽热的身体时，他已彻底忘记了那只很可能会煞风景的避孕套，而沈灏妈妈也彻底地陶醉在那种难于形容的欢愉中，到了凌晨时分，两个人才刚刚想起这件事，沈灏妈妈说，四趟了，你吃力吗，李致行爸爸说，你呢，沈灏妈妈说，你讲呢，李致行爸爸说，我真不懂，我第一次碰到，致行他妈妈不好跟你比，沈灏妈妈说，女人两次月经当中几天最想要，李致行爸爸说，怪不得，你没有要我采取措施，沈灏妈妈说，你准备拿啥？李致行爸爸就把那只没有用上的避孕套故事讲给沈灏妈妈听，沈灏妈妈笑着说，你良心蛮好，蛮为女人着想的……接下来的几天，尤其是沈灏妈妈让李致行爸爸在顺昌路借了一间亭子间，李致行爸爸与沈灏妈妈就频繁幽会，李致行爸爸发现沈灏妈妈从来没有提过"采取措施"四个字，忍不住问沈灏妈妈，沈灏妈妈说，寿头，采取措施一定戴套子啊，我老早采取措施了，李致行爸爸说，我怎么不知道？沈灏妈妈说，笨得要死，我生了沈灏之后就装了节育环，李致行爸爸说，为啥不早点告诉我，沈灏妈妈说，女人的事体，自己晓得，自己解决，你不需要统统晓得。

张曼雨不舍得也要舍得，不翼而飞的德国钢琴就不要再心痛肉麻了，马立克安慰她，就是开文艺晚会，让你弹，顶多不过弹弹《黄河》协奏曲序曲部分，一小段柔板，能算钢琴曲吗，钢琴伴唱《红灯记》弹得穷凶极恶，简直像阿克苏军垦农场职工集体敲脸盆漱口杯，算了吧。张曼雨说，你爸爸心里想什么我清楚，生存第一，总算专业没有丢掉，两个人熬了几年，好不容易离开江西五七干校，你知道那里蚊子多少厉害，夜里回到集体宿舍，灯一开，一房间黑压压蚊子轰隆轰隆响，蚊香没有用，我们点一个火把去赶蚊子，火把房间里四处挥舞，只听见蚊子哗哗啵啵往地下掉，马立克说，讲蚊子的个头，新疆的蚊子世界第一，张曼雨问有多大，马立克说，当地人说"一只蚊子一盆菜"，张曼雨说，我在江西五七干校听有人讲，新疆没有东西吃，所以样样东西都吃，大的死人不吃，小的蚊子不吃，怎么蚊子都做盘菜吃了？马立克说，夸张的，张曼雨说，你姆妈也是夸张，马立克说，外婆那里有你跟爸爸寄放的胶木密纹唱片，你又不可能带到北京去听，我想听听，张曼雨说，你拿去，留声机一道拿去，一个人听就可以了，不要带社会上的朋友来家里听音乐，许多人聚在一起很危险，知道吧，马立克说，为啥外婆家没有被抄家，张曼雨说，外婆解放前就是家庭妇女，没有工作，谁会抄她家？马立克说，外公呢，张曼雨说，外公情况比较复杂，你以后问你爸爸，马立克说，外公是你的爸爸，怎么要我问我的爸爸？张曼雨说，两个男人之间有话讲，你爸爸对我爸爸身世来历有兴趣，我搞不清楚，我对外婆家世比较了解。

24

其实我们当年什么都不懂，无论在这座城里生活了多少年，依然是头脑简单的人，我们坚持讲本地话，不顾旁边的人，过路人，熟悉或陌生，窃窃私语，高声喧哗，俚语黑话，城里的村庄秘密，外面世界与我们不相干，日出日落，一日三餐，不管能不能吃饱，我们照样寻欢作乐，不管别人怎样想，等你们突如其来地敲门，一个名字在夜空中炸响，我们无意看到你的出浴，你站在窗前画眉，你把你母亲珍藏的胭脂轻轻点在了你的乳头上。

请不要急于听故事，你所有的记忆，包括被遗忘的，残缺不全，仿佛是别人的经历，电影教会你讲话，构思第一次约会如何开口，想象你与她怎样对话，你那时候就对舞台对白有了心得，无师自通，你和你们，自己扮演自己，希望自己优秀，出类拔萃之辈，你的所有幼稚，傻冒，口气，局促，失态，都值得留念，永志不忘，为了爱，没有结果的爱，错误的爱，荒唐的爱和愚昧的爱，动物的爱，机械的爱，条件反射的爱，糊涂的爱，早熟的爱，迟到的爱，失去的爱，这就是你的全部真理，看看镜子里的自己，妈妈她去树林了，我在家里闷得发慌，墙上镜子请你下来照照我的模样，缘分重新开始了，姑娘请耐心等待，你的腿真美啊,那时我们还不懂屁股的力量。

　　阿诺,阿诺!我下定决心不再打扰你,虽然你还是执迷不悟暗中仍然呼唤她的名,一心一意,差点就要承诺一辈子了,你有几个一辈子?或许她正一心一意写字呢,有人瞧见昨天下午东东徜徉在福州路上,曹素功墨汁,毛边纸,人造砚台,夜深人静了,柳公权颜真卿欧阳询不算四旧了,碑林、佛经与山林烟霞,绝非你见异思迁,寻欢作乐非你所欲,你在幻觉中站立在她背后,想念遥远的她。

　　写给未来
　过去的永远比未来值得想念
　无所作为的一代,甚至两代,更多代
　突出政治,它填补了所有留下的真空与遗憾
　无效的冒险,平庸得以成活,庆祝渺小
　不需要倾诉苦难,无知,卑贱
　能不能原谅一切
　　　　　　　　　　　　　　阿诺

〔七十年代初,秋冬,夜晚。
〔沈灏的家,舞台后面是一排木格子窗,窗帘合拢,舞台左侧是一扇通往楼下的门。
〔房间中有两只沙发,两把藤椅。
〔灯光昏暗,渐亮。
〔可以看到三个人,阿诺,艾菲,孙继中。
〔阿诺坐在藤椅上抽烟,艾菲躺在沙发上翻一堆报纸,孙继中背对着,打开一扇木格子窗。

孙继中：虽然到了秋冬季节，还是那么闷得透不过气来。
〔静场。
艾　菲：报纸上什么消息都没有，我觉得。
阿　诺：人们都在传，我相信这个城市现在起码有十分之一的人，和我们一样，拉起窗帘谈论这个消息。
艾　菲：报纸上没有消息，广播里也没有。
阿　诺：流言就是消息，这些年来，我们不就是这样子过来的吗。
孙继中：我们需要证实这个消息。
艾　菲：只会有更多的谣言出现。
孙继中：辟谣都可能是一种变相的证实。
阿　诺：现在官方无法辟谣，辟谣意味着传播，更快速的传播。
孙继中：听说要下文件了，最高级别的中央绝密文件，向全体人民传达。
艾　菲：又是听说，又是听说！
〔沈灏从左侧门上。
沈　灏：茶叶过期了，喝咖啡怎么样？
孙继中：好啊，难得喝咖啡。
艾　菲：我没意见。
沈　灏：阿诺呢？
阿　诺：泡的咖啡还是煮的咖啡？
沈　灏：当然是速溶咖啡啦。
阿　诺：我随口问问，平时我不喝咖啡，怕睡不着。

艾　菲：今晚反正睡不着了。

沈　灏：刚才你们在聊什么了？

艾　菲：许多人都在说，第二号首长出逃了。

沈　灏：难以想象。

孙继中：我们应该把江楚天和李致行也一起叫来，我觉得。

沈　灏：我没意见。

艾　菲：太晚了吧，（看墙上的钟）快九点了。

沈　灏：我没意见，妈妈今晚不回来，我们可以通宵。

孙继中：我去叫，阿诺能借到脚踏车吗？

阿　诺：干脆我去吧，借到脚踏车，我直接去淮海坊，估计他们也在讲这个事。

25

一个月后，张曼雨在北京给儿子马立克写了一封回信，中间讲到了德国音乐家勃拉姆斯，马立克把母亲送给他的六十六张胶木密纹唱片先做了一份目录，为此不得不查了一九二四年版《韦氏大词典》和一九三六年版《牛津音乐辞典》，词条引出更多词条，解释需要继续解释，马立克不得其门而入，犹豫三番，终于在给父母的信中提及此事，马觊伦要张曼雨给儿子写回信，说我们现在总算安定下来了，你和立克多聊聊，立克不能再去新疆工作了，医院都有证明，立克喜欢学习，将来总归有用，天降大任，先劳其筋骨，张曼雨说，别讲什么天降大任，要做螺丝钉，你以为你还是一个重要人物,信我当然要写的,我是他母亲,现在这个世界,太太平平最主要,马馘伦说,那你准备跟儿子聊什么,张曼雨说,只谈生活,不谈政治,马馘伦说,生活有什么好多谈的,无非天冷了多穿衣服,天热了要少穿衣服,要注意营养,要注意休息,张曼雨说,儿子都三十出头了,还要我婆婆妈妈对他讲饮食起居?马馘伦说,这只是母子交流的一种形式嘛,问候与叮嘱永远是需要的,要谈心,要知道他心里在想什么,张曼雨说,我信的最后,当然也会叮嘱几句的,马馘伦说,那么你的主要内容会是什么,张曼雨说,是勃拉姆斯,是音乐。

张曼雨写给马立克的信,其中关于勃拉姆斯部分的摘录:

《德意志安魂曲》,是勃拉姆斯最著名的,也是他所有作品中最长的,要耐心听,要有准备,安魂曲多数是合唱,《德意志安魂曲》就是,场面宏大,复杂的合唱和管弦乐作品,前后花了十几年时间进行创作,耶稣受难日在不莱梅大教堂首演,全部演奏完毕大概八十分钟,勃拉姆斯的母亲是一个裁缝,这首最长的安魂曲是勃拉姆斯为他已经去世的母亲写的。

《六首钢琴小品》,勃拉姆斯晚年作品,勃拉姆斯年轻时爱上舒曼的妻子克拉拉,后来舒曼去世了,勃拉姆斯又回避与克拉拉结婚,克拉拉比勃拉姆斯大十三岁,勃拉姆斯的爸爸就比他妈妈小十七岁,据说父母婚姻生活一直不稳定,可能这就是勃拉姆斯的一个心理障碍,但是对克拉拉来说打击最大的,不是勃拉姆斯不肯娶她，而是勃拉姆斯之所以不愿娶克拉拉为妻，还一直待在克拉拉家里，是因为勃拉姆斯爱上了克拉拉的女儿朱莉，知道了这个故事，你就能明白勃拉姆斯为什么在克拉拉的晚年专门为她写了这六首非常短的作品了，因为克拉拉还想演奏，勃拉姆斯与克拉拉的感情关系十分复杂。

昨天我在南浦镇住下，三弟不在，轻松了，心里空了一大半，手术不大，坐郊县公共汽车一小时，很疲倦，早早就上床，可能麻醉，一夜无梦，早上六点就被外面的鸡鸡狗狗叫醒，有些懊恼，上午本来是我睡眠最深沉的时候，而且我对声音很敏感，有一点点难听刺耳的声音会浑身不舒服，如此醒来，就无法继续睡了，开始把前天晚上醒来后记录的梦，再整理出来。时间尚早，下旅馆二楼，看见几只黑猫躺在楼道口，它们看我的眼睛很奇怪，不知道为什么，我在开水锅炉间冲了一热水瓶热水，去厨房要吃的，粥已经凉了，蒸笼里馒头还有点温度，拿了两只馒头回房间，躺下，努力不想三弟，早晚要分手，三弟已经精神疲劳了，他天天开会，好像运动会越搞越大，又想昨晚的梦，闭上眼睛回忆，半睡半醒，将要入睡的那种感觉，忽然眼前出现了一个画面，清晰地看到童年常去黑龙潭附近的山林，有一片茂密的天然罂粟，像是被人工修饰过的花园，中间有一株叫不出名字的树，安静极了，但是这个画面瞬间没有了，也许此时我才真正地进入了睡眠状态，又过了不晓得多少时间，可能外面已经黄昏，麻醉后遗症，魂飞魄散似的，另一个梦开始了，在梦里，我梦见了母亲，我们两个人面对面坐着，我无法看清她的脸，感觉母亲在很远的地方，居无定所，因为我每次梦见母亲，时间都定格在童年时光，自己呢，还是此时的我，现在的我，所以梦里的我就有点疑惑，我知道母亲早已去世了，但好像心里有一个渴望，希望这一切都是真的，所以，在梦里我极力挽留母亲能够留下来，梦中的我很动情，我哭着哀求母亲说，妈妈别离开我。

试图定位：一个在普通上海郊县地图上找不到的小镇，一条没有路牌的街道，经验证明，它们是可能存在的，一幢没有门牌的旅馆，消逝了，被反复涂改的路名，新的号码，据说，听理发师傅说，那个老板娘去了澳门，登记本业已丢失，档案毁于一场火灾，那么，"它"是否算存在，它无数的故事，人来人往，夜归人，离家出走，逃亡者，野鸳鸯，通缉犯，等于从未登记入档，介绍信，工作证记录本，签名，隐藏在细节中的上帝与魔鬼，现在让我们试图走近它。

记忆是在过了一段并不在意的时间之后，对一个当时没有觉得它是事件的事件做出反应的能力，换句话说，它是一种保持和唤起不为物理规律制约的生物性能量的表现形式，任何对人们造成影响的大小事件，都会在事后留下痕迹，它一直潜伏在某个地方，保持能量，伺机而出，一旦时机成熟它就会被重新激活并得到释放，因此不妨可以这样说：写下无法忘怀的记忆就是一种特定的行动方式和生活方式，它不仅能召回以前的大小事件，而且还能创造一个未曾有过的过去。

终于有一天,阿诺确认了他在嫉妒马立克,说确认,就是说阿诺已经意识到他在嫉妒他的偶像了,只是不愿意承认,马立克比阿诺大十四岁,马立克独身一人,马立克行踪不定十分神秘,宋老师一点都不隐瞒她喜欢马立克,阿诺觉得宋老师何止是喜欢马立克,简直是爱慕马立克,宋老师其实是喜欢阿诺的,不过这是一个成年女人对一个聪明害羞的男孩子的喜欢,毕竟宋老师比阿诺大了二十五岁,这是一个多么不可能的年龄距离啊,但是宋老师还是比马立克大十一岁,宋老师把马立克看作男人,把阿诺看作男孩子,阿诺常常自我安慰,宋老师和朱莉是同辈,朱莉与邦斯舅舅同辈,邦斯舅舅又和母亲同辈,所以宋老师永远不会把他阿诺看作一个男人!

但是光光这个,并不是阿诺确认自己嫉妒马立克的原因,相反,那种年龄与辈分的区别只是表面,而且不可改变,阿诺突然意识到他对马立克的嫉妒,完全是两人在智性与博识之间的巨大差距挑起的,这天他无意翻阅了马立克的一个笔记本,当然是中文写的笔记本,阿诺以为马立克是个外语天才,马立克的笔记本大都用英语和日语,他想知道马立克用中文写了些什么,于是他就把那本很薄的笔记本随意翻到一页,上面写着这么几段话:

还没有出发,人就已经不在原处!
孤立地给当前下定义就是杀死当前!
原始的元素,只能被命名,因它们只有一个名称!
以正确的方式停留其中!

我只能命名对象。符号再现它们。我只能谈论它们。我不能断言它们。命题只能说出一个事物如何是,而不能说出它是什么。

阿诺眩晕了,他以为他看懂了第四句话,其余的,字面上都明白,究竟何意?阿诺不知所云,阿诺发现了一个同样用中文表达的意义世界,他现在不懂,但是马立克肯定懂,至少比他阿诺懂。

26

兆熹叔叔生病了,高烧不退,阿诺无法理解为什么兆熹叔叔服药之前一定要坐起来祷告,母亲说,要不要叫一部三轮车送附近医院去检查,兆熹叔叔执意不肯,说耶稣会救他的,母亲说,你还是要相信医生的,兆熹叔叔有气无力地对母亲勉强一笑,说我当然是相信医生的,我刚才不是吃药了吗?母亲说,药要吃,饭也要吃,你想吃什么,我去买,兆熹叔叔说,吃不下,吃下去就会吐出来,母亲说,那我给你熬点稀粥,兆熹叔叔摆摆手说,不要忙,来看我我就满足了,是耶稣派毓琇姊妹来看我,母亲问,米在哪里?兆熹叔叔说,我一吃粥,胃就泛酸,母亲说,你什么都不吃,没有抵抗力,身体要弄垮的,兆熹叔叔说,过一歇,洪稼犁牧师要来为我做祷告,他经过"凯司令",会带两只罗宋面包给我的。

阿诺:既然祷告可以让病人康复,为什么还要吃药呢。

洪稼犁：仁济医院，广慈医院，晓得吗？

阿诺：晓得。

洪稼犁：这两个医院都是基督教会创办的。

阿诺：其他医院呢？

洪稼犁：红十字旗上那个红色十字架，就是耶稣，全世界医生都认识这个红色十字架，阿诺小兄弟，你独立思考很好，耶稣就是独立思考的，我讲两个耶稣的故事给你听，有一次，一些人反对耶稣的门徒在安息日掐麦穗吃，说安息日是耶和华定的休息日，在安息日工作是违反耶和华意志的，耶稣基督就辩护说："安息日是为人设立的，人不是为安息日设立的！"

阿诺：还有一个故事。

洪稼犁：还有一次，一些人说，你们这些信徒吃饭之前不洗手，是不洁净的，也是违反律法的，耶稣基督又辩护说："从外面进去的，不能污秽人；惟有从里面出来的，乃能污秽人。因为从里面，就是从人心里发出恶念、苟合、偷盗、凶杀、奸淫、贪婪、邪恶、诡诈、淫荡、嫉妒、谤讟、骄傲、狂妄。这一切的恶都是从里面出来，且能污秽人。"

马立克：洪牧师我请教一个问题。

洪稼犁：请。

马立克：四大福音书中，耶稣被记载的所行神迹，是真实可靠的吗？

洪稼犁：作为基督徒，我们是不会提出这个问题的，但是我愿意与你讨论，四大福音出现在耶稣受难与复活之后，至今快有两千年了，作为一个非基督徒，出于知识的好奇，询问有关《圣经·新约》中的种种疑问，都希望得到一个确定性回答，这可以理解，却不能满足你，因为神学与科学不同，神迹是上帝的显示，不是历史经验可以证明其真伪的，尤其重要的是，我们为什么不改变一下提问题的方向，比如，我们把重点放在，耶稣所行的神迹奇事，比如医治瞎眼的人，哑巴，麻风病人，并不在于耶稣做了什么，而是在于他什么时候做，和做在谁的身上，那些被四福音书记载的，病人患者都是穷人，《路加福音》说，弥赛亚到来时，将会传福音给贫穷的人，差遣我报告：被掳的得释放，瞎眼的得看见，叫那受压制的得自由，这才是福音的精髓啊！

马立克：我明白洪牧师的意思了。

洪稼犁牧师不同意生命轮回的思想，因为轮回不符合创世和末日审判的上帝启示，洪牧师希望李兆熹兄弟彻底抛弃"往生罪孽"的意识残余，并不是李兆熹一个人有罪，而是所有人都有罪，前世和来世的说法是消极的，是为自己罪孽的开脱，对自己过犯的开脱，也是对自己责任的开脱，李兆熹双膝跪地，对洪牧师坦白，说他最近连续做梦，一个和尚要带他走，和尚不开口，只拿张纸写了两个字：业报，李兆熹说，起先他并没有当一回事，他向洪牧师发誓，他当然相信主耶稣说的一切真理，但是蹊跷的是，以后的几天中，李兆熹又连续梦见这个和尚，他害怕了，今天才决定告诉洪牧师，是不是遇见了魔鬼，洪稼犁牧师扶起兆熹兄弟，和蔼地说，佛教徒同样是我们的兄弟，他们当然不是魔鬼，但是兆熹兄弟心里有心魔，愿主耶稣基督保佑你，没有往生，只有原罪，没有来世，只有天堂和末日审判。

阿诺早已发现父亲一直躲避兆熹叔叔，兆熹叔叔没有工作，他说他的工作就是传福音，为了这个工作他惹了多少麻烦，兆熹叔叔入狱之前，很有规律总在黄昏时分去阿诺家，这个时间母亲已经回家了，房间里的光线越来越晦暗，兆熹叔叔与母亲分坐在吃饭方桌的两侧，只有兆熹叔叔一个人在说话，阿诺母亲耐心好极了，只听不说，兆熹叔叔有两个主题，一个是恐惧，另一个是拯救，恐惧是现状，拯救是办法，也是目的，原罪产生恐惧，认识了原罪是第一步，每天祷告，每天忏悔，兆熹叔叔对《圣经》非常熟悉，《圣经》是他精神知识的全部，他背诵《圣经》段落给母亲听，有时候要母亲拿纸笔给他，于是兆熹叔叔在纸上写上几句话，或几个字，母亲接过字条，房间里几乎全暗了，窗外的晚霞照红了对面红砖楼房，燃烧的天空暗暗趋于熄灭。

27

阿诺以马立克为榜样，保尔·柯察金对朱赫来，纤纤是他的冬妮娅，阿诺白天上班，回家熬夜读书，杰克·伦敦激励着他，那个露丝小姐在阿诺体内煽起飘飘然的幻想，阿诺发现自己肌肉不知不觉隆起肩膀强大，他欣喜地、陶醉地和怀有负疚感地做春梦梦见宋老师在抚摸阿诺，梦醒他回想梦中所见，确定宋老师没有穿衣服，但是阿诺就是看不清宋老师的身体，不过阿诺肯定在梦里嗅到了宋老师独有的体味，他从眠床一跃而起，感觉裤裆里一片湿凉，这个令他异常刺激的梦以后就以各种变体的形式在阿诺睡梦中重演，秘密、羞愧与虚脱的快感，然后迅速摆脱出来，拿起枕边随机的某本艰涩的书，去求证那些对他丝毫无用的思想。

纤纤与阿诺同龄，要么纤纤大阿诺半岁，要么阿诺大纤纤半岁，纤纤只要回上海，第一个要找的就是阿诺，左邻右舍经常看到，风尘仆仆的纤纤把行囊往家门前地上一放，伸展两条手臂同时拍响了两家紧挨的底楼大门，拖长了嗓音叫：东东阿诺！阿诺东东！纤纤和阿诺一起长大，仅仅因为阿诺喜欢与男同学结帮成群地玩，后来又喜欢与那些年龄比阿诺大许多的高年级男生玩，阿诺才真正发现了林林和东东身边的纤纤，阿诺第一次仔细打量这个叫纤纤的女孩穿着无袖短衫和短裙，在阿诺面前走来走去，纤纤在自己家里当然无拘无束，纤纤开始发育的两只小乳房在她无袖衫内活跃跳动，阿诺心慌意乱将视线投向别处，遑顾左右而言他，但是这个纤纤与两个哥哥一起生活对同龄男生好像没有任何障碍，常常会主动拉阿诺的手，摸阿诺头发，阿诺得以近距离看到纤纤手臂上浓密的汗毛，如同阿娜尔罕纤纤的卷曲睫毛，又黑又长。

随着母亲音乐书简卖弄知识的无意提醒，敏感的马立克不得不由勃拉姆斯与克拉拉，联想到他最近和语文老师宋筝的那种很难定义的关系，马立克多年来一直过着禁欲式的生活，他为自己营造的精神空间是无声的，无声，知道它意味着什么吗——笛卡尔的我，我思的寂静，我存在之多余，陈子昂前无古人后无来者，惟喝咖啡进入日常，身居闹市无人问，天涯海角有客来，音乐啊，等了你很久居然以一段可能是缠绵悱恻的不伦之恋作为序幕，克拉拉是谁，勃拉姆斯又是谁，母亲这几十年从来没有机会对我说这些，是母亲的直觉吗，她发现了我的心神不定，还是她在暗示我其他什么意思，马立克五十年代末就离开上海去哈尔滨读大学，才能、冲动、自制力，父母都了解，惟具体生活不了解，也不过问，母亲对儿子的记忆仅仅到他中学生时代为止，很奇怪，马立克给家里写信，抬头总是写给父亲，爸爸妈妈你们好，或者，爸爸你好，但是在信封上，收信人名字却是写"张曼雨收"，这个好像很不好理解，为什么？谁也不知道。

没有什么比接受一种信仰更容易的了，立地成佛，因信称义，只有思考最艰难，兆熹叔叔为什么一定就没有他的前世呢，如果他信佛他就有前世，他信了耶稣基督就有了原罪与末日审判，这个由一个意念选择产生的矛盾，思考无法解决，兆熹叔叔感到不安和恐惧，是因为他的信仰还不够坚定吗，不然的话，洪牧师为什么要坚固兆熹叔叔的基督信仰，甚至说，佛教徒也是兄弟姐妹呢，人的不安与恐惧，只不过是浩瀚宇宙中的一声叹息，我们不相信自己，甚于不相信别人，所以兆熹叔叔必须要相信洪牧师，而洪牧师必须要比兆熹叔叔更加强劲有力地相信主耶稣，原谅我们的无知，原谅我们谈论主耶稣，原谅我们妄称主的名！

孙继中：有一件事，我本来应该忘记的，今晚我们可以推心置腹地谈谈，现在。

江楚天：很重要吗，关于我们四个人？

阿诺：我们？

孙继中：其实是关于我们班的。

李致行：多少年了。

孙继中：记得吗，那年秋季开学，我们班分到一个牛鬼蛇神，监督劳动，每天上第一节课，他就低着头走进来，向毛主席像三鞠躬。

阿诺：我记得，刘老师，刘一铭。

孙继中：阿诺记性真好。

江楚天：怎么啦？

孙继中：我今天看到他了。

（大家沉默）

孙继中：他不认识我了。

阿诺：你叫他了？

孙继中：是，他盯着我看，就在淮海中路，我在等电车，他就站在我旁边。

江楚天：也许他只是看看你，就是看看。

孙继中：我记得他的眼神，可怜巴巴，懦弱，但是掩盖不住他的仇恨，当时我是值日班长，他天天向我汇报。

李致行：你把他刻在心里了。

孙继中：当时我有一种冲动，叫了他。

阿诺：叫他刘老师？

孙继中：是的。

江楚天：你想向他道歉？

孙继中：没有，不知道为什么，叫了他，但是他把头扭过去了。

阿诺：让我想想。

李致行：你想什么？

阿诺：这是六八年的事情了，七年过去了，我们变化很大，应该认不出当时的我们了。

孙继中：不，他肯定认识我，那个眼神，目光，我太熟悉了，当时我就做过噩梦。

李致行：你还是个孩子，把他打成牛鬼蛇神是学校里的造反派，和你有什么关系？

孙继中：因为我每天都用脚踢他，还让他打自己耳光。

阿诺：我们怎么不知道？

江楚天：看不出继中，看不出。

孙继中：什么意思，说我野蛮？

江楚天：看不出继中打人，更看不出继中会向我们坦白。

孙继中：后来电车来了，我上了车，刘老师站在原地，没有上车。

阿诺：他的确认出你了。

孙继中：我本来可能真的会向他道歉，但是，我看到他那种假装不认识的漠然表情，觉得人的内心隐藏的东西实在太可怕了。

28

很多年以后,阿诺读到了这样一句话,阿诺被击中,他想起了许许多多的往事,似有似无,没有答案的疑问,身边人的隐秘,于是阿诺就把这句话抄在他的通讯本最后一页:"人们应该闭上眼睛坠入情网,闭上你的双眼就是了,别看。"

为什么我们极少想起应该反省自己,我们寻找别人的错误,好像我们总是无辜,被迫,强制,别无选择,反正有人为我们承担责任,并且承担罪责,我们只不过是小小老百姓,我们作恶,撒谎,告发,出卖,囚徒困境,人性之恶,或趋利避害的生存本能,抓住我们的弱点,让我们成为英雄也让我们成为懦夫,帮凶,卑鄙小人,良心不安者,负疚者,掩盖者,矫饰者,伪善者,心理学只是解释了人性,却无法提升人性,心理学只描述人为什么这样做,却从来不告诉人应该怎么做,我们因自身的渺小而一再原谅自己,我们的胆小与鲁莽,害得我们耗费了多少年,那些小小的过犯,暑往寒来,那个眼神挥之不去,我们要到什么时候能够找回我们的天真,与那些传说中的,小说中的人去比,我们都不敢照镜子。

阿诺:我是说,我们是否可以谈些别的,一见面就聊政治,多少年了。

沈灏:就是,你们一凑在一块儿,好像只能谈这个。

李致行:我也不喜欢这个话题,可是周围的人都在说这个。

阿诺：我们已经不再一起打牌了，大怪路子。

沈灏：还有四国大战，陆军棋。

江楚天：我们老了。

阿诺：老了才下棋打牌呢，复兴公园象棋，襄阳公园围棋，井水不犯河水。

江楚天：阿诺常常去公园。

阿诺：有一阵，我买了公园月票，几乎每天黄昏去公园。

沈灏：为什么？

阿诺：下班之后，吃晚饭之前，这段时间很宝贵。

李致行：确实，我在韶关的时候，也迷恋傍晚的山里景色，经常会忘记了自己是谁，想入非非。

阿诺：我捱到了天完全变黑才回家，然后。

（阿诺停顿片刻）

李致行：然后怎样？

阿诺：然后，一对情侣进了公园，一对，又是一对。

江楚天：阿诺，你这几年交过女朋友吗？

阿诺：有，但我从不带女孩逛公园。

江楚天：现在复兴公园晚上六点半就关门了。

阿诺：夏天，九点关门。

李致行：阿诺在做公园调查。

阿诺：不仅是年轻恋人，还有中年男女，他们不像是夫妻。

（静场片刻）

阿诺：我突然觉得很无聊。

江楚天：阿诺，你怎么了，没什么事吧。

阿诺:我,我觉得一切都无聊,其实无聊就是生活本质。

李致行:你说到了本质这个词,阿诺,你没发现吗,这个话题立刻就变得严肃起来。

江楚天:对,无聊,是一个哲学问题了。

阿诺:哈姆雷特的问题,生,还是死。

江楚天:文学问题。

李致行:阿诺你在读别林斯基吧,在你信里你讲到了罗亭。

江楚天:多余人。

阿诺:无所事事的人。

李致行:报国无门。

阿诺:算了吧,国家?

沈灏:又讲政治了。

江楚天:真无聊。

阿诺:真是受不了,沙皇政府还是一群贵族官僚吧,普希金还给沙皇写信。

李致行:我们这里出了一个李庆霖,哈哈告御状。

沈灏:又是政治,政治!

天空积着云下班钟声响起,集体朗诵"一个幽灵,一个共产主义的幽灵在欧洲游荡。为了对这个幽灵进行神圣的围剿,旧欧洲的一切势力,教皇和沙皇、梅特涅、基佐和保皇党",打谷场想象的中秋晚会上知青们唱起了《喀秋莎》和《山楂树》,手风琴和口琴沉陷在不肯放弃的革命白日梦里不能自拔,农业学大寨仓库月光疏淡烛火跳跃,坟墓鬼魂四处出没山风飒飒大队部侧旁供销合作社所有的老酒所有的香烟，人多好办事计划生育好，接受贫下中农再教育很有必要，严重的问题是教育农民，以粮为纲聊补无米之炊全国此类事甚多容当妥善解决让我们荡起双桨泪水洒满幸福田，青丝儿胸脯儿脸蛋儿处处鲜花儿插遍群山，男人们飞起来女人们飘起来意味深长默契野合秋风冻僵了奶子湿透了屁股一股穿堂风冲进库房冲向大队部牌局正达到高潮一万年太久一万米太高整个中国都在满月。

交谈，再交谈，汲取对方观点，辩论是六十年代的教育遗产，给朋友们聚会增添活跃气氛，能说会道者最受欢迎，佼佼者胜出，掩不住的光芒，口才高于人才，精力充沛咄咄逼人判断力敏锐善于抓住要害总结经验教训引经据典领袖思想加伟人名言永远立于不败之地除非某一天倒转红轮阴沟翻船裙带株连失宠受陷亲人反目同党出卖从京城搬到秦城十八年之后隐居江南小镇口述回忆录虎落平阳受犬欺坊间传闻又是一条好汉，上帝总是这样开玩笑总是这样重复排演总是使物以类聚，上帝偏爱的真理就是古老的教训与先辈的寓言，童话神话鬼话三三得九九九归一，悠悠万事惟此为大克己复礼，口蜜腹剑阿基里斯的谜语猜不透暗含苦涩吕氏春秋指鹿为马荷马坐在特洛伊墙头军事将领用百合花的声音口齿不清在瀛台桃花纷飞之下兴奋地轻轻交谈，我胡汉三回来啦！

一九七二年年底孙继中糊里糊涂赴安徽泾县桃花潭乡插队落户，学校老师和街道老阿姨敲锣打鼓欢送，那一阵子天目中路老北站有点像登珠穆朗玛峰的大本营天天狂欢般不舍昼夜,楼下旌旗在望楼上鼓角相闻年幼学子万千丛报告今日消遁,孙继中混在人群里寻找自己学校的那条横幅他看到了数不清的背包书包军大衣军帽红旗绿胶鞋小辫子后脑勺老棉袄老棉鞋笑的哭的闷的呆的开往前线大后方的绿皮火车直冒蒸汽车轮撞击她微微一笑他们便分开了她那么傲气不可亲近他为她如此痴迷真的可笑,竟然碰到她也在这里她难道也去泾县吗递纸条爱慕妒忌冷落失眠五味翻涌再见了青春再见了无用的爱情,她还会那么任性吗也许我们还会相遇我现在就想知道未来,排队排队排到各自的队列中去,高音喇叭此起彼落跑步声口令声忽然喧哗前面有人踩死了一只猫孙继中记起外婆讲的一只猫有九条命,不禁思忖:这个九条命,是说一只猫要活九次,还是说一只猫死了,要有九条命去抵偿,孙继中打了个冷战。

七十年代中期邦斯舅舅给妹妹毓琇的信中信,关于他曾在兰州吸食水烟和对水烟描述的几个片断回忆:

去年我和两个农场同事去兰州考察黄花烟的种植与制作,农场希望也能小范围地种植经济作物,提高农场职工的收入,西北一般土壤条件不好,黄花烟却是可以考虑的,虽然后来这个计划被放弃,主要还是规模,规模小,劳动、技术、管理三个方面投入高,划不来。

我戒烟三四年,主要是我答应你外婆不再吸烟,其次为咳嗽痰多,现在出差在外,又是和烟草打交道,我就对兰州的水烟感兴趣了,兰州人抽水烟的烟筒绝大多数是竹节做的,这种竹制水烟袋专门由成都的一家竹编工艺厂生产，离兰州好几百公里，云南也有这种竹制水烟筒，兰州没有，因为也是气候土壤的原因，兰州无法种植竹子。

兰州水烟的烟叶加工不简单，成分主要是烟叶，添加石膏、姜黄粉、菜籽油、香烟、食盐，烟草要讲味道的，舌头能感受的，不加添加物，烟太冲，辣，苦，还要加一些草药，方子我见过，没有记下来，看他们加工的流水过程，先把全部原料和辅料按比例搅拌均匀经过几天发酵压制成烟墩，再把烟墩固定在切割台上，用手工，沿直角方向进行推刨，用类似制作日本人吃的寿司（一种夹鱼虾夹肉的饭团）模具将刨下来的烟丝压成方型，像一块小年糕一样，再晾干包装。

29

回忆恍若电影中断的插映广告，闯入另外一部电影花絮，见异思迁，一边尚未结束，一边正在布下诱饵，仿佛不断从睡梦里醒来却仍在睡梦里，彼此伸手，不知道哪边是我害怕之真哪一边是我之所欲，阿诺五岁的时候有一个记忆，千真万确不是梦，但却是阿诺少年时代许多梦的母题：阿诺那天撒谎说肚子疼不肯去幼儿园，阿诺得逞了，在家里一个人与自己玩，扮演许多角色，祖母一人在厨房做家务洗菜拖地板，叫阿诺帮祖母剥豆子，阿诺说阿妈阿妈我要拉屁屁，祖母端过一只痰盂说，阿诺你乖你坐在走廊上拉屁屁，阿诺小人屁屁臭，走廊有穿堂风阿妈拿本《小朋友》给阿诺看，阿诺脱去裤子坐在痰盂之上，这本过期的《小朋友》阿诺看了好几遍，其中好些页已经被阿诺撕去折纸飞机，祖母不识字嘛，阿妈阿妈我要换一本，祖母耳朵背没听见，阿诺嚷嚷阿妈阿妈阿诺屁屁撒好了，阿妈帮阿诺揩屁股，一边叫一边抬起屁股，阿诺脑袋朝地板，两只眼睛通过两个分开的膝盖空隙，穿过走廊，穿过台阶，穿过厨房的门，阿诺看到了一条颠倒的长乐路，行人头朝下、脚向上地在行走，柏油路面贴到了天上。

在牛顿的体系中，上帝类似于一个"隐退的工程师"，创造了世界后祂不再有任何理由进行干预，因此，上帝的不再露面就被那些追根问底的人抓住把柄，说上帝可能就是一个假说，据说拿破仑曾经问拉普拉斯：上帝在其世界体系中扮演何种角色，拉普拉斯答道："陛下，我不需要这个假说。"有一天沈灏鬼鬼祟祟找阿诺，从衣兜掏出一本老早的电影小人书，蓝色的电影剧照的截图，没有封面，也没有封底，阿诺翻了翻全部是外国人，戴船型帽，大炮与利剑，那个主角小个子，像是统帅，阿诺说，外国打仗电影啊，沈灏说，拿破仑，阿诺正好翻到一页，帐篷下，一群将军与卫兵围绕这个小个子统帅，底下的文字阿诺至今不会忘记："拿破仑开始脱手套了！"

马立克写信给母亲张曼雨，三言两语，马立克致父母的信使用最多的句子是："儿一切均好，勿念"，这次连这个短句都免了，他这样写道：爸妈好，信悉，儿正在听勃拉姆斯与舒曼，却无法听到克拉拉弹的钢琴了，儿有一事请教,是不是一个天主教徒,对听西洋音乐有重大影响吗,比如勃拉姆斯,更不用说海顿,欧洲古典音乐与宗教分不开,哪里找书看?

张曼雨读了儿子的信,正面看看,反面看看,确认这封短信就这么两三行字,叹口气说,你的儿子现在也学会纲举目张了,马馘伦还没看儿子的信,说,儿子说什么了,张曼雨说,两句话,音乐,宗教,谁是纲谁是目,马馘伦从张曼雨手里拿过儿子的信,哈哈大笑说,家书抵万金,不须啰嗦不须啰嗦,张曼雨说,你给儿子回信吧,我想对儿子谈谈音乐,是想从侧面知道他的个人生活,他呢,马上把音乐变成学术问题了,马馘伦说,我现在忙着呐,还是你写,不回答他的问题,母亲该说想说的话,继续说,锲而不舍。

马馘伦教授个人读书笔记摘录:

雅典城邦的学术可以流传万世,雅典城邦的政治制度必须消亡,其中的一个偶然因素就是同时涉及两者的大哲学家亚里士多德,亚里士多德的老师柏拉图不仅不屑于做帝王师,他的志向是做理想国里的哲王,亚里士多德后来成了马其顿国王亚历山大的老师,通过亚历山大的征伐建立了欧非亚大帝国,但是帝国版图的迅速扩张,终于使城邦政治不但不可持续,而且在之后的将近两千年中,围绕着地中海,欧非亚的争霸或欧洲统一之争战连绵不绝,雅典城邦几成学院里的想象乌托邦。

公元四世纪的异教徒特米斯修斯巧妙地称赞罗马皇帝尊重上帝的律法,使每一个人都可以选择自己的道路,虽然目标只有一个,路径各不相同,他是历史上第一个提出宗教宽容的哲学家吗,特米斯修斯确实是柏拉图主义者吗,但是疑问在于,不同的路径通常会导致不同的目标,这样的经验与教训简直不可胜数,于今尤甚。

阿诺问母亲,兆熹叔叔的教友洪伯伯讲,广慈医院解放以前是外国教会办的,是这样吗,母亲说,下次在兆熹叔叔面前,不要叫他洪伯伯,因为他比兆熹叔叔小一岁,比你爸爸小两岁,两个人,统统叫叔叔,阿诺说,晓得了,母亲说,你刚才问我什么?阿诺把问题重复了一遍,母亲说,是的,以前广慈医院的女护士都戴修女的帽子,知道什么叫修女吗,阿诺说,这个我知道,母亲说,你四舅对老早上海晓得比我多,你去问他,你前几天不是去南码头找他了吗,问他去,他最喜欢有人和他讲以前的事了,老脑筋。

张曼雨喜欢看人物传记,这个习惯在江西的几年里必须与吃水果听唱片小资产阶级爱好一起彻底克服,幸亏张曼雨有不少唱片和书籍放在她母亲家里,一回上海,赶紧恢复死不改悔的小资产阶级习惯,天天吃水果店资产阶级苹果,看家里秘藏的资产阶级小说和传记,只有资产阶级唱片不敢放,这是丈夫马鹹伦下的死命令,到了北京,张曼雨基本闲着,为丈夫查查资料做做翻译,意外发现盖着外文出版社资料室图章的资产阶级小说传记多混在一起没人问津，每次借书都混两本闲书回家，也不告诉马馘伦，怕步步谨慎的马馘伦小题大做，弄得彼此不开心，其实有什么大不了，图书管理人员好像不太懂外文，反正是外文资料，内部参考，于是张曼雨到了北京后反而心情大悦，如误入了桃花源不知魏晋。

把有些必要的谈话收罗起来，集中在某个住宅里去，不要老是阿诺与邦斯舅舅的对话，南码头这个地方方圆好几里，大姨妈的照片旁边贴了芭蕾舞《红色娘子军》吴琼花单立举刀英姿飒爽京剧《海港》方海珍面向朝霞极目远眺大幅剧照，邦斯舅舅用钥匙打开房门，这里分不清寒冬盛暑，街上污秽，拥挤，嘈杂，破破烂烂的房子挤成一条窄窄的小巷，四个人鱼贯踏上昏黑的木扶梯，楼板嘎叽嘎叽震动，邦斯舅舅，孙继中，沈灏，最后一个是阿诺，这个房间，里面还有一间，抬头是一个自己搭建的阁楼，拉条布帘，邦斯舅舅说他就住在阁楼上，阁楼里面有一盏灯，晚上可以看书，白天也可以看书，爬上阁楼就是夜里，一年四季，楼外巷子里的阵阵喧闹渐渐听不清楚，嗡嗡嗡嗡的，好像很远很远了，邦斯舅舅说，这里不好找，我在上海生活过许多年，不知道还有这样的居住区。

一九五一年十一月十三日，龚品梅主教与耶稣会格寿平会长在君王堂为殉教的张伯达神父举行致命者弥撒圣祭，一九五三年五月十一日（中华圣母占礼日）下午，根据龚品梅主教指定，在君王堂大草坪举行了盛大的天主教上海教区恭迎圣母仪式，大专院校的公教青年团团员抬着法玛蒂圣母像在前引导，后面是热切而庞大的教友队伍，龚品梅主教在台上检阅，宣布奉献上海教区与圣母，并鼓励教友抢救灵魂，青年学生完全奉献。一九五三年六月十五日，上海市公安局同时搜查君王堂等处天主教机构，逮捕了十三名帝国主义间谍，君王堂的本堂神父朱树德，以及外籍神父，包括斐神父、何神父，都在这时被捕，被判徒刑，皋神父、柏世安神父则被关在三楼阁楼，数月后驱逐出境。一九五四年四月，解放军退出君王堂，一九五五年九月八日夜，上海市公安局出动大批警力，君王堂本堂神父朱洪声和龚品梅主教以及三十多名神父同时被捕。

阿诺的家与君王堂毗邻，都坐落在长乐路，君王堂在瑞金中路以西，阿诺的家在瑞金中路以东，邦斯舅舅说，这条路现在叫瑞金中路，过去叫金神父路，阿诺你那时还没有出生，那个君王堂的房子还在老地方，离你家几步路。

李致行爸爸一天午后决定去找沈灏妈妈，传呼电话说，沈灏妈妈不在家，李致行爸爸鬼使神差，直接就去了隆康坊，楼下石库门天井敞开，李致行爸爸轻轻上楼，沈灏妈妈的房门虚掩着，李致行爸爸耳朵贴近听听，里面好像有人，什么都没想，推门进入，转身就把门锁上，正好沈灏妈妈在里屋换了衬衣走出来，惊愕叫道，是你，三弟！李致行爸爸站在原地不动，只看她，沈灏妈妈立刻就扑过来，抱住李致行爸爸的脖子，轻轻说，想我啦，三弟，李致行爸爸说，失踪三天了，急死我了，沈灏妈妈说，老家有点事，来不及告诉你，乡下没有电话，写信吧，信还没到，人先回来了，正想给你打传呼的，李致行爸爸一把抱起沈灏妈妈，走两步到床前，沈灏妈妈说，现在不行，别这样，沈灏快要回来了，邻居都看见的，李致行爸爸说，沈灏和几个同学去跳水池游泳去了，沈灏妈妈挣扎说，这里不行，三弟你要听话！

（邦斯舅舅去小店买熟食和啤酒，下楼了）

孙继中：你四舅的女朋友朱莉没在？

阿诺：人家要上班。

孙继中：晚上会过来吧。

阿诺：我没问。

孙继中：特地去买酒，不会只为了我们几个。

阿诺：舅舅是喜欢热闹的。

沈灏：朱莉长得好看吗？

阿诺：不是那种一看就觉得漂亮的女人。

孙继中：知道了，漂亮的，而且是越看越漂亮的女人。

阿诺：这是你说的。

沈灏：一直听阿诺讲起邦斯舅舅和他的朱莉，现在只见到一个。

孙继中：还有一个，更让我们期待。

沈灏：朱莉多大岁数了？

阿诺：有四十了吧。

沈灏：你舅舅呢。

阿诺：比我妈大，你看几岁？

沈灏：噢，那应该过五十了。

孙继中：老问年龄干什么，无聊。

阿诺：对，我们说说别的。

沈灏：还记得那部苏联电影吗，《天鹅湖》。

阿诺：《列宁在1918》。

沈灏：你看这个，女人穿个短裤，还有绑腿，还芭蕾舞。

孙继中：乡下，能看到女人给孩子喂奶，衣裳敞开，我第一次看见，吓一跳。

阿诺：上海看不到，女人把自己包得紧紧的。

沈灏：除非交一个女朋友，才能知道女人什么样。

阿诺：瞎说，你没见过你姆妈身体？

沈灏：家里人不算的。

阿诺：总归是女人。

沈灏：哎，我一开始是讲芭蕾舞，讲芭蕾舞女人大腿，怎么直接讲女人啦？

阿诺：《列宁在1918》，我看了四遍，我主要不是为了看大腿。

沈灏：为啥？

阿诺：因为没有电影看。

30

《一本计划在将来完成的书》

一，一个被假释的旧时代人物

二，一套八卷一九六二年版本的科学普及儿童读物

三，一个四清干部秘密的罗曼蒂克史

四，好的目标，常常会有坏的结果

五，一对宝贝

六，一个居无定所的读书少爷

七，收藏一张罕见的邮票应该有多么得意

八，倒霉的教徒不受待见

九，信，是那个时代的唯一奢侈品

十，一个等待出狱后像基督山伯爵一样富有的人

十一，食物即信仰

十二，男男女女

十三，大世界

十四，两只猫与一条羊绒毯子

十五，一心想做个画家

十六，德国究竟有多少种哲学

十七，生在上海，差不多就是一个生在巴黎的乡下人

十八，发财这个发，只有在女孩子沙包游戏中看到这个字

十九，从今往后

二十，好日子要当穷日子过

二十一，一个去香港的念头

二十二，邦斯舅舅开始厉行节约了

二十三，一个难以解释的梦

二十四，空中的礼花

二十五，邦斯舅舅有了新的人生目标

二十六，最后一课

二十七，从未来走向过去

二十八，黄金与线团

二十九，古代经典

三十，西洋镜

三十一，贞洁

三十二，论诡辩术

三十三，大方向

三十四，一个在巴尔扎克小说里沉睡的人物

三十五，懂画的人并不都在美术学院

三十六，看门人是个大学问家

三十七，一条美丽的手帕

三十八，初恋

31

东东对爱情小说失去兴趣了，甚至于鄙视，天知道东东看了些什么爱情小说哟，阿诺说，我借给你的那些爱情小说，或者有爱情成分的小说，你一个不喜欢？东东说，消遣消遣，谈不上喜欢，没事做呀，阿诺说，我跟你不一样，东东说，你太把书上的东西当真，阿诺说，我看你们家，林林读书最好了，你第二，你除非手里有事体做，整天抱了一本书不放，东东说，我真的是消磨时间，阿诺说，你以前不是这样的，东东说，阶段性的吧，我自己也不晓得，反正一桩事体没劲了，就换一样，阿诺说，照你意思，你现在不准备看小说了，对吗，东东说，我不是这意思，就是爱情小说没劲了，阿诺说，为啥？东东说，写得好的，全部是悲剧，女朋友还没有正式交过，就灰溜溜，或者想法太多，我们造船厂的小青工，艺徒三年还没有结束，一个一个挽着厂里的漂亮小姑娘，我笨呀，天天孵了屋里看爱情小说，稀里糊涂掰开眼睛看看周围，每个小姑娘身边都有一个从来不看书的男人盯牢，恍然大悟，晚啦！

阿诺说，我们厂里没什么长得特别漂亮的小姑娘，东东说，这是你的厂，一百多点人，沪东造船厂上万个人，骑脚踏车全厂加三只码头兜一圈起码要半天，漂亮小姑娘一抓就一大把，食堂排队吃饭医务室配药五四联欢晚会，你想想，天天有陌生小姑娘从天上落下来，阿诺说，既然这么好，你还丧气啥？东东说，笨，厂里大，就像南京路荡马路，你可以随便搭讪陌生小姑娘吗，阿诺说，那你就白讲，管它厂大厂小，漂亮小姑娘只好朝她看看，东东说，就是，所以大家只好兔子吃窝前草，别的车间的，比较吃力，天天在一个车间碰到，比较保险，做生活八小时，吃饭汏浴回家，没有业余时间谈恋爱，只好在工作中发展感情了，阿诺说，一点都不浪漫，怪不得你讨厌爱情小说了，东东说，现实就是现实，阿诺说，林林为啥一直不结婚？东东说，我怎么知道，阿诺一下子不晓得再说什么了，没话找话把话题拉到前面，说，你不看爱情小说了，现在，看什么呢，东东说，最近我看科幻小说，阿诺说，从爱情幻想到科技幻想，东东说，好看，放不下，阿诺问，谁写得最好？东东说，儒勒·凡尔纳。

江楚天有一个小姐姐，大家都叫她纹纹，阿诺不知道纹纹是小名，还是纹纹的全名就叫江纹纹，或许叫江雯雯，说不定的，《红楼梦》里晴雯的雯，阿诺十六岁之前不欢喜《红楼梦》，所以心里就将纹纹的字，想象成现在这个纹，而不是晴雯的雯，一九七〇年轮到六九届初中毕业，天有不测风云，市革会公布新的分配方案赛过晴天霹雳，统统赶到乡下去接受贫下中农再教育，城里工矿企业一个名额都没有，大家传达市革委上山下乡办公室会议精神张春桥同志讲得斩钉截铁，以后历届初中生毕业一律去农村，是一个长期的方向，请学生家长看清形势不要抱有侥幸心理似乎只要赖在城里吃闲饭以后还会在城里找到工作，放弃你们的幻想吧，广阔天地大有作为，不要浪费青春不要浪费生命，像上海这样的大城市，社会问题劳动就业问题就如同解一道代数方程式那么简单，各级领导机关和领导干部你们大显身手的良机终于来了，想当年你们这些天不怕地不怕的毛主席的红卫兵，未来是属于你们的无产阶级革命事业的接班人，你们这些天之骄子，到穷乡僻壤去吧，去扎根落户吧，里弄干部轮番上门动员江纹纹去黑龙江插队落户，吓得江纹纹躲到宁波乡下避风头不见踪影。

邦斯舅舅一个人住南码头，可能朱莉也住那里，阿诺虽不打听却爱想象，他对证实一件事不抱好感，好像窃贼一般从后院爬墙进来刺探秘密，阿诺多次听闻母亲与父亲谈论邦斯舅舅和朱莉，那些闲言碎语如同撒了一地的拼图，阿诺基本能拼出个七成，其中最大的一块缺损空白，就是那个偶尔会从他们不慎的唇齿之间漏了出来，即那个阿诺从未见过，邦斯舅舅也未必见过的"老刘"，朱莉的丈夫，阿诺知道朱莉不便夜宿在南码头，也许朱莉和邦斯舅舅只能在白天见面，阿诺想，这样一个连我都嫌脏的地方，朱莉真的能够忍耐吗，为了诗人尼克拉索夫俄罗斯女人式的爱情！

天色向晚，邦斯舅舅沿复兴公园大草坪的弧线往西走，阿诺离邦斯舅舅十几步路的样子，他的脚步踏在邦斯舅舅晃动的影子肩膀，阿诺对影子很着迷，他看过一本连环画，一个外国人编的童话故事，讲魔鬼要买下一个人的影子，这个人答应了，阿诺记得那个魔鬼穿一身黑色燕尾服，单膝跪地，拿一把大剪刀，他长了一只很夸张的鹰钩鼻子，他把那个人的影子从脚跟处剪断，像卷一张席子一样把那个人的影子装入了他的皮包，邦斯舅舅仿佛对复兴公园的小路十分熟悉，邦斯舅舅习惯叫它为"法国公园"，阿诺尾随着，他们出了复兴公园西门，拐到思南路往南，短短几十步，邦斯舅舅站停在香山路口，回头问道：阿诺，香烟有吗？

32

快到一九七二年年底了，假装镇定的江楚天都快按捺不住，邻居同学不晓得江楚天的招工通知到底下来了没有，也没有人看见邮递员按江家门铃，也没有人听到"江楚天敲图章"！冬至那天，一年四季中白昼最短的一天，吃过中饭，淮海坊三支弄弄口聚了两堆人，议论江楚天到底接到通知还是出了其他情况，后来根据可靠消息，意见一致了，宣布江楚天通知昨日已经来了，另一种讲法是今天上半日来通知的，本来江楚天按照家庭条件应该分在"市属外工"，即"属于上海全民所有制的建在外地的工矿企业"之简称，要去南京煤山，后来不清楚什么复杂的原因，上海分配过去的二十位应届毕业生南京煤山没有接收，这就是江楚天比别人晚了三个月才拿到通知的主要原因，不是他江楚天一个人，还有十九个哪！

傍晚五点不到，天就特别明显地暗了下来，弄堂里的路灯要到下午五点半才点亮，所以大家都感觉这一天太短促了，西北风渐渐刮得紧，几家本来开着底楼厨房门烧小菜的，也把门掩上了，只剩六七位不怕冷的，脸一致朝向弄口继续在等江楚天，他们听说江楚天是骑了脚踏车出去的，但是想不到，暗暗的人堆里不知道是谁，叫了起来："江楚天在家里！"众人赶紧回头，只见江楚天一副吃饭已经吃过的笃悠悠样子，从家门口踱步出来，大家七嘴八舌，楚天楚天你分在哪里，楚天楚天，你运道好运道好，江楚天说，南京退下来了，搁了三个月，最后把我们二十个人塞到商业一局，众人又问，是上海吧，江楚天说，那当然，上海市商业一局，众人再问，具体单位啥地方？江楚天说，讲出来实在难听不过，众人七嘴八舌，啥地方啥地方？江楚天一字一句地说：上海果品杂货公司仓库，这时候，天差不多黑了。

在顺昌路上有一家修钟表的杂铺店，被邦斯舅舅逛街时发现了新大陆，兼修整老式皮鞋换拎包皮夹克拉链给打火机换电火石，邦斯舅舅与小店主攀谈甚投机，一冲动，花了三十五元钱买了陈列在玻璃柜子角落里的一块浪琴怀表，原配链子没有了，镀银表壳露出里面的黄铜色，据说上了发条还能走，邦斯舅舅宁信有，小店开路边，不会讹我的，彼此听口音，双方都是老上海，邦斯舅舅关照阿诺不要告诉母亲，你妈妈会批评我大手大脚乱用钞票，阿诺说，你叫我讲，我也不会讲，两个人从暗黷黷的杂铺店钻出来，邦斯舅舅连忙把胸口衣兜里的那块浪琴掏出来，眯缝着眼睛把它举在手中迎着阳光欣赏起来，阿诺说，这只牌子算好吗，邦斯舅舅说，一般性，三流货，刚刚看到还有几只老爷罗莱克斯，我没问价佃，我去了南昌路一家小店问过罗莱克斯价佃，旧表，要好几百块，我一年工资都不够，阿诺说，三十五元也等于你半个月工资吧，邦斯舅舅说，我工资五十四块，阿诺说，比我多九块，邦斯舅舅说，这块浪琴，我先在上海白相几天，回到青海，我转卖给一个同事，他托我在上海买块旧表，阿诺说，我还以为你是一时冲动，邦斯舅舅说，我精打细算的，阿诺说，你的这个同事钱比你多吗，邦斯舅舅说，他家里有亲戚在香港，现在可以寄钱了，他是一个留学苏联的工程师，阿诺说，青海农场里全部是知识分子吧，邦斯舅舅说，基本是的，阿诺说，这个人学问好不好，邦斯舅舅说，他是学农作物生物品种改良的，米丘林，阿诺说，我知道达尔文，不知道米丘林，邦斯舅舅说，知道那些有什么用。

  马馘伦所属的编译三室终于从临时办公楼移出，搬进了新楼，其实就时间先后而言，临时办公楼倒是前几年盖的简易工棚房，现在将要迁往的新楼恰恰是五十年代后期设计的苏式大楼，有十几年的年龄了，门厅，走廊，楼梯，会议室，一律的大尺度，墙壁上装有涂了新漆的护壁板，两排对称的办公室门框刷了灰色，会议室吊灯仍是原装的，还有漆了白色的天花板四周的描金，有点不和谐，马馘伦几个房间转了转，下楼，迎面碰到钱老，钱老捧了一堆书报信件，说，收发室有你的几封信，马馘伦谢过，走几步就是新楼收发室，进门，在信插中找到三封信，一封是儿子马立克笔迹，张曼雨同志收，一封是民族事务局周末会议通知，剩下的，他立即认出来了，浦卓运，又是匿名信，马馘伦同志亲启，无落款，只有赫然两字，"内详"。

浦卓运致马馘伦无落款匿名信摘录：

章学诚《文史通义》尽人皆知也，章氏立论，主于敬恕，故著《史德》《文德》二篇，其最要之语曰：德者何？谓著书者之心术也，夫秽史者所以自秽，谤书者所以自谤，素行为人所羞，文辞何足取重？魏收之矫诬，沈约之阴恶，读其书者先不信其人，其患未至于甚也。所患夫心术者，谓其有君子之心，而所养未底于粹也，又曰，文史之儒，竞言才学识，而不知辨心术，以议史德，呜呼可哉！

又，韩非之论史也，曰：孔子、墨子俱道尧舜，而取舍不同，皆自谓真尧、舜；尧、舜不复生，将谁使定儒、墨之诚乎？

为什么，对身边的生活，身边的男男女女提不起劲，对电影里的影子感动得哑口无言，国泰电影院放映厅的灯亮了，那两个笨拙丑陋的大字"剧终"报告了梦已结束，四周围噼噼啪啦观众离座的翻板声，人们从两旁洞开的安全门疏散，空空荡荡的影院依然回响着奇普里安·波隆贝斯库缠绵忧伤小提琴声，琴声飞向门外直到最后消失，罗马尼亚电影，一百年前的音乐家，他们几个完全被迷醉了，那个金发男子，此刻观众已经融入大街，男女角色，剧中人，故事与命运，都收进了胶片由跑片员送往下一个电影院，音乐渺然而逝，他们胃里空空，一种无以言说的忧伤漫上心头，无论是爱国家还是爱女人，罗马尼亚，欧洲，今天的社会主义国家，对这个国家的无知与纵情想象，《多瑙河之波》中的那个热辣女人牢牢地缠住他好久，宁可白日梦与谵妄的自慰为伍也不想陷入无趣的现实，那些妖娆女子，异国他乡的，语言不通，却煽动体内激情，凝视她们，与她试着接近，惊思骇念，在放肆而无危险的意念中沉沦。

　　许多年过去了，李致行与江楚天有一天在老同学聚会中相遇，这个聚会被安排在天平路的一个私人会所，据说这个会所的主人也是他们的小学同班同学，十几位中年男女先在花园里喝茶，随后跟着主人上楼去参观他的明式老家具收藏，李致行江楚天没有看到孙继中艾菲沈灏与阿诺，与主人敷衍了几句，就说他们喜欢主人的花园，你们楼上聊，我们两个多年不见了，想好好聊聊，主人很有派头地说，尽兴、尽兴！过会儿吃饭，再叫你们赏光！

33

亚他利雅篡位

亚哈谢的母亲亚他利雅见她儿子死了,就起来剿灭犹大王室。但王的女儿约示巴,将亚哈谢的儿子约阿施从那被杀的王子中偷出来,把他和他的乳母都藏在卧房里。约示巴是约兰王的女儿,亚哈谢的妹子,祭司耶何耶大的妻。她收藏约阿施,躲避亚他利雅,免得被杀。约阿施和她们一同藏在神殿里六年。亚他利雅篡了国位。

(《旧约·历代志下》二十二章)

僭政就是篡位,篡位者自知名不正而言不顺,言不顺而事不成,防民之口如防决堤愚者不语语者不愚,读书人应该被消灭,自由谈论已经彻底消失了,大字报大辩论是临时需要,清查五一六分子,清理阶级队伍,一打三反,阶级敌人自己跳出来,千万不要忘记阶级斗争,"文化大革命"不是搞一次也不是搞两次,而是要搞许多次,七八年来一次,唇亡齿寒,釜底抽薪,指鹿为马,聪明人必须变成老实人,老实人必须变成聪明人,把人劈成两半,一半只为国家不需要独立思考,另一半只为自己偷生苟活百事不管,逢人只说三句话:出门啦?吃过了?回来啦?现在很少有写日记的,流水账可以写,记事簿可以写,思想不能写,除非没有自己思想,真话不能讲出来,人人被控制,控制别人者被控制,彼此控制彼此监督彼此不信任,草民不足惜不足畏不足敬,他的形象神秘而遥远,他又徘徊在我们周围，附在每个人的身体上，他令我绝望，绝望到我必须把这些欲说还休的逆天思想写出来，然后再划燃一根火柴，把它烧成灰烬，就像安徒生的那个卖火柴女孩。

一切电影为政治，从来没有纯艺术，形式主义不过是一种自欺欺人的资产阶级意识形态，秦始皇加斯大林就这样声称，强权就是真理，既然从来没有纯艺术，又何必批判纯艺术，因为你无法批判一种不存在的东西！是啊，他们不让我说话，所以只有他们的声音，高音喇叭，每句话重复一千次，他们永远是赢家，对资产阶级电影深恶痛绝，才子佳人外国死人，工农兵占领舞台银幕戈达尔拒绝再依照过去方式摄制影片，法国人一九六八年的口号：问题不在于拍政治电影，而是在于如何政治化地拍电影，戈达尔的政治关切，他的新迷恋，戈达尔对好莱坞电影似乎也深怀迷恋，他对广告和声音的极度偏好，政治剧场效果突出，跳跃的剪辑风格，接近那部难以完成的冗长叙事作品，一次事先张扬的写作，即便是匿名，影像、虚构、回忆、变形、隐喻、还原以及藉藉无名者的精神活动必须结合起来，或者必须堆砌堵塞我们的思想道路，这些人的不同精神状态根本不可能结合，没有什么人，能够看到那个时代的全貌，只是一个小小的街区一幢房子一块邮票大的世界。

"革命万岁"是一个成员不多的法国激进主义组织，他们的精神导师有两个，一个是正在中国刮起"文化大革命"狂飙的游击队之父毛泽东,重点是反等级与暴力夺权，另一个是提出革命要从"日常生活"概念展开的哲学家勒菲弗尔，而后者的重点是生活中的性欲，"革命万岁"的报纸《宇宙》关注的是妇女解放、同性恋和其他性问题，偏离了正道，法国正经的左派书店"白求恩"和"毛书店"都拒绝卖《宇宙》，因为这份报纸特别粗俗猥亵，并产生了影响，这个几百人的小组织很快就消失了。

江楚天一九九九年某日笔记，没有具体日期：

今天有些感触，写几句，见到致行了，多少年啦，小学同学，两年级同桌，后来他长高了，坐到后排去了，他说自从他座位在最后一排之后，他就有了全局观念，听他吹的，他还提起二十多年的事，那天晚上在国泰电影院意外看见我和小红，不是存心，而是他喜欢坐最后一排，恰巧碰到小红，我说这个事我都忘了，他说你当然会忘记，你巴不得忘记你的初恋，我和你不一样。

我相信致行没必要骗我，老同学，大家都走了各条道，能聊聊的就是以前好玩好笑的事情，发发牢骚，海阔天空，致行读了许多书，从来没有被重用，可惜了，和他父亲比，完全相反的人，他与他父亲不合，不愿讲他父亲，其实我也一样，我们这一代的父亲辈，都没有尽到父亲责任，自私胆怯，谨小慎微，但是致行对他父亲如此之恨，我想不到，也不想多问。

致行今天主要问我，记不记得在林彪事件后，我们曾经在中苏友好大厦对面的上海新华分社旁边，很晚了，他从安徽到江苏和江西走了一个月寻找同志和真相，回来第一个找我，我说我这个还记得，他说，你那天晚上说了两句话，我一直没忘，我说两句什么话？他说，你说刘少奇的新民主主义阶段是对的，冒进是错的，以后发生的所有事，到"文化大革命"，都是这个冒进的逻辑发展，我说，我早就不这么看了，致行说，这我不管，我问致行，第二句呢？致行说，你说现在的中国社会，是讲一九七三年的中国啊，我们才十九岁啊，我说，你讲就行了，我又不会去注册专利，致行说，你当时像透露一个重大秘密，说中国现在只能分成两个阶级，一个是支配阶级，支配一切，另一个是被支配阶级！

要想回到过去是不可能的了，他的小学同学们，我怎么想不起来，半老徐娘，她们建议跳舞，她们比她们当年的妈妈还老，中间的三十年是怎么过的，彼此一片空白，李致行依然靠着墙壁站着，就像坐在电影院最后一排，他习惯把全场的人尽收眼底，的确如此，李致行一直以自封的想象的战略观察家自居，谈论那些离他十分遥远的大问题，如同那些历史上的重要人物，那些大人物死了以后，人们陆续公布了他们生前的通信往来，阅读这类曾经叱咤风云的大人物当年如何纵论天下大事，哪怕大人物也会谈及毫微琐屑之事，李致行都会血脉贲张，可惜了，就像江楚天一语道破的，李致行在这个曾经被十九岁的早熟政治分析家江楚天称之为"被支配阶级"的个人命运浮沉之中，他始终没有靠近另一个所谓"支配阶级"半步，而他的悲剧性还在于，某些真相，并不是可以被他找到的，而是不期然被他撞见的，说得残酷一点，真相总是在他毫无防备的时刻突然出现，真相几乎要蓄意摧毁他，李致行那天晚上在天平路的聚会上流露了他对他父亲的切齿的恨，难道其中有什么难以启齿的原因吗？

从三楼落地大窗往外瞧，可以看到正在升高的城市夜景，极目远眺，头顶前方一大片灯光璀璨，泛光射向天空，白天的杂乱拥塞污秽沉入了城市底部，大部分人站在阳台上讲话，黑暗中有几个人在吸烟，室内有人打开留声机放慢步舞曲，是陈歌辛吗，《玫瑰玫瑰我爱你》，换一个，我们的六十年代，不好不好，六十年代的歌只适合老三届，有鲍勃·迪伦吗，我这里都有，我要《别再犹豫》，他们不算假装高雅，鲍勃·迪伦从来不高雅，拿钱回家，唱歌也是为了糊口养家，李致行江楚天好像不想和我们聊天，他们可能有什么事要谈，我倒无所谓，你们谁还记得沈灏吗，当然记得，杨老师说沈灏爸爸是造火箭的，所以总是沈灏妈妈去开家长会，沈灏妈妈很漂亮，哎，现在也是老太婆啦，大家来点气氛，跳舞吧跳舞吧，进来，都进来！

阿诺不止一次对马立克说，也不止一次对李致行说，巴尔扎克从菲利普执政到波拿巴上台，写巴黎写了二十年，没有第二个人会这样做了，全世界不会有，上海更是不可能有，上海虽然和巴黎有一个相似，巴尔扎克开始写巴黎的时候，旧的帝政时代过去了，巴黎到处留下帝政时代的痕迹，但是上海有相同又不相同，因为上海虽然也有过一个民国的旧上海，可是它的痕迹都被铲除了，覆盖了，封存了，破坏了，消灭了，因为社会主义是一个新世界，旧世界必须被彻底消灭,"无产阶级文化大革命",不就是要与旧的文化、旧的习俗、旧的传统做最后的彻底决裂吗?什么叫最后,就是一场最后的斗争,就是英特纳雄耐尔,但是马克思为什么选择了巴黎,而不选择上海呢,虽然巴黎公社不是马克思领导的,你们说,这是为什么?

34

交谈的无聊,交谈的无意义,交谈只是条件反射,交谈不过是为了维持一种呼吸的形态,如果说人们交谈是真心真意要关心对方,而不是理解对方,那已经很不错了,不要企图理解对方,甚至是对你的爱人!为了得到爱,尤其是为了得到性爱,你千万不要谋求理解她,更不需要让她理解你,买一条头巾给你的女人,比你写一封信给你的女人重要得多也有效得多!她会焚烧会撕烂你的信,却一点不会丢弃你赠与她的黄手帕,这倒不是上海并非帝制留痕的旧巴黎,而是人们惧怕文字而不是珍惜文字,坠入爱河的年轻人啊!

在上海,人与人之间的偶遇,约会,相逢,聚餐,最最困难的就是谈话,女人们,老婆子们,巴尔扎克的巴黎女人统统变成了傅雷的上海老婆子,感谢傅雷,愿你的在天灵魂安息!目睹一个大都市的迅速衰退,像听天方夜谭故事一般偷听上海往昔的奇闻,枯竭的生活,所向披靡的洪流,失去的天堂,被禁闭在一个不再自由流动的巨大兵营中，这个兵营还保留着些许的旧日街道迷宫，或者这就是这座乏味可陈的灰色城市，即便安东尼奥尼真心在赞美一个朴素寂静的上海而不是诋毁一个匮乏呆板的上海，上海的魅力也绝不在它可以看得到的风景与满街表情疲惫的人流或斗志昂扬的游行队伍，而是在那些根本无法直观的内部世界，它的欲望，它的隐秘，它的幻象，它的错觉，它的疯狂，它的计算，它与这个非利维坦国家力量的隐忍式的持久对峙。

上海不善交谈，上海没有话要说。

阿诺家离艾菲家最近，近到阿诺在艾菲家天井里下棋，天色暗了还不觉得，阿诺的祖母中气足，站在自家天井里叫"阿诺，吃饭了！"或叫"阿诺，阿爸回来了！"阿诺马上回一声"晓得了，来喽……"阿诺的祖母知道阿诺放学以后肯定在附近同学家玩，但是阿诺的祖母没力气一家一家找，如果阿诺不在艾菲家里玩，四周邻居听见了，也会有人跟一句，模仿着阿诺祖母的潮汕口音连续叫"阿诺，你的爸爸回来喽！"

艾菲家大天井的黑铁门并不是永远敞开的，它也有关闭的时候，这个情况比较少，不过会让一些习惯去艾菲家大天井消磨时间的邻居孩子很失落，特别是有要紧事情必须找到艾菲，他们都不愿意去拍那扇大铁门，因为一般来说，只要艾家家里有人，这扇门通常总是敞开的，除了吃了晚饭以后。

阿诺有一次，或者应该说，阿诺第一次通过艾菲家的后门进入艾菲的家，是因为艾菲生病请假，没有上课，杨老师让阿诺给艾菲带了几份试题，要艾菲身体稍微好点的情况下做一做，于是阿诺就敲响了艾菲家的后门，艾菲妈妈来开门，阿诺跟在艾菲妈妈屁股后头，艾菲家的家具十分讲究，桃木长沙发，红木大衣柜，梳妆台上挂着艾菲爸爸妈妈的结婚照，两张靠背安乐椅，一张茶桌，房间地板擦得干干净净，明白了为什么艾菲妈妈总是很客气地请同学们在大天井里玩，却从来不把他们请到房间里去，于是他第一次下意识地看了看脚上的球鞋，对艾菲妈妈说，我不进去了。

其实江楚天几个星期之前就获悉他被南京煤山退了回来，不是他一个人，而是二十个同届毕业生，稍微放心了，几天后又传说可能会安排在商业单位，不禁喜忧参半，喜的是，不用多说，可以留在上海了，忧的是，难道去站柜台吗，过去一些对做商店营业员很不尊重的上海人，给营业员取了一个非常难听的绰号，叫"柜台猢狲"，意思是，站在柜台后面的猴子，江楚天倒不在乎这个绰号，但是实在不能相信自己，居然会一辈子站在柜台后面，无穷无尽地与顾客和钞票打交道，八个小时，除了上厕所吃饭，一点点自由时间都没有，有好几天江楚天严重失眠，他甚至觉得还不如去农村呢，"大有作为"他知道是骗骗人的，不过"广阔天地"没有说错，大好青春，尤其是一辈子，他简直无法想象，江楚天闷闷不乐，江楚天的父母倒是非常高兴，江楚天爸爸说这是"塞翁失马焉知非福"，留在上海就是好兆头，人生很长，以后还有机会，急什么，江楚天要父母先不要对外人讲，等他最后分配在哪家商店落实了，再讲不迟。

　　一九七三年夏，东湖路口天鹅阁西餐馆。
　　江楚天：你瘦了。
　　李致行：没有，体重没变。
　　江楚天：可能因为皮肤晒黑的缘故。
　　李致行：是吗。
　　江楚天：哪天我们去游泳，老地方。
　　李致行：跳水池。
　　江楚天：到街道医院弄个健康证明。
　　李致行：在江西，我在山溪里游泳。
　　江楚天：极目楚天舒。
　　李致行：我知道，你是武汉人。
　　江楚天：我喜欢天，我差点以为我一辈子暗无天日了。
　　李致行：什么意思？
　　江楚天：做水果店或南货店售货员。
　　李致行：能看见马路，不算暗无天日。
　　江楚天：改不了，咬文嚼字。
　　李致行：你信里说，你的仓库是一个非常意外的地方，说要带我去坐坐，为什么不告诉我？
　　江楚天：现在就告诉你。
　　李致行：为什么突然改主意了。
　　江楚天：当时我兴奋异常，所以不想马上告诉你。
　　李致行：兴奋异常？你这么说，我有兴趣了。
　　江楚天：你是说，你本来不感兴趣了？

李致行：说吧。

江楚天：你记得有一个夏天，去年，不，应该是前两年，我们一道去徐家汇教堂抓蟋蟀？

李致天：早忘了，别扯别的。

江楚天：那个傍晚我们走进一个荒草遍地的园子。

李致行：想起来了，是徐家汇天主教堂。

江楚天：我所在的果品杂货仓库，就在徐家汇天主教堂里。

35

三十几张胶木唱片，马立克前后花了将近两个月听完了，听完了？张曼雨回信严厉批评儿子，这么重要的经典音乐，音乐史上出类拔萃的天才之作，怎么可以用"听完了"这三个字？马立克诚恳接受了母亲的批评，赶紧专门写了一封信给母亲，纠正了原来的不当措词，解释说，"听完了"的意思其实就是"都听过一遍"或"不止听了一遍"，绝没有从此不再听的意思，然后呢，马立克又挑出几张唱片，扼要地向母亲汇报了他的聆听感触与感想，马立克特别提到了柏辽兹的《海盗》《罗马狂欢节》《幻想交响曲》和《罗密欧与朱丽叶》，瓦格纳《尼伯龙根指环》《诸神的黄昏》，巴赫《六首大提琴协奏曲》，顿河哥萨克合唱团《伏尔加船夫曲》《卡林卡》和《布谷鸟》，最后可能信纸还有余地，又补上《漂泊的荷兰人》，仍然是瓦格纳作品，张曼雨会不会意识到，她的儿子没有提到贝多芬与莫扎特。

现在邦斯舅舅正坐在隔壁房间伏案写作，他的侧面身影，披在肩上的大棉袄一只袖子快滑到地板上了，阿诺觉得很像最近报纸照片中的焦裕禄，戴了老花眼镜，阿诺又觉得邦斯舅舅好像一个年迈的仓库保管员，他又抽烟了，抽飞马牌香烟，阿诺对这个牌子十分熟悉，阿诺十四岁就偷偷地背着父母抽烟，到了十六周岁时拿到第一份薪水，首先为自己买了一包大前门，阿诺工作的那家如同麻雀大的修理工场里，老师傅们大多抽飞马，家里经济负担重，烟瘾大的，只能抽劳动牌甚至勇士牌，想想看，勇士，多少豪迈的称谓，只卖一毛三，劳动创世界，劳动两毛一，飞马，就两毛八分了，阿诺第一次拿的月薪区区十七元，就大手大脚买了一包大前门，不过邦斯舅舅并没有在意，邦斯舅舅现在没闲工夫管外甥的用钱是否合理，是否花钱花在刀刃上，邦斯舅舅现在竭尽全力要把自己的"刑满释放的反革命分子"改变为"国民党军政人员的政策性遣返"，这个工程非常艰巨也非常渺茫，他现在可以比较自由地回上海休假，至少是万里长征走出了第一步，邦斯舅舅另外一个愿望，就是晚年与朱莉生活在一起，需要两条线一块共同作战，但是阿诺凭直觉，两件事都够悬，邦斯舅舅能不能回上海，不是他自己说了算，一个人与国家的所谓有关部门打交道，而且远远不止十来个的有关部门，他们刁难你，你一点办法也没有，但是朱莉愿不愿这下半辈子跟定你，对邦斯舅舅就是一个必须要看分晓的残酷结局了，阿诺听父母聊起这事也很伤脑筋，因为朱莉现在已经嫁了人，并且一直隐瞒了她的老公，她的旧相好从青海劳改农场回来了。

马立克突然对母亲留给他的几十张黑色胶木唱片失去兴趣，出于习惯，他先将这堆唱片做了一份目录，为此马立克还查了许多辞典，这个枯燥过程似乎很让马立克有所获益，一切收拾停当，就把它们塞回硬壳封套，抚去浮尘，马立克面带微笑两手捧着那叠得整整齐齐的唱片，弯腰俯身，仪式性地在最上面的那张《漂泊的荷兰人》表面轻轻一吻，咕哝了一句什么话只有他知道，就将它们送上壁橱最高一层，名符其实地束之高阁了，马立克没有写信给"张曼雨同志收"，理由不辩自明。

语文老师宋筝与马立克的一见钟情只维持了三个礼拜，严格地说应该是只有十九天：始于一个礼拜天下午，结束于此后的第三个礼拜五的晚上。马立克从高中起就非常自律地开始了他刻板单调的学校生活，除了早晨跑步，他对任何体育活动都不感兴趣，马立克的罗曼史到了后来去哈尔滨读大学才翻开第一页，不过马立克的每一次短暂的罗曼史都由一见钟情始，以志向不同分，马立克交往过的所有女朋友都是在图书馆认识的，要不就是学校附近的新华书店，请想想，两个读书人初次相见，能找到共同语言是寻常事，但是既然都是读书人，而且迅速热恋了，他们的另一面就会同样迅速地暴露无遗，那个可怕的"志向"，一旦坚决不认同对方的价值与趣味的取向，他们就会敏感地讨论这个问题，读书人皆是语言人，他们因语言而相遇相爱，又因语言而相知相分离，尤其像马立克那样的人，以沉默冷峻的外表和丰富的内心知识吸引女人,而其反面,即那种过于复杂缜密的思维与女人们的头脑距离过大,以及长期养成的自我中心,并不特别需要女人的照顾与温情,对女人的照顾与温情又不十分敏感,于是那些迅速爱上马立克的女人们都无例外地,很快发现马立克有一颗柔软而坚硬的心。

一九七四年秋季的一天下午,温婉素净的宋老师与流浪者马立克一见如故,阿诺可以作证,马立克站在宋老师书架前翻动她的书籍,阿诺很嫉妒地注意到宋老师的身体屡次贴近马立克的肩膀,甚至半个身子倚在马立克肩膀上,而宋老师呢,好像只是很在乎马立克对她的哪些书感兴趣,谁看不出来,阿诺认为宋老师是故意的,因为之前阿诺也有假装无意地把手搭在宋老师肩膀上的尝试,都被宋老师那只柔软的手轻轻拿开了,此刻,宋老师那好看的脖子,她的褐色柔发和她的睫毛,都被马立克这块磁铁深深地吸引了过去,这短短的几分钟,对阿诺如同过了半个小时,对语文老师宋筝与社会青年马立克意味了什么,人们则无从获悉,宋老师忘记了时间正在飞快地流逝,一个来自遥远的声音对她说,除了唐宋古典诗词,宋老师有外国诗集吗,宋老师如大梦初醒,说,要什么?马立克听了,以为宋老师有外国诗集,所以再问要哪个诗人的诗集,马立克说,都可以,比如普希金,聂鲁达,宋老师说,现代很少,只有艾青,臧克家,郭沫若,还有一个马雅可夫斯基,马立克哦了一声,说,马雅可夫斯基不好,艾青可以,拿出来,我念两首,宋老师说,都塞在床底下了,马立克说,现在可以教古典诗词了？宋老师说，也不行的，古典诗词我自己喜欢，马立克说，我以前学工科，学俄语，宋老师说，阿诺对我说过你，马立克说，阿诺你对宋老师说了我什么？阿诺说，就说你是我的大朋友，图书馆认识的，天文地理无所不知，马立克说，阿诺脑子灵，宋老师说，你刚刚说，有什么好诗，你朗诵给我们听，你可以背诵呀，用俄语背诵普希金？马立克说，背不出，俄语不用，都生了，宋老师说，用中文，假如生活欺骗了你，马立克接着背诵：不要悲伤，不要心急！忧郁的日子里须要镇静，宋老师与马立克一起，相信吧快乐的日子将会来临。

　　三天后，马立克收到一封信，马立克收，落款宋寄，虹口，信封很薄，纸质坚韧，马立克上楼，开门进房间，找了一把剪刀剪去信封一角，裁开，掏出一张带香味的对折小纸片，八行娟秀狼毫小楷，赶紧展阅：

　　　　怅望窗前日暮云，一声离雁孤绝尘。
　　　　天涯旧城空谷音，海角听侬有几人。
　　　　梦回知否来故客，何必剪烛欲相寻。
　　　　记曾春尽江南雨，重阳时节到夜分。

　　又过两天，语文老师宋莘收到了回信，是马立克，信不长，概括说了一些与大学生活以及与阅读有关的往事，也附了一首格律诗，五律：

　　　　窗前日暮云，离雁孤绝尘。
　　　　旧城空谷音，听侬有几人。
　　　　知否来故客，剪烛欲相寻。

春尽江南雨，重阳到夜分。

语文老师宋筝看罢，浮想联翩遥望南天夜不能寐。

36

一个宏伟的小说构思，不会是某个夜晚降临的偶然意念所能推动得了的，这不一定是规模的宏伟，更是容量的宏伟，从一句话开始，作为开端，敲响了第一个音符，第二个，第三个，一句话的生成，然后向某个不清楚的方向缓慢流动，渐渐加速，分岔，两个或者三个分岔，水越蓄越多，能量随之集中，需要更多的出口，句子和句子前赴后继，句子已经不为注意，句子汇合成句丛，一个一个句丛的团块，块茎，有自己的生命，它们开始自作主张，它们有了内部的欲望，还有自己的意志，那个叫作人物的角色，他，他和她，更多的他和她，他们！杂乱无章的堆积，他们彼此相识，最初的几个星期，他们各行其是，分头行动，后来他们把拼图找到了，但是新的误解，困惑，未知，他们将要做什么，其实是，他们在过去了的那个最为怪异最为枯索最为难以命名的时代，究竟还做过些什么惊天动地和不值得一提的无意义的必须之事，每时每刻，滑稽，经济，哲理，上帝，野心勃勃，搔首弄姿，幻影与三棱镜，必须有一个光辉的结局，为了阿诺的巴尔扎克与福楼拜，为了发生过的一切生活痕迹留下文字，在虚空里消逝。

一九七五年五月，孙继中家晒台鲜花盛开阳光灿烂，午后。

孙继中：给你们介绍一个新朋友。

何显扬：何显扬。

孙继中：我在江浦认识的一个画家，文化馆的。

何显扬：都是插兄。

李致行：我是李致行。

江楚天：江楚天。

李致行：继中，听到人说了，你这些年一直在画画。

何显扬：我们现在在一起合作，国庆节参加展览。

李致行：全国美展？

孙继中：江苏美展。

何显扬：展览不重要，重要的是要出名，让人家知道你。

江楚天：对。

孙继中：显扬很帮我，我是临时借过去的，我还是农业户口。

江楚天：画画倒是一条出路，致行你的情况怎样，现在大家都在考虑出路。

李致行：我父亲让我办病退，我很犹豫。

孙继中：那为什么？

李致行：回来干吗呀，里弄生产组？

孙继中：先回来再说，许多插队的都在找关系，你爸爸有路道，回来最重要。

江楚天：致行最无所谓，还生活在空想里。

李致行：你别说我，我们两个脚碰脚。

孙继中：起码人家江楚天有只城市里的铁饭碗。

李致行：不会永远这样下去的。

何显扬：现在有门手艺比较容易找到机会。

孙继中：我的这位老同学，这几年拼命读书，难得我安徽回上海探亲,他问的都是农村问题和农村的历史问题,心怀天下，先天下之忧而忧，不考虑个人问题。

李致行：我考虑的方式不一样，其实一样。

江楚天：你爸爸应该帮得上你的。

李致行：我不需要他帮。（轻声对江楚天：以后告诉你。）

孙继中：听见了，有啥秘密，你自己的前途啊。

李致行：等一两年再看，我等得起。

孙继中：你指啥？

李致行：等天下大变。

叙述中不要夹杂太多议论！是这样的吗，还是你们不习惯议论，在日常生活里你们只喜欢一种交流方式：闲谈与杂聊，把你的闲谈与杂聊记录下来就可以了，那是你们的意义世界，远远不是全部世界，甚至不是内心世界，这个世界并非你们观察到的"那一个"，生活貌似平缓匀速地流过你们的眼畔，它们偶尔也会激起惊涛骇浪，溃进交替，任意东西，为什么你们的读物总是那么一成不变，阅读，毫无秩序是必须的，把生活并不存在的逻辑打乱，才能接近那万千生活之流，距离越来越大叙述的魔力方能游刃有余地展现……

江浦文化馆画者何显扬读石涛笔记：

太古无法，太朴不散，太朴一散而法立矣，法于何立，立于一画。一画者，众有之本，万象之根；见用于神，藏用于人，而世人不知，所以一画之法，乃自我立。立一画之法者，盖以无法生有法，以有法贯众法也。夫画者，从于心者也。

信手一挥，山川、人物、鸟兽、草木、池榭、楼台，取形用势，写生揣意，运情摹景，显露隐含，人不见其画之成，画不违其心之用，盖自太朴散而一画之法立矣。一画之法立而万物著矣。我故曰：吾道一以贯之。

一九七六年

阿诺做了一个异常的梦：长乐路被水淹了，路灯们还亮着，天空里映出水的流动倒影，一圈一圈扩散及至天边，对马路的楼房所有窗户洞开，每扇窗户都是一个泄洪口，无数水流垂直注入底下的汪洋，水位似乎在慢慢升高，阿诺很镇定，他好像不需要渡舟就轻轻漂过汪洋大水，他发现在街之转角处还有一块路牌在水中屹立，他希望这是另一个城市，他好像已经意识到这是梦，他看到路牌上没有文字，他于是漂到它的背面，他终于看清了三个字，他觉得这三个字非常眼熟，但是阿诺无法将它读出，然后阿诺惊醒了，他依然记得这三个字的写法，他坚信这三个没有读音的字已经刻在他的脑子里，于是阿诺又睡着了。

一九七六年

江楚天做了一个有关他小时候的梦：江楚天妈妈抱着江楚天去城隍庙买灯笼，城隍庙游人很拥挤，江楚天妈妈把江楚天放到地上，说不要动，拉住妈妈的衣角，就转身去买灯笼，后来妈妈朝前走了，江楚天抓紧妈妈的衣角跟着向前走,走到一个僻静地方,江楚天就问妈妈我的灯笼呢,江楚天妈妈停下脚步,转过身来,江楚天看到的不是江楚天妈妈,而是江楚天早已去世的奶奶,她一直在墙上的照片里坐着,终于走下来了。

一九七六年

李致行做了一个具有预言性质的梦:他仿佛走进一个阴森森的群魔殿,又像《林海雪原》里的威虎厅,蓝色火焰从地上的裂口喷出,许多牛鬼蛇神在疯狂舞蹈,他们围成圆圈,中间摆满了死人和垂死的人,整个场面有一种热情的气氛,没有人害怕,那些牛鬼蛇神开始脱去他们的面具,相互拥抱,做出滑稽动作与表情,因为在这个时刻,李致行看到死人们中心是一口透明的棺材。

阿诺父亲的历史问题有了一个初步结论,与马戬伦的处理结果如出一辙:敌我矛盾性质,作为人民内部矛盾处理,简称"敌性内处",属于非常宽大的了,一般运动初期被卷入的敌人,或者介乎敌人与人民内部矛盾之间模棱两可的倒霉蛋,眼看一场灾难将要来临,运动声势如此浩大,从以往的历史经验分析,暗自思忖这一次灭顶之灾肯定逃不掉了,今天不知道明天,批斗、关押、体罚、被揭发和揭发别人,抗拒从严,坦白照样从严,加上北方在与苏联将要为了一个珍宝岛打仗,南方在和美帝为了一个越南打仗,内外夹击,尔等贱民废物生死未卜,不敢想象自己和家人的未来命运,夜深人静,瞻前顾后百味杂陈痛不欲生,长痛不如短痛,凌晨或清早,要么打开煤气要么吞服安眠药，过于绝望冤屈的用一根绳索了结，性格更刚烈的便从高楼露台飞跃而出，迎着金色阳光在空中划出一条完美的彩虹肝脑涂地，偏偏是那些稍后被卷入的，被连累的，被扩大化的，看看彼此差不多的人，今日统统沦为阶下囚，他们反而会有一种荒诞不经的梦幻感，他们中罕见自杀者，也罕见发疯者，他们似乎带有表演的态度与神情，迫害与被迫害，虐待与被虐待，揭发与被揭发，调查与被调查，审判与被审判，最后角色互相转换，难道不是这样吗，父亲拿到这个"敌性内处"的结论后，当晚去淮海中路茅万茂酒店买了酒菜，回家开怀痛饮，哈哈大笑说，副统帅蒙古粉身碎骨，我居然毫发无伤，不知道明天又是何人把枷锁扛？

37

江楚天运气好，外地工矿退回来分配到商业一局果品杂货公司做仓库管理员，江楚天母亲见了邻居就讲，小鬼头运道好呀，人算不如天算，他小姐姐江纹纹也是赖了上海不去黑龙江插队，后来总算查出来心脏有二级杂音，开了医院证明，现在蛮好，安排了里弄生产组，裁裁衣裳，踏踏缝纫机，轻松得来，就是一双手，本来细皮白肉的，现在天天摸布头，摸得来一双手十只手指头起老茧，我看了真真心里肉痛，邻居讲，蛮称心来，摸摸布头出老茧算啥，到乡下捏锄头铁搭，一手的水泡，还要毒日头下面做生活，女小囡，作孽呀，江楚天母亲讲，是的呀，我是满足的呀，楚天运气虽然好，但是不珍惜呀，天天坐了仓库里，风吹不到，雨淋不着，工作了半年不到，就开始混病假，这只死小鬼，让我操心死了，邻居讲，纹纹天天上班一手老茧你心痛，楚天请了病假待了屋里厢你又操心，唉，不知足啊。

阿诺教会了江楚天如何骗医生开病假单，但是江楚天的日常工作很轻松，写写登记簿，开灯，关灯，领路，开门，关门，进什么货出什么货，有专门的搬运工，通常不需要江楚天帮忙的，恰恰江楚天一定要站在旁边监督点数，说监督还是客气，简直就是袖手旁观，江楚天气馁了，说，我们这个工作，不可能有"工伤"，阿诺可是伪造"轻型工伤"的老手，却帮不了这个运道过于好的江楚天，劳动不受伤，能算劳动吗，阿诺有点鄙视江楚天这份缺乏男人气质的轻松工作，其实阿诺骨子里是羡慕江楚天的，因为在大部分时间里，江楚天可以读报，喝茶，甚至可以吸烟，果品仓库没有什么易燃物，所以没禁止吸烟，不过好景不长，整个果品杂物仓库全面禁止吸烟了，这是享受惯了的江楚天无法忍受的，所以必须学会骗病假！

这个时间记忆有点模糊，阿诺去隔壁找纤纤，后来他回忆那天是怎么个过程，就是有缺损，很像出现了电影倒放中的断片，季节应该在冬季，阿诺记得他好几次身体发抖，不完全是因为害怕，是太冷，阿诺还让纤纤（还是东东？那天，纤纤在吗？）给他倒一杯热开水，不是口渴，是暖手，那个下午房间真冷啊，他进了纤纤的房间或者东东的房间也可以说是林林的房间，他们兄妹仨的房间一共有三个，分不清哪个房间属于哪一个人，他们兄妹仨共用这三个房间，先是纤纤开了门，阿诺走进第一个房间，纤纤跟在后头，阿诺先看到东东像往常一样躺在床上看书，枕边一堆书，阿诺和东东打个招呼，听到里面房间林林说，是阿诺吗，又混病假啦，阿诺于是走进第二间房间，林林也躺在床上看书，枕边也是一堆书，阿诺上前一步，拿了面上第一本，看了看封面，《新阶级》，"共产制度的分析"，南斯拉夫，吉拉斯著，自由出版社刊行，繁体竖排本，阿诺翻开看了几页，林林躺在床上不说一句话，这个时候阿诺发觉自己的身体情不自禁地发抖了。

李致行、江楚天和阿诺，他们三个对政治发生兴趣就是从那天晚上开始的，孙继中晚上八点多了，骑着一部老坦克去淮海坊三支弄轮流大叫他们俩名字，说赶紧出来吧，有事情，当时孙继中的家庭成分最硬，祖上两代贫农，父亲一代是不打折扣的工人阶级，好像天生就有资格关心政治，李致行爸爸一九六六年"文化大革命"爆发前夕一张调令去了贵州山区的一家大企业，江楚天爸爸本来是歌剧院的行政干部，"文化大革命"后大量文艺团体绝大多数变相解散，歌剧院做了抄家物资仓库，所有的原先编制里的人员，不管好人坏人，统统赶到奉贤五七干校，那几年，这三位年纪轻轻的逍遥派，真应该是他们为所欲为无法无天的大好时机，在这么难得的无政府主义时代，他们这个年纪是被社会忽略的，此外，主要还是由于他们性格相近的原因，这种不再读书阳光灿烂的日子，在他们看来简直是糟透了，他们疏离政治，他们议论政治不是为了好奇，而是政治影响他们的命运和未来，倒不是对这个国家有多少关心，这个晚上他们聊到凌晨三点，当然还有孙继中、沈灏和艾菲，有意思啊，最后孙继中变成了一个对政治毫无兴趣的"画家"，一个最有目标的人。

还没有认识马立克之前，阿诺每每混到病假条，如果是一天，有时候只有半天，他一定是用来看书的，当然不是看家里还遗留下的那些书，而是抓紧时间看明天或者后天就要归还的书，这些书通常就是厚厚的外国翻译长篇小说，偶尔也有中国章回小说，借到什么书就看什么书，很可能昨天熬夜看了半部《说唐》，今天就赶快读《约翰·克里斯朵夫》，接下来就有一本《亚森·罗宾探案》等着你了，这些书都不是白借的，那个年头大家传来传去借书看书的年轻人都懂其中规矩，上海图书馆重新开放是在一九七三年，那年秋天的一个黄昏阿诺在图书馆二楼阅览室与马立克邂逅，在此之前，阿诺借书的来源主要有两个，一个是邻居林林和东东兄弟，另一个渠道是江楚天以及江楚天的邻居"牛皮筋"，牛皮筋是向明中学六六届老高三，父母在香港，跟着姑妈过，一个人有一间朝北的亭子间，牛皮筋不肯去农村插队落户，赖在上海，绰号"牛皮筋"就此得名。

淮海坊的房子建于二十世纪三十年代，北向淮海中路，南朝南昌路，由于两条马路规划在先，它就成为一块多边形，淮海坊依地块形状设计，故每栋房子都与其他房子略有不同，面积接近的还看不出来，有些面积比较宽敞的，内部房间的分割就非常复杂，江楚天住底楼，有一个小花园，沿着窗台，贴围墙种了一棵终年不落叶的广玉兰，树冠巨大而浓密，虽然朝南方向，江楚天一家整天活动的大客厅永远是幽暗的，对面房子挨得近，加上又是底层，阿诺去江楚天那儿聊天，一般就在小花园里进行，江楚天搬个方凳做茶几，再拿两只椅子，两个人一起点燃香烟，这个时候江楚天必定会问阿诺，想要叫牛皮筋下来吗，阿诺当然说好，于是江楚天就抬头喊，牛皮筋！楼上马上传出牛皮筋的声音，是阿诺来了吧，阿诺知道了，平时牛皮筋一直待在二楼朝南大房间，只是牛皮筋还另有一个独立的小亭子间。

38

礼拜天，朱莉打电话给宋老师，说有重要事体，宋老师在弄堂口传呼电话间问，啥重要事体，现在电话里可以讲吗，朱莉说，不方便讲，现在有时间的话，我过来一趟，宋老师压低声音说，那么急，到底啥事体，你讲轻一点，讲关键的，电话听筒那面沉默了大概五六秒钟，宋老师听到朱莉的声音像蚊子叫，我怀孕了。

苏州河两岸风景不朽，乌漆墨黑的河水缓缓流过武定路桥墩，历史过去了，有了许多新的结论，革命为理解苏州河的后续事件做出了特殊贡献，那些永远流淌不完的黑色洪流饱含了各种各样的合成物，它与这座城市的未来之间的关系是必然的吗，狄更斯《雾都孤儿》和《双城记》描绘的伦敦，一百多年以前也是这样，毁掉一条河，肮脏，有毒，腥臭，而且——彻底的黑色，照样有年轻人站在武定路桥上，赤膊，短裤，一双开裂的塑料拖鞋整齐地摆在桥栏杆下，高高地伸起双臂，弯腰，屈膝，下蹲，深呼吸，向空中跃起，划一道美丽的弧线，慢慢下坠，进入黑色深渊，一朵黑色的水花，一圈一圈的黑色同心圆，慢慢散开，慢慢扩张，慢慢消失，终于，露出了一颗黑色脑袋，在阳光下，豪迈地微笑。

江楚天与阿诺的小学同班同学郭小红的哥哥是向明中学六九届初中生，毕业分配一片红，雄赳赳气昂昂，敲锣打鼓去了大兴安岭军垦农场，比鸭绿江还远，两年后，按照新的分配原则,实行"一农一工"与"一外一沪"的平衡，郭小红进了本市一家皮革工厂做女工，早班、中班、夜班，"三班倒"，昏天黑地半年下来，郭小红实在扛不住了，又是睡眠不好神经衰弱，又是吃饭时间没有规律，做中班上午不肯睡，做夜班早上还强打精神逛马路，也开始请病假了，但是郭小红不用像江楚天那样请教阿诺怎样混病假，郭小红是真有病，医院检查报告说，郭小红除了有神经衰弱心律不齐，还有慢性胃炎早期症状，建议先休息一段日子，并建议厂里给病人换一个工种，不适合"三班倒"。

林林的家，第二个房间。

（林林从最里面的房间走出来）

阿诺：我连想都不敢想。

林林：那本书你看了？

阿诺：来不及。

林林：许多事我们不知道。

阿诺：可是他们知道。

林林：他们是谁？

阿诺：比方格瓦拉，萨特，还有许多，他们不闭塞。

林林：然后。

阿诺：他们知道斯大林杀了几百万人，还为他讲话。

林林：你以前知道吗？

阿诺：知道，我爸爸说的，一九六八年他就说了，那年我十三岁。

林林：是吗。

阿诺：当然是真的，他参加过托派，十八岁的时候。

林林：托洛茨基和斯大林是权力斗争，一样的。

阿诺：这个我不清楚。

林林：你刚刚说，你不敢想，指什么？

阿诺：不是对不对，而是危险。

林林：害怕了？

阿诺：有点。

林林：不对外人说就行了。

阿诺：我的两个同学可能很感兴趣。

林林：不要和自以为很保险的朋友讲这些。

阿诺：我知道。

林林：不怕你一个人心里想，怀疑，保持警惕。

阿诺：知道。

林林：就怕你搞个小圈子，一个组织，那会杀头的。
阿诺：我爸爸反复对我这样讲。
林林：你看到这本书，不要对你爸爸讲。
阿诺：为什么？
林林：怕你爸爸担心。

39

宋老师家。宋老师背对窗台站着，朱莉坐在床沿。
（沉默了一会儿）
宋老师：你准备怎么打算。
朱莉：我心里很乱。
宋老师：几个月了？
朱莉：三个月不到，下午刚知道，阳性。
宋老师：不着急，时间足够。
朱莉：是他的。
宋老师：谁？
朱莉：剑虹的。
宋老师：你肯定？
朱莉：是。
宋老师：那你就告诉他。
朱莉：不行。
宋老师：为什么？
朱莉：他会怀疑不是他的。
宋老师：啊。

朱莉：因为他一直以为他不能生育。

宋老师：他以为？

朱莉：从前我们从来没有采取避孕，我从来没有怀孕过。

宋老师：从前，哪个从前？

朱莉：五四年到五七年，他发配青海之前，四年了。

宋老师：快二十年了，所以他以为更不会让你怀孕了。

朱莉：所以我们从来不。

宋老师：会不会是老刘的？

朱莉：怎么可能？

宋老师：对不起，我是说。

朱莉：没什么，其实，老刘与我一直有性生活的，不多。

宋老师：那怎么说不可能是老刘呢？

朱莉：老刘六五年和我结婚时已有了两个女儿，说他已经结扎了。

宋老师：六五年，你等了剑虹八年。

朱莉：一九六二年断了通信，寄出的信都退回来。

宋老师：所以。

朱莉：我想可能，三年自然灾害。

宋老师：哎。（抹泪）

朱莉：七〇年春天，剑虹请场里出差上海的一个劳教干部找到了我。

宋老师：所以你又和他见面了。

朱莉：别笑我，我还是喜欢他，但是我不可能嫁给他。

宋老师：怀孕是怎么回事？

朱莉：你知道，我五十年代初做了几年舞女。

宋老师：这我知道。

朱莉：因为男人交往多，我就上了节育环。

宋老师：啊。

朱莉：剑虹以为他不会生育。

宋老师：明白了。

朱莉：现在怎么办？

宋老师：你的意思，你把节育环取出来了？

朱莉：早就取出来了。

宋老师：真是的。

朱莉：总不能生下来吧？

宋老师：剑虹假如知道了会怎么样。

朱莉：他哪有能力抚养孩子，他的命。

宋老师：这条命，现在就在你的肚子里。

（朱莉哭了）

林林写于一九七五年的读书笔记，原件上没有日期，没有标题，没有注解：

  吉拉斯，新阶级，共产主义的制度分析

  两个反叛的前提，作为南斯拉夫第二号人物，反对铁托

  1，大清洗，消灭异己。特权阶级，纸醉金迷

  2，大国沙文主义

  社会主义　源头马克思主义

  从落后国家蜕化出来的"社会主义"

  共产革命以消灭阶级为号召

  以造成一个绝对权威的"新阶级"而告终

急于推行工业化

新政权把工业、财产和土地收归国有

资本家、小商人、手工业者和农民都不能幸免

国家一切资源由共产党官僚掌控

吉拉斯：多元化政治，个人自由，开放社会，削弱南共

与严重关切国际共产主义运动的成败得失的林林不同，阿诺，只从吉拉斯的这本小册子里抄了两句话："新阶级"贪婪不能满足，就像资产阶级，但是没有后者的朴素与节俭美德；排挤异己，就像贵族阶级，但是没有后者的教养和骑士风格。

一个没有观众的大剧场，只有那些演员——神父、警察、新闻主人。

时间还早，早餐既毕，阿妈给他系上红领巾，去母亲房间照镜子，白衣蓝裤，出发了，回来回来，你的书包，鞋带打两个结，砰一声，必得疾走，今天的马路真开阔，他想象八点准时升国旗响起国歌，他们开始正步走，四个鼓手动作一致协调美妙，嘭，嘭，嘭嘭嘭嘭嘭嘭，嘭嘭嘭嘭，重复，嘭，嘭，嘭嘭嘭嘭嘭嘭，多神气！绕操场两圈，立正！向右看齐！向前看！稍息！三个礼拜前，他被替补为鼓手，本来有四个男生担任三年级队列的鼓手，没有他，后来三（3）班的鼓手体育课扭伤了脚踝，这么就让他顶替了，他兴奋而紧张，时间确实还早，早晨七点刚过，他已经到了思南路口，他再次想象全过程，六月一日儿童节，

他看看胸前的红领巾，我爱红领巾，因为红领巾是红旗的一角，它用烈士的鲜血染成，他站在马路边闻了闻红领巾，还有半个小时操场上集合，淮海中路两边的商店都没开门，橱窗里的衣偶木无表情地凝视着大街，他转身走到邮局旁边的体育用品商店，无聊极了地欣赏里面陈列的乒乓球拍，红色的蓝色的，正胶反胶，他不喜欢打乒乓球，他个子矮，两个角一拉开，他来回跑，同学们笑他，他猜想老师为什么挑他替补鼓手，就是要四个鼓手一般高，这四个，包括他在内，都比较矮，走在四个鼓手前面的是旗手，双手执少年先锋队中队旗，是一个女孩子，是其他班的，个子倒比他们四个男生高，啊，我明白了，我们是为了衬托这个女旗手，我们是共产主义接班人，爱祖国，爱人民，鲜艳的红领巾飘扬在前胸……

40

他回来了，流浪者归来了，他觉得自己成了一个局外人，贵族之家，老年拉夫列茨基回到阔别多年的家乡，进入自己荒废花园，邻家小孩狐疑地打量他，他脱帽，坐于墙边的矮砖垛，欢迎啊，父亲的屋顶花园从地图上抹去，现在他几乎每天都从那条拓宽的大街经过，慢吞吞驶去的公共汽车正好堵在那个遗址附近，屏息凝神，此刻湮灭了几十年的时光，旧宅！简棚陋屋！安得广厦万千间背负青天朝下看都是乌鸦麻雀十字街头人间城郭，旧宅这个词，令他想起临终前的绝症患者，随时可能撒手人寰，黑漆漆的铁门,窗格中嵌入彩色晶莹铅条玻璃,马赛克闪烁神奇光泽,君王堂仓库的奇异玻璃彩绘在剥落石灰背后隐藏,他不想知道太多,他们说这片房子不再适合居住了,它们属于危楼必须拆除,他想也是,我的童年不值得缅怀,只有老父的空中花园,惨淡经营,终于到了最后时刻,为什么偏偏是我父亲?这一排简棚陋屋是这座工业城市的奇观,镶嵌在老城的部落,吉卜赛人帐篷,它们依附在更里面的一排花园别墅,砖木结构谈不上款式,歪歪斜斜年久失修,虽有两层高,又新抹了明亮的油漆仍显寒碜,一个自己搭出去的廊台,一条瘦窄的扶梯,屋内墙粉斑驳光照不足,水管经常堵塞,大卡车驶过门前整排房子摇晃。

信函必须销毁,要养成读后即烧掉的习惯,除非信里全部是家务事开门七件事,现在政治挂帅,其实油盐柴米也是政治,计划供应就是计划经济,计划经济就是社会主义,谈开门七件事首先要谈政治,最大的政治就是伟大领袖的思想,开门看到东方红,领袖像前早请示,孙继中对绘画的兴趣起步于一九六八年,幼儿园时代孙继中与其他小朋友一道乱涂乱画,画个太阳月亮,楼房汽车烟囱工厂,大家画得一样,看不出孙继中有什么绘画天赋,后来就发展到在弄堂墙壁上瞎写乱画,画画不要紧,孙继中常常在弄堂口、垃圾桶旁边和人家窗前瞎写同学绰号,某某癞痢头,某某四眼狗,打倒某某某,孙继中妈妈不晓得向邻居赔了多少不是,孙继中爸爸有一天夜里把孙继中痛打一顿,说小赤佬,再瞎写八写我敲断你的手指头,打倒,打倒,你想打倒啥人,打倒两个字可以随便写的吗,你要寻死了,写反动标语要枪毙的,小赤佬懂吗?

一九六八年流行红海洋四个伟大伟大领袖伟大统帅伟大导师伟大舵手,敬祝万寿无疆无疆无疆万万疆,工矿农村部队边疆学校医院街道里弄,只要是有一块空白墙壁,或者一块已经派用场的墙壁,统统用油画彩色颜料画上毛主席画像,尽量大,尽量醒目,会画画的人才纷纷涌现出来,搭一把梯子,拎几瓶颜料,爬在墙壁高头挥毫作画,梯子下头围了一群弄堂小赤佬,崇拜煞羡慕煞眼热煞,其中就有孙继中,孙继中自从他爸爸收了他的骨头,不敢再乱画乱涂,孙继中还小,不写信,也不写日记,以后孙继中养成了不写信不写日记的习惯,自以为记性好,其实并不然,比方讲,孙继中插队去了,孙继中爸爸要儿子多给屋里写信,孙继中怕烦,因为孙继中爸爸欢喜集邮,要儿子写信回来,主要是为了那张八分邮票,写信不难,难的是去买各种各样邮票,"文化大革命"初期出了许许多多新邮票,爸爸想收齐每一套,孙继中出了大力气,烦啊。

陷入流水账一般的述说,不是非要将之排斥的老实人风格,某种激进年代标志,狂热的对面是沉闷,高音喇叭爆炸,尽量不用形容词,简洁明了,有时候却必须刻意啰哩啰嗦,叙述者虽置身在外,好像一切与他无关似的,深思熟虑,但愿他不是个假装的局外人,确立一个他觉得可以采取的视角,保持冷观的姿态,以乏味的语调吸引倾听,希望听者的注意力不要过于旁逸分神,叙述不会坚持这一顽固立场,他的站位以及似乎有点眼花缭乱的姿态有力性,证明了它与许多叙述者的不同,他才真是古典的而不是现代的,他遵循叙述的古代观念,事物与人的肉身可以朽坏,以往的一切轰轰烈烈声色犬马业已化为尘埃,此时此刻它们虽然早不在场,因为有了叙述者招魂般的叙述,那些肉身才开始像鬼魂一样在午夜游荡,你们借此叙述得以窥见死去的亡灵与每一道消失的晚霞,它们全是绝对的在场者,它们站在舞台上,闭上的大幕再次开启,叙述者,他姿态的力度将决定叙述的能量可以无穷尽地保持下去,这个离题的插叙。

阿诺和牛皮筋混熟了,阿诺成了牛皮筋的常客,江楚天对阿诺说,你不可以过河拆桥的,牛皮筋藏的书床底下塞了好几箱,有我没有看过的书,一定告诉我,阿诺说,当然的,江楚天说,牛皮筋最喜欢男女爱情小说,翻译的,一个人,不大看见他出门,下楼梯也不大肯,阿诺说,牛皮筋什么书都看的,江楚天说,是吗,阿诺说,牛皮筋讲你江楚天盯牢他借爱情小说,还指定啥个作家写的,开始嘛笼统要看俄罗斯小说,现在指名道姓要司汤达小仲马和莫泊桑,还说你为了谈恋爱,活学活用,江楚天说,听他瞎讲,牛皮筋自己拿自己关起来,一直没有女朋友,阿诺说,牛皮筋晓得许多事情,江楚天说,废掉了,反正爸爸妈妈在香港寄外汇过来,翁家姆妈拿了侨汇券买英国奶粉给他吃,吃吃困困,困醒了看看书,身体倒蛮好,阿诺说,整天荡了屋里,牛皮筋脑子里想点啥,我想象不出,江楚天说,多少插队同学梦里都想回上海,即便真的回到上海没有工作,日子不知道哪能过,阿诺说,不好多想,再多想下去，觉着呒啥地方有前途，其实我们三个人差不多，除了一日三餐，心思全部摆了书本里，工作不工作，区别不大。

41

有一天下半日，阿诺请到两天病假，打电话叫江楚天也去混一天，带江楚天去认得认得马立克，讲是前几个礼拜在上海图书馆认得的，江楚天说，可靠吗，啥个来头，阿诺说，读书人，社会青年，好像是从新疆回来的，江楚天说，哦，新疆牛皮筋，阿诺说，废话太多，打传呼电话要加钞票了，一道去？江楚天说，既然是一个不上班的人，以后见面很容易的，仓库最近没有什么事，我看看书，你一个人去吧！

大约摸牛皮筋闷了房间里时光太长的缘故，脸色白皙，摊开两只手倒是大骨架，李致行一回上海，就约了阿诺、江楚天到牛皮筋朝北亭子间打四十分，六条胳膊偏黑，两条胳膊白皙，李致行说，牛皮筋，你的皮肤是吃牛奶吃白的是吗，牛皮筋不睬他，阿诺说，皮肤黑有啥好骄傲的，你看扑克牌老人头，老开皮蛋夹钩，只只面孔是白种人，李致行说，你认为我讽刺啊，我讲的另一句话，是牛皮筋不肯晒太阳，江楚天说，蛮好一句话不讲，偏偏绕只弯，李致行说，这叫幽默，牛皮筋终于开口，说，其实我们大家都在光天化日之下，都在晒太阳，李致行说，深刻，江楚天说，姜还是老的辣，牛皮筋十根手指开始飞速洗牌，雪白的手指与老开皮蛋夹钩来回穿梭，乱花迷眼。

一九六六年六月一日国际儿童节，《人民日报》发表重要社论《横扫一切牛鬼蛇神》"文化大革命"终于爆发，全国第一张马列主义大字报是写得何其好啊，天安门广场成了革命与造反的红色海洋，在这里，伟大统帅八次接见来自全国各地的红卫兵，天下大乱夏季刚过，胸怀祖国放眼世界的北京红卫兵南下造反先遣部队直扑上海，包围康平路市委办公所在地，其中分出一支宣传队迅速围困延安西路静安寺街角市政府办公楼，要求同市委书记陈丕显市长曹荻秋对话，从黄昏到半夜，围观的人越来越多，形成了北京红卫兵包围了上海市政府，北京红卫兵又被更多的上海市民包围的八卦态势，如果那个晚上有人看见孙继中爸爸义愤填膺地站在市政府办公楼下面对那些乳臭未干的红卫兵喊话，一定会发现孙继中爸爸的嗓音已经沙哑，他是劳动模范，他的父亲与祖父两代贫农，上海是中国现代革命的诞生地与摇篮，你们的干部爸爸妈妈不过是些穷山沟里的土八路，孙继中爸爸是新中国自己培养出来的八级技工，去年召开的上海总工会表彰全市劳动模范的大会上他与曹荻秋市长握了手，曹市长说，你们是工人阶级的表率，你们要做工人阶级的先进带头人，孙继中爸爸几天后一反常态地参与甚至联络迅速组织了"工人赤卫队"，孙继中爸爸不喜欢和政工干部打交道，他愿意在一个技术小组中做带头人，"文化大革命"爆发令他拍案惊奇，他头一次卷入政治就是在这个不寻常的夜晚之后，也是他的最后一次，他的政治生涯如昙花一现，无论如何，"文化大革命"对孙继中爸爸留下的经验与教训可以总结为一句最平庸的真理：远离政治。

阿诺有段时间天天晚饭吃过，响也不响就溜出房间砰一声到了街上，约摸听到母亲叫，早点回来，钥匙带好，对付母亲只好先斩后奏，啥事没有，假设请示姆妈，姆妈肯定要问个不停，去啥地方，做啥去，还有啥人，啥人现在了做啥，啥人的阿姐有男朋友了吧，香烟少吃，绒线衫一股香烟味道，老天爷！

这段日子阿诺晚上去的就是牛皮筋屋里，差不多天天去，阿诺发觉跟一个兴趣爱好接近，口才好，年纪阅历比自己成熟丰富的老高三成为忘记彼此年岁差距的朋友，该有多难得，马立克跟阿诺之间可以交流的东西非常少，对马立克在思考的问题，阿诺要想问，也无从下手，好像只有崇拜的份，牛皮筋脾气温和，不了解他，会疑心这个老高三不易相处，平时不大开口，一开口，板规话里有话，阿诺想不到，牛皮筋像女人一样有倾诉的强烈欲望，连续几个夜里，阿诺听到了牛皮筋家里的故事，牛皮筋就是要阿诺香烟少吃，房间小呀，开窗冷，阿诺答应了，一面吃茶一面听，不打断牛皮筋的述说，阿诺想，这些故事要是让巴尔扎克去写最适合，而不是任何人，阿诺不相信别的作家有能力把它们写出来。

塞翁失马焉知非福，孙继中爸爸孙来福本来是个只管低头拉车，不肯抬头看路的劳动模范，虽然说不是像北京掏粪工人时传祥那样仅仅不怕苦不怕累尤其不怕臭，他到底是靠手艺吃饭的，刘少奇接见时传祥拍了大幅照片，《人民日报》登了第一版，亲切地对时传祥说，国家主席和掏粪工人无非是分工不同都是为人民服务，没有高低贵贱之分，与曹荻秋市长对他孙来福的勉励是一个道理，孙来福不是一个五大三粗像宣传画上膀大腰圆的概念工人，孙来福平时收拾得干干净净，头发三七分，工作一丝不苟，伟大领袖讲工人手是黑的脚上有牛屎，孙来福可不是这个形象，要不然孙来福就不会因为"一月风暴"他犯了紧跟刘少奇资产阶级反动路线的政治错误受到造反派反攻倒算，痛定思痛，决定退出他并不擅长的政治舞台，回到自得其乐的个人生活，毕竟孙来福出身干净，根正苗红，且身怀绝技，伟大领袖说要抓革命促生产，他不抓革命，可以促生产，主意打定了，打回原形重新开始，埋头干活，八小时之外都是我的自由，做一个逍遥派，躲进小楼成一统，"文化大革命"前孙来福就种花养鱼，重操旧业，现在又加了一个新项目：集邮。

孙来福有先见之明，一九六七年一月份中央"文化大革命"小组派张春桥去安亭跟"工总司"谈判而且让步，感觉苗头不对，好像中央的确有了两个司令部，旧的司令部停止工作，叫"资反路线"；新的司令部忙得一塌糊涂，叫中央"文化大革命"小组，是无产阶级革命路线，毛主席是一把手，瞎子也看得出张春桥是代表伟大领袖新的司令部的，所以造反派看样子拎着脑袋赌博这趟赌赢了，赤卫队前景堪忧，形势不妙啊，但是事体到了这个程度，大家跑不掉的,只有听天由命,不过还是要准备对策,其中一项,很重要:转移材料,清理来往信件,该烧的烧掉,有价值的先秘密保存起来,静观其变。

孙来福新增加的那个"集邮"雅癖,就是这么来的,他把赤卫队的大量信件带回家,一边阅读一边销毁其中的某些内容,孙来福的儿子孙继中说,爸爸信壳不要烧,我要拿邮票剪下来,介许多邮票呀!

孙来福说,唔。

42

马立克读书札记摘要:

人生乐趣一旦消失,这种生活会变成什么样子,还配是生活吗,伊拉斯谟六百年前就问这个问题,老问题。

遗忘是一种神力,卢克莱修的讽刺。

我听见你们鼓掌了,中间有几个聪明人。

把快乐贬低,折磨是替代品。

愚人颂,找不到原版,没有译本,可能。

索福克勒斯的灿烂诗句,收藏:"无知是最幸福的生活。"

阿诺像有瘾一样每天夜里朝牛皮筋的亭子间跑,引起阿诺父亲注意,问阿诺妈妈,小鬼头是不是轧了女朋友,阿诺妈妈说,不会吧,出去衣裳也不换,头发乱七八糟,啥地方像轧女朋友的腔调，阿诺爸爸说，现在不像我们过去，女小囡不讲究了，你大伯伯以前给阿诺算命，讲阿诺有桃花运，阿诺妈妈说，你现在还相信算命啊，你不是相信唯物主义吗，阿诺爸爸说，命，就是唯物主义，不以人的意志为转移，阿诺妈妈说，既然是命，你就不要管，阿诺虚年龄十九了，就是有个女朋友，也是应该的，假设阿诺一直没有女朋友，更加吓人，阿诺爸爸说，阿诺像我，许多地方像我，所以我担心，阿诺妈妈说，比方讲，阿诺爸爸说，我发现阿诺喜欢年纪比他大的女人，对小姑娘，看也不看，阿诺妈妈说，你以前也有大女人啊，阿诺爸爸说，那是旧社会，阿诺妈妈说，我想起了，阿诺看到朱莉就开心，朱莉闷声不响，阿诺一直看朱莉，还有，阿诺几次问我宋老师几岁了，阿诺爸爸说，是吗，我没有讲错吧。

有一次，两个人面对面坐着，突然静场，好像同时意识到了，欲言又止，最后还是阿诺开口，问牛皮筋说，为啥你明明姓尤，人家叫你牛皮筋，还有一个问题，你爸爸既然姓尤，为啥你的姑妈不叫尤家姆妈，偏偏叫翁家姆妈？牛皮筋说，你是专案组啊，阿诺说，我有好奇心嘛，不讲也可以的，既然你讲了那么多家里的事情，听得我像看外国小说，牛皮筋说，说来话长，先讲我的绰号，我读小学的时候，同学调皮，给我取个绰号，我的本名叫尤璧钧，不是墙壁的壁，是和氏璧的璧，晓得吧，钧，不是军队的军，是千钧一发的钧，多好的名字啊，那班同学故意把它读成油面筋，油面筋线粉汤的油面筋，难听吧，阿诺笑，说，你现在好像是在讲别人，牛皮筋说，后来嘛，到了初中高中，没有同学知道我以前的绰号了,尤璧钧尤璧钧,朗朗上口,多少好听,阿诺说,后来怎么又变成牛皮筋了呢,牛皮筋说,赖了上海,不肯插队,里弄干部晓得我老早绰号,讲我牛皮糖,牛皮筋,我听得蛮舒服,他们叫,我就应,我希望他们都叫我绰号,忘记我名字,阿诺不解,问,为啥,牛皮筋说,尤璧钧,听听,我的名字那么好,他们不配叫。

后来孙继中后悔了,说为什么不把那些具有非常价值的信件好好保存起来呢,以后可以捐给博物馆,孙来福说,讲讲容易,当时我多少紧张,孙继中说,赤卫队的错误顶多是被蒙骗,都是老工人,劳动模范,阶级感情朴素,不会当反革命分子处理的,孙来福说,事后诸葛亮,不过呢,邮票基本留下来了,"文化大革命"早期邮票,珍贵啊,是儿子点醒老子,孙继中说,我是随便讲讲,还是阿爸深谋远虑,孙来福说,啥人晓得这个东西会越来越值铜钿,本来就是白相白相,孙继中说,阿爸要做一只详细目录,就是一份清单,光夹了集邮簿里面,没事体了,一个人翻开了欣赏欣赏,毕竟不够专业。

邮票重要,还是信件重要,这个问题不是哈姆莱特的问题,而是时间的问题,收信人,从邮差手里接过信件,或者在院子信箱里,在邮局邮筒中,专门派人送来,打了火漆,签了名,他们怀着无数各不相同的心思,渴望地、急迫地、平静地、忐忑地、欣喜地、意外地、期盼地、疑惑地、恐惧地、惊奇地⋯⋯他们打开信,拿出信,展开信,阅读信,那个时候,那只孤零零被丢在一旁的信封,封口已经被撕开、火漆已经被刮除,它躺在那里,谁,会注意那张小小的邮票,那张贴在某个角落里的盖了黑乎乎邮戳的邮票,它的价值已经被一个漫长或短途的旅行而彻底减去,它本来就应该是一文不值了。

43

尤璧钧:我真的蛮好,吃啥人的饭,归根结底是上帝给我们吃饭。

阿诺:你也相信耶稣。

尤璧钧:啥个叫"也"?好像还有别人。

阿诺:我认得好几个,所以。

尤璧钧:有时候相信。

阿诺:你从来没有走出这幢房子对吗,我是讲,近两年。

尤璧钧:挖过九个月防空洞,一九七一年。

阿诺:两年之前了。

尤璧钧:阿诺样样要问。

阿诺:不好,对吗?

尤璧钧:看人,换别人,样样问,蛮讨厌的。

阿诺:那么,我算不讨厌的,在你眼里。

尤璧钧:我姑妈,其实不是我的亲姑妈。

阿诺:奶奶也不是亲奶奶。

尤璧钧:真的。

阿诺:有啥故事讲。

尤璧钧:她是我婶婶。

不均衡的写作就是最潮流的写作，刻意的不合常规，引人瞩目的风格先要招致讨厌，不习惯，打破惯例，绝不讲究古典式均衡也不在乎阅读断断续续，一种或几种贫困美学叠加的巴洛克作风，来自本土的粗俗、革命与崇高，滑稽模仿，而无关葡萄牙语，膨胀扭曲，八个样板戏的法国人所谓俗丽凌乱，低卑僭越高贵，朴素趣味变迁瓦斯爆炸形状怪异，贬义被解释为无产阶级新偏好，红都女皇裙袍十分奇特、古怪、变形、不伦不类，来自湖南与山东的中国巴洛克，而不是洛可可，但是上海仍有洛可可遗韵，通常看不见，七十年代安东尼奥尼与安迪·沃霍尔来中国，他们为单调朴素贫乏激动，其余看不见。

除了社会主义国家，地球上的资源、土地与财富都被瓜分完毕，前景堪忧，太空资源的私有化过程将会来临吗，一九六七年一月上海人民公社成立，同年纽约签署了《外太空公约》声明任何人任何组织任何国家不能对"天体"宣布主权，对任何天体，均不得据为己有，这个至今唯一颁布的人类关于天体之主权归属、权利与共同开发的约束性宪章，没有特别规定天体之资源归属，小小寰球有几只苍蝇碰壁嗡嗡嗡嗡地叫，可下五洋捉鳖可上九天揽月，一九七九年联合国讨论关于"严禁任何国家和个人占有月球或其他太阳系天体上的资源"并试行通过新协议，中国、美国和苏联拒绝签字。

沈灏失望地摇摇头表示不理解，两手一摊，很有派头地说,这是同情,不是爱情,你现在是不是交女朋友太容易,"文化大革命"一去不复返了,不是的,你心花怒放,该说什么好呢,把一切事情都告诉我,说一半不行,核心问题在哪里,你还没有把她的名字告诉我,友谊需要双方信赖的,多年不见你还是老毛病,动不动撒手不管,你的孩子气从不约束,一样玩具坏了,自己不会修,哭鼻子,坐地上耍无赖,我不要呀我不要呀,爬起来,朝这只洋娃娃,小汽车,踏一脚吐口水,完全是个败家精!

那几个慢慢长大的男孩之间,好像没分手多久,再见面就会装得很老成,不约而同讲国语,卷舌头,喉结动个不停,讨论问题一本正经了起来,我认为,我不这么看,我反对,我保留,诸如此类,四个人以上,就谈国际社会,谣言传说,正好四个人,首选打牌,三个人,恢复讲沪语,上海话,最轻松,幽默风趣,彼此开玩笑,只有两个人,才会说各自私事,不过也要看谁与谁,阿诺和楚天致行碰到机会多,什么都聊,都是可以公开的大话题,当然只是在这几个老同学之间公开,不是在大街上公开,当然啦大街上已经有人公开发表政治观察和政治见解了,论社会主义的民主与法制,四个现代化与民主,广州与北京,私下大家都在议论,等于已经公开了,必须要用国语去讨论这些大话题,你们要关心国家大事,世界是你们的,也是我们的,但是归根结底是你们的,我们相信你,所以我们关心了,可是关心到最后,我们终于发现这个世界好像是你一个人的,把这类危险观点说出来,私下说,不需要勇气,倒是非常刺激,简直无异于对一个你本来不敢向她挑逗的女孩子大声说出我爱你!

儿童时代不是一本杂志,儿童的人际交往,与最初世界的接触形式上似乎相近,首先是母亲,第一个成熟女性决定了这个男孩以后会如何认识女人接触女人,随后是与父亲和其他人,兄弟姐妹,奶妈,共同居住的长辈与亲戚,玩伴、同学、邻家小孩和邮差,那个通往世界各个角落的神奇信使,范围越来越大,追根溯源还是要回到始源那一个女人,即他的母亲,男孩子不可能在童年时期就无师自通地分析自己的心理活动,但是他会以各种自己都不曾意识到的身体方式,将母亲视为存在于自己身体之内的那个人,或那个幻想中的活生生的命令之源,一个渐渐长大的男孩在以后与同性交往或异性交往的漫长过程中,母亲的原型将以各种形象出现在他一生中的各个位置,这些女人与他的关系是多重的,分别承担了他母亲的各个方面与这个曾经是男孩的成年男子所需要的角色及功能,同时又将为他的一生带来永不止息的渴望、不适与焦虑。

沈灏很早就暗地里早恋了,与同班女同学范瑶琴,瞒住了所有男同学,两人都逃夜好几回了,说沈灏心理断乳期只是一种比喻,沈灏的断奶,不是心理断奶,就是吃奶孩子的断奶,沈灏断奶比绝大部分的男孩延迟了更多时间,沈灏晚上与母亲睡一张床,难以置信的是,沈灏到了九岁,也就是说沈灏读小学三年级的时候,他还经常要含住沈灏妈妈的乳头睡觉,毫无疑问这个不良习惯一定是受到了沈灏妈妈的纵容,幸好一九六五年沈灏妈妈认识了李致行爸爸，才把她床上的位置交予了李致行爸爸，可怜的小沈灏终于获得单独睡一张床的机会，这是一个极为重要的转折点。

柔弱的男人肖邦需要乔治·桑就像卢梭依靠华伦夫人，形而上学的种种精妙有多少灵感来自女人，一封给男人的绝交信，对灵魂不朽和天意公道的信仰未必只得益于另一个男性天才，也许正好相反！哪怕一时一刻的动摇，母亲，或者情人才是你的精神支柱，我感觉到她的存在和心脏跳动，我知道了为什么自由恰恰是一个女神，我需要她，为她祈祷，虽然潘多拉也是一个女人！原罪与赎罪，我匆匆走在去火车站的路上，路面洒了水，水流向两边街沿，街道上空布满阳光，一本书压住一片叶子，妈妈堕落了我的妈妈，我要去找你的替身，我记得你曾经给我读过《千里寻母记》涕泗滂沱现在你的儿子已经出发。

44

那个喋喋不休的精神病患者又来了，不要去围观，注意他脚下有一头死猫，还有一只死鸽栽落，对对，他总坐在米店门口晒太阳捉虱子，他是个花痴，俯瞰蓝天浮华的春日，郊区油菜花开了，对面医院进进出出女护士回头看他，他叽哩咕噜的本质不是传达意义，而是说话一直在进行的姿态没有改变，模仿辩论的腔调，抑扬顿挫，挥动列宁斯莫尔尼宫演讲伸向世界的手臂凝固于空中，面包会有的我亲爱的瓦西里我身体里还有知识分子的子弹这就是牛奶起泡的作用，有没有人听不重要，关键在于舆论工具必须牢牢掌握在手里，喋喋不休是一种权力存在的宣示，你以为你充耳不闻，其实它抵达你的体内，融化在血液里，没有人去强制他吃镇静药，他已无害，他的大脑深处仍有一团火焰，他的能量尚未耗尽，他怀疑天要下雨娘要嫁人赫鲁晓夫躺在身边随时准备爬起来取而代之江山变色，这种沉重的恐惧或假冒的恐惧感染了整个剧场的观众，他们全体起来宣誓为他而战，指示和口号不断生成，耗尽，再生成，再耗尽，某种荒芜以懈怠的神情诞生在这个街道医院的门口，喋喋不休者成为一座蜡像。

礼拜天上午大雨倾盆，阿诺无法出门，死心了，试着读一本夜校发下来的《热力学与氟里昂压缩机工作原理及检修》，理论物理部分很好读，热功当量热平衡质能互换，阿诺做了笔记，检修部分就免了，实践经验阿诺不缺乏，大风大浪不可怕，游泳中学游泳，这句话以前一直以为是伟大导师说的，想不到马克思老师黑格尔老早讲了，本来不大相信，林林有一天说的，那天也是倾盆大雨，阿诺赖在纤纤房间翻旧杂志，林林说，光看书，不实践，没有用的，阿诺说，有些理论，没法实践，林林说，你举个例子，阿诺说，就说我们现在争论，应该是争论一个理论问题，就不是一个需要实践去证明的问题吧，用逻辑争，不是用实践去争，林林说，你这个想法很好，但是我的意思是，不要只看书本上的知识，阿诺说，厂里要我去读夜校，学制图和氟里昂冷冻机修理技术，我报名了，林林说，蛮好呀，阿诺说，太浅，林林说，不要怕浅，两个人东一句西一句，后来林林把话头又绕回到黑格尔，讲黑格尔批评康德，用了一个游泳的比喻，说康德想在人进行认识之前，先把自己的认识能力做一次认识，等于希望一个人在下水游泳之前，先在岸上学会游泳一样，阿诺说，毛主席讲过这句话，林林说，可能伟大导师没有看到过黑格尔这句话，但是人家黑格尔已经讲过了，阿诺说，黑格尔哪本书？林林说，《哲学史讲演录》，你一定要看黑格尔，精彩啊，这种游泳不游泳的随手例子很多，根本不稀奇，人家这才叫理论。

沈灏与李致行江楚天有些疏远，其实他们之间本来也不太热络，就是"文化大革命"还没有爆发的两年他们经常一起玩，沈灏和艾菲孙继中很要好，阿诺呢，好像后来跟江楚天李致行来往密切，阿诺记忆里的学生时代非常像一部剪辑混乱的黑白电影，脑门前晃过一个场景，首先是人，有谁，还有谁，谁谁谁不在？然后谁说了啥，他们在做啥，模模糊糊的，好像那个年代的背景都很疏朗，很寂寥，只有过年过节有大红大绿，最头疼是时间，十几年前大家聚在一起还记得很清楚，后来大家都说法不一了，阿诺的记忆力大不如前，他知道，那些往事不必等他去天堂，要不了多少日子它就会进入忘川了。

不要老想着知道别人的秘密，每个人都是一个秘密，你最不了解的可能就是你自己，你不知道别人的秘密是天经地义，你不了解自己又是为何？被你自己了解的个人秘密是你必须予以仔细保护的隐私，但是这并非你的真正秘密,你的秘密是不可名状的,既不是痛苦、无望与胆怯,更不是自卑、隐疾与不愿告人的恐惧,你的秘密恰恰不是丑陋,而是你如同谜一样的美,这种美是绝对内在的,我们生活的秘密,渴望明天和不舍昨天的欲望秘密,我们为它而活着,这种美永远产生于这一欲望幻灭并不可挽回的时刻,这种消失于无形的美,我们必须将她找回来。

牛皮筋与翁家姆妈的这一家子错综复杂,事实上完全是另一个版本,至于牛皮筋讲给阿诺听的那些潸然泪下的故事一半是牛皮筋的虚构,阿诺太容易相信别人了,牛皮筋的真名叫翁柏寒,翁家姆妈是翁柏寒大伯伯的小老婆,一九四九年翁柏寒大伯伯带着大老婆去香港,让大伯伯的小老婆翁史曼丽驻守淮海坊这幢三层小洋房,一九四九年出生的小翁柏寒本来不住在这里,他的爸爸屋里排行老三,本来是一个股票交易所的经纪人,四九年后,股票交易所就关门大吉,一个人跑到香港去寻大阿哥,有钱就寄一些回上海,手头紧,干脆就了无音讯,翁柏寒姆妈生活来源没有着落,又不会做力气生活,七弄八弄跟一个牙科医生同居,拿自己住的一间弄堂石库门门面房子给牙科医生开一家私人诊所,后面还有两间房间,加上小翁柏寒,三个人一起住在大沽路,后来政府调查私人房产状况,了解到大沽路翁柏寒姆妈跟南昌路翁史曼丽是妯娌关系,就把翁柏寒姆妈大沽路房子收掉了两间,那个姘居牙医男人可以继续行医,但是与翁柏寒姆妈没有正当婚姻关系,应该回到自己老房子里去睡觉,至于翁柏寒他们母子俩,由政府协调到南昌路淮海坊翁史曼丽大房子里挤一挤,上海有许许多多劳动人民没有房子住,你们剥削阶级,就是挤一挤,也是大房子啊。

阿诺被牛皮筋翁柏寒蒙在鼓里,隔三差五听那个子虚乌有的"尤璧钧"讲家史,有瘾了,"尤璧钧"关照阿诺,不要把他讲给阿诺一个人晓得的家里秘密告诉任何人,当然包括了江楚天,特别不能去问江楚天和他的爸爸妈妈,因为他们知道的所有有关"牛皮筋"和"翁家姆妈"的身世背景大部分是不对的,阿诺觉得越发蹊跷,说,那么他们知道的关于你们家里的事情,又是从啥地方听来的呢?"尤璧钧"说,是里弄里的阿姨妈妈东听西讲弄出来的,她们背后头传,我也没空去解释,不去睬她们,她们就慢慢叫不讲了,阿诺说,那么,翁家姆妈的老公是不是也去香港了,听起来他是你的叔叔,你叔叔难道他姓翁?"尤璧钧"说,大家叫惯了"翁家姆妈",是因为我的三叔叔去了台湾,婶婶后来就改嫁了,她后头的老公姓翁,所以大家就叫她翁家姆妈,邻居们一直以为我们一家都姓翁,阿诺说,那么户口簿怎么写的呢,"尤璧钧"说,派出所知道的,阿诺说,那么,派出所跟里委会互相矛盾了,"尤璧钧"说,那我不知道,阿诺问,翁家姆妈后头的老公呢,"尤璧钧"说,这是最重要的,翁家姆妈第二个老公一九五七年做了右派,死在白茅岭农场,翁家姆妈再做寡妇,只好老了面皮回到这里,请我们帮帮她,正好屋里老太太没有人服侍,就让翁家姆妈住下来服侍老太太,阿诺问,现在呢?"尤璧钧"伸出一根手指,朝天花板指指,说,老太太在三楼。

45

叙述人处处出现，从不隐藏自己；

模仿偶一为之，基本被弃置，柏拉图式的纯叙述；

情节被直接指陈出来，却没有详细描述，以遗漏的方式被注意之；

意义必须过于浅显，明朗，政治正确，从心所欲不逾矩；

加强繁琐的冗语，复句，从句，缠绕的长句，语义絮叨；

玩笑，俚语，一种地方性气氛，大量平庸之见；

作者本人。

阿诺从与世隔绝的亭子间下了楼，病恹恹的牛皮筋跟着，拐角那盏灯刚换新灯泡，照亮了翁家姆妈擦拭得干干净净的楼梯，阿诺目光第一次朝向通往三楼的走廊，阁楼上的女人，罗切斯特的老婆，这个念头让他又惬意又刺激，可有可无的一日复一日，空虚无望的牛皮筋年纪轻轻，比阿诺只大七岁，就像从坟墓里爬出来的，他满脑袋装的全都是那些不再存在的东西，看他娓娓道来的样子，一种久远，生锈，失落的生活，阿诺完全没有类似经验，可以对应牛皮筋讲叙的家庭流水账，父母辈的离散，衰败，凋零，杳无音信，留下两个女人，一个中年寡妇，一个从来没见过的老太太，连她的一声咳嗽都不曾听见，还有他，唯一的男人，一个没有工作吃闲饭的社会青年，简直就是一个废物，这个连名字都被周围邻居忘记的人，他的存在或不存在，统统是一回事，他守在这个小房间，对三个星期之前还不认识的一个男孩子讲他的故事，讲他记忆中和幻觉中的故事，每一次讲述之后他的脸上就会出现亢奋的红晕，他是那样的满足，然后他的神情又坠入病恹恹的平常状态，他开始连连打哈欠了。

在另一个角落，李致行对马克思发生了强烈兴趣，他像马克思待在伦敦大英博物馆图书阅览室一样待在上海图书馆阅览室读书，读马克思的书，黑头发的摩尔人，传奇的笼罩别人思想的人，一个不仅反对犹太人的犹太人而且厌恶犹太人的犹太人，犹太人没有祖国，换成了工人没有祖国，二十五岁的马克思给卢格写信：科隆的犹太人首领来找我，让我在犹太人向议会请愿的事上帮助他们，我会为他们做这件事的，虽然犹太人的信仰令我厌恶，马克思不讲自己的犹太人出身，这说明了什么？他好像不太关心贫困的犹太人境况，只对有钱的犹太人充满敌视，后来这个犹太人也变成另一个更庞大的概念：资本家阶级。

钱就是犹太人的上帝，在它面前不可能有别的神，犹太人的世俗道德观就是自私自利，他们的世俗信仰就是讨价还价，他们的世俗上帝就是金钱，犹太人的真正上帝是汇票，讲得太精彩啦，论犹太人问题，马克思二十六岁，马克思受洗为基督徒，他对自身的犹太身份保持缄默，他把一切问题归咎于资产阶级和无产阶级的问题，把犹太人这个问题一脚踢开，他抛弃普鲁士国籍，流亡伦敦成为世界公民，他是一名战士，他要摧毁一切阻碍人类进步的错误与制度，来自犹太人的自我仇恨，啊啊，自我仇恨，一种奇特而令人血脉贲张的新生感，以恨为形式的爱，就像牛虻亚瑟对他父亲的双重感情，哈姆雷特对他母亲的双重感情。

夕阳有气无力落到锦江饭店背后，弄堂里沈灏兴冲冲敲响了阿诺家天井瓦楞铁皮大门，砰！砰砰！阿诺的阿妈正在天井收衣裳，阿妈问，谁呀？沈灏说，找阿诺，阿妈说，谁啊？沈灏大声说，阿诺在吗？阿诺的阿妈朝天空叫，阿诺，有人找你，阿诺阿诺，隆康坊立刻开始回响……沈灏只好等到阿诺阿妈余音消逝，走几步又拍响了旁边东东家的铁门，东东在里面应声说，阿诺不在这里，沈灏说，东东，我是沈灏，沈灏呀！东东说，阿诺好几天没看见了，沈灏你有什么要紧事体吗，沈灏说，快点开门，我带了几本书，要看吗，只听一阵脚步声，铁门插销叽叽嘎嘎刺耳地拉开，东东露出大半个肩膀，笑眯眯说，快点进来快点进来。

基于我们不知道的原因，牛皮筋翁柏寒可能真的患有失忆症，要不就是妄想症，时间一长，他对阿诺的关于自己家族成员故事的讲述渐渐出现了破绽，阿诺一开始并无觉察，那些从"尤璧钧"嘴里吐出来的一个个人名称谓，在阿诺听来就像某本小说里的角色，虚无缥缈，只是阿诺愿意把这个漫长的家族故事想象在此地发生，才产生了一种紧张感，以及神秘感，由于阿诺偏重讲述故事者具有营造气氛的能力，对人物塑造却要求不高，牛皮筋翁柏寒的信口开河得逞了，确实，他太会营造气氛，他把这幢房子变成了故事的发生地点，他那种吞吞吐吐犹豫不决的叙述风格，不仅没有引起阿诺的怀疑，好像反而加强了扑朔迷离的效果，是啊，"尤璧钧"有什么必要欺骗阿诺呢，只是为了吸引他吗，因为翁柏寒太孤独闭塞将近三年了不与周围的人接触，他需要一个听者，他需要阿诺，他要拖住阿诺，惟有这个意外闯入的男孩子相信他，愿意听他说话，不然他平时除了读书，看到的只有一个叫作"翁家姆妈"的女人，他的"婶婶"，一个丰韵犹存手指圆润有点斜视在阿诺看来大概四十出头的女人，她穿着素简轻声细语，她的左眼有一点点斜视，阿诺不好意思正面看翁家姆妈的眼睛，阿诺天生懂礼貌，知道不能让有着生理缺陷的翁家姆妈发现别人老注意她的那个缺陷，不过，只要翁家姆妈出现在面前，阿诺的余光就会敏锐地观察翁家姆妈，特别是翁家姆妈的背影，阿诺可以充分观察甚至盯视翁家姆妈摇曳的步态与丰腴的屁股，阿诺想起一个法国小说家笔下的女人，不是巴尔扎克，是莫泊桑的，阿诺心里把翁家姆妈称作"羊脂球"。

林林的政治经济学读书札记之一：

维塞尔，沿"边际效用递减理论"之延伸，发展出"机会成本"（受边沁功利主义影响？）沿"高级财货理论"推导出"要素定价理论"。

在门格尔理论中，"无知"和"错误"的地位十分重要！

门格尔的"目的"：一，彻底驳倒"劳动价值论"，代之以"个体选择"；

二，主观价值能更好在历史调查中起到统领性原则的作品；

三，至于人类所能支配的消费资料的数量，只受人类理解之间的因果关系的知识范围，以及人类支配这些物的权力范围的限制。

注意：门格尔思想中的知识，计划经济，过程，计划，无法预测后果，重要概念："无意图秩序理论"，私人追求，扩大收益与知识。

增强追求能力，并惠及他人（货币的产生过程，不是设计的结果，大多数社会组织都不是人类有意的设计）。

为个人化目标的人类行为的："无意图结果"（不易理解？）门格尔"极端个人主义"，市场交易中的"闪电式计算"。

来自观察的结论，推论。

46

李致行的外公埋葬在北郊一个绿荫覆盖的墓园里，李致行自己都无法解释，这么多年他只去过一次，他记忆中的外公形象永远停留在八十大寿的那幅全家合影，他站在外公旁边，另一边是李致行妈妈以及妈妈的新丈夫蒋凯夫，一位正踌躇满志准备接手管理外公产业的财经大学退休讲师，而李致行的爸爸，却从这幅合影中彻底消失了，李致行回想起镶嵌在墓碑上的一帧外公生前拍摄的照片，这张照片则是外公七十岁寿辰时由外孙李致行拍的，生死两隔恍兮惚兮，李致行知道坟墓不会开裂外公不会复活，在那个唯一的下午，墓园里雾气升腾，他想到了他的母亲与沈灏的母亲，那还是三十年之前的事了，沈灏妈妈突然出现在淮海坊三支弄李致行家门口，说有一件重大的事情要告诉李致行妈妈，强作镇定的李致行妈妈要李致行回避，却又拉住李致行的手不放，轻轻对着李致行耳语：你不要离开我，一步都不要离开。

在李致行模糊不清的孩童记忆中，姆妈与阿爸关系不好，很僵，很少讲话，要么就争吵，阿爸有点怕姆妈，阿爸做干部，很晚回家，姆妈旁边有个叔叔，青鸟照相馆拍照的，戴金丝边眼镜文质彬彬，姆妈失眠，等阿爸，阿爸回来晚，姆妈不让阿爸进卧室跟姆妈一道困觉，阿爸只好困沙发。

屋里厢里里外外男人当中外公最神气，阿爸有点自卑，后来几次外公工商联开会，阿爸回来吃老酒打姆妈。

读三年级，李致行记得有次隆康坊去找阿诺艾菲玩，看到弄堂前头一个男人背影像阿爸，致行好奇，跟了那个男的后头，居然发现他在沈灏屋里大门口立停，真的是阿爸，致行赶紧闪躲，阿爸两边张张，这时候，致行看得很清楚，沈灏妈妈出现了，她一把抓住阿爸的手，两个人进入天井，黑漆大门就掩上了。

回忆总是后到的，相逢全在幻觉之境，有时，回忆会引起一阵悔痛，一种并非犯错者才有的悔痛，阿诺急切地寻找邦斯舅舅写给母亲的信件，当然不是为了查证什么，而是体现出一种无以名状的渴望，顺着他熟悉的邦斯舅舅书写之字迹，逆流而上，进入已经停顿在时间彼岸的生活场景之中，想象它曾经存在，它是不会再出现第二次了，不再以现实的方式存在，只是以想象的方式唤起，断断续续看不真切，母亲和邦斯舅舅谈论的话题无所不包，散漫而无边，重复，累赘，纠缠，像流水账，饶舌，家庭事务如此零碎，翔实，不厌其烦，有时也有无关的闲墨，兴致所至，提到一些陌生的人名、时事或流言，从中能联想到阿诺依稀记得的时代新闻，另有看了摸不着头脑的奇怪言论，疾病、信仰、发脾气，对呀，还有一半信息在母亲给邦斯舅舅的信中，邦斯舅舅一定把它们抛弃了，读过即弃，是一个好习惯，保存它们有什么用，写信如同说话，说完，有了回音，该办的事已经办成，或者无法办成，这信的使命即告完成，阿诺猜测母亲回信中可能出现的相应内容，很明显，可以从邦斯舅舅来信的字里行间找到线索，但也有悬案，曾问过母亲，她说不记得了，你问这事干吗，他们都死了……

是啊，他们都死了，又不是重要的历史，无足轻重，何必去考据实证，阿诺你究竟想干吗，干吗？因为我觉得他们没有死，他们联系着我所有往事，我无法相信我的往事也死去，我不信。

钢琴声？真的是钢琴声，在如此粗糙的旧围墙里面的确有一个人在弹奏，它如此美妙，因美妙而与环境不协调，反之亦然：因与环境不协调而如此美妙，圣洁的哀鸣，荒漠之城的神秘保健处方，酷日之下，他驻足伫立聆听，陶醉令他头疼不已，清澈的冰锥扎进他的太阳穴，他被噎住了，钢琴声戛然而止，他像是被咬了一口，逆光的青砖楼房逐层褪去笼罩的阴影，短暂音乐声是否只应该出现在那个片刻，也许是幻觉？听，它又飘荡过围墙，下坠，散开，一种额外的赏赐，没有人贪求它，却激发了贪求，一座只有鼎沸人声广场欢呼却没有音乐的城市。

基督教过于艰难，它源自艰难，因此反而以艰难存续，基督精神以难以为继的命运坚强存续，如此沉重的压迫与打击，还有其他的晚上吗，沈灏妈妈试图回想每一个清晰的细节，女人的记忆之长即在细节，都这么说，情况似乎并非如此，她此刻竭力想起了的细节统统晦暗不明，李致行爸爸与她分手六年之后，突然措手不及地出现在她的面前，尽管李致行爸爸老了许多，他猎犬般的目光敏锐地捕捉到了沈灏妈妈惊愕不已中瞬间一闪的光芒，旋即暗淡下去，沈灏妈妈有点遮掩不住的慌乱，当时他们在老城隍庙九曲桥狭路相逢，李致行爸爸一个人，沈灏妈妈身边还有一个人，一个年纪显然比沈灏妈妈小许多的小伙子，李致行爸爸将他的视线牢牢地投向了他，这时候，沈灏妈妈的措手不及被另一种微妙心理反应所替代，她从多年不见却常常在梦中相遇的李致行爸爸的眼神里发现了她最熟悉的一种情感：嫉妒。

沈灏妈妈知道，一定会有什么事要发生了。

47

阿诺你来看,照片上头第二排,最靠近我老太爷旁边的这个,梳小分头的,是我二叔叔,我没有看见过他,因为二叔叔解放之前就死掉了,一九四八年死的,我是一九四九年生的,神气吗,穿着童子军的制服,你看这里有时间,民国十六年,我老太爷七十大寿,老太爷老早是个盐商,不晓得吧,不是现在这种油盐酱醋,卖卖萝卜干大头菜,盐是跟粮食一样重要的物质,做盐生意是跟官府做,官府不懂啊,就是现在政府,二叔叔故事是婶婶讲给我听的,对的,就是翁家姆妈,翁家姆妈晓得我们家许多事,许多,我这个二叔叔是个酒鬼,大家都知道的,老太爷最宠爱的一个孙子,婶婶讲看到过二叔叔的,她刚刚嫁给我们尤家,我二叔叔生肺病已经晚期了,蹲了楼下朝西那间,就是现在江楚天爸爸蹲的书房,你现在晓得了吗,一个临死的人,吃喝嫖赌,写一手好字,婶婶对我讲,整幢房子里只有你二叔叔最最聪明了,人家会的他都不会,他会的东西人家都不会,其实啥地方是他不会呀,是他根本不想学,婶婶讲,你二叔叔还算命好,解放前头就拿一生的福享光了,赤条条回到阎罗王那里去,要是赖到上海解放,真不晓得他会怎么活下去,衣来伸手饭来张口,谁服侍他?

关于马克思的剥削学说,林林笔记本摘要:

前提:一切有价值的商品都是人类劳动的产品;可是劳动者对他们的产品并不能全部保持;因为资本家借着私有制度保障,对生产手段享有一种控制权,凭这个控制，他们把劳动者的产品剥削了一部分；工资契约，劳动者迫于饥寒，出卖劳动力，卖价低廉，处于劣势。

这个古老学说一直存在，亚当·斯密，李嘉图之后，劳动量决定了商品价值，但是在马克思之前，没有人从这类劳动价值论引申出"剥削学说"，让十九世纪社会主义者引为遗憾。

当然还有更早的洛克，指出劳动是一切财富的来源，利息则是别人劳动的结果，斯图亚特也作如是观，布舒讨论契约利息，认为利息是他人劳动得来的财产收入。但是没有人提出"剥削"这个词，"剥削学说"的诞生，是以后的事。

马克思剥削理论的"先驱"出现在十九世纪初，英国的贺季斯金与法国的西斯蒙地，后来有蒲鲁东《贫困的哲学》，以及德国罗伯塔斯，他的立意诚恳与前者相同，判断高于蒲鲁东，但是叙述能力不如蒲鲁东。

阿诺数了数，牛皮筋"尤璧钧"给他看的那张发黄了的大照片，共有二十五个人，男人十四个，女人九个，两个怀里抱着的婴儿无法确认性别，阿诺把脸凑近看，镜框里面已经有了明显的霉点，民国十六年，那么就是一九二七年了，阿诺面前坐着的这个"尤家后代"，从这张照片中的那一瞬看，还要在二十二年之后才出生呢，阿诺对年代、时间和别人的年龄有一种与他年龄很不相称的敏感，无论女人还是男人，他相信了"尤璧钧"的描述，他也只能相信，他不可能不相信，他怎么会怀疑这个深居简出与世无争的破落资产阶级子女呢，阿诺永远不会知道这个自称"尤璧钧"的翁柏寒完全欺骗了他，翁柏寒所指的照片上的那个"二叔叔"，正是他的亲生父亲，翁柏寒没有叔叔，翁柏寒父亲排行老三，因此翁柏寒只有大伯伯和二伯伯，至于那个直到一九四八年嫁给翁家老大做姨太太的"翁史曼丽"，就是那个此刻正在楼下厨房炖红枣银耳羹的"翁家姆妈"，并不是"尤璧钧"的婶婶，"尤璧钧"也根本不是他所说的"尤家"老大的小儿子，而是"翁家老三"的儿子罢了。

翁柏寒，那年二十四岁；翁史曼丽，四十六岁。翁史曼丽是翁柏寒的大伯母。

妇女不可穿戴男子所穿戴的；男子也不可穿妇女的衣服，因为这样行为都是耶和华你神所憎恶的。

……若遇见人与有丈夫的女人行淫，就要将奸夫、淫妇一并治死。这样，就把那恶从以色列中除掉。若有处女已经许配丈夫，有人在城里遇见她，与她行淫，你们就要把这二人带到本城门，用石头打死。女子是因为虽在城里却没有喊叫；男子是因为玷污别人的妻。这样，就把那恶从你们中间除掉。

（《旧约·申命记》二十二章）

再见吧，幸福的园地，永乐的住处！
恐怖，来吧，来吧冥府！
来欢迎你的新主人吧！他带来
一颗永不因时地而改变的心，

能把天堂变地狱，地狱变天堂。
……
那营造地狱的全能者，
总不至忌妒地狱，把我从这里赶走。
我们在这里可以稳坐江山，
我们愿在地狱里称王，
一展宏图
与其在天堂里做奴隶，
倒不如在地狱里称王。

(略见弥尔顿《失乐园》第一卷)

翁史曼丽说，帮我盖一盖，有点冷，翁柏寒说，毛巾压牢了，你屁股抬起来，翁史曼丽说，毛巾龌龊，垫了下头的，翁柏寒说，毛毯落到地板上了，翁史曼丽说，算了算了，翁柏寒说，是有点冷，你两只脚冰冰冷，翁史曼丽说，不讲话了，翁柏寒嗯一声，把翁史曼丽搂得更紧，两个人翻了个身，翁史曼丽的缕缕散发盖住了翁柏寒的脸，翁柏寒说，扎我眼睛了，翁史曼丽挠翁柏寒耳朵和脖子，翁柏寒调整了一下身体位置，翁史曼丽说，不开心啦，翁柏寒说，没有，翁史曼丽说，有心事啊，近几天你状态不好，翁柏寒说，没有，翁史曼丽说，那个阿诺天天来寻你，有啥闲话天天讲不光，翁柏寒说，你讲我状态不好，又问我问题好几个，干脆坐起来讲，翁史曼丽说，你以前不是一直边做边聊天的吗，翁柏寒说，今天不行了，翁史曼丽说，是否嫌我老了，翁柏寒说，伯母瞎讲，你是我第一个女人，不晓得啥个叫作老，翁史曼丽说，你怨我吗，拿你关了屋里厢，不让你出去，陪我史曼丽，翁柏寒坐起来，说，我们相依为命，这个世界是假的，翁史曼丽趴在翁柏寒两腿之间，披发仰头，被抹糊了口红的嘴唇在壁灯下艳丽而苍凉，缓缓地说，我们两个人的世界也是假的吗？

给你找个有钱的丈夫，时局目前很不稳，最好是寻一个不会添麻烦的丈夫，有铜钿顶顶要紧，赵石纲处长现在哪里还顾得上你这个校花，做姨太太怎么样，当然岁数不能太大，我已经为你物色了，翁思齐，东亚橡胶公司董事长……她的梦中又出现了她表哥模糊不清的脸，表哥是史曼丽的第一个男人，那时候的史曼丽长得小巧结实，有点像秀兰·邓波儿，无忧无虑行为不羁，那是发生在多么遥远的少女时代啊，天真烂漫穿着时髦，和侄儿翁柏寒在一起的时候，她会产生幻觉，压在她身上的不是她的侄儿而是那个去了台湾的表哥，她灵魂出窍一动不动地躺着，只听到扑哧扑哧扑哧有节奏的单调声响在黑暗的房间回荡，这一切如此不可思议，她恍惚觉得她是被带到了某个陌生地方，对，是剧院，要她扮演另一个女人，于是从此以后她就一直成为那个女人了，回不去了，所有以后发生的一切，都因为她的表哥，表哥表哥表哥，你个死鬼现在哪里……史曼丽惊醒了，一身汗，史曼丽推醒了翁柏寒，边咳边说，我要喝水，怎么这么热，我要昏过去了，翁柏寒拍拍史曼丽的额头，说，没事，你刚才昏过去了，现在回来了。

48

一九七五年

江楚天有一天值夜班,仓库有几盏灯通宵亮着,仰面睡觉的江楚天无法避开所有的灯,睡不着,索性睁开眼睛,东张西望胡思乱想,一会儿眯着,一会儿闭着,三盏悬挂在通道里的灯泡光晕渐渐地变成江楚天梦里的三座燃烧中的房子,此时江楚天的神志有一些清醒,他意识到这三座火焰一般的房子是一个幻影,并且只要他不再凝视它们,它们就会迅速消失,于是他就在梦里睁大眼睛盯住那三座几乎已经被烧得透明的房子,那是一种多么壮丽的红色啊,如同他在初中二年级全班跟着陆老师徒步去闵行重型机器厂参观万吨水压机看到的场面,一块硕大无比的金黄色钢锭在空气中熊熊燃烧,然后眼睛一黑什么都看不见了。

一九七五年

阿诺梦见他最不喜欢的动物之一的猫,还不是一只,而是两只,这两只猫都是牛皮筋尤璧钧家里的,或者说是翁家姆妈家里的,也可以说是那个阿诺从来没有看见甚至从来没有其咳嗽声的老太婆家的,阿诺不知道这个由一个男人和两个女人组成的家谁是主人,或者按照户口簿,他们三个人究竟谁是户主呢?根据牛皮筋的描述,即便根据江楚天的介绍,这个家庭的主要成员不是在香港就是在台湾,这三个没有工作单位的男人和女人,都是一九四九年之后留下来的……阿诺的梦是这样的:阿诺从牛皮筋的亭子间出来,想去洗漱间,看到二楼楼梯口有一只他熟悉的大白猫蹲守，大白猫的眼睛好像闭着，阿诺轻轻跨了过去，洗漱间在二楼最里端，阿诺刚刚推开洗漱间门，里面透出一道微弱的光线，一只巨大的大黑猫赫然躺卧在阿诺脚下，阿诺吓醒了。

一九七五年

李致行的梦是这样的：他在用铁钎开石头造桥，工地只有他一个人，他回去找人，大叫"起床！""起床！""起床！"李致行看到一个一个黑影从床上爬起来，又从他身边走出去，李致行看不清他们的面孔，一个都看不清，等到大屋子里的人全部走光了，李致行也走了出来，外面起雾了，漫天的雾，然后，他醒了。

阿诺感觉得到她在舔他的肚脐附近，一圈又一圈，柔软的舌头啊，房间越来越暗了，一台老式铜翼风扇缓慢来回转动，嘎拉拉嘎拉拉，停顿，嘎拉拉嘎拉拉，再停顿，周而复始，电扇制造的风是有规律的，窗帘被掀起，落下，掀起，落下，她摇曳的身影融入房间的暗影中，阿诺也不知道她的全名，阿诺有一天下午鬼使神差去淮海坊二支弄打牌，在一个叫阿龙的家里，阿龙朋友多，四个人变成七八个人，吵吵闹闹进进出出的，阿诺让了位，走到三楼晒台抽香烟，与正在洗衣服的夜校殷老师认识了，第一次见面，两人说了没几句话，阿诺居然就毫无预兆地吻了殷老师，阿诺简直昏了头，但是殷老师好像并没有惊慌失措，把两只湿淋淋的手在自己的衣裳两边抹抹，托起阿诺颤抖的嘴两人就热烈地吻在一起了，阿诺本能地把一只手伸到殷老师背后,殷老师突然清醒,推开阿诺,擦擦嘴唇说,你胆子真大,不可以了,哦?殷老师把衣襟往下拉拉好,朝阿诺粲然一笑,阿诺这才惊觉他的行为真是太流氓了,幸亏殷老师没有大喊大叫,阿诺说,对不起,殷老师,殷老师说,你的女朋友呢,阿诺说,我没有女朋友,殷老师一边绞干脸盆里的几件衣服,一边说,我不相信,阿诺说,不骗你,殷老师说,二楼阿龙只晓得打牌赌博,不要和他们混了一道白相,阿诺说,我们不赌的,殷老师说,他们是赌的,阿诺说,殷老师今天休息啊,殷老师说,我夜校做老师,夜里上班,阿诺说,你教啥,殷老师说,教政治和语文,阿诺突然想起宋老师和纤纤,不做声,殷老师说,阿诺,殷老师长了好看吗?

聪明的阿诺,笨拙的阿诺,你的初吻居然就这样莽撞地给了一个从未谋面的已婚女人,那个如此寻常的初秋下午,既不是复兴公园的湖畔傍晚,也不在自家弄堂深处的长夜,由于你被自尊掩盖了的胆怯,还有与你小小年纪不相称的嫉妒,你一直不敢向你的同龄女孩子示爱,你用你觉得她们没有与你相匹配的头脑为由,既暗地喜欢她们,又假装不在乎她们,当你某一天发现你其实非常喜欢的女孩子竟然成了另一个你根本瞧不上的男同学的女朋友,你就无比气馁,这个毛病你在读初二的那会儿就已经暴露无遗了,阿诺!或许你可以说,不,那时候我才十四岁,顶多是情窦初开而已,特别是,那个时候我哪有心情,我的爸爸在前一年被隔离审查了,一个历史反革命分子的儿子,你们的爸爸妈妈难道不也是这样的吗,一九六八年之后,我们这些野孩子都没有大人管，随便去哪个同学家去玩，除了老人或哥哥姐姐，我们什么时候看见爸爸妈妈出现？算了吧阿诺，别为自己辩解了，你就是胆怯！我们可不像你这样，天天躲在家里看外国爱情小说，爱情哪在书本里，爱情就在我们周围，爱情就是偷偷摸摸，见不得人，你懂吗？

49

在那个年代读哲学，而且为之入迷，马立克猜想一定人数众多，他们中的大多数，多年之后必成废物，哲学只能成就极少数人，然后这些极少数人就用所谓的哲学迷惑大众，哲学不仅善于安慰自己，还善于对人吹嘘自己具有一种能够解释一切知识背后那个唯一知识的能力，辩证唯物主义和历史唯物主义，前者覆盖整个自然界，后者覆盖整个人类社会，不相信这两种绝对真理的哲学教授必须打入牛棚，忠诚于这两种绝对真理的哲学教授可以继续上课，这个伟大的最后真理必须先把世界阻挡在外，或者必须先把自己关在笼中，因为绝对真理是纯洁的，而那个不相信绝对真理的外部世界就是腐朽的垂死的，资本主义灭亡的时期一再被推迟，绝对真理不能允许一切外部世界的谬论邪说渗透进来，因为真理很容易被谬论邪说击败。

哲学声称自己可以解释欲望，但是哲学不是欲望，准确地说，哲学只是人类的欲望之一，按此推论，不是哲学涵盖欲望，恰恰相反，是欲望涵盖哲学，让哲学滚蛋，让辩证唯物主义和历史唯物主义滚蛋，马克思既然说：人类的一切精神活动必须先要从衣食住行的物质生产开始，而作为第二性的意识形态不是人类必须的第一存在条件，这个结论如果正确，那么按照它自己的逻辑和推论，它的绝对正确性就会强有力地宣布这个结论的错误。

女人的最大神秘，女人就是为了男人而生，男人也同样如此，她与他，都以对方为归宿，女人不是生产力，女人具有的生殖力是上帝所赐，你把这个上帝改称为自然法则也可以，暴力与战争，愚蠢和聪明，革命或反革命，改变不了女人与男人彼此追逐和彼此伤害的欲望宿命，二十八个幽灵，七条命，十三张脸，轰轰烈烈之下的色情梦想，戾气，邪恶，压抑，嫉妒，失明，殷老师，宋老师，朱莉，沈灏妈妈，翁史曼丽，安娜，娜娜，羊脂球，黑色内裤，猫咪，透明的衬衫，整洁的发髻与蓬乱的头发，松开一个夹子睡裙落地，污秽的毛巾，枕头，镜子，甘油，贞洁，病毒，抛开腼腆，展示粗鄙，惊人的甜美，窒息，颤抖，例假，衬垫，怀旧的鬼魅，因犯罪的快感提前了一个人或两个人的末日审判，坠落谷底。

到了下午五点钟天色暗了下去，殷老师面色红润她想起她的孪生妹妹，她不想离开桌子，出轨是她的唯一补偿，多么安静完美的黄昏啊，有些男人假装很有思想，他们是要倒霉的，但是有些男人假装隐藏了许多深刻思想，对此女人会感到不可理解，你来了阿诺，门虚掩着，我知道你会轻轻地推开门就像现在站在我面前，不知道下一步该做什么，你不要动你站在原地，你真的来了，当然，你以为我不会来吗，她上前摸摸阿诺的前额，有点汗湿，我们去哪儿，殷老师穿的背心与裙子很相配，好像要去做客，你是要出门了吗，不是的，我以为你不会来了，我心跳得要命，你把手摸摸我的胸口，心跳加速，你的手不要拿开，殷老师今天不会拦阻你了，我换了几次衣裳，穿上脱下穿上脱下，殷老师很快活地笑她很久没有这样子笑了，阿诺你把头抬起来，让我看看你的下巴，你为什么老低头呢，是看殷老师的脚吗，你的脚很小巧，那是因为你的脚很大，他们说我的脚像渔民，脚趾分开，真的吗，殷老师我可以摸摸你的脚吗我从来没有摸过女人的脚。

马立克收到马諴伦家书一封，父亲云何乃谦日前致马諴伦的信末轻描淡写地自陈"近染小恙"恐怕不是"小恙"，命儿子尽快去何乃谦府上探视，马立克不敢怠慢，次日中午之前就匆匆赶赴何乃谦老先生家，按响门铃，不意下楼开门的正是"近染小恙"的何乃谦本人，非但不像疾病在身，且红光满面，马立克怔在那里不知道应该怎么向何老先生解释突然登门拜访的理由，倒是那个何老先生似乎早已料到马教授的公子驾到，笑吟吟请马立克上楼，声音洪亮地吆喝道：给立克沏茶，刚到的东山碧螺春！

马立克甫一落座，就听走廊有细碎脚步声，一位不曾见过的中年婶娘端了托盘进来，茶壶茶杯茶叶罐一应俱全，说，何先生，开水正在烧，马上，何乃谦嗯一声，问马立克，说说你爸爸最近怎么样了，很不错吧，他写信只写几行字，太节约了呵呵,马立克说,父亲叫我来探望何伯伯,何伯伯倒先问候家父了,何乃谦说,抱歉啊,我知道諴伦老弟工作忙,我惦记他,他信里啥都不说,只有修书一封,把立克请来了,马立克说,何伯伯料事如神,对家父知根知底,不过我作为小辈,来看望你是应该的,何乃谦说,立克心底里恐怕不是这样想的吧,马立克只好笑笑,何乃谦从沙发里站起大笑说,我对你们父子太了解了,立克,你长大后我其实没见你几趟,但是我直觉好呀!

这是她的卧房,她也把它当作餐室和他一起吃煎鸡蛋,阿诺竟然如此平静,他像被抬上手术台准备接受阑尾切除的病人,麻醉药开始发生作用,将慢慢沉入梦乡,阿诺不知道殷老师的全名,他对完整的姓名似乎有一种下意识的拘束,姓名不是身体,姓名是写在作业簿、信件和户口本上的那几个字,姓名与脸是可以连在一道的,但是身体不是通过姓名就可以指认可以识别的,想起一个女孩姓名同时想起这个女孩的脸,再自然不过,如果想起一个女孩姓名同时去想象她的身体,那是下流。

50

林林:红卫兵的暴力难道不是暴力革命理论的一个结果吗?

洪稼犁牧师:我们的路德早已说过,世界的自然状态是混乱和动荡。

林林：霍布斯也这样说。

洪稼犁牧师：是。

林林：现在是一种必要的革命暴政吗？

洪稼犁牧师：堕落的人性需要被统治，这个事实表明了政治权威的正当性，而不是暴政的正当性。

林林：那么人们就只配有为所欲为不尽职责的君主吗？

洪稼犁牧师：普通人正在学习思考，这个世界太邪恶，不配有许多贤明的君主，青蛙定要以鹳为王，这也是我们的路德说的。

她踮着光脚去房间另一端拿水杯，蹦蹦跳跳，回来时杯子里的水洒了一半，回到床上捧着他的脑袋给他喂水，水呛着了他，她扶起他拍他后背，她用自己的面颊蹭去他嘴边的水渍，他伸手去擦脖子上的水，被她撩开，她用舌头舔拭他的脖子，重新把他摁倒在床上，好像他是她的病人，她继续舔他，她手里仍然拿着那小半杯水，含一小口，舔拭他的下巴，耳轮，脖子，腋窝，手指和手掌，然后是肚脐，她转过身，像一座桥架在他身体上空，她的两只小巧结实的脚底对着他的肩膀，她的脚底有点脏，还粘了一根弯曲的毛发，他终于感觉到她的嘴轻轻地含住了他，他浑身战栗，他拱起身去迎接她，她又把面孔和身体正面转向他，俯身向下，在他耳边轻轻问，你来，还是我来？

临走，何乃谦问马立克要不要借几本书去看看，这次组织上对何乃谦落实了政策，像马鹼伦教授一样，被吸收到市革委会新成立的一个编译小组去协助工作，协助，就意味了不是阶级敌人了，即便还不是回到人民队伍中来，起码也是人民的朋友了，组织上问何乃谦有什么问题可以提出来，有什么要求，只要合情合理，有利于新形势下的新工作，我们一定尽力满足你，何乃谦说，有两个要求，一个是一九六六年被红卫兵抄家抄走的书籍还没有全部归还，希望组织再帮忙找找看，另一个，还有几幅字画也是那次抄家拿走的，希望也能一并归还他，如果这些书画有文物价值，何乃谦同意捐献给国家，重要的是，不能不明不白就这么拿走了，这不符合党的政策。

是夜，马立克读的第一本从何乃谦书房、其实就是何乃谦卧室找出来的书、其实就是一本薄薄的小册子是商务印书馆一九五八年九月出版的汉译《论出版自由》，作者约翰·弥尔顿，译者吴之椿，总共只有五十二页，当时马立克就把它拿下，翻了翻版权页后惊诧地问何乃谦，五八年怎么还会出这个书，何乃谦说，可能当时翻译著作来不及审查，不过，翻译资产阶级哲学一直是讲供学术研讨参考，后来变成供批判用，马立克再问，这个他们都可以还给你啦，何乃谦嘿嘿一笑说，毒草可以当肥料，还算好，没有统统烧掉，还我了，他们知道反正出版没有自由，不怕，马立克眼睛尖又看到一本小册子《论宗教宽容》，洛克写的，太巧了，汉译本也是五十二页，何乃谦在旁边插话说，不要盯牢这些政治小册子，我好书很多的，立克听你爸爸说你是读俄语的，可惜我不懂俄语，马立克说，我自学了英语和日语，何乃谦说，我有英文原版弥尔顿《失乐园》，我给你寻出来，这本书是精装硬皮本，红卫兵抄家时一个小伙子在翻，问我这本书讲什么的，我讲我是学英语用的，他说，原来是辞典啊，把它扔在墙角里。

　　要适应另外一个人的生活习惯，癖好，微妙差别，想不到的托辞，错位带来的不适或狂喜，一点点玩世不恭，假装无所谓，那些并不完美的初夜，扣人心弦，偏离，思想的瘫软，作为一种无人主持无人知晓的成人仪式，在毫无准备却满怀期待中突然拉开隐秘帷幕，误入歧途般，为了铭记也为了遗忘，阿诺决定必须离开此地，他从她身边走过时，碰倒了小凳子，她拉住他的胳膊说，下次你什么时候来，阿诺似乎一下子成熟了，他拍拍她的臀部，把那只翻倒的小凳子用脚勾进桌子底下，她舍不得他走，按住阿诺停留在她臀部上的那只手，倚靠在阿诺肩膀里，阿诺能感觉她颤抖不已，他们的身高很相配，但是他们属于完全不同的世界，虽然她也教语文课，她远远没有宋老师那种说不清的温情与矜持，阿诺觉得他好像是被她意外捕获的一只猫，或者她是一只猫，他则是随她摆布的小布人，她的臀部在阿诺手掌底下结实而紧凑，她那么老练，掌控了全局，阿诺轻轻挣脱出他的那只手，两个人桌子与衣橱之间的狭小空间中交错着脚步移向那扇房门，隔壁邻居的房间里响起了敲钟点的嗒嗒声，嗒嗒嗒嗒不是十二点钟也有十一点钟了，她想留阿诺过夜的，但是阿诺坚持要回家，趁着钟声尚未停止，她拉开了门，一道月光洒落在走廊另一头，他们松开手，阿诺蹑手蹑脚遁入黑暗的走廊，阿诺的冒险之旅就这样毫无悬念地结束了。

51

何乃谦在"文化大革命"爆发之前的读书心得,可以在他的藏书中所画的蓝墨水钢笔线找到某些痕迹,马立克发现了何乃谦从不在他读过的中文书上做眉批,这个习惯与他父亲马鹹伦不同,看来何乃谦比马鹹伦远为谨慎小心,马立克那晚回家克制不了他的好奇,迅速浏览了向何乃谦借阅的五本书,只有《论出版自由》与《论宗教宽容》用蓝墨水或红墨水涂了不少条条杠杠,其余三本何乃谦推荐的精装硬皮世界名著都干干净净,无法知道何乃谦在阅读它们的时候曾经有过什么样的感想与触动,但是那个深夜马立克对何乃谦产生了一种强烈的寻找其政治思想踪迹的好奇心,通过仔细阅读何乃谦在什么时候什么位置停止阅读,顺手拿起红蓝墨水笔画杠杠,必定是他所认为的重点所在,无论赞同还是怀疑,或许是感慨与遗憾,某种危险的资产阶级观点,不能被公开接受的西方价值观,触目惊心。

何乃谦历次阅读约翰·弥尔顿《论出版自由》一书摘要,马立克将它们誊抄在自己的笔记本中,所谓"历次阅读"则可以从墨水杠杠的颜色深浅看出,红墨水线是后加的,特别是,有多处地方被两次以重线划出,可见这段话对何乃谦具有特殊的意义:

1. 如果我们看到坏书被禁的少,而好书被禁的多,那是一点也不稀奇的。

2. 早期宗教会议和主教们只是常常宣称某书不值得推荐或流传，读不读却由各人的良心决定。

3. 不论你拿到什么书都可以读，因为你有充分的能力做正确的判断和探讨每一件事物。

4. 一切看法，包括一切错误在内，不论是听到的，念到的还是校勘中发现的，对于迅速取得最真纯的知识说来，都有极大帮助。

5. 在这个世界中，善与恶几乎无法分开，关于善的知识和关于恶的知识之间有千丝万缕的联系和难以识别的相似之处，在亚当尝的那个果子的皮上，善与恶的知识就像连在一起的一对孪生子一样跳进世界里来了。

阿诺此后的三天如同游魂到处闲逛，心灰意冷，神情涣散，完全没有静下来读书的状态，脑子里仍然纷乱地出现幻觉，那个短暂而漫长的昨日夜晚，既想摆脱，又情不自禁地尝试回忆所有的细节，浑浑噩噩地，抬头望太阳都是灰乎乎的，他没有目标地乱走，累了他开始看报纸，在马路旁边的读报栏中看《解放日报》和《文汇报》，李先念副总理访问坦桑尼亚与赞比亚，西哈努克亲王与莫妮卡公主访问北京，国家领导人远远比他忙碌，比他重要，比他劳累，比他享福，莫妮卡公主真漂亮，一只金丝雀，从淮海中路到西藏中路，路上行人川流不息，他们都去哪儿呀，昏昏沉沉，要不看场电影，嵩山电影院的电影广告：《瓦尔特保卫萨拉热窝》，看过了，真假瓦尔特，劳费尔行动计划……

欧里庇德斯在他的《安德罗慕奇》一剧中说"他们的妇女全都不贞洁",以爱情的名义,有许多线索表明柏拉图要把诗人逐出城邦正是那些巧舌如簧的喜剧家与诗人的放荡以及信口开河,他们拥有一种语言技巧,能把肮脏的激愤之言清洗成一种动人心弦的说教,以优美的诗歌来驯化男人女人的粗俗与乖戾习气,文质彬彬,可是当疾风暴雨的政治革命卷土重来,从领袖到士兵开始崇尚军营式的粗野生活,直言不讳地声称要扫除一切传统的诗书礼乐之风,一心只想着继续革命,所有被认为是异端邪说的书都逃不过大多数人警惕的眼睛,到了这个时候,书的检查制度已经不再需要另行制订,这种在内心焚烧异端邪说的风潮当然没有把一切人都席卷而去,相反,由于当局对文字书籍的过于关注,却无法控制无法监视到众多男人女人的私人生活尤其是他们的肉体生活,在这个无处不在时时刻刻骚动喧哗的秘密世界有着另外一种语言和文字,这种语言和文字汹涌而无声地被几乎一切男男女女使用着:放荡、肮脏、默契、含蓄、不贞洁,甚至于无耻、海淫、亵渎、放纵无度。

马立克读弥尔顿《论出版自由》笔记摘录:

由于劫数,亚当才知道有善恶,也就是说从恶里知道有善,因此就人类目前的情况来说,没有对于恶的知识,我们又有什么智慧可做选择,有什么节制的规矩可以规范自己呢,谁要是能理解并估计到恶的一切习性和表面的快乐,同时又能自制并加以分别而选择真正善的事物，他便是一个真正富于战斗精神的基督徒。

有许多人抱怨天意不应该让亚当逆命，这真是蠢话，上帝赋予他理智就要叫他有选择的自由，因为理智就是选择，不然的话，他就会变成一个做作的亚当，木偶戏中的亚当，我们自己出于对强制的服从和爱以及被动的才干也并不推崇，因此上帝就让他自由，在他前面摆上一个诱人的东西，甚至还把这东西送到他眼前去，他的优点、取得报酬的权利和值得赞扬的节制便都包含在这种情况之中了。

上帝要在我们身上产生情欲，在我们周围设置享乐之物，如果不是这些东西经过适当的调整就能成为美德的构成部分，试问上帝又何以要这样做呢？

我照神所给我的恩，好像一个聪明的工头，立好了根基，有别人在上面建造，只是各人要谨慎怎样在上面建造。因为那已经立好的根基就是耶稣基督，此外没有人能立别的根基。若有人用金、银、宝石、草木、禾秸在这根基上建造，各人的工程必然显露。

（《新约·哥林多前书》三章）

52

沈灏妈妈：你为什么还要找我，都七年了。
李致行爸爸：哦，应该是八年了。

沈灏妈妈：那天下午太阳很好，在天鹅阁。

李致行爸爸：你还记得。

沈灏妈妈：我们连一封信都没写过。

李致行爸爸：是。

沈灏妈妈：我想过的。

李致行爸爸：什么？

沈灏妈妈：什么什么？

李致行爸爸：你想过什么？

沈灏妈妈：没什么。

李致行爸爸：你想过我们说不定还会见面，对吧。

沈灏妈妈：老天。

李致行爸爸：这没什么奇怪，我的工作就是与人打交道。

沈灏妈妈：调查，盘问，看档案，真可怕。

李致行爸爸：你真的一点不知道我后来的情况？

沈灏妈妈：我没有问过沈灏，致行好像常常回上海的。

李致行爸爸：沈灏怎样？

沈灏妈妈：他在长江航道局，不大在家。

李致行爸爸：你还是一个人。

沈灏妈妈：不说这个。

李致行爸爸：我的意思是。

沈灏妈妈：我有家庭。

李致行爸爸：我和你一样，八年前我们就很明白。

沈灏妈妈：（很突然）没想到你真的不给我写信一封信都不写！

李致行爸爸：当时我们不是说定的吗？

沈灏妈妈：哪怕问候几句？

李致行爸爸：刚到贵州不久，"文化大革命"开始了，两派武斗。

沈灏妈妈：没什么，不要讲故事给我听。

李致行爸爸：对不起。

沈灏妈妈：你拿得起，也放得下。

李致行爸爸：你还住老地方吗？

沈灏妈妈：是。

李致行爸爸：今晚我去看你。

沈灏妈妈：真的？

李致行爸爸：不相信？

沈灏妈妈：你还爱我吗？

李致行爸爸：是。

沈灏妈妈：骗我。

李致行爸爸：不骗你。

沈灏妈妈：今晚不方便。

李致行爸爸：那明天。

沈灏妈妈：也不方便。

李致行爸爸：沈灏爸爸回来了？

沈灏妈妈：不是，他根本不可能回家。

李致行爸爸：那是。

沈灏妈妈：我现在有男朋友了。

江楚天委婉地在信里对李致行说，不要老是谈政治，现在大家都很苦闷，看不到前途，还有什么心思关心政治，什么国家的前途人类的理想，广州"李一哲"的街头大字报我看了，有啥用，什么中国的未来中国的民主与法制，我们都看过赫鲁晓夫讲斯大林个人迷信的秘密报告了，后来怎么样？匈牙利事件纳吉被枪毙了，勃列日涅夫派苏联坦克到布拉格去了，江楚天语气阴沉神情黯淡，另起一行，换个话题说到了契诃夫，说契诃夫只写小说不写俄国政治，不见得就比那些俄国无政府主义革命者更肤浅，也许还正相反呢，江楚天推荐李致行有空可以读读契诃夫的《樱桃园》和《万尼亚舅舅》，是两个剧本，很值得看，不要陷在政治里，江楚天还说起了阿诺，说阿诺是另一个极端，就喜欢看小说，对政治非常畏惧，阿诺最推崇巴尔扎克，我不赏识巴尔扎克，巴尔扎克很庸俗，阿诺说巴尔扎克不是庸俗，而是对人性有一种本能的洞见，我认为写庸俗最深刻的是契诃夫，契诃夫写庸俗，自己一点不庸俗，巴尔扎克笔下的人，生活目标只是钱，阿诺说，现在我们谁有钱？我们就不庸俗了？这个问题阿诺提得好，等你回来你回答他，阿诺有一次对我讲，上海就是另一个住满了革命党和乡下人的东方巴黎。

一九七五年
林耀华读史札记与书抄之一：
　　太宗谓梁公曰："以铜为镜，可以正衣冠；以古为镜，可以知兴替；以人为镜，可以明得失。朕尝宝此三镜，用防己过，今魏征殂逝，遂亡一镜矣！"呜呼，今上明君者，五百年出一耳，三镜惟剩一镜也，以古为镜，知江山宫闱权谋幽暗足矣哉。
林耀华读史札记与书抄之二：

太宗曾罢朝，怒曰："会杀此田舍汉！"文德后问："谁触忤陛下？"帝曰："岂过魏征，每廷争辱我，使我常不自得。"后退而具朝服立于庭。帝惊曰："皇后何为若是？"对曰："妾闻主圣臣忠。今陛下圣明，故魏征得直言。妾幸备数后宫，安敢不贺？"呜呼，今上明君者，四个伟大高瞻远瞩明察秋毫是也，长孙皇后变身红都女皇唏嘘哉！

何乃谦给马立克的一封信："立克小侄收览，小别兼旬，殊殷系念，昨奉令堂大人琅函，拳拳之忱，溢于言表，小侄学业精进，至为企颂，然小侄前次借某德文版《浮士德》因现时需用，某本不急于索取，谅能见还，或可另领走其他闲书若干，日后仍可奉借小侄，统希原宥，此白，乃谦。"

半夜阿诺醒来好几回，翻来覆去，无法摆脱殷老师生气勃勃满面光彩，他居然那么被动，以至于殷老师柔声问阿诺，你不是第一次吧，阿诺没有回答，他听到殷老师这句话的时候态度极为安详，身体保持罕有的镇静，殷老师骑乘在他身上又说，你肯定不是第一次，阿诺口齿含糊说，为啥，殷老师说，反正不是，这么老练，阿诺动了动身体，殷老师说，我重吗，阿诺说，有点，殷老师低沉悦耳地说，你在上面好吗，阿诺嗯一声，她的手指伸入阿诺的嘴巴，抬起身子，阿诺滑落出来，殷老师迅雷般握紧阿诺，重新塞进她的身体，阿诺看见这一瞬间殷老师激涨变形的脸，他记得他当时一丝厌恶之感闪过，他不知道殷老师说他老练是什么意思，当然他现在并不后悔，他甚至没有开亮床边台灯看清楚殷老师身体,殷老师的身体在阿诺记忆中是一条晃动的影子,在暗黜黜房间里走,下床拿毛巾倒开水,又上床搂住阿诺,说,好了好了。

第二天阿诺昏昏沉沉睡到八点,口干舌燥头痛欲裂,直接去牯岭路地段医院门诊,这回,阿诺不需要再混病假了,因为他真的发烧了,阿诺他不能算是个行动派,倒更像是个空想派,其实阿诺几乎没有什么丰富的想象力,虽说他喜欢幻想,阿诺有时候会反省自己的行为,但是他又有什么行为值得反省呢,也许阿诺只是一个渴望行动的白日梦者吧,行动就是他的梦想,而白日梦又反过来成为他的行动,一种发生在他心中或身体里的想象性行动,即便发生了实践意义的行为,比如猝不及防邂逅殷老师,那种无人看见的惊心动魄,在事后的阿诺自己看来,无非是通过某种意外的经历,把阿诺放在某个可以自我观察的位置,进行新的定义,并且凭借这个定义,将自己塑造为一种更符合他所意愿的形象。

他没有去找外科董医生,头痛发烧当然要挂西医,阿诺额头很烫,刚才挂号的时候他看见董医生了,董医生对他点点头,伸出一个手指,朝他的外科诊疗室方向示意了一下,眨眨眼,阿诺明白,董医生要他过去,牯岭路地段医院原来是一幢大一幢小,中间由一条回廊连接的红砖楼房,进了大门,本来那个花园沿墙搭建了一排简易平房,用于挂号、付费、配药以及化验,阿诺觉得热,虽然已是过了中秋时节,太阳直晒,排队挂号的阿诺一阵眩晕,他前面是两个老太太，动作缓慢，阿诺移开视线，看到一个女病人背对她，在另一个窗口付钱，阿诺就想起殷老师了，脖子、腰还有屁股，阿诺想起了昨夜发生的事，也算是他的成年仪式了吧，初夜应该讲的是女人，男人没有初夜这个说法吧，阿诺发现他不知道的东西实在太多，比如《大众医学》卫生手册说，男人性生活不宜太多，一个礼拜做一到两次就可以了，不能过于频繁，频繁了会影响学习影响工作，严重的还会引起神经衰弱，阿诺这才记起，昨夜他在殷老师家，两个人一直盘桓在床上，从六点半到十一点，他都不记得和殷老师做了几次了，阿诺有一点点害怕，不过立即就安慰自己，这是着凉感冒，绝不会是神经衰弱，绝对不会！

53

一九七五年秋
林耀华读史札记与书抄之三：

唐太宗尝止一树下，曰："此嘉树。"宇文士及从而美之，不容口。帝正色曰："魏公常劝我远佞人，我不悟佞人为谁，意常疑汝而未明也。今日果然。"士及叩头谢曰："南衙群官，面折廷争，陛下尝不得举手；今臣幸在左右，若不少有顺从，陛下虽贵为天子，复何聊乎？"帝意复解。

宇文士及深懂心理学，一般人在大庭广众都要面子，何况皇帝在群臣百官之前，歌功颂德阿谀奉承，乃唯一臣侍君之道，不二法门也。

江楚天发现阿诺有一个多礼拜没有音信了，牛皮筋都问了他好几次，江楚天说，阿诺是我的同学，我不急，你急个啥，牛皮筋说，阿诺最近确实经常来我这里玩，他说他也叫你了，你不肯请假，因为你的工作比较惬意，上班可以看书，他不可以，他本来是找你玩，现在才找我玩的，你不要多心，江楚天说，我不像你，娘娘腔，阿诺就喜欢交朋友，我姆妈讲，有一天前面弄堂里有人来叫阿诺去打牌，阿诺就去了，你知道是谁叫他的？牛皮筋说，我从来不跟弄堂里打牌的人来往，江楚天说，瞎讲，我们打过几次牌的，别赖啊，牛皮筋说，我们几个熟悉的，关起门来白相，也是难得的，我是讲，我从来不跟弄堂里打牌的人来往，江楚天说，姆妈讲，她去开门，看到好几个人，其中一个面熟陌生，好像是五十四号里的黑皮阿龙，牛皮筋说，黑皮啊，想起来了，认得，他的阿姐是我高中同学，有一天夜里黑皮过来还我一本书，正好阿诺也在，他们自己攀谈几句，就认得了，不关我啥事体，江楚天说，听你意思，好像会有啥事体？牛皮筋想了想说，应该不会吧，江楚天连忙问，啥个不会，讲讲清楚，牛皮筋说，阿龙他们打牌，是来钞票的，江楚天急了，说，你讲阿诺被黑皮拉进去赌博了？牛皮筋说，应该不会的，江楚天说，你有啥把握讲这个话，牛皮筋说，因为阿诺没有赌博的钞票。

虚构一只故事就像跟空气爱人做游戏，先要放音乐，这张唱片不对，换，换，再换，再换一张，对了，就是这个气氛，节奏，要的就是这个味道，不要如泣如诉，要有视觉性，不要人物出现，还早呢，先让音乐充斥整个空间，雾一般，舞台侧幕的一道追光，照在空荡荡舞台中央，阳光照射，射穿了雾，雾聚拢下沉，然后气体涌出，蒸汽，突突突冒蒸汽，渐渐有了海市蜃楼的幻觉，人影在远处上上下下移动，隐约开始往前走，漂移，悬浮着，好像被一根绳索拽着，光线转暗，渐渐暗下来，越来越暗，在黑与白之间，一分为二之间，混沌消逝了，出现了第一个人的轮廓，一个男人，然后一个女人，创世记由亚当夏娃开始，这里是末世，由邦斯舅舅与朱莉开始，也是一个男人和一个女人，久违了，诸位。

一个男人太孤独，上帝给他造了一个女人，一个男孩太孤独，上帝让他去找伙伴，阿诺、沈灏还有艾菲他们三个有一个共同的爱好，因从小一起在隆康坊里面玩，大人说马路上汽车多，黄鱼车脚踏车乱窜，你们在自己弄堂里玩或同学家里玩比较好，大人放心，大人有事叫你们回家也方便，不是在这一家，就在那一家，对着弄堂天空喊几声，不是你听见就是他听见，三个男孩子都文静，不像渔阳里那帮野蛮小鬼，在狭长的弄堂里踢足球，踢碎玻璃窗，踢猫咪，踢垃圾箱，斗蟋蟀，斗鸡，橡皮筋弹皮弓打路灯电灯泡比赛，一群闯祸坯，阿妈说他们是没爷娘教训的小流氓，阿诺沈灏艾菲不与渔阳里小鬼轧道，惟打扑克牌下象棋陆军棋是他们的竞争游戏，却算不上是共同爱好，他们的共同爱好很特殊——编制有自己签名的地图，有时候，他们则绘制路线图，比如去老城隍庙怎么走最近，去和平公园或衡山电影院怎么走，他们尤其喜欢绘制周围几条街与里面那些有着七拐八弯弄堂的私人地图，哪条弄堂通向哪里，哪条弄堂的那个岔路是死路，即本城的人所称谓的"死弄堂"。

阿诺做了皮试，靠墙坐在注射室等半小时，百无聊赖，只有一个凶巴巴的女护士，戴副眼镜，看上去有五十来岁样子，两根日光灯管子发出的光还不如窗外的太阳光，不断有人进来打针，做皮试，静脉注射，药瓶、蒸馏水瓶和针头丁零哐啷跌落在那个凶巴巴女护士脚下的塑料桶里，一个女病人进来，一脸青灰，坐上高凳卷起衣袖，凶巴巴毫无表情地说，不是胳膊，是屁股，青灰回头朝阿诺看看，凶巴巴将一道简易屏风从墙角拉出来，挡在青灰屁股与阿诺视线之间，阿诺暗笑着把眼睛转向了窗外，深秋阳光真灿烂，女人的屁股，哎哎。

阿诺回家了，一路身轻如燕，从江阴路小弄堂穿越到大沽路，折回成都路又拐进了巨鹿路，抄杨家弄近路，他想起他以前画过的地图，杨家弄里面的结构如同迷宫，他们三个人从来没有搞清楚，其实这又有什么关系呢，杨家弄没有他的同学，住在杨家弄的男孩女孩大多在巨鹿路小学跟金陵路小学读书，老死不相往来，他其实根本不需要一份关于杨家弄的详尽地图，瞧这两边的房子歪歪斜斜啊，他感觉背脊出了许多许多汗，他摸了摸额头，额头已经奇迹般的不再发烫，他开始一路小跑，越跑越快，他记得医生给他开了三天病假，体温三十八度五，咽喉水肿，心率一百三十，病假单写，上呼吸道感染，发热，打了青霉素，休息三天，又是三天，自由自在的三天，阿诺决定去看看纤纤在不在家，阿诺觉得自己已经是一个男人了，他应该像一个绅士那样正式邀请纤纤共进晚餐。

世界一切还是老样子，变形的只是感觉，邂逅、激情之夜、疾病与药物、上帝赐予的恩典和梅菲斯特的诱惑，诱惑源自偷尝禁果，无人知晓的秘密，惟有上帝看见一切，不需要阐释，阐释阐释，一条回家的路虽然有许多走法，目标只有一个，历史的轨迹与生活的诡计，都在上帝手中，尽管有时候祂以梅菲斯特的形式向人显示，现实和幻想，虚幻与真实，它们就是两面互相映照的镜子，难道不是吗？

54

小说写作据说已经停滞不前了，还是有许多人前赴后继，他们不是不畏艰险但恰恰认为写小说是一件人皆可为之事，这让内行小说家在背后偷偷发笑，不过应该被奚落的不是那些外行小说家，而是像野草一样蔓延的众多幼齿读者，一张张聪明脸嘻嘻哈哈他们是从什么地方冒出来的从来没有人去调查过，因为现在连招募调查员的社会机构都被一帮来路不明的陌生人所把持，据说内行小说家不无悲凉地指出现在的小说是被电影打败了，如今只有观众却没有读者了，但是完全不一样的声音始终振聋发聩，据另外一份流传甚广的权威调查表明，电影死得更快更悲凉，它们的处境远远比传统印刷的小说书籍要糟糕，须知电影发明刚刚过了一百年就已经从顶端坠落，与印刷术与报纸杂志一道诞生的欧洲小说至今大概都有五百年了吧，如果从拉伯雷算起，阅读小说的新一代读者依然人数庞大，他们只是不读内行小说家而已，鬼晓得他们在读什么故事呢，每个时代都有自己的困惑，过来人容易觉得一代不如一代，因为他们自己正步入了生命的晚期，然而那些没有良心不知道天高地厚的小孩子们哗啦哗啦涌现到世界上，他们的早期生活则刚刚拉开帷幕，你之惶然，他之欣然；你之砒霜，他之蜜糖；你之地狱，他之天堂，制定各自的生活计划吧，不要梦想抓住所有人的目光，更不要梦想抓住所有人的心，恐慌，烟雾，粗糙，热情，自发性以及愚蠢选择，从来就是这样的，错过好的，偏挑坏的，真是不配好啊，少数人甚至极少数人留在历史中，大多数人并且是极大多数人活在短暂当下，天才小说家的痉挛只为丧失了的历史神经颤抖而发作，无视当下。

必须把这个隐藏着的历史从光天化日之下再次以文学的方式隐藏起来，不是揭露和控告那些早已作古的偶然性，也无须追述他们的过犯推翻他们的定论，只有这样一个观念才是符合文学伦理的：将芸芸众生从记忆的瀚海中打捞出来，既不是个人诉讼更不是集体纪念，遗忘不可能被复原，遗忘必须由想象力去替代，这里没有所谓的真实，所有的真实都带有必要的谎言，这里也没有绝对的谎言，谎言不过是一种无法面对的真实之求生策略，它是一种失去乐园之后的倾其所有，交出去，交出你的一切，财产，身体，信念，灵魂，统统交给真理，反之，妄图拒绝交出，你已无处藏身，无处逃逸，无处生还。

父亲：这个老四改不了，打如意算盘惯了，不到黄河心不死，落了河浜里要性命，爬到岸上就要寻包袱。

母亲：废话，你不也是这副样子。

父亲：你不是帮他，你是害他。

母亲：你快点想想办法，事情解决了再批评。

父亲：我有啥办法。

母亲：啊呀，你心肠怎么这么硬的，他是我的阿哥呀。

父亲：这个朱莉上海还有其他亲戚吗？

母亲：听宋筝讲，朱莉的姆妈一直在宁波。

父亲：我讲上海有没有亲戚。

母亲：我哪能晓得。

父亲：叫我想办法，想办法之前就要先了解情况，你平常跟朱莉两个人窸窸窣窣闲话讲不光，结果对她一无所知，现在倒好，人不见了，要我想办法！

母亲：啊哟，你现在还有心思讲这个。

父亲：这个老四呢，他为啥没有看牢这个女人？

母亲：啥个女人女人的，我最讨厌你这副样子，阴阳怪气。

父亲：我觉得，朱莉应该就在她自己家里，她晓得老四要面子，懂规矩，不会上门去找，毕竟她现在还是人家的老婆。

宋筝：剑虹的阿妹一早就来找我。

朱莉：你觉得她知道了什么？

宋筝：我不会撒谎。

朱莉：你说了？

宋筝：没有。

朱莉：别吓唬我。

宋筝：吓唬你什么啦。

朱莉：你说你不会撒谎，以为你告诉毓琇了。

宋筝：那怎么会告诉她呢，说你去医院做人流了，孩子是你四哥的。

朱莉：（闭眼）

宋筝：你没事吧。

朱莉：（叹了口气）她没看出蛛丝马迹吧。

宋筝：我有什么蛛丝马迹？

朱莉：我是说，你不会撒谎，你的神色被她看见了。

宋筝：我又没做亏心事。

朱莉：对，是我做了亏心事。

宋筝：我不是这个意思。

朱莉：对不起，你现在自己也不开心，我还麻烦你。

宋筝：你还要在这里住几天？

朱莉：医生说还要观察。

宋筝：做人工流产是小手术啊。

朱莉：一直有出血，医生怀疑有其他什么，比如肿瘤。

宋筝：朱莉不会的，女人下面出血不算啥的。

朱莉：我想明天就出院。

宋筝：老刘知道吗？

朱莉：说做个小手术，具体他没问。

宋筝：你就一直瞒着剑虹？

朱莉：是。

宋筝：就这样，莫名其妙没有音讯，人不见了？

朱莉：我会告诉他的，他是蹲过监狱的人，经得住。

宋筝：我听不懂。

朱莉：我会处理好的。

宋筝：你怎么处理，你又不愿意与老刘离婚。

朱莉：老刘待我好，可我从来没爱过他。

宋筝：为什么你也这样？

朱莉：什么。

宋筝：爱一个不能在一起的男人。

朱莉：你也是？

宋筝：曾经。

    上帝一定是存在的，不然这个世界就不好解释，但是碰到任何事体就讲这是上帝的旨意，好像上帝非常空闲，祂什么都要插手，也不合情理，比方今天舅舅要出门，大包小包带了许多东西，早上起来一看，太阳好得一塌糊涂，碰到老早，姆妈就要讲老天爷帮忙老天爷帮忙，兆熹叔叔就用手指头在胸口画十字，上帝保佑上帝保佑，其实相信老天爷相信上帝是一桩事体，兆熹叔叔最后终于功夫不负有心人，把姆妈拉进去相信了耶稣基督，但是兆熹叔叔总归有点像一个女人，碰到事情先祷告，双眼放光，自己的努力好像不大看见，讲他们从来不抱怨，也不是，男人和女人一样，免不了要抱怨的，兆熹叔叔和邦斯舅舅各有各的执着，邦斯舅舅的执着就是努力争取，绝不放弃，兆熹叔叔则是把一切交给上帝，忍耐、虔诚、等待拯救，至于父亲呢，父亲好像没有明确的立场和一贯的态度，父亲总是分析、否定、冷嘲热讽，不过父亲还是很会安慰母亲的，父亲的分析也常常被母亲认为是最有说服力的，但是父亲毕竟是一个普通人，所以到后来，母亲还是相信了兆熹叔叔的话，相信了耶稣基督，不过这应该是许多年之后的事了。

55

阿诺原想敲纤纤家的后门，二楼顾家姆妈在底层公共厨房哗哩啪啦炒辣椒，空气呛得流泪，阿诺见门开着，直接往纤纤房间走，几步到了走廊底，门关得紧紧的，里面是林林的声音，现在不要激动，你愿意跟这种人混在一起吗，纤纤的声音，不要你管，林林说，你要走，你就走，你到崇明我看不见，你现在回来了，在我眼皮底下，我当然要管，纤纤说，我就没有人身自由啦，房间内一阵稀哩哗啦脚步声，阿诺赶紧退出走廊，听到后面纤纤开门出来，说，阿诺，你来找东东啊，东东体检去了，阿诺回头看，纤纤猛烈咳嗽起来，眼泪鼻涕的，阿诺说，找你可以吗，纤纤说，当然可以了，不过要得到大阿哥批准，阿诺说，我听到了，林林教训你，纤纤说，十三点，瞎管闲事，顾家姆妈，你买的辣椒辣得吃不消，顾家姆妈笑笑说，对不起哦，我是开门了，想不到纤纤也开门了，阿诺说，东东为啥去体检，纤纤说，你还不晓得啊，小哥哥想参军，阿诺说，东东没有讲过啊，纤纤说，小哥哥讲阿诺近几个礼拜失踪了，人影子也看不见，半个月前沈灏找你，你不在，结果跑到我们屋里来了，还带了好几本书，本来是想借给你看的，后来借给小哥哥了，阿诺说，啥个书，纤纤说，我没空看书，阿诺说，看书不如轧男朋友，纤纤说，去去去，你们去一辈子跟书过日子好了，阿诺说，大阿哥不让你出门啊，纤纤说，你都听到了，霸道吧？阿诺说，我今朝跟你一起出去白相，大阿哥应该不会反对，是吗，纤纤说，好好，十三点呀，跟男同学一道白相就是轧朋友，夜里不回来又怎么啦，我在崇明待半年，天天睡在外面，你怎么不着急？

林林的读书札记，关于哲学怀疑论：

如果辩证唯物主义和历史唯物主义都能与唯意志论，与极端主观主义混淆在一起，那么前者就是一个幌子，后者才是真相了。

怀疑一切，马克思座右铭，从古希腊起，"我思故我在"，笛卡尔有启发性。

笛卡尔不可能严肃地认为神的全能会导致彻底怀疑，因为他相信，神受制于矛盾律，因为神的能力完全可能使矛盾真的一并存在，祂本可以做相反的事，比如创造出一个没有山谷的山，或者使 1＋1 不等于 2。

笛卡尔的逻辑：如果假设神可以违反祂业已确立的法则，包括矛盾律，但是神不愿这么做，事实其实正相反，全能的神容忍了大量与真理相悖的存在，而且它们同样是全能的神的造物。

无法解释，树立一个神，其理由必然会导致反对那个神。

假设神真的是全能的，那么理性之光就可能是虚假的，必然为真的科学也就不再可能。

最重要的启示：当我们试图把一切都视为虚假时，思考的人，他会认识到，正在思考这一点的人，他必定是某种可以确定为存在的东西，所以才诞生了那条著名原理"我思故我在"。

世界变成了一份只有四版的参考消息，遭殃的不再仅仅是落到底层的旧资产阶级，欲望与其说是不道德，倒不如说是一种动物性，今天的无产阶级写作不过满足于某种虚荣或小小的野心，报纸上的文艺批评对文艺毫无兴趣，而他们热衷的那个政治根本就不能称之为政治，舞台上的工农兵如同牵线木偶，对敌人举起战斗的拳头与怒目圆睁与矫揉造作的挤眉弄眼没有什么两样，蹩脚的工农兵绘画，愚蠢的工农兵文学，人间喜剧被分散到四面八方，隐蔽的，滚动式的，反特权，押反韵，口误，杂交，藏头诗，贮存起来，冷冻，梦想被埋入沙漠，无人地带之下的集体歌咏比赛，幸好人民群众依然趋之若鹜踊跃报名，这里是市中心人民广场，早晨七点，拉线广播嘹亮的进行曲五星红旗迎风飘扬革命歌声多么嘹亮，整个城市活跃沸腾，阳光普照，工人阶级睡得早起得早，满天朝霞，海关大钟奏响了《东方红》，眺望那个旧时代遗留的钟楼会产生一种犯罪式的错觉：它更像是一座监控塔。

真的是没有什么地方可去，单调的生活习惯了，太太平平别无所求，因为天天上班，两点一线，除了家人没有什么朋友，除了工作没有什么事可做，做家务活能算是正经的事吗，也没有什么朋友上门拜访，每天晚上吃了夜饭，拿出一本书，在一个小本子写几段只有自己看得懂的文字，都云写者痴谁知其中味，打发实在无聊的时间，单调的生活如同一只走时准确的钟表，不需要改变节奏，加快进度，每一秒钟的无聊中都孕育了哲学，把每一个时刻都以无聊的形式赋予深刻意义，人生皆如梦，坐看云起时，做个残酷现实主义人间喜剧旁观者，直到有一天，自己被别人当成戏来看，来欣赏，议论，传说，形形色色，然后慢慢被淡忘，谁知道，明天又会发生什么，红尘万丈万事皆空，还是默默无闻好。

东东的体检报告出来了，毫无悬念，特别是视力，每天躺枕头上看书，歪个头，姿势错误，从来不做眼保健操，竟然左眼1.8，右眼2.0，把阿诺嫉妒得要命，东东不喜欢陆军，技术含量低，只有装甲部队比较神气，但是东东还是怕太辛苦，坦克兵的工作条件东东了解了十之六七，坦克基本是只闷罐子，就是比潜水艇好一些，潜水艇在海底一待就是十天半月，坦克一闷也就个把小时，不过坦克本身动力大耗能惊人，钢铁铠甲又厚，坦克一发动里面温度可以达到四十几度，特别是，东东到处打听，搜集各种反坦克武器的进展，美国，以色列最厉害，美国在越南打仗不用坦克，用飞机轰炸，越南是丛林，坦克帮不上，但是以色列跟阿拉伯世界打仗就要用坦克，阿拉伯地区基本是平原跟沙漠，当年德国隆美尔就善于在北非沙漠打坦克战，沙漠之狐，美国人是以色列后台老板，坦克研发跟反坦克武器研发都世界领先，东东知道一旦中国打仗，肯定美国人要插手，美国人的反坦克导弹已经非常厉害了，假设自己做了坦克兵，再假设跟美国人发生冲突，发展到大规模地面战，自己肯定凶多吉少，小米加步枪的时代早就过去了，所以前几次陆军招募新兵东东毫不动心，这次不同，是东海舰队和南海舰队招募新兵，东东关系多消息很灵通，他所在的沪东造船厂有不少退役的海军老兵，平常经常聊那些海军基地和海上演习的事，好，这次机会终于来了，跟阿哥林林打个招呼，也不发个电报给在四川宜宾支内的父母征求意见，就擅自去招兵点报名了，东东曾经对阿诺讲过，自从东东读了凡尔纳《格兰特船长的儿女》和《海底两万里》，他林耀东此生的最高理想就是当个远洋轮大副，船长就不想了，想不到，东东为了他想象中的海洋跟海洋生活，他现在连做一个普通海军士兵都可以考虑了，阿诺的判断是，并非当一个海军士兵有多好，而是东东忍受不了工厂中的那种天天重复的生活，所以，对于东东毅然决定去当兵，去东海舰队或南海舰队，他阿诺是坚决支持的。

一九五七年十月四日晚上一枚 R-7 火箭在探照灯发出的耀眼光芒中发射，九十分钟之后火箭携带的发报机清脆的嘀嘀声响彻整个世界上空，科罗廖夫与他的苏联同事痛饮伏特加庆功，卫星上天红旗落地千万不要忘记阶级斗争，无产阶级专政下的继续革命，革命了革命了，以革命之箭的名义扔出去阳台向外展开大幅标语外滩人头攒动打倒刘少奇柏林国会大厦正步走山呼海啸有小男孩溺尿号外号外狂风拉响鼓乐昨天元旦社论好评如潮请肃静肃静不要拥挤不要拥挤让列宁同志先走察里津匪帮伏洛希罗夫电报高尔基同志唾沫四溅牛奶煮糊了这就是牛奶起泡的作用沈灏我没有失踪阿诺这位是瓦西里同志你说过苏联火箭之父齐奥尔耶夫斯基图书馆找不到这个人的事迹我查了报纸一九五七年十月老大哥苏联卫星上天中国反右派运动正如火如荼一年后全中国开始大跃进同年苏联老大哥加加林驾驭飞船进入太空探索望远镜我们的秘密你还记得否我们的造反组织是多余的等于不曾存在过是谁提议去偷纸头大量的纸头就可以表现我们的存在一百个司令部一千个总部一万个联络处十万个小分队几百万造反者响应领袖号召的造反还是造反吗革别人命别人革你命彼此革命来回革命内外革命上上下下革命革命革革命……

　　阿诺：纤纤讲，你阿爸姆妈不同意你参军。
　　林耀东：最应该留在家里的，不是我，是阿爸姆妈。
　　阿诺：你就放弃啦？
　　林耀东：大阿哥跑到四川路邮局打长途电话告诉阿爸姆妈的。
　　阿诺：林林啊，他为啥反对。
　　林耀东：他一直反对的。
　　阿诺：怕你去打仗吧，跟越南人打。
　　林耀东：南海海战还轮不到我，大阿哥讲，大陆跟台湾迟早要打一仗，你们第一批做炮灰。

阿诺：台湾这么厉害？

林耀东：他说不是台湾厉害，是美国人厉害。

阿诺：你怕死吗，东东。

林耀东：谁不怕死，年纪轻轻不怕死，几年前我真不怕死。

阿诺：为啥？

林耀东：因为不知道死是什么滋味。

阿诺：这么讲，你现在尝到死的滋味了，怕死了。

林耀东：看了多了，就懂了。

阿诺：那你为啥还去报名参军。

林耀东：我认为中国会跟苏联打仗，不是台湾。

阿诺：我也这样认为。

林耀东：苏联好几次出兵打社会主义国家，匈牙利，捷克斯洛伐克，前几年打珍宝岛，反而不敢轻易打西方国家。

阿诺：我晓得，因为苏联打匈牙利捷克斯洛伐克，它们自己有条约，美国人插不上手。

林耀东：所以苏联会打中国，前线在北边。

阿诺：你分析给林林听了？

林耀东：大阿哥不听，他讲阿爸姆妈坚决不同意，假如我坚持，阿爸就要通过组织关系找招兵办公室，把你名字划掉。

阿诺：我还没问过你呢，你阿爸在四川做什么的。

林耀东：兵工厂。

阿诺：怪不得。

林耀东：阿爸姆妈讲，他们最放心的是林林，自己管得好自己,最不放心的就是纤纤跟我两个,一个去崇明岛了,再一个去了舟山群岛,一家人家,拆得东西南北,绝对不行,阿爸姆妈是组织决定,你们怎么可以随心所欲,想干啥就干啥!

56

年纪越轻越容易大胆想象,上天入地,用仅有的一点点知识去想象宇宙,却无法估量这个深不见底的浩瀚宇宙,为之神魂颠倒,从你的位置,看你与月亮的距离,已经够可以想入非非了,再进一步想象宇宙边界,试试看,你会立刻气馁的,很快你意识到这不可能,你根本没有能力做到,你无法想象宇宙还会有一个边界,因为这个答案包含了另外一个问题:宇宙边界外面是什么?如果太空外面还是太空,那么就等于说宇宙还是没有边界,除非你认为或猜想宇宙的极限是一堵墙,不过你仍然会追究下去,打破砂锅问到底,这墙有多厚、墙的背后又是啥?这个问题,阿诺八岁的时候就思考过了,东东说他五岁就思考太阳和月亮为什么不掉下来的问题,如果东东生在四百多年之前的英国,东东一定会先于牛顿发现万有引力定律的。

如何回忆起少年时代,从集体记忆中摆脱,撇开人来人往的热闹场面,失眠来临睁开眼睛对着天花板看,一个公园大门敞开了,褐色影像不断晃动,好像拿着摄像机奔跑,气喘吁吁地越跑越慢,镜头对着天空,夕阳掉在了楼房后面，阿诺看见姆妈了，复兴公园大草坪，一九六四年的一个夏夜，阿诺想起他躺在草坪上看天空，天气晴朗，繁星笼罩了阿诺，大草坪很大，除了浩渺的星空，周围的纳凉者都在阿诺视线里消失了，那是多么大的天空啊，默默地，姆妈的说话声就听不见了，阿诺好像脱离了地面漂浮到半空……阿诺那年八岁，那个暑假结束就要升三年级了，虽然小学课程里没有物理与天文，但是阿诺班上的许多男同学已经一知半解地谈论"万有引力""共振"和什么是"光年"了，阿诺仰望星空，心里猜测那些最耀眼的星星，也就是最近的星星离地球有多少光年，比如天狼星座，《十万个为什么》说它离我们地球有十六光年，十六年，乘以每秒三十万公里，年月日分秒，阿诺绞尽脑汁默想这个算术式：300000km乘以365，再乘以24乘以60乘以60，无法心算了，他那个大大的小脑袋顿时无法支撑，难以承受了，阿诺明明看得见的那些遥远星星，居然与阿诺，也就是与这里所有纳凉的人，与他的姆妈之间的距离是一片无论怎样都无法想象的虚空，如此让他恐惧的算术题答案，极大地刺激了这个毫不起眼的小男孩可怜的想象力，他惊恐万状，下意识地将脑袋转向他母亲的位置，看见姆妈慢悠悠地扇扇子，离他不到两公尺，他听见了纳凉者嗡嗡嗡说话声，阿诺的魂回来了。

阿诺第一次约纤纤去老城隍庙，纤纤一口答应，想想，又看看阿诺期待的样子，灿烂地说，好呀，不过要告诉我，你今天有啥开心事体了，阿诺说，就是这桩事体，纤纤说，不相信，阿诺说，你穿那件淡蓝色衬衫，还有那双白跑鞋，纤纤狐疑地问，做啥，约我荡马路啊，阿诺说，不可以吗，今天秋高气爽，我们走过去，纤纤说，我骑东东脚踏车，你也借一部脚踏车，阿诺说，大白天，问谁去借，都上班去了，纤纤说，我帮你去借，还有，阿诺衣裳也要换一换，不要永远穿件四开袋，像个小老头子，我记得你有一件咖啡色的茄克衫，阿诺说，我回去寻寻看，纤纤说，快点去寻，叫你阿妈一道寻，脱头落襻的，阿诺说，等一歇，我问你一个问题，纤纤说，你问，阿诺说，你帮我看一看，沈灏借给东东的书还在你家里吗，纤纤说，哟，约我出去白相，还惦记沈灏的书，阿诺说，因为沈灏以前从来没有讲过屋里有这些书，肯定也是向人家借的，纤纤说，错，偏偏不是借来的书，阿诺说，为啥，纤纤说，他自己跟东东讲的，东东那天也奇怪呀，沈灏拎了一旅行袋书，要摆在我们家，说我们家兄妹三人，牢靠，阿诺问，听你的意思，这一拎包书一直摆在东东这里，纤纤说，不是一拎包，是一旅行袋！

笛卡尔讲"我思故我在"最容易蛊惑年轻人，还是保罗一语中的：我确实活着，但不是我在活着，而是基督在我里面活着，一个双重的生命，自己的生命，自然的和有生气的，还是一种我不熟悉的生命，就是基督在我里面的生命。这么想，难道我已经老了吗，黑格尔应该也是一个天主教徒吧，他讲同样一句箴言，从年轻人嘴中说出来，跟饱经沧桑的老年人说出来，意味完全不同，少年不识愁滋味爱上层楼，老之将至，却说天凉好个秋，这种感悟一定要等到老年吗，不可能！耶稣基督被钉十字架才三十岁出头啊，你不能如此比较，耶稣是耶和华神之子，是人子，耶稣基督是永恒，年龄对他没有限制，但是他降生在罗马时代，这个时间决定了耶稣的行为言论，就像我们现在一样被一个特定历史条件所决定，世界很混乱，不等于所有人的言行举止都必须混乱，不可能没有政府，好政府坏政府，或许没有政府也行，如果每个人都是基督徒，政府就不必要，不过，教会需要吗，教会代替政府，或行使政府职能，情况又会怎样呢，既然没有一个人生下来就是基督徒，或生来就公义，恰恰全都有罪与邪恶，所以神用律法约束他们，使他们不敢放纵，政府还是需要的，政府应该允许什么和禁止什么，清清楚楚，政府不可以自己放纵，人民曾经被放纵了一次，现在要禁锢，人民和政府一体两面，都服从那个唯一的暴力，而非律法，一个无法无天的现实已经降临，无人能保全妻室儿女，甚至于仅仅为了养活自己，更不要说侍奉上帝，他们用武力进行统治，因为他们也知道要压制乃至消灭邪恶，私有制和个人主义，物质贪欲和道德腐败，无法用福音解救，于是将他们的身上的锁链解开，让他们彼此乱咬，迫使他们就范。

牛皮筋翁柏寒闷闷不乐了快有一个礼拜，几次问江楚天，阿诺去哪里了，要江楚天打听打听，江楚天说，这个问题应该我问你，他天天混在你这里，没有半个月，也有十天了吧，牛皮筋说，阿诺他是你的同学啊，小学同学，中学还是同学，而且都是同班同学，不问你问谁啊，江楚天说，难怪大家都叫你牛皮筋，绕来绕去，像个女人一样，我天天要上班，你天天闷在家里，你没有脚吗，你那么离不开阿诺,要阿诺听你讲你的变天账,你见不得人是吗,牛皮筋说,你不会去居委会揭发我吧,江楚天说,怕了?牛皮筋说,你不会的,江楚天说,啊呀,你真的怕了,汗都出来了,牛皮筋说,揭发我,你没有证据,江楚天说,讲讲白相相的,牛皮筋说,阿诺把我对他讲的事体都告诉你了?江楚天说,他哪里有空到我家来讲这个,他只是说,牛皮筋打断说,只是说什么?江楚天说,别紧张,阿诺只是说,你肚子里故事很多,说你外国小说看得多,所以你讲起你家里的故事,就像小说一样,牛皮筋说,是呀,小说看了多,容易瞎想,所以对阿诺不放心呀!

57

纤纤想买一件外套,灯芯绒的,阿诺安安静静地望她,纤纤的脸孔侧面很漂亮,翘下巴,嘴唇可爱地抖动,阿诺心情活跃起来,透过车窗看热闹的淮海中路,纤纤说,你做做参谋,看什么颜色好,阿诺说,买衣裳何必跑到南市老城隍庙,淮海路多的是,纤纤说,男小孩不懂,阿诺说,是否你已经看中一件衣裳了,纤纤说,算你聪明,因为价钿蛮贵,要你帮我看看,阿诺说,哪能个贵法?纤纤说,要八元呢,阿诺说,我单位里一个月饭菜票,纤纤说,好意思讲,一直不上班,买啥饭菜票,阿诺说,我还总算上几天班的,你比我潇洒,待了上海有几个月了,纤纤说,叫小姑娘跟男人一样开河挖河泥,啥人想出来的,没有好死,啥个男人女人一个样,下作坯,阿诺发现纤纤突然情绪变坏，赶紧说，别去睬他们，纤纤说，阿诺你肯陪陪我吗，小哥哥想去当兵，大阿哥一礼拜回来一趟，我就是赖了上海不回崇明，空空荡荡几个房间一个人睡觉，也很没劲的，阿诺说，东东讲，你回上海不大在家待，他们在家的时候你也天天溜出去玩的，纤纤说，我和两个阿哥有啥好玩的，他们一天到夜看书，只会教训我，阿诺说，你前后矛盾嘛，纤纤说，我有啥个矛盾？阿诺说，林林东东他们在家，你嫌他们管头管脚，他们都不在吧，你又觉得寂寞，纤纤说，我没讲我寂寞，是没劲，阿诺说，一个意思，纤纤说，什么叫寂寞啊，文绉绉的，真是没劲，阿诺觉得很沮丧，不作声了，纤纤扳过阿诺的脸看看，说，不开心啦，阿诺仍不作声，纤纤摸摸阿诺的耳朵，身体靠上来说，好了好了，车子到河南路了，等一歇陪我去买衣裳，我请你吃南翔小笼馒头。

我们去豫园坐坐好吧，我累了，最近距离地看她，一个很熟识的女孩，也许已经不是女孩了，这个念头使我感到羞耻，她停下脚步倚靠着栏杆就像米修司或塔吉雅娜，轻盈的步态突然休止的余韵颤动，我真该死，她真美，天真无邪，想说啥就说啥，她的乳房比前一阵大了，好像很明显的大，阳光把她的头发照成金黄，那圈轮廓，她很高兴，不像没劲的样子，她不会寂寞，她此时此刻会像我一样吗，在琢磨我？当然不，女人脑子简单，她不会想我昨晚与谁在一起，前晚又与谁在一起，是殷老师呀，她永远不知道，她从来不问我与谁来往，她不在乎，她不会爱我的，她只是把我当一个可以相信的人，一个和她的两个哥哥类似的一个兄弟，纤纤纤纤，你中学毕业那年多纤瘦多苗条，你还穿军装扎皮带，我有你的照片，大眼睛尖下巴，现在你变成另外一个人，或者是因为我的变化，影响了看待你的目光，你刚才坐26路无轨电车挨得我很近，我闻到你脖子里边的那种肉香，无轨电车每次转弯你就斜靠我的肩膀，你的柔软身体已经有一种洒脱不拘的柔韧度，你善意，直截了当，就是要看你的各种神态，不要说话，宁可你一声不响，你一开口就刹不住，我用你的语言和你说话，时间长了，我会忘记所有我们之间说过的话，那是一种无法被记录的谈话，一个啰哩啰嗦的塔吉雅娜，走过来，坐在我的身旁，离别不要那么匆忙，紧靠我，又战栗又安详。

　　文学与修辞同源同根，它们的中心问题之一是隐喻，隐喻是落实在具体细节中的微型修辞学，文学的诱人之处，即在于文学作品里的日常絮语可能具有多重语义，一位传说中迷情于文字隐喻的写作者，即便他并不是每句话都埋有玄机，那些特别细心的读者依然会投入过多热情将写作者的意图引向四面八方，其实隐喻完全不同于读者的个人联想，隐喻必须是写作者的一种处心积虑的语义隐匿，它的揭晓有待于时间，而不是发生在读者的任何阅读时间的片刻中，隐喻的解释主权牢牢地掌握在写作者手里，不过写作者并不反对那些不知姓名的陌生读者加入猜谜游戏，这是写作者的重要期许，由于写作者写作的那个历史时期离我们并不遥远，它降临在我们记忆深处，不说它不等于遗忘它，也许正好相反，有人自我安慰说，沉默才是刻骨铭心的记忆，就算这样吧，但是在这里，写作者对挑开这深渊般凝重的多重帷幕自感无能为力，他怎么会有闲工夫去绞尽脑汁玩弄什么大量隐喻？日常絮语就是日常絮语，列日学派的所谓修辞学零度、义位转换法和修辞学间距，将一个词项的语义内容进行改变，这可不行，解释不可以是对原来语词意义的任意替换。

老城隍庙在阿诺的记忆里就是一张很概念的照片，俯瞰的形式，九曲桥，荷花池，熙来攘往的人，一边是陈旧的茶楼，另一边是一溜蜿蜒白墙，白墙里面就是那个他并不喜欢的豫园了，一个占地不大的园林隐藏在人口密集包围之中，假山假水，呆板阴湿居然脏兮兮地屹立于原处，哪里是谈情说爱的地方呀，红色横幅下，一个关于太平天国和小刀会的文物展览阴森森地打开了几个厅堂，阿诺觉得阴风阵阵，一股寒气进入他的背脊，他的肚子咕噜咕噜响了，不可摧毁的阶级斗争教育，腐朽的皇朝腐朽的园林一潭死水，这里无法微笑，无法对它致敬，豫园是用腐木跟腐石垒起来的怪物，阿诺想起了他曾经进去过的几个教堂，虽然也荒废，也阴森，阿诺却不反感，有遐想，但是在这里阿诺惟有一个念头：离开，跨过那扇门，回到熙来攘往的九曲桥，阿诺拖着纤纤往回走，纤纤说，我听到池塘里有青蛙咕咕叫，阿诺说，是鬼在叫，纤纤说，青天白日，有什么鬼，阿诺说，这里阴丝丝的，你发觉吗，老城隍庙那边有太阳，隔了一堵墙，豫园就是没有太阳光，纤纤朝四周看看说，咦，真的嗫，阿诺说，我有一点点肚皮痛，这里太冷，纤纤说，阿诺你肚子在咕咕叫啊，要死，你不会是中邪了吧。

弟兄们，这却怎么样呢？你们聚会的时候，各人或有诗歌，或有教训，或有启示，或有方言，或有翻出来的话，凡事都当造就人。若有说方言的，只好两个人，至多三个人，且要轮流着说，也要一个人翻出来。若没有人翻，就当在会中闭口，只对自己和　神说就是了。至于作先知讲道的，只好两个人，或是三个人，其余的就当慎思明辨。若旁边坐着的得了启示，那先说话的就当闭口不言。因为你们都可以一个一个地作先知讲道，叫众人学道理，叫众人得劝勉。先知的灵原是顺服先知的，因为神不是叫人混乱，乃是叫人安静。妇女在会中要闭口不言，像在圣徒的众教会一样，因为不准她们说话。她们总要顺服，正如律法所说的。她们若要学什么，可以在家里问自己的丈夫，因为妇女在会中说话原是可耻的。

（《新约·哥林多前书》十四章）

58

一九七四年秋，李致行返沪途中先后在九江市与景德镇逗留数日，某晚与一位画瓷盘老翁不期而遇，他们在一家澡堂洗澡，适逢两个人拿到的筹码紧挨，人在旅途相对一笑，赤条条身子就无所顾忌地聊了起来，澡堂子里没有几个顾客，昏朦蒸汽氤氲中，世界立即缩小为两个赤裸裸男人直面相对的天地，李致行很善于在旅途中结识陌生人，他很会搭讪萍水相逢者，因为只有在这种情境，李致行最放松，有时可以讲真话，有时则要说点假话，这要看对方是一个什么样的人，看菜吃饭，见人说话，李致行善于学习也善于调整自己，这个能力在李致行那里完全是一种天赋，李致行去江西插队之后，新认识的身边那些人，他几乎都没有可以信赖的，遑论朋友知心，对身边的那些人，既不能讲真话，也懒得讲假话，李致行在他落户的知青点以及周边几个村落的乡镇干部印象里是一个寡言少语的人，山区大，人与人不易相见，连当地农民都貌似独来独往，早出晚归，朝山里一钻，十天半月不看见一个人，不等于他不在此地，李致行行踪不定，有这个特点的知青也不是他李致行一个人，所以一有机会李致行就溜出去看世界，毫无目的，他一度称自己云游祖国河山是搞社会调查，其实也是说说而已，不排除隐含自我嘲讽的意味。

景德镇澡堂煮酒论英雄之后，李致行决定学习写书法了，不清楚那个晚上两个陌生人的邂逅彼此聊了些什么，诡异的是，画瓷盘老翁临分手赠予李致行一方印章，青田石，印曰："人书俱老"。

东东受了沈灏蛊惑，本来就潜藏的对军事武器的迷恋，发展为军事迷，最后变成了实际行动，要想参军了。沈灏说他的爸爸在酒泉空军基地，一九五七年沈灏还不满两岁，他的父亲受国防部五院二分院召唤去了酒泉，负责地面测试与配合地对地导弹研制，沈灏以前一直不知道，后来迷迷糊糊知道爸爸在保密机关工作，姆妈都不很清楚，一九七〇年四月二十四日，这一天离沈灏十四岁生日只差两天，中央人民广播电台宣布了在甘肃酒泉，中国发射了第一颗人造地球卫星，"长征1号"运载火箭搭载"东方红1号"卫星发射升空，一个星期之后沈灏听姆妈说，你爸爸就是做这个事情的人，现在可以公开了，五月下旬你爸爸回上海休假半个月，你自己问你爸爸吧。

　　沈灏与东东不一样，沈灏属于叶公好龙这一类的军事技术爱好者，这不是他的天性，而是受到父亲职业的影响之故，当然，沈灏可以比较容易地接触一些非保密级别的军事技术发展状况资料，他对那些知识本身很感兴趣，至于东东呢，他本来的梦想是做一个飞行员，尤其是侦察机飞行员，但是沈灏泼了东东的凉水，说东东已经超过二十岁了，不讲你的身体有多强壮，你的出身背景也很过硬，但是航空学院的招生极有限，都是秘密招收万里挑一，东东问为什么，沈灏说，中国空军力量非常弱小，飞机少呗，本来和苏联关系好，买了一些米格飞机，现在跟苏联是敌人，中国自己不会造飞机，知道吧，民航飞机没有几架，还侦察机呢，东东读的几本《航空知识》全是林林六十年代"文化大革命"爆发之前买的，早过时了，只好不耻下问，问沈灏说，那么为什么中国能够造原子弹和人造卫星呢？沈灏说，就是因为中国常规武器不行，毛主席五十年代就提出造原子弹和导弹，集中力量造，这就是辩证法！

　　致行贤契：

　　　　景德镇别后，从潘阳去龙虎山，少憩三日，即归田舍，而南昌科差迫促老朽，云京城御制器物十万火急，招速返，因叹复以愤愤乎！

大舜以为大知也，善善不能用，恶恶不能去，郭公所以亡其国也，夫以下愚之才，备骄吝之恶，好谀恶直，信奴隶，任胥靡，颠倒英雄之术如此，呜呼，颠倒悖乱，至于不可救药者，亦安能为斯语哉？

渐寒，比日起居甚安，惟以时自重。

此白，黄某翁旅次

沈灏迅速成了东东的老师，别忘记，东东可是六六届初中毕业生啊，回想几年前，沈灏这小子连初中物理化学都没有机会接触，在东东做的飞机航模面前佩服得五体投地，现在轮到沈灏耳提面命了，今非昔比啊，东东受求知欲驱使，毫无倦意地听沈灏吹牛，因为沈灏的知识不是来自书本，据沈灏自己说，他说的一切都是他爸爸讲给他听的，东东的态度是宁信其有，不得不信，不可全信，东东之前只知道十九世纪末二十世纪初俄国的齐奥尔科夫斯基这个名字，关于火箭的其他具体发展历史，就是一大片空白了，沈灏有一本小册子，记满了他爸爸讲给他听的故事，这本小册子就成了沈灏为东东开课的教学讲义，东东非常愿意满足沈灏做他家庭老师的渴望，他从来没有对沈灏提出把那本小册子让他翻一翻的要求，他知道这本小册子对沈灏有多么重要，因为这是沈灏的秘密武器，东东的谦虚谨慎感动了沈灏，也激发了沈灏滔滔不绝的说话欲望，后来阿诺知道了东东与沈灏就在他天天去牛皮筋亭子间听家族故事的那个礼拜，东东竟然也在自己家里倾听沈灏讲火箭发展的故事，不禁感慨不已。

说故事的人一定有种特殊快感，他牵着听者的鼻子走，为了延长这种快感，说故事者难免会制造某些悬念，即便他并不打算最后揭晓那些莫须有的悬念，翁柏寒为自己的身世捏造了假名，调换家庭成员的排序，难道只是满足他的虚构能力吗，这个谜团也许永远没有答案，翁柏寒在这个破碎家族里的地位低卑，他与他大伯母的不伦隐情已经维持了数年之久，他集男性气概和女性隐忍于一身，却不可能公开自己作为男人征服女人的荣耀，相反，熟读莎士比亚和《雷雨》的翁柏寒不会不对自身的堕落感到羞愧乃至罪恶，阿诺有一次敏锐地发现翁柏寒说"你们也相信上帝"说漏了嘴，那个"也"究竟是指什么？一个被关闭在自家牢笼里的年轻男子，与世隔绝，如鼹鼠般躲在洞穴中，他还能听到上帝的声音吗，他到底是被谁奴役，他的主人又是谁，这些近乎残忍的思考不会不紧紧纠缠他不放，作为一种摆脱精神困境的努力，他选择了讲故事，对一个意外闯入他狭窄天地的男性少年，他的自我幻象，描述一个"另一个我"，在这一时刻，他暂时地摆脱了他的卑贱与耻辱，即便只有一个听众，却也足够代表一个世界了，因为，那个真实的世界，已经发了疯。

青春太短暂，对酒当歌人生几何譬如朝露去日苦多，李致行一个礼拜没有刮胡子，在火车厕所的小镜子里发现自己下巴上已经有了几根白胡须，呆呆地看，不免触目惊心，踏遍青山人未老风景这边独好，宏图未展白发三千丈，凌晨到傍晚，火车开开停停，让路、加水、加煤、换车头，一路停靠了几十个大小站台，宜人的风景，满目疮痍的风景,昏昏欲睡,刚刚到了爪洼国,哐的一响仿佛遭到重重撞击,有气无力的列车又呜呜咽咽缓缓停了,借站台木廊上的昏黄灯光,李致行看清了对面墙壁上醒目写着"上饶"两个字,手刷的字体,那个红色,令李致行条件反射地想起集中营,铁道游击队山东枣庄飞虎队老洪刘汉芳林嫂,上饶集中营就在这个火车站后面黑漆漆的天空之下吧,如同陀思妥耶夫斯基从地牢的小窗仰望外面世界的天空,想象那里自由的人,先烈故事与革命传奇日益遥远啦,想想自己的处境,昔日苦闷青年从灯红酒绿之大上海投奔延安,此时此地渺茫青年无法再回上海,即便上海变得如此朴素、嘈杂、荒凉与凋敝,简陋灰暗的上饶火车站,你有对这座在我们识字课本上赫赫有名的城市发生兴趣与热忱的急切冲动吗,它就是你生活在其中的你的国!

59

时间偏离了它的轨道,说故事的人也会偏离他的初衷,铰链门的轴节决定了门幅开合的范围,科幻故事必须发生在有限区域,沈灏说,他没有忘记多年前是东东让他知道了儒勒·凡尔纳,但是还有一个法国人更厉害,凡尔纳的许多预言靠他的天才直觉,准确率实在令人惊叹,美国南北战争结束之后凡尔纳出版了幻想太空小说《从地球到月球》,想象了用一只空心炮弹做飞船去月球,这只能装三个人的炮弹叫"哥伦比亚",最后炮弹成为月球的一颗卫星,三个宇航员的命运无人知晓。凡尔纳当时的许多预言都被证实：火箭发射场、密封舱、失重、火箭变轨道飞行……法国还有一个人叫贝尔特利，比凡尔纳晚，凡尔纳的书风靡一时的那些年贝尔特利还没有出娘胎呢，东东问沈灏贝尔特利写过什么科幻小说，沈灏说你猜错了，贝尔特利对机械理论跟航天理论感兴趣，他算出了火箭逃离地球的速度，等到摆脱地心引力，飞行器就不再需要燃料继续飞向月球了。

学会一种新型语言，获得它并使用它，但是没有完全抛弃旧有的语言，因为许许多多的人仍然生活在旧有语言的世界中，这时候那极少数掌握了新型语言的人又会是怎样一种感受呢，新型语言涉及技术保密和专业保密，它已经被揭示出来，或者已经被创造出来了，却又立即进行保密，亦即掩盖，隐藏，加锁，封存的方式，进行使之神奇化的保密处理，它是秘密武器，有些情况下它意味了相信，就是不存在某种秘密武器，而"不存在某物"就是一个不可被人们知道的秘密，于是乎，封锁消息就是该新型语言规则中的一条纪律。

不过，新型语言还有另外一个面貌，它表现为铺天盖地的舆论宣传、道德教育和政治效忠，它不指代事实，它只负责意义和真理，它让真实与真相服从于更高的需要，这个更高需要其实不必点出它的名词，围绕着这个难以直呼其名之物，人们早已见怪不怪、习以为常了，一个问题可以被听作另一个问题，一个问题的答案也可以用回答另外一个问题的答案作为标准答案，含糊的、武断的、空洞的、死亡的，这就是新型语言的主要功能。

阿诺醒来了又回到开头，他模模糊糊记起那个不设防的夜晚，熟稔地变换位置，缠绵悱恻，没有洗净的肉身，他忍受着黑暗中突如其来的饥渴与慌乱，事后所回忆起来的期待化为虚构，无声的风暴与微风拂面有一个影子半梦半醒带他穿过天堂，床单皱褶得无法再次抖开，潮汐阵阵涌来他两脚腾空看不清耸动的山峦，欲火灼灼，世界压缩在一只微光照耀下的玻璃瓶中，那是流奶与蜜的应许之地吗，阿诺，当你有朝一日成了一个讲述者，不断回放的这个经历是否会吸收了其他信息，它的意义变得异乎寻常，这个时候，相隔了几十年之后，你会这样描述这个故事吗？

关于早期欧洲人对登月的想象力，沈灏笔记本摘录之一：

四百年前的德国天文学家开普勒，提出行星运动三大定律，制作了开普勒光学望远镜，空闲时间写了人类第一部太空飞行科幻小说《梦想》。这部小说没有直接想象月球的状况，只写对"登月"的梦想，一个叫杜拉克图斯的冰岛年轻人拜大天文学家第谷为师，学习天文学知识，对月球很感兴趣，拥有不少月球知识，但是他的母亲知道的月球知识比学成归来的儿子还多，母亲告诉儿子，当地有九个精灵，他们都非常渊博，新月时分可以召唤精灵出来，我们称之为月球的那个天体，精灵们叫它为"勒瓦尼亚岛"，去那个遥远的岛很困难，危险极大，惟有经常驾船出海的人才能胜任，而且只能在月蚀时出发，满月时出发不行，去勒瓦尼亚岛的机会将稍纵即逝。

沈灏笔记本摘录之二，关于两位十七世纪英国主教：

幻想小说《月中人》，作者与开普勒同代人，英国历史学家哥德温，他竟然还是一个天主教的主教。故事说，一个叫冈萨雷斯的英雄坐在一把椅子上，像爱斯基摩人的狗拉雪橇一样，冈萨雷斯训练了二十五只野天鹅，然后由这些野天鹅携带了坐在椅子上的冈萨雷斯登上了月球，返回地球时，导航出现误差，冈萨雷斯的"飞椅"降落在中国。

一六三八年，英国医生威尔金斯出版涉及月球旅行的幻想小说《探索月球上的世界》，他也是一个天主教的主教，他的推测很大胆，认为要去月球旅行，主要的是必须解决怎么把地球旅行者送到月球与地球之间，这个中转站很关键，威尔金斯主教设想，这个点，大约就在离地球稠密大气层之外的七万米处，人一旦到了这个地点，以后的太空旅行就不成问题了。

在整个回家的慢车旅途中，李致行一刻不停地冥思苦想，秉持着对自己未来的无希望之信念，他很快确定了一种除此之外没有其他选择的态度：继续等待，因为命运不可能掌握在自己手心中，不仅仅是他一个人，不仅仅是他的家庭，亲戚与远房亲戚，还有那些同学，不论亲疏远近，萍水相逢的陌路人，刚刚分手的景德镇瓷盘黄先生，这种无以名状的共同命运感，不管在哪里偶然相遇，只要一个眼色，彼此心领神会，无须点破，你未必能够相信对方，刚认识的那个人对你讲的个人故事你未必完全相信，但是你们之间好像有一种无声的默契，对各自的处境的全然绝望,走投无路,以及你们的共同期待,只涉及一个人的存在,就是因为这一个人的巨大存在,你们不得不放弃所有主权,苟延残喘,你们必须等待自然规律的最后到来,这一天,或许已经临近了。

60

　　纤纤打算买一件紫绛红灯芯绒外套,拉着阿诺从丽水路走到福祐路,站在橱窗前指指那件衣服,阿诺说,颜色太深,太老气了,纤纤说,不好看啊,阿诺说,不是不好看,是配不上你,你穿淡颜色衣裳最好看,纤纤说,淡颜色衣裳容易龌龊,阿诺说,可以洗呀,纤纤说,讲讲便当,你又不洗衣裳的,外套不可以经常洗,懂吗,阿诺说,那你试试看,两个人走进店堂,要营业员把那件紫绛红色灯芯绒外套拿下来试试,纤纤从帘子后面走出来在阿诺跟前转了一圈,阿诺说,蛮灵的,好看的,纤纤说,一歇歇讲老气,一歇歇讲灵的,到底哪能?阿诺说,挂了橱窗高头衣裳是死的,穿了你身上衣裳是活的,纤纤说,啥地方学来的,阿诺嘴巴也花了,阿诺说,不是花,你镜子里自己看,你里厢的粉红色衬衫领子跟两只衬衫袖口露出来,就不一样了,纤纤说,啊哟,阿诺内行嘛,晓得颜色搭配了,阿诺说,你自己决定,我是随便讲讲的,纤纤说,真的好看?阿诺说,真的好看,因为你皮肤白,纤纤笑吟吟叫营业员把这件紫绛红色外套包起来,阿诺说,顶好再买一条粉红色围巾,冬天快到了,外套纽扣一扣上,一定要戴围巾的，纤纤说，一张十元，找回一元四角，我们去吃南翔小笼馒头，围巾以后买。

七十年代的上海在阿诺的色彩记忆中十分抽象，因为那个时期没彩色照片，缺乏感觉的物质技术条件，这座城市好像只剩黑白两色，仿佛惟有这样，建筑日趋衰落破败交通日趋拥挤不堪的大上海才显出它的原始能量，人的海洋，无产阶级力量实体，除了满街的人，商店里看不到什么商品等待出售，那个时期的色彩是黑白的，空气是灰色的而不是透明的，灰的蓝，灰的绿，灰的褐，只有红是最鲜明的，惊心动魄的鲜明，就像血液一样鲜明，像太阳光一样夺目，七十年代的大上海污染严重，噪声污染水源污染以及空气污染，阿诺从未在上海市区的天空中看到过雨后彩虹，充斥于上海的是饱受苏州河两岸工厂烟囱冒出的滚滚黑炭浓烟与沿黄浦江码头仓库堆场传来的汽锤声船驳声打桩声以及酸腐腥臭的铁锈味道，阿诺很少看见蓝天，黄浦江对岸钢铁厂高炉令人目眩的棕黄色和焦化厂的紫灰色，好像一直熊熊燃烧，视线胀痛睁不开眼，只觉得生疼，从红到紫，再到灰，那些尘埃沉积为上海的无形沙漠，呛鼻咳嗽的不可见之微型颗粒，被吸入脏腑，夜晚来临，黄浦江西岸下沉的夕阳在象征殖民主义屈辱历史的高楼大厦一侧投下绛红色的光芒，东边的天空已经隐进晦暗不明之中。

沈灏读书笔记本摘录之三，关于火星人：
　　直到十九世纪后期还没有人相信，我们这个地球正被像人一样而又远比人聪明的智慧生命，以浓厚的兴趣观察着，也没有人会相信，当我们各自忙碌时，我们正在被研究着，就像我们用一架显微镜观察一滴水中朝生暮死的细菌一样。人们为了区区小事，趾高气扬地在地球上忙碌，为占有物质而心满意足。这与显微镜下的细菌又有何异同……那些智慧生命智力发达，感情冷漠，正以嫉妒的眼光窥视地球，稳步地制订着进攻我们的计划。

（《世界之战》H.G.威尔斯）

沈灏读书笔记本摘录之四，关于齐奥尔科夫斯基：
一九○三年至一九一四年，发表论文《利用反作用装置研究宇宙空间》，要点如下：

    液体火箭是实现星际旅行的理想工具
    液氧、液氢是最好的火箭推进剂
    火箭在真空中的运动
    火箭质量比的概念，质量比的重要性
    完整的宇宙飞船设计草图
    液体火箭推进剂的泵输送方法
    火箭发动机燃烧室的再生冷却方法
    用陀螺仪实现宇宙飞船的方向控制
    失重对生物和人的影响
    减轻失重和超重不利影响的措施
    失重与超重对动物影响的试验
    利用植物改善舱内环境和提供宇航员食物的措施
    火箭在大气层中运行的空气动力加热问题
    对建立太空站和太空生物圈的设想

对利用太阳光光压推进宇宙飞船的设想
提出太空移民的思想

没有阿诺的消息，第五天了，殷老师没法得到阿诺的消息，那个深夜阿诺匆匆离去，殷老师以为他肯定会再来找她的，房间里黑咕隆咚，两个相爱的人，是相爱吗，殷老师不敢这么想，其实一开始的缠绵，美妙锥心得让她害怕，害怕这个陌生小伙子会黏上她，殷老师根本不知道阿诺住在哪里，唯一的线索是，阿诺由楼下阿龙带来的，而且阿诺似乎说过这样一句话，他根本不认识阿龙，殷老师眼睛在黑暗中闪烁，本来担心阿诺会缠她，殷老师遇到过那种刚刚发育的愣头青，不管不顾，怎么哄都没有用场，现在情况颠倒了过来，殷老师想阿诺了，殷老师后悔那个深夜分手前没有约阿诺，她本该约阿诺的，前一天下午阿诺在晒台上吻了殷老师，然后又规规矩矩说对不起，要不是殷老师说，现在你下去和阿龙他们打牌，明天晚上七点钟来看我好吗，阿诺怎么会擅自闯入殷老师的房间呢，想到这里，她的心飞快地抽紧了。

耶和华啊，我的心仰望你，我素来倚靠你，求你不要使我羞愧，求你察看我，试验我，熬炼我的肺腑心肠，因为你的慈爱常在我眼前，我没有虚谎人，不瞒哄人，我要寻找他，上帝你帮帮我，拯救我怜悯我，我投靠你，赦免我的过犯。

61

一九七五年岁末，马馘伦致何乃谦，北京寄：

  倾接来函，又得卓运兄浙西一函，俱悉一切，时局诡异，此间亦流言纷起，莫辨真伪，吾兄宜观望不宜走动矣，大乱未平之际，惟当藏身匿迹，不可稍露圭角于外，至要至要，文正公有云，彼饱阅世态，实畏宦途风波凶险，尔等虎口之食饵，不抽身亦得抽身，悠悠万事以家人为大，一切消息，高高挂起，以不与闻为妙。

《共产党宣言》与《马太福音》及《约翰福音》有何内在联系，可以在内部进行辩论吗，当然，马克思主义本身就是一部辩论史，《约翰福音》十三章至十七章讲的就是"符合圣经的教会史"，充满辩论，如果经过辩论，证明教皇缺乏仁慈和谦卑的品质，教皇就是一个篡位者，但是这是不被容许的，教皇总是对的，假如教皇错了呢，他的错误由谁纠正？亵渎教皇就是亵渎上帝，教皇是上帝在人间的代理人，十六世纪以前罗马教廷一直是这么认为的，驱逐异端、惩罚异端，甚至从肉体上消灭异端的历史非常长，"宽容"这个说法是十七世纪发明的，但是十六世纪中叶的神父卡斯特利奥写了一本小册子《论异端》，呼吁对不同信仰的人要宽容以待，卡斯特利奥本来是加尔文主义者，后来加尔文以异端的罪名处死了塞维鲁斯，震惊了卡斯特利奥，他的小册子掀起的辩论持续了一个多世纪之久，耶稣会士诺特反对宽容异端，写了《错误的慈恩》，他认为"不加悔改的反对会破坏慈恩",直到弥尔顿写了《论出版自由》,他同时代的浸信会、公理会和贵格会信徒慢慢接受了一种观点:上帝的旨意是,基督徒应当表现出彼此间的宽容,但是弥尔顿同时又意识到,辩论会扩散异端的影响,学者对异端最感兴趣,而普通人从学者那里很快就知道了有关异端的一切,这当然是一个麻烦,不过是没有办法的,惟独已经在英国进行的新教改革的基督教信徒之间应该互相宽容,对罗马天主教徒则排除在外,连稍后写了《宽容书简》的洛克也这样认为:罗马天主教徒与无神论者不应该在宽容之列。

翁史曼丽完全控制了翁柏寒的日常生活,包括活动范围,但是翁史曼丽给予翁柏寒充分的言论自由,至于翁柏寒如何行使他的言论自由权,或者翁柏寒根本不稀罕这个自欺欺人的言论自由权,那就不是她翁史曼丽的事了,二楼亭子间是翁柏寒的路透社法新社,翁柏寒对塔斯社一点点好奇都没有,这次江楚天带了同学李致行到翁柏寒亭子间坐坐,翁柏寒看到李致行站在楼梯口,死样怪气地说,牛虻回来啦?李致行说,回来了,首先要拜访你这个阁楼里的男人,江楚天说,牛皮筋泡茶泡茶,快点,房间里冰冰冷,翁柏寒说,要吃香烟,还是怕冷要紧?江楚天说,啰嗦,先吃一根香烟,翁柏寒说,吃香烟必须开窗,外头刮西北风,只好忍忍,江楚天说,开窗做啥,开亭子间的门,不是一样?翁柏寒说,不行,婶婶要讲的,她鼻头尖,江楚天说,翁家姆妈在楼下厨房间煎咸带鱼,腥得一塌糊涂,闻不出我的香烟味道,翁柏寒说,三楼老太太闻得出的，李致行说，吃一根香烟这么麻烦，我们下去聊吧，到江楚天家里去，江楚天说，今天我爸爸从五七干校回来了，李致行说，你爸爸也不能闻香烟？江楚天说，那不是，阿爸也是老枪，不过我们三个人下去，当了老头子面前吃香烟聊天总归不舒服吧，翁柏寒说，还是在我这里聊吧，致行我有半年没见了，你们吃香烟没关系，我把窗户开一条缝，可以了吧。

邦斯舅舅回青海农场没几天就打电报来了，阿诺母亲心惊胆战以为出了什么大事，一时慌乱，居然找不到图章在哪个抽屉，奔出来问邮递员，可不可以先看看电报内容，邮递员说不行的，反正好事坏事都在这里，急也没用，阿诺母亲只好继续找，其实图章就在印泥盒子里，邮递员说，你的这个印泥早就干了，这只图章恐怕有半年没有用过了，阿诺母亲接过电报急急忙忙撕开，电报只有八个字："安然无恙，详情见信。"阿诺母亲直摇头，对着好奇的邮递员尴尬地说，没事体，四阿哥报平安的，关了门，回到屋里坐下，自言自语说，八个字，什么都没讲，省钞票，还有空文绉绉，啥个安然无恙！

一九七六年元旦到来了，那个严寒平静的早晨令人精神为之一振，惊世骇俗的诗人将人们从梦里唤醒，邻居发现，马臧伦教授调至北京后第一次携妻子张曼雨回上海休假正在菜市场买萝卜，听到高音喇叭的豪迈朗诵声，灵魂出窍了，念奴娇，鸟儿问答：鲲鹏展翅，九万里，翻动扶摇羊角。背负青天朝下看，都是人间城郭。炮火连天，弹痕遍地，吓倒蓬间雀。怎么得了，哎呀我要飞跃。借问君去何方，雀儿答道：有仙山琼阁。不见前年秋月朗，订了三家条约。还有吃的，土豆烧熟了，再加牛肉。不须放屁。试看天地翻覆！末日世界的预言之声不绝如缕，人民是否隐隐感觉疲惫，以一首诗作为新年文告，是否又意味了一场风暴将要来临，太久了，领袖与人民的共同体一直在扮演最后审判的历史角色，为了革命和信仰，为了平等，为了来自层底的平等呼吁，新型的权力需要寻找新型的敌人，内部与外部、胆小鬼、投降派，走资派还在走，这一次，尚未被宣判的撒旦会是谁？马馘伦与张曼雨站在寒风凌厉的巨鹿路小菜场旁边相对无言，少顷，张曼雨说，走呀，马馘伦说，无路可走，张曼雨说，还会怎样？马馘伦说，老人家大气魄，还是喜欢庄子呀，张曼丽说，不须放屁，讲谁呢，马馘伦说，这个好像有出处，你们上海的大才子，我去图书馆查一查。

62

邦斯舅舅的信虽然姗姗来迟，毕竟还是来了，看来邦斯舅舅先发一份电报还是非常必要的,阿诺母亲对阿诺说，你看看，你四娘舅担心我们惦记他，到底是泥石流啊，不是小事体，先报个平安，让我这个做妹妹的放心，你看你爸爸，几个月不来信，像样吗？阿诺说，爸爸那里又没有发生泥石流，你担心啥，阿诺母亲说，小鬼头，男人家，都不顾家，阿诺说，四娘舅不是男人家？阿诺母亲说，算你讲对了，四娘舅是男人没错，但是他没有家。

这次邦斯舅舅寄来的信很特别，信封上写了"范毓琇同志亲启"，而且在"亲启"两个字下面画了两个圈圈，幸亏邮递员把信扔在窗台上之后，第一个看到这封信的不是阿诺，因为阿诺很可能不会注意到"范毓琇亲启"这几个字其实就是说，除了阿诺母亲一个人，谁都不许拆启这封信，换句话说，就是告诉阿诺，你不能拆阅这封信，这个意思非常清楚，邦斯舅舅知道阿诺对他的信很感兴趣，阿诺阅读邦斯舅舅的信比他母亲更仔细，但是这次不行，这封信不能给阿诺看到，这封信只能给毓琇妹妹看，因为这封信的一个重要内容是，邦斯舅舅讲到了朱莉，说朱莉在他回青海之前有一个多礼拜没有消息，等他回到农场后收到朱莉的信，朱莉说她为他怀孕了，她不敢告诉他，不知道怎样办，最后还是决定做了人工堕胎手术，朱莉说她这一辈子没有缘分做他的女人，不能为他生个孩子，而她却怀上了他的孩子，这个孩子偏偏没有这个命，她也没有做妈妈的命，朱莉从来没有生过孩子，邦斯舅舅复述了朱莉给他信里讲的部分内容，朱莉不擅言辞，邦斯舅舅重新概括了朱莉的意思，邦斯舅舅的语气十分平静，讲完了朱莉的事，另起一行，讲起了农场里的医生陈子谟，发生泥石流后陈医生抢救两个伤员自己感染了破伤风，差点死掉，他的宿舍万幸没有被摧毁，算是上天保佑，有两个仓库被泥石流掩埋，现在整个农场都在忙于生产自救，恢复正常生活，邦斯舅舅要阿诺母亲通过宋筝老师去探望一下朱莉。毫无疑问，邦斯舅舅的这些私人生活内容，让阿诺看见显然是不适合的。

马諴伦：我去了一趟南斯拉夫，做李一氓翻译。
浦卓运：哦，真的吗，好机会。
马諴伦：难以想象。
浦卓运：怎样？
马諴伦：我本来以为……
何乃谦：什么？
马諴伦：南斯拉夫是社会主义国家吗？
浦卓运：记得，"九评"里有这个。
何乃谦：你觉得是吗？
马諴伦：走马观花，大开眼界。
何乃谦：他们的工人自治是怎么回事？
马諴伦：类似工会组织，但是还是党在领导。
浦卓运：物质生活水平怎样，这个很关键。
马諴伦：从年轻人穿着打扮看，比这里好许多。
浦卓运：有没有私人经济？
马諴伦：问了，有。
浦卓运：私人企业？
马諴伦：合伙的小型的，股份制。
何乃谦：这个必须要有的，许多生活需要，计划不会考虑到。
马諴伦：自发性非常重要，说自发性会产生资本主义，可以采取政策和税收进行调节，个人能动性非常重要，我的心得。
何乃谦：说说别的吧，我们对经济学都是外行。

浦卓运：政治家可能更外行。

马馘伦：孙冶方将来可能是对的，利润是驱动力，这是普遍规律。

浦卓运：规律背后是人性。

马馘伦：计划经济不合乎普遍人性？

浦卓运：自由竞争和计划，都有各自的人性基础。

何乃谦：浦老这些年深居简出，悬梁刺股，发奋读书呀！

马馘伦：这几年，我们幸运，为党和国家背书，没啥长进，卓运兄身置度外，旁观者清。

浦卓运：知难行易，还是知易行难，这是一个难题。

何乃谦：知也者在彼，行也者亦在彼，我等皆工具尔，谈何知行？

一九七八年九月九日是毛泽东逝世两周年忌日，当天《人民日报》发表毛泽东遗作《贺新郎·读史》，词曰：人猿相揖别。只几个石头磨过，小儿时节。铜铁炉中翻火焰，为问何时猜得？不过几千寒热。人世难逢开口笑，上疆场彼此弯弓月。流遍了，郊原血。一篇读罢头飞雪，但记得斑斑点点，几行陈迹。五帝三皇神圣事，骗了无涯过客。有多少风流人物？盗跖庄蹻流誉后，更陈王奋起挥黄钺。歌未竟，东方白。

阿诺问姆妈四娘舅的信摆了啥地方，他要看，姆妈说，不晓得塞到哪里去了，屋里厢乱七八糟，你爸爸不在，你天天野了外面，我也不晓得你了做啥，一封大人的信，有啥看头,阿诺说,你晓得的,我就是欢喜看四娘舅的信,姆妈说,对了,好像是有一张纸头,是专门写给你的,等我有空了再寻寻,阿诺说,讲点啥?姆妈说,我没仔细看,好像又是没有用的东西,你是不是有头痛毛病啊,四娘舅叫你不要自己瞎吃头痛粉,要上瘾的,阿诺说,四娘舅信里讲的?快点让我看,姆妈说,头痛多少辰光了,不对姆妈讲,对娘舅讲,阿诺说,我没有头痛病,姆妈说,那你为啥吃头痛粉?阿诺说,没啊,姆妈说,还不承认,我在你的裤袋里找到两包头痛粉,阿诺说,不可能吧,姆妈说,不是现在发现的,是今年热天发现的,我本来没当桩事体,四娘舅信里专门跟你讲头痛粉的啥个化学成分,我想起来了。

邦斯舅舅附在信中给阿诺的短信,即阿诺母亲说的"一张纸头",全文如下:

阿诺,我一切都好,泥石流没有什么了不起,你记得我给你讲过的陈子谟医生吗,他差点死掉,破伤风,幸亏他懂,药箱里有甲硝唑,青霉素也可以对付破伤风,但是需要大量青霉素,这次泥石流许多人受伤,公路瘫痪,幸亏陈医生留下几支甲硝唑,青霉素许多人要用,根本不够,我回农场时陈医生已经没有生命危险了,陈医生他会算命,他说他是逢凶化吉的命,我问他,我的命怎样?他说你不需要算命,我问为什么,他说你不相信命,我说你怎么知道,阿诺,你猜陈医生怎么说的吗,他笑笑说,因为我会算命,所以知道。这个陈医生很神奇吧,你肯定会像你欢喜舅舅那样欢喜他,可惜他不大可能有机会去上海,他说他以后的坟墓就在西北方向，所以安心扎根青海了。还有一件事我要提醒你，你不要动不动吃头痛粉，一毛钱一包是便宜，就可以当糖吃了吗，我问了陈医生，普通头痛粉成分是阿司匹林，有副作用，会上瘾，以后头痛可服甘草糖浆，虽然也会上瘾但无不良副作用，你曾说，你服的头痛粉倒在舌头上凉丝丝的，很像杜冷丁或曲马多，这种药没有正式包装，成分不清楚，以后千万不要乱吃药，陈医生说，外国人吸服的所谓毒品，其实真正的生产成本很低，因为禁止，才价格很贵，中国没有人吸毒，杜冷丁会上瘾，有些受伤的病人用了杜冷丁感觉很舒服，杜冷丁很便宜，但是医院控制很严，病人偷偷想用，黑市价格也很高了，这样就会犯法了，舅舅以前学政法，稍微知道一些毒品的事，鸦片可以提炼出吗啡，是镇静止痛药，同时又是毒品，了解这些有好处，你要多休息不要熬夜，思虑过度会头痛，应该运动，尽量不吃药，切记！剑虹字

63

翁柏寒：你刚才说什么来着，进门的时候？
江楚天：我说什么了。
翁柏寒：我问致行。
李致行：啊，我忘了。
翁柏寒：你说猫，好像你怕猫。
李致行：对，楼梯口的那只黑猫，盯住我看。

翁柏寒：它从来不咬人。

李致行：我是说，它盯住我看。

翁柏寒：我明白了。

江楚天：你明白什么了？

翁柏寒：红卫兵抄家的时候，我不怕他们打我……

江楚天：就怕红卫兵看你。

李致行：我们乡下的田鼠很大，真正的硕鼠硕鼠，江西老乡用捕鼠夹子夹住了田鼠，那个眼神啊，太可怕了。

江楚天：我们的果品仓库也是老鼠成灾。

翁柏寒：你们都讲我们我们的，我们的乡下我们的仓库。

李致行：对，你的猫，不是你们家的猫。

江楚天：田鼠的眼神怎么可怕，形容形容。

李致行：不是田鼠的眼神，是被老鼠夹子夹住的田鼠眼神。

江楚天：绝望，可怜？

李致行：都有一点，但是不可怕，可怕的是仇恨。

翁柏寒：像人一样吗？

李致行：这种眼神让我觉得，必须立即杀死它，不然会害怕。

江楚天：有这么严重？

李致行：你以为是城市里的小老鼠啊，鬼头鬼脑，田鼠那么大。

翁柏寒：不说这个了，我起鸡皮疙瘩了。

李致行：这个话题是你挑起的。

翁柏寒：我们家养猫，就是防老鼠。

江楚天：前面致行说猫的眼神，怎么变成讨论老鼠的眼神了。

翁柏寒：是啊，猫是人的朋友。

李致行：我不喜欢猫，更不喜欢老鼠。

翁柏寒：猫是猫科动物之王，老虎狮子都是，老鼠是啮齿类。

李致行：蛇和猫头鹰都吃老鼠，不见得你就喜欢蛇和猫头鹰？

翁柏寒：偷换概念。

江楚天：停停停，来劲了，一见面竟然讨论老鼠。

李致行：我给牛皮筋捎了些花生米，炒熟的。

翁柏寒：正好，我还有一瓶绍兴加饭。

江楚天：牛皮筋问问翁家姆妈，水烧开没有？

翁柏寒：江西也有花生啊。

李致行：是安徽的花生。

翁柏寒：江西有什么土特产？

李致行：木材跟烟草。

翁柏寒：你们还是抽上海买的香烟，江西老表的土烟太呛了。

小说家有义务为自己虚构的人物行为做解释吗，比如一个男人把自己囚禁在房间里，穿着不整洁的衣裳愁容满面，肚子饿了用暖水瓶中的隔夜温水泡软冰凉的剩饭，好像是垂死挣扎的模样，或愤世嫉俗，格格不入的怪物，身边连吃一顿正餐的余钱也没有，他为什么会沦落到这个地步的，是遭受迫害与虐待还是他咎由自取，生活从不为此做出任何解释，没有人需要这种多余的解释，生活中的人只为自己生活，为他的境遇所限才如此这般地生活，根本不需要解释，生活为什么是这样子而不是那个样子，没有什么道理可讲，那么多的阴暗面，不堪入目的，不自知的卑微，狼狈，难以分辨的善恶，无法确定的诚实和谎言，流过去就流过去了，每天都如此，不需要解释，生活经不起反省，太阳光不需要照亮所有角落，喜欢躲在阳光背后的不仅仅是老鼠，人就是老鼠，或者人总有做老鼠的时候，这也不需要解释，像一只老鼠那样把自己藏起来，然后找几只老鼠说说话，这还需要理由，需要解释吗？

辩证法魔咒，你们不信反正我信，物质无限可分，真理即谬误，过俭者吝，过谦者卑，物极必反，虚心未必使人进步，骄傲未必使人落后，所有语录都可以作相反表达，你们不要关心国家大事，世界不是你们的，知识青年到农村去接受贫下中农再教育根本没有必要，办学习班不是一个好办法，阶级斗争一抓就乱，天下大乱越来越乱，大乱不见得会带来大治，怀疑一切打倒一切，舍得一身剐敢把皇帝拉下马，"文化大革命"七八年来一次，通向解放的道路就是通向奴役的道路，艰苦朴素就是繁荣昌盛，为国分忧饿肚子就是责任，粮票布票油票肉票蛋票棉花票香烟票豆制品票就是人人平等，这一切都太有无产阶级人性了，消灭资产阶级是一个漫长的历史过程，必须寻找出新的资产阶级，观念的资产阶级，知识的资产阶级，文化的资产阶级，于是他满意地对你们微笑了。

曾经沧海难为水，除却巫山不是云，野鸟作伴白云无语，笙歌正浓处，一场短暂罗曼史劫后余生的宋筝老师，近来心情开朗许多了，至少表面是如此，教书，开会，早出晚归，语文课教材内容越来越简单，不需要备课，吃过晚饭就读自己钟爱的书，记记日记，临睡之前这段时间，她安静而孤独，有时她会想，幸亏她当了语文老师，不是算术老师，更不是政治老师，虽然说现在的语文教材政治内容多了许多，毕竟还是以语文为主，鲁迅当然可以大讲特讲，借讲鲁迅讲其他，还是蛮愉快的，要不是有这份工作支撑，宋老师肯定会对其他一切灰了心，她那么多愁善感，她的日记表明宋筝的内心世界与她的待人处事几乎是两个人，一九七五年的宋筝老师快四十岁了，也许已经过了四十岁，远远望去，她走在路上或坐在电车中，身影依然窈窕婀娜，止然无动，宋筝老师讲课的声音很好听，有些时候宋筝老师感冒发烧咽喉发炎，抱病讲课的嗓音沙沙喑哑，气息短促，居然更有一种带麻醉意味的磁性，这个现象，连她的学生们都这么形容了。不过，宋老师的学生们到底还是小孩子，他们不会知道他们的宋老师在她的日记中有多么的虚弱无力，而在课堂上，她却是如此直截了当简洁明快，宋老师的同事们都觉得宋老师循规蹈矩，但她的内心完全不是这样，她一直在梦想有一个男人把她带走，这个男人有华丽的头脑与专横的词藻，她甚至愿意抛弃一切跟他私奔。

　　宋筝：你眼袋有点肿。
　　朱莉：是吧，这两天睡不好，医生关照不好吃安眠药。

宋筝：阿诺姆妈来看你。

朱莉：谢谢毓琇姐。

阿诺姆妈：谢啥，都是自家人。

朱莉：我做不了范家的人。

阿诺姆妈：……

宋筝：你不要忙，你睡到床上去，我来泡茶。

朱莉：反正睡不着，应该动动，没关系。

宋筝：阿诺姆妈讲一定要来看望你。

朱莉：我蛮好的。

宋筝：你写信给剑虹了。

朱莉：早晚要讲的。

阿诺姆妈：我不晓得应该讲啥，朱莉。

朱莉：我的命，不怨谁。

阿诺姆妈：剑虹给你回信了吗？

朱莉：有。

阿诺姆妈：寄到你屋里厢啊。

朱莉：哪能会呢，寄给宋老师转交我的。

阿诺姆妈：宋老师从头到尾一直晓得这个事体，对吗？

朱莉：不怪宋老师，我叫她先保密，怕剑虹心里烦，等他回青海再告诉他，两个人分开好，一个人可以冷静想想。

阿诺姆妈：你和剑虹的事，你们究竟怎样办，一直拖下去吗？

朱莉：我也不晓得。

阿诺姆妈：朱莉，你好好想一想，假设剑虹落实政策回上海，你会跟他结婚吗？

朱莉：剑虹自己讲，回上海只有百分之一的机会。
阿诺姆妈：万一回来了呢？
朱莉：我现在就跟了剑虹了。

　　主人，你要拖到什么时候才给予地球上的居民应有的惩罚，才为了我们的鲜血向他们复仇呢？他们被告知要继续好好休息一段时间，直到即将像他们一样被处死的同伴和兄弟的人数凑齐。
　　他们需要像了解起源一样了解终结，以前从来没有人想要了解世界末日，喷射出火焰的仇恨，对世界末日的卑鄙想望。
　　后大卫王时代的犹太人没有自己的眼睛，他们凝视耶和华直到成为盲人，然后，他们就用邻居们的眼睛看世界，当预言者要展望未来时，他们的预见就必定成为迦勒底的或亚述的，他们借用其他神灵来观察他们自己的看不见的上帝。
　　　　　　　　　　　（略见《启示录》）

64

　　一九六七年一月号《诗刊》发表毛泽东《水调歌头·重上井冈山》：久有凌云志，重上井冈山。千里来寻故地，旧貌变新颜。到处莺歌燕舞，更有潺潺流水，高路入云端。过了黄洋界，险处不须看。风雷动，旌旗奋，是人寰。三十八年过去，弹指一挥间。可上九天揽月，可下五洋捉鳖，谈笑凯歌还。世上无难事，只要肯登攀。

这是最后的斗争，团结起来到明天，作为为了人民的平等与解放的因特纳雄耐尔涌动的灵魂，战斗的欲望，愤怒，厌恶，赞美暴力，破坏与创造的神秘启示，把自己投入集体洪流，想象自己不再是一个人，从灵魂深处发生剧变，和一切传统观念做出最彻底的决裂，颤抖地站在舞台上，战胜软弱、恐惧、同情与怯懦，革命还是不革命甚至是反革命，这不再是一个问题，不需要任何解释了，死亡只是波澜起伏的一场盛宴，分辨敌人，革命是主语，敌人是宾语，死亡则是谓语，它们的逻辑关系复制了想象中的巴黎公社，一九六七年元旦刚过上海发生了举世瞩目的一月革命，人民推翻了旧市委旧市府，联合起来的工人阶级造反组织梦幻般的宣布了上海公社的诞生，建立起一个人民的审判体系，那种天然的对立，剥削与压迫的原罪，迄今为止的历史就是一部阶级斗争的历史，这是最后的斗争。

纤纤和阿诺坐在第二个房间里，纤纤看看窗外，对面的红砖房像一堵高高的围墙，夹竹桃赤裸裸绽放，阿诺注视着纤纤的侧面轮廓发呆，一张侧面的脸，下巴，还有她匀称的躯体，那件紫绛红灯芯绒外套孤零零搭在椅背上，阿诺突然觉得纤纤像是一只猫，纤纤回过头，说话声音很轻，仿佛从很远的地方传来，似乎问阿诺你在想什么，阿诺说，几点钟了，纤纤站起来说，管它几点钟呢，你有事？阿诺说，我怕你累了，纤纤说，你陪我坐坐好吗，阿诺说，沈灏留下的一大包书在哪儿，纤纤说，能不能不讲看书的事，阿诺说，好，纤纤走到阿诺身边，抚摸阿诺的头发，阿诺一阵眩晕把脑袋埋靠在纤纤胸口上，纤纤说，你的头发又乱又长，我给你剪剪，阿诺说，你会给男孩子剃头啊，纤纤说，这个不难，小哥哥头发都是我剪的，阿诺想把脑袋抬起来，纤纤身体颤抖一把将阿诺紧紧抱住说，阿诺抱抱我，我有点冷，阿诺被纤纤压在椅子上无法站立，只好把两条胳膊围抱住纤纤的腰，他听到了纤纤胸口突突的心脏跳动，纤纤越抱越紧，阿诺透不过气来了，只好掰开纤纤，猛然站起把纤纤推到墙角边，两个人手忙脚乱接吻不止，纤纤勾住阿诺脖子，趁着换气的瞬间呢喃呼唤阿诺的名，她的小腹像一张弓紧紧抵住阿诺的正面，阿诺没有退路，阿诺终于把持不住了。

> 你的嘴唇滴蜜，好像蜂房滴蜜；你的舌下有蜜有奶。你衣服的香气如黎巴嫩的香气。我妹子，我新妇，乃是关锁的园，禁闭的井，封闭的泉源。你园内所种的结了石榴，有佳美的果子，并凤仙花与哪哒树。有哪哒和番红花，菖蒲和桂树，并各样乳香木、没药、沉香，与一切上等的果品。你是园中的泉，活水的井，从黎巴嫩流下来的溪水。北风啊，兴起！南风啊，吹来！吹在我的园内，使其中的香气发出来，愿我的良人进入自己园里，吃他佳美的果子。
>
> （《旧约·雅歌》四章）

翁史曼丽乖乖地让她的侄子摆布，从床上到地板上，翁史曼丽要侄子把她的两条胳膊反绑在背后，她的额头与太阳穴青筋毕露,她的侄子翁柏寒听从她的命令,好像是要拯救自己的灵魂,一声不吭,托住他大伯母的下巴把自己塞进了翁史曼丽张开的血红大嘴,翁史曼丽像昏迷般进入了一种恍惚走神的状态,不停摇晃脑袋,她鼓鼓囊囊的嘴巴金光闪亮,而她的侄子好像变了一个人,凶狠,冷漠,平静地欣赏翁史曼丽扭动的身体,他的伯母虽然依旧丰满,但是背脊皮肤已经有了褶皱,黏乎乎的腋窝散发出难闻的热烘烘气味,翁柏寒收紧套在伯母脖子上的绳索,轻轻拍打伯母眉眼已经变形的脸蛋,翁史曼丽魂飞魄散如升入天堂,但她此时从喉咙深处发出的痛苦低沉的呜呜嚎叫,却让翁柏寒浑身发抖,这个在他并不陌生的声音来自地狱,而不是天堂。

神啊,求你救我,因为众水要淹没我。我陷在深淤泥中,没有立脚之地;我到了深水中,大水漫过我身。我因呼求困乏,喉咙发干;我因等候 神,眼睛失明。无故恨我的,比我头发还多;无理与我为仇,要把我剪除的,甚为强盛。我没有抢夺的,要叫我偿还。神啊,我的愚昧,你原知道,我的罪愆不能隐瞒。万军的主耶和华啊,求你叫那等候你的,不要因我蒙羞;以色列的 神啊,求你叫那寻求你的,不要因我受辱。

(《旧约·诗篇》六十九篇)

纤纤:不要不响啊,讲闲话呀。

阿诺:不想讲。

纤纤:那么你笑笑。

阿诺：嗯。

纤纤：有啥心事吗？

阿诺：没有。

纤纤：骗我。

阿诺：真的没有。

纤纤：那么，为啥突然面孔拉下来了。

阿诺：我不想讲。

纤纤：就是心里有心事，还不承认。

阿诺：本来没有心事的。

纤纤：我晓得了，是我让你不开心了，是吗。

阿诺：是我自己自找烦恼。

纤纤：讲给我听。

阿诺：不讲。

纤纤：阿诺！你啥个意思，两个人刚刚亲热过，应该开心，没见过莫名其妙发脾气的。

阿诺：你是没见过呀，你男朋友多呀！

纤纤：咦，吃醋了？

阿诺：是我不好。

纤纤：阿诺你不要瞎想，我问你一个问题，你要老老实实讲实话。

阿诺：要看是啥个问题。

纤纤：这样好吗，同样一个问题，你回答，我也回答，大家发誓不能讲假话，一定讲真话。

阿诺：（想了想）好，啥问题？

纤纤：你爱我吗？

阿诺：（迟疑片刻，流泪了）

纤纤：阿诺你不要这样嘛。

阿诺：你不要抱我，我的眼泪鼻涕都揩到你面孔上了。

纤纤：你说，你是不是真的爱我？

阿诺：是，但是。

纤纤：但是什么？

阿诺：但是不敢。

纤纤：做都敢做，还不敢？

阿诺：可是你有男朋友。

纤纤：你怎么知道的？

阿诺：好几次，无意中听到大哥哥为这个事情骂你。

纤纤：他瞎讲。

阿诺：我说，纤纤你不许骂我。

纤纤：说。

阿诺：刚刚我们做好了，你说去卫生间。

纤纤：讲呀。

阿诺：你叫我在你的包包里拿草纸，看到包里厢有两只避孕套，包在你的一块手绢里。

65

还有十分钟驳轮就要离岸，沈灏的嘴角流出一丝微笑，两个人的房间，他想起史蒂文斯的金银岛找不到了，姆妈在他包里塞了两双毛袜子，两副毡垫，两瓶七宝大曲，两盒万金油，两盒蛤蜊油，一罐猪油，一瓶花露水，零零碎碎，不要了姆妈，太麻烦，不行，用的时候你就知道重要了，但是容易碰碎啊，姆妈把它们裹在你的绒线衫里面了，汽笛拉响了，无论如何不会有姆妈想象的那么艰苦，两个礼拜就回来了，公平路码头朝后面退去，浑黑的江面反射出银闪闪的太阳，他第一次意识自己闻到浓浓的吴淞江里腐烂的腥臭味，唯一一条通往吴淞口的逃跑路线，然后折返，进入长江，两岸工厂的烟囱喷出的棕色浓烟缓缓上升，稀释，散开，与最底下的云层融为一体，它们自由了，以无形的形式逃逸，又以云层中的雨滴掉落进浑浊的黄浦江，天空从来没有如此辽阔，一座肮脏拥挤的城市，渐渐地看不见，沈灏感觉，江面的气温起码低于市中心四到六度。

马立克的苦闷是以对苦闷的反省形式呈现的，生活的意义是一个无法深究的难题，在父辈他们已经别无选择，他们的前半生做过了选择，甚至选择了不止一次两次，马立克的第一次选择不是自己决定的，去哈尔滨读大学是父母的建议，那是一九五九年夏季，苏联仍然是中国的老大哥，马立克高中期间全班学的又是俄语，哈尔滨军事工程学院通知书下达，踌躇满志的马立克入学那年秋天，正值中华人民共和国成立十周年，国庆节第二天他在校园足球场旁边的阅报栏看到了赫鲁晓夫和毛主席一起站在天安门广场参加阅兵典礼，马立克此后一直没有忘记他当时对着这张刊登了老大哥老二哥照片的《人民日报》发怔，马立克那年才十八岁，他想起了他填志愿时写下了"哈尔滨军事工程学院"这几个字居然没有一点点豪迈，马立克似乎天生就是一个局外人，他很少有被周围流行事物吸引过去的习性，别看他整天除了在教室中就是泡在图书馆里，好像天降大任于斯人先读万卷书行万里路心志高远，马立克读书不是学以致用，他只是对各种知识感到一种无法言喻的好奇罢了，因此那天下午看到毛主席和赫鲁晓夫在天安门阅兵一刻，他看见一幅画面渐渐清晰，他成为了被领袖检阅的万千军队里渺小一员，他的学校将为一场未来的世界大战输送军事人才，他马立克将别无选择，奔赴沙场，他一直没有忘记，那天哈尔滨的天空千里无云，西斜的太阳有气无力地照耀在空空荡荡的足球场上，他突然眼前一黑，差点儿跌倒在地。

试试看，不试怎么知道你行不行，做一个画家，可以讨只饭碗，手艺人，总有饭吃，以前说，学了数理化，走遍天下都不怕，现在不灵了，不过千变万变，人总归要吃饭，烧饭师傅、剃头师傅、裁缝师傅，木匠泥水匠电工钳工，学了车钳刨，跑遍世界有饭吃，你这些都不行，白面书生，肩不能挑，手不能提，捏一支笔总归可以捏得动，买一刀白纸头，几根铅笔炭精棒，从素描速写开始，万事开头难，世上无难事只要肯登攀，回上海福州路去张张，买几本碑帖，不要魏碑体，外头流行魏碑，写大字标语醒目，急功近利，终究不是大道，颜真卿褚遂良欧阳询，是正宗，宣纸贵，先用毛边纸，周围有搞宣传的朋友拉拉关系，到广告宣传部门弄点广告颜料，寻几个熟人，不要事事自己摸钞票，石膏像可以想办法去借，画静物画风景用水彩比较方便，慢慢再学油画，循序渐进，我看你聪明好学，有没有天赋，只有你自己发现自己，画画到底比做木匠泥水匠烧饭师傅轻松，你有这个条件，趁着年纪轻，不要浪费辰光,辰光最宝贵,画画到底是艺术,跟其他手艺人不一样,大艺术家,晓得达·芬奇晓得列宾吗?

阿诺从来没有受到任何意义上的音乐教育,音乐课就是唱歌课,多来米发扫垃圾,大合唱,少年阿诺喉咙不好嗓音沙哑,滥竽充数动动嘴巴佯装唱歌,唱歌课顶顶无聊了,一遍又一遍重复,唱歌老师弹琴先唱一句,然后全班男女同学再模仿唱一句,每一句歌词都要唱两遍,有时候则是唱四遍甚至更多遍,阿诺个子小,站在第一排,完全暴露在唱歌老师面前,阿诺困倦无比,强打精神睁大眼睛,我有一个理想,预备,起,我有一个理想,一个美好的理想,等我长大了要把农民当,要把农民当,再来一遍,起,我有一个理想,一个美好的理想,等我长大了要吃糯米糖,要吃糯米糖,哦哦,南郭先生变成了糯米糖,还有,我们是共产主义接班人,从小继承先辈光荣传统,爱国家爱人民,鲜艳的红领巾飘扬在我们的胸口,好好学习,天天向上,艰苦奋斗,勇敢前进,全班同学沉浸在童稚嗓音走音天籁之声中,不求甚解的年代与从不深究的时代哟,阿诺所有对少年时代的音乐记忆都是以场景记忆的画面形式呈现的,他从来背不出那些歌词,因为他从来不跟着唱,阿诺记忆里的音乐课是耗时最长的一节课,当下课铃声在走廊里轰鸣大作,阿诺才慢吞吞弯腰抚摸自己僵硬的膝盖,好像他并不情愿地离开音乐教室一般,这一幕在少年阿诺曾经发生过许多次,一群营养不良的孩子乌压压地系了红领巾,恍如魅影那样不真实,他们的此刻稚嫩生命正在逝去并连续逝去,他们的往事碎片如同被踏烂的泥泞,他们将彻底忘记这些细屑场景，他们的音乐灵魂其实一直沉睡着，他们只拥有对少年时代的声音记忆而已，他们没有埋藏在心灵深处足以勾起他们无名感动哪怕只是几段颤音般的旋律，他们的声音记忆统统是集体性的，这些声音可能会在数十年之后仍然令他们难以忘怀，但是阿诺一定是个例外。

就像《旧约》记载的，美国人和苏联人的对抗，都希望自己如同以色列人征服迦南那样，在道义上占优势但是更要靠军事实力，和平演变土豆烧牛肉炫耀武力，赫鲁晓夫在政治局开会扬言"要让苏联的某些东西每天都在太空上运行"，因为我们苏联拥有了科罗廖夫同志，同志们，我不是夸张，科罗廖夫同志向我们展示他的第一枚火箭，它很像一根巨大的雪茄，我们无法相信它会飞，我们简直像一群羊，目瞪口呆，后来我们全相信了，科罗廖夫同志介绍这根雪茄可以飞七千公里，说这话时科罗廖夫同志眼睛里燃烧着憧憬与极高的热情，我们需要他，人类需要他，我们已经有两颗卫星上天了，同志们，刚刚传来的消息，昨天我们的美国朋友点燃了他们的第一枚火箭，结果发现他们点的是爆竹，全世界都知道了，加拿大报纸说，美国火箭没有飞离地面是因为它失去了推力，同志们，失去推力是西方民主政治一直遭受的困扰，美国参议员约翰逊悲观地问，要多久我们美国才能赶上苏联的两颗卫星？同志们，前不久我在一次阿拉伯会议上告诉客人，美国只需要发展许多橘子大小的卫星就能赶上苏联，我们驻纽约联合国代表询问美国同事，你们是否愿意接受苏联的援助，我们苏联有向落后国家提供技术援助的计划，哈哈哈讲得好啊！

66

看来许多事情并不是通过计划和努力就可以做成的，天性决定一切，孙继中这两三年为了画画做了大量准备，却很少有时间坐下来画画，他好像更喜欢坐下来写日记，孙继中想得多，犹豫不定，一个人窝在穷乡僻壤，多的是时间，少的是说话的人，老乡讲皖南过去很富庶，他根本就不相信，孙继中插队落户已经是知青下乡运动的后期，泾县当地的生产队干部几乎不管知青们，懒得管，李庆霖写信给毛主席告御状，说知识青年在乡下吃不饱，毛主席寄三百块钱给李庆霖"聊补无米之炊"，中央文件传达下来，知青们反而心散了，大家都是无米之炊啊，孙继中的日记有时候会记录一些此类的内容，这样一来，他的日记就会流露出非常消极的情绪，只是环顾四周，放眼全国，上山下乡的历届中学毕业生千千万万，何止他一个，他孙继中不过是沧海之一粟，如此想来也就释然，另起一行，写写其他东西，打打岔分分心，有心情就写封信给父母，说他一切都还好，正在学画画，看看书，游游泳，爬爬山，等机会离开生产队，最好到安徽某个小城市的电影院为他们画电影广告，这里空气好，水干净，上海工厂多空气坏，自来水龙头一打开，一股呛鼻的氯气味，除了南京路淮海路热闹，没有什么意思，安徽自然风光好，黄山九华山，安徽老早出画家，石涛，渐江，倪瓒，董其昌，都喜欢徽州，就是今天宣城歙县休宁婺源一带。

劳动模范孙来福大儿子孙继华在闵行重型机器厂热压车间做车间副主任，兼任安全员跟天天读小组长，又是厂里的工会副主席，和他吊儿郎当的弟弟孙继中的性格脾气完全相反，任劳任怨埋头苦干，一个礼拜六天工作，住集体宿舍，星期天还忙个不休，年纪轻轻就当了车间干部，孙来福理应为这个大儿子自豪，但却偏偏对小儿子宠爱有加，劳动模范孙来福骨子里就是一个很会享福的主，人聪明，手又巧，他的劳动模范靠的是心灵手巧四个字，"文化大革命"初期孙来福看不清形势参加保皇组织赤卫队，心里其实不是很主动，但是一帮平时玩得不错的工友在革命形势下总归要听党的话，保卫党总归不会错，想不到犯了路线错误，造反派看了孙来福是老工人的面子，说他只管埋头拉车，不抬头看路，麻痹上当，才从轻发落，至于孙来福是劳动模范，根本就被那些热得发烫的造反派讽刺为傻瓜，毛主席讲政治挂帅，政治第一，你只晓得做生活，不读毛主席的书，有个屁用！

一九七二年一月尼克松带基辛格访问北京，毛主席讲他喜欢美国右派不喜欢美国左派，右派直爽，左派虚伪，两个人在中南海毛主席书房里谈笑风生，说古道今，重要的问题让基辛格跟周恩来去研究，后来《参考消息》透露了一点点毛主席跟尼克松的谈话内容，孙继中当时对阿诺讲，毛主席天马行空，毛主席的思路别人跟不上，阿诺说，毛主席语录意思蛮清爽，现在毛主席发表最高指示意思不太好懂，孙继中说，是的，比方毛主席讲，八亿人口，不斗行吗？阿诺说，毛主席意思大概是中国人太多，所以要斗，孙继中说，阶级斗争，跟人多人少有啥关系？阿诺说，你爸爸"文化大革命"初期站错队，算福气，歇了屋里长期病假，养养鱼种种花，做逍遥派，多惬意，孙继中说，阿爸是看穿了，阿爸讲革命就是人搞人，最好躲了屋里，啥地方也不要去，尤其是人多的地方，千万不要去轧闹猛，阿爸那天就是跑到延安中路市府大楼看北京红卫兵造反，人山人海，结果出事体了，阿诺说，出了啥事体？孙继中说，咦，你不是晓得的吗，阿爸参加了赤卫队，现在还歇了屋里，阿诺说，坏事变好事，现在你爸爸耳根清净了。

北方的冬天其实早就降临了，这里不是上海，是北京，但北京的供暖十分刻板地要从阳历十一月十五日才开始，张曼雨带了两只橡胶暖水袋一只黄铜汤婆子，平时只能白天焐焐手晚上焐焐脚，整个身体冻得不行，膝盖关节又红又肿，折腾了几天，终于买了一张火车票回上海了，女人对受难的感觉一个是身体，另一个是感情，张曼雨一回到家，第一件事是洗热水澡，解决身体痛苦，不不，是缓解身体痛苦，关节炎是难以治愈的慢性病，这个她懂，然后她就去了母亲的房间，母亲房间里有一只大壁橱是专门留给张曼雨的，张曼雨洗澡的时候就想起了她送给儿子马立克的那些唱片，她直觉，儿子好像对欧洲古典音乐不大感兴趣，对此张曼雨稍有遗憾，她记得儿子给她的信中提到勃拉姆斯，却对贝多芬一字不提，心想明天带一张贝多芬给马立克，算是母子之间的话题之一，张曼雨从壁橱的一个夹层中找到了两张大密纹胶木唱片，贝多芬的《费黛里奥》，三幕音乐剧，描述拘禁，暴政与受难，她记得最后听这张唱片是在一九六二年，后来留声机坏了一直没修，一晃都十几年了，费黛里奥的高潮，核心部分，一群囚犯获准步出牢房，阳光明亮，囚犯们的齐声合唱震动了大地，音乐与受难者的歌声就是力量，不过，这张包得好好的唱片虽然没有蒙上尘埃，它沉默着，谁知道它还能不能发出那种令人振奋的咏叹调呢！

山里早晚冷，孙继中提前回上海了，中午先跟着队里的手扶拖拉机到休宁，再坐长途汽车镇江下车，天已经黑了，路边找了一家浴室过夜，次日清晨搭了早班车去了金山寺，一路走一路看风景，画了几张速写，当晚坐夜行火车到南京下关，又找一家浴室下榻，吃了一大碗面条，躺下睡不着，从包里翻出一本两个月前于南京朝天宫地摊意外觅得的《园冶》，民国三十三年出版旧书，京城印书局刊印，孙继中随便翻到一页，就着昏暗的钨丝灯一字一句一知半解地硬读：廊者，庑出一步也，宜曲宜长则胜。古之曲廊，俱曲尺曲。今予所构曲廊，之字曲者，随形而弯，依势而曲。或蟠山腰，或穷水际，通花渡壑，蜿蜒无尽，斯寤园之"篆云"也……孙继中读得陶醉稀里糊涂，沉沉睡去，白露寒江不知东方已既白。

张曼雨急于回上海，她的关节炎难以适应北京寒冷气候，热水供应没有保障，本来以为北方空气干燥，没有长江下游地区那么潮湿，对关节炎复发有遏制作用，事实上是一厢情愿,说来奇怪,只要回到上海,张曼雨心里就会立刻踏实,华山医院离母亲家仅仅隔一条马路,分分钟就可以走过去;张曼雨还要去看看儿子马立克,马立克已经有一个多月没有给张曼雨写信了,一个星期之前,张曼雨在香港的妹妹委托朋友刘先生带了一些东西看望他们马馘伦夫妇,这个香港刘先生来北京与外贸部商谈恢复一年一度广交会的意向,外贸部派了一个女孩子陪同刘先生,专门有一部小汽车送他们到木樨地,马馘伦事后对张曼雨说,这个女孩子说不定就是盯着这位刘先生的,不知道这个刘先生在香港有什么复杂的背景,张曼雨警惕性当然没有马馘伦那么高,张曼雨认为外贸部一定是好意,北京这么大,一个香港人怎么找得到木樨地,我半年前一个人来北京,不也是你们编译局派小汽车来接我的吗,你真真神经过敏!

刘先生和那个女孩子交给张曼雨一封信和一只包裹,喝了几口茶,彼此简单寒暄客套了几句,停在楼下的汽车喇叭就响了几下,女孩子给张曼雨留了名字和电话号码,说很高兴认识马教授和张教授,以后有什么事需要帮忙的,可以给她打电话,她的名字很好记,叫贺子蓝。

67

生活中我们很难创造自己,某些改变常常是由一个偶然闯入的契机带来的,它稍纵即逝,无法分辨,有许多暗角躲在背后,马馘伦疑心那位自称贺子蓝的女孩子身负特别使命，张曼雨则觉得，这样一穷二白的国家怎么可能有那么多钱培训特务呢，马鹹伦说，你不懂，张曼雨说，我倒想认识认识这个贺子蓝，她让我想起当年你在重庆的时候，曾经采访过你的那个《新华日报》女记者，马鹹伦说，嘿嘿，于芳雅可惜，可惜了，张曼雨问，她怎么了，你有她消息，怎么不告诉我，马鹹伦说，在江西干校听老钱讲的，她在北大荒干校，自杀了，张曼雨说，你没对我讲过这个，马鹹伦说，运动中死了那么多人，麻木了，不觉得特别重要，也就没说，张曼雨说，这个于芳雅解放后做什么去了，马鹹伦说，听说先在《天津日报》工作，后来调到北京广播电台，笔杆子很厉害，张曼雨说，五七年没划右派？马鹹伦说，这个不清楚，张曼雨说，笔杆子都没有好结局，要么整别人，要么被别人整，马鹹伦说，哎，把包裹拆开来看看，你妹妹送了你什么好东西？

许多事情无法深入追究，并不是什么样的现象都能找到它的原因，偶然出现在我们面前的人，如果你对她感兴趣，如果你想知道她的履历，那就只能去阅读她的档案了，历史根本无法重新被照亮，问一个问题，最后得到的回答经常离题万里，结局不在过去，结局在未来呢，所有的未来可能性统统隐藏在未来的虚空中，人都是从虚空中出发的，惟有在虚空中，人才得以向前迈出一步，即使在某种极端状态下，比如失去自由，身陷囹圄，人照样享有绝对自由，绝食、沉默、自杀、出卖或者苟延残喘，直到死去，你不可以说，这是一种强制，非我所欲，我根本不情愿，我强烈抗议！不不不，非常时期，紧急时刻，一个无边的时期，一个史无前例骇人听闻的时刻，你们我们他们都无法阻止，不得不面对这个事实，在其中的一切偶遇，邂逅，不要问为什么，什么来历，未来将如何，不要问！你们已经目击了太多太多，你们受到的打击与感觉到的震惊难道还不够，以至于你们在将来会彻底遗忘它们，不再提起？

对话内容很简单，关于食物，以前中国有八大菜系十大菜系，南京路福州路淮海路小南门十六铺饭店招牌铁证如山，燕云楼杏花楼老饭店德兴馆老半斋扬州饭店绿杨邨王家沙乔家栅梅龙镇新雅饭店地大物博食不厌精，老辈人都这么说，春节年糕八宝饭元宵汤圆清明青团端午粽子立夏咸蛋中秋月饼冬至腊八粥现在都到哪里去寻寻觅觅食品店小菜场冷冷清清凄凄惨惨戚戚，过年时节家里清汤寡水没有什么吃的如何将息，何以解馋惟有读书，民以食为天，夫礼之初始诸饮食敬天地祀鬼神婚丧嫁娶，食为政首欲为人本，《尚书·洪范》曰农用八政，一曰食二曰货三曰祀四曰司空五曰司徒六曰司寇七曰礼八曰兵，老子《道德经》曰，治大国若烹小鲜，鲜，鱼也，烹小鱼，不去肠，不去鳞，不敢挠，恐其糜也，治国烦则乱，治身烦则精散，如今国中无物可食，乃乱世治国无术昏聩也。

沈灏写给林耀东的信：

东东，见信如晤，船在长江上走了将近半个月了，这次的主要任务是勘测宁河小三峡的航道，做测绘很困难，风景虽然好，但是交通非常不方便，说起来巴蜀自古以来都叫天府之国，自然天险，易守难攻，就是交通非常不方便，不到现场不知道，要知道梨子的味道一定要尝一尝，我很兴奋，几个老勘测已经老油条了，天天喝酒，小三峡湿气重，男人都喝酒，天天看到拉纤的纤夫，逆水行舟，把船从大昌往上拉，真不容易，以前我只晓得长江三峡，不知道还有一个小三峡，龙门峡，巴雾峡，滴翠峡，名字都很好听，我带了照相机，老技术员说，这里全是风景，拍不完，看看拉倒了，他们说得对，我们是工作去的，我真的觉得自己有些豪迈，信写得乱，现在我已经在湖北宜昌给你写信了，当然在岸上写，总算看到一个小邮局，他们说一封平信寄上海大概四天左右，已经很快了，有急事打电报，没有长途电话，条件就是这样，前几天我在萝门峡谷拍了古栈道遗迹，不知道效果怎么样，回上海再冲洗，胶片贵，想想以后机会太多，听了老同事的话，只拍了一卷半胶片，激动的心情也渐渐平静下来了，东东你怎么样，你爸爸妈妈不同意你参军，你要想开，当兵比我现在的工作更辛苦，我一路上看到几次解放军工兵在架桥修路，工作强度非常大，待在船厂里总是比较安逸，你可以请假出去玩玩，阿诺不是经常混病假吗，其实我在船上工作也是很单调乏味的，李白写白帝城，我觉得很一般，诗是诗，想象总是比现实好，等你收到这封信，可能我也回上海了，见面详谈，我的感受很多！

　　　　　　　　　　　　　　　　　　　　沈灏

忍受微小疼痛，自欺欺人的信心，尽可能笑，反求诸己的凝思，比上不足比下有余，保持说谎时的天真表情，把被迫的服从解释为主动服从，没有这一切你就活不下去，真理不就是这样，生存下去，活着意味了还有希望，与时间较量，等待那个时间降临，鲜花的生命如此短暂，人不同，人比鲜花脆弱得多，鲜花不会受到威胁与恐吓，鲜花被摧残似乎没有疼痛，应当是，人经不起，动物植物都比人强，人不堪一击，因为人不会飞行，只好在地上爬行，哭泣，嚎叫，流涕，呻吟，人的表现让人自己惊讶，仇恨泛滥，已覆水难收，记不清哪一天开始的狂奔，此无终点彼无尽头，天翻地覆慨而慷，人间正道在梦想，停滞了我早到的老年，光荣啊那壮丽的生命！

必须忠于现实，高墙，烟囱，炉子，斧头，镰刀，沉默中爆发，拜倒在前无古人的神圣使命之下，时间开始了，我们新中国的儿童，我们新少年的先锋，每一座雕像都是一个战士，在阳光中，在如此遥远浓稠的黑夜中，死亡就是牺牲，烈士的鲜血染红，母亲化悲痛为力量，因伤痛而感到骄傲，她是否足以从孤独中解脱得到更大的孤独，哭泣的母亲就如圣母，他想画一幅画，英雄儿女倒卧于母亲怀抱，如同从十字架放下来的耶稣安然躺在马利亚怀抱，那平静的悲恸，至高无上，纯粹如斯，素描，从素描开始，木炭铅笔，线条柔软，刚硬均衡，闪亮的温情面容，母亲的黑瞳仁像钻石般，这个是最后的效果，肃穆，崇高，悲壮，哀而不伤，死人让活人升华，母亲，儿子，革命的图腾。

68

　　阿诺记得他五岁的时候曾经走失过一次,全家惊惶失措,这是后来大人告诉他的,母亲完全不能控制情绪,语无伦次地说,阿诺是不是躲在家里,父亲说,快点分头去寻,你们两个做姐姐的,连一个弟弟都看不牢,二舅舅说,会不会在新城隍庙里面玩,母亲急了,说大家一道去寻呀,立了这里讨论有啥个用,父亲说,四个方向,阿欣阿苏朝西面寻,你们两个小姑娘不要走散,毓琇朝金陵东路寻,我去连云路,二舅妈说,我们从啥方向,父亲说,你们站在原地,说不定小鬼头会回到这个地方,假设他回来,你们也不要动,等我,阿欣问爸爸,假设我跟妹妹走过了重庆北路还没有看到阿诺,是继续朝西寻,还是回头寻爸爸?父亲说,你已经读初一了,怕啥,妹妹你要看好,不要再落掉一个,阿苏说,我认得屋里厢的,阿诺母亲急了,快点分头去寻呀,还要讨论,急煞我了,父亲说,就这样,过马路当心,等一歇我们在十字路口碰头,二舅妈说,我们怎么办?阿诺父亲说,我会过来寻你们的,二舅舅埋怨二舅妈说,都是你多事体,一定要荡马路,点名要荡新城隍庙,现在闯穷祸了。

　　阿诺:你终于醒啦。
　　纤纤:现在几点钟了,窗帘拉起来做啥。
　　阿诺:你睡了足足十五个小时了。
　　纤纤:我吐了是吗?
　　阿诺:你还记得。

纤纤：不记得。

阿诺：你刚才问我什么？

纤纤：我闻到身上一股难闻的气味。

阿诺：你都吐到浴缸里了。

纤纤：你给我脱衣服的？

阿诺：你自己脱的，我以为你记得的。

纤纤：真的忘记了。

阿诺：我从你包里拿了钥匙开门，把你弄到床上，我想离开，又不放心，这时候你迷迷糊糊叫我了。

纤纤：是吗。

阿诺：你没有叫我名字。

纤纤：什么意思？

阿诺：你叫了另外一个人的名字。

纤纤：是吗，我叫了谁？

阿诺：我没听清。

纤纤：阿诺，你别乱想。

阿诺：我没乱想。

纤纤：你为什么不回家？

阿诺：浴缸被你吐得一塌糊涂，堵塞了。

纤纤：是你弄干净了。

阿诺：是的。

纤纤：为什么？

阿诺：因为是我拉你去吃酒的。

纤纤：这么龌龊，你肯弄啊，一定很臭吧。

阿诺：来不及想。

纤纤：老实讲，臭吗？

阿诺：我好像鼻子塞住了，没有闻到臭味。

那天上午李致行拖了江楚天去大沽路民裕里看孙继中，三楼晒台奇迹般地被孙继中爸爸改造成一个玻璃花房，这个花房居然不可思议地延伸到屋檐之上，不仅如此，更让李致行江楚天叹为观止的是，与玻璃花房毗邻的还有一间悬空的鸽子屋，几十只信鸽扑棱扑棱不断起飞，盘旋，滑翔，上升，俯冲，在蓝天下画出漂亮的弧线，最后降落在那个搭筑在三楼屋檐之上的鸽子屋檐周围，仰着脖子的李致行与江楚天简直惊呆了，孙继中从玻璃花房中走出来，一边用一团棉纱擦手一边说，屋里坐屋里坐，我先洗洗手，给你们倒茶，江楚天说，在画油画呀，孙继中说，给老爷子画个肖像，李致行说，你们继续画，我们旁边看看，江楚天说，你老爷子真是好兴致，三层楼弄得别有洞天，世外桃源，李致行说，不忙倒茶，我们先在晒台门口吃香烟，看看风景，孙继中说，到房间里厢去坐，我有安徽带来的黄山毛峰。

江楚天：墙上挂的两幅静物是你画的？
孙继中：做啥，你不相信啊。
江楚天：晓得是你画的。
李致行：明年再准备考戏剧学院美术班？
孙继中：我阿爸要我考回上海来，我觉得希望不大，明年再讲，假设考到南京或者济南，就不错了。
江楚天：毛峰味道蛮淡的。
孙继中：你觉得不好？

江楚天：黄山茶林场买的吗。

孙继中：是南京一个朋友送的，今年的秋茶。

李致行：别讲究了，你自己香烟吃了太多，讲茶淡，毛峰就是这个味。

江楚天：这房间里的热带鱼，也是你老爷子养的？

李致行：废话。

孙继中：老头子就欢喜这个。

李致行：老工人，劳动模范，好好好。

孙继中：啥意思，不可以吗？

李致行：我外公以前养鱼养了露天花园里，现在你阿爸高级了，恒温养了玻璃缸里。

孙继中：你外公现在呢。

李致行：老早不养了，"文化大革命"之前就不养了，外公讲是资产阶级生活方式，花花草草，脱离劳动人民。

孙继中：现在花鸟市场蛮闹猛的。

江楚天：这么多品种，从来没有见过，你说得出名称吗。

孙继中：指什么？

江楚天：热带鱼。

孙继中：我对植物有记忆力，对热带鱼记不牢名字。

江楚天：这为什么。

孙继中：植物入画，热带鱼不入画。

李致行：哦？

江楚天：为啥，你讲讲道理。

孙继中：热带鱼太漂亮，漂亮得不真实，好像来自一个另外的世界，没法画。

李致行：有道理。

江楚天：你不喜欢热带鱼？

孙继中：喜欢，但是画画是另一件事，比方画肖像，一个漂亮的模特并不是最好的，你懂吗？

一块邮票大小的地方，无限斑斓的家庭自然博物馆，袖珍水族馆外面阳光明媚，房间里滴滴嗒嗒小气泵嗡嗡嗡彩色窗户晶莹透亮，躲避这座城市又返身于它，它的私密和自给自足，躲进阁楼成一统异国风情白天放鸽子晚上踏进家门投身另一个世界，红绿灯红宝石蓝宝石黑玛丽玻璃猫珍珠灯孔雀鱼神仙鱼金陵十二钗，与世隔绝舒适的角落，碎片的法则也适用于集邮爱好者，成群结队，变向，断裂，延伸，插入，关闭，捕获，充斥各个国家与地区，无止境的收集，不成系统的博闻，三脚猫学问，一间采样教室，活标本，不同时空的异域物种，中国业余者的汇编与命名，土法上马，乱世桃源。

69

连续数日气温骤降，在江南要忍受彻骨而潮湿的低温似乎比在北方忍受暴风雪还要困难。这种肉体感觉与温度计上显示的数字无关，完全取决于你的血管搏跳变缓或者你膝关节疼痛程度、你僵硬脚趾和你簌簌发抖的嘴唇，奇怪的是，习惯生活在露天状态中的人们依然不愿意待在有暖气的房间里，说来真是不可思议：在长江中下游一带的城市，每当北方冷空气袭来时彻骨寒流简直可以肆意闯入卧室，冰冻三尺户外户内同此凉热，这使那些北方住客不仅不堪忍受而且大感不解。

房间外在落雨，泥泞粘了枯叶紧贴地面天空一片煞白，路人匆匆佝头缩颈，空气像是一块正在融化的巨冰，哈气成霜好冷好冷啊，沉重的吸饱了水的鞋底湿答答步履艰难，虽然下雨能给多愁伤感的人带来快乐，必须要有一把伞，打伞的时候要特别注意脚下，如果穿雨衣比较麻烦需要将原有的外套脱掉，连身式雨衣像一只塑料袋把你从头包到脚，通风极差，又闷又无法排出雨衣内部的湿气，大多数行人都撑了伞在雨夜闪闪烁烁中移动，只有骑自行车的人才不得不穿雨衣，它们像一张张尖顶帐篷，成群结队浩浩荡荡。

邦斯舅舅给阿诺写了一封信，破天荒地没有夹在给毓琇妹妹的家信中，是阿妈先看见的，邮递员把信扔在厨房窗台上，阿妈不识字，却能辨别她的孙子阿诺的名字形状，而且还很神秘地把阿诺拉到小房间里，那是晚饭之后，大家都吃好了，阿诺姆妈收拾碗筷，只有阿诺爸爸一个人慢吞吞还在喝酒，阿妈轻声说，你不要出去，有一封信，在我枕头下，阿诺说，你怎么知道是寄给我的，阿妈说，你的名字我识的，阿诺说，哦，我晓得了，阿妈钞票粮票布票统统认得，阿妈说，我就吃了不识字的苦头，阿诺说，信呢？阿妈说，是四娘舅的信，阿诺说，四娘舅的字你也认得出啊，阿妈说，四娘舅写信把你姆妈最最勤快，当然认得，阿诺说，那为啥不把信给姆妈？阿妈说，平常你四娘舅写信写你姆妈名字，今朝这封信写你阿诺名字，我想一定有别的事，不方便让你姆妈晓得，所以我拿这封信塞了枕头下面，让你先看看，阿诺说，介么快点让我看呀，阿妈你的枕头下面有秘密，我不好翻的，你拿给我，阿妈于是走到她的床头，伸手摸枕头底，摸摸，又摸摸，拉开枕头说，咦，信啥地方去了？

张曼雨巡视儿子的三个房间，皱皱眉头说，太乱，太乱了，以前你爸爸和我住这里，几间房间的样子我还记得清清楚楚，马立克说，我也记得，张曼雨说，你十几年前就去哈尔滨读大学，记得什么啊，马立克说，我是讲我七一年回家那一天，刻骨铭心，张曼雨说，嗯，前前后后抄了三次家，毁灭性抄家，你现在摆花盆的位置，原来是我摆钢琴的位置，马立克说，这个位置晒得到太阳，张曼雨说，你这几只花盆里厢种了点啥，花不花，草不草的，马立克说，芹菜和芝麻菜，张曼雨问，做啥，自己吃啊，马立克说，种了玩而已，张曼雨说，像你爸爸，出花样经，又不好看又不能吃，啥意思呢，还而已，马立克说，嘿嘿，爸爸学问好，他未必懂这个，张曼雨说，你不要卖关子，讲给姆妈听听，马立克说，我在新疆的时候知道一个波斯人的配方，芹菜和芝麻菜的种子，再加松果种子一起浸泡，女人吃了会年轻，男人吃了会壮阳，松果不需要自己培植，可以到公园去捡，张曼雨笑笑说，你吃，还是给你爸爸姆妈吃？马立克说，只种，不吃，张曼雨说，为什么，马立克说，这只是一个传说，我觉得好玩，张曼雨说，我想也是，你年纪轻轻壮什么阳，马立克说，爸爸需要的，张曼雨说，你爸爸高血压，不能瞎吃补药，马立克说，吃芹菜和胡萝卜，生吃，可以降血压，张曼雨问，这是传说吗，马立克说，不是，是中医偏方，张曼雨说，我怎么在你房间里闻到咖啡味道，马立克说，几天没煮咖啡了，姆妈鼻头真灵。

不要学你爸爸那样，好像有什么重要使命一样，张曼雨对马立克说，马立克摸摸母亲的肩膀，笑笑，张曼雨说，前面我讲了介许多话，你一句都没有听进耳朵去，马立克说，不写信，就是好消息，说明我太平无事，张曼雨说，新疆那边有人寻你没有啊，你荡了上海两年多了，我看你一点都不急，笃定泰山，马立克又摸摸他老妈的肩膀说，没人寻我，消息倒是有的，前几年跟苏联关系紧张，少数民族闹事好几趟，从来没有报道过，回去做啥，张曼雨说，不要摸我肩胛，痒来，干脆你给我敲敲背，年纪大了，头颈肩胛绷得紧，马立克说，好好好，姆妈你坐下来，我帮你敲背，你尽管讲，我耐心听，张曼雨说，上个礼拜，你了香港的小阿姨托人带给我一些东西，马立克敷衍说，带了啥好东西？张曼雨说，一点给你爸爸的高血压药，瑞士的，给我一点西洋参，东西小，容易带，马立克说，就这些？张曼雨说，还有一封信，信里没讲什么，问起你的情况，马立克说，你回信阿姨了？张曼雨说，还没回信，这次我回上海，有空了就回信，马立克说，人家特地送东西给你，你就这么久不回信，不好吧，张曼雨说，口信回了呀，这个道理我不懂啊，马立克说，阿姨托了什么人找到你和爸爸的？张曼雨说，我不认识，但是，陪同这个人的人，我印象很好，马立克说，为什么，有什么特别吗？

70

邦斯舅舅给阿诺单独写的第一封信：

阿诺：我这次回上海，你妈妈说你已经十八岁了，十八岁，就是成年了，现在国家提倡晚婚晚育，所谓提倡，就是不管自然规律，常言道，男十八，女十六，始得结婚，其实十八岁还有另外一层意思，就是政治权利，十八岁可以享受成年公民的各种权利义务，我们小学课本都有，现在没有了，另外，十八岁还有一层意思，可以有选举权了，你妈妈最怕你关心政治，要我注意，其实我胆子比你妈妈小，二十几年的教训够我受的了，我总算活过来，是天有眼，我有盼头，不绝望，五八年一起进农场的，自然灾害时就死了四分之一，据说还很幸运了，舅舅是第一次讲这个，你一直觉得我乐观，乐天派，这也是逼出来的，每过一天，都要珍惜，现在我相信我此生肯定会回上海，而不是骨灰回上海，对了，阿诺，你肯定会奇怪，舅舅今天怎么了，写信这样放肆，你知道信从农场寄出来是要经过检查的，现在不怎么检查了，顶多抽查，现在是自然灾害，泥石流，大家同舟共济，还有，这个月我和其他七位农场老职工被派去青海湖季节捕鱼，就是用冰镐砸开冰冻的湖面再下网，八个人一起出来，相互依存相互监督，但是有两个好处，分给我们每人三瓶农场自己蒸馏的玉米土烧酒，祛湿祛寒，还有可以绕过农场邮政所，直接把信丢到这里附近的邮政局邮筒里，你不能想象吧。

阿诺你能不能为舅舅做件事，因为我目前无法再请假，你帮我去看望看望朱莉，我晓得你对朱莉有好感，本来朱莉会是你舅妈的，朱莉在我面前经常说你，夸你照片拍得好，你就说是你四娘舅叫你去看她的，但是，千万记得，千万不要告诉你妈妈，因为你爸爸很不喜欢朱莉，你懂吗？这是舅舅我跟你两个人的事情，因为你十八岁了，你每次去看朱莉只要买几只苹果或橘子，不要买零食，朱莉吃水果样子好看，吃零食样子难看，知道吗？

舅舅

阿诺，信写了两天，还没有机会去附近小镇，再补充几点，我们出来已经十天，估计你接到信还要一个礼拜，你可以在冬至过后写信给舅舅，信寄到共和县，我应该回农场队里了，你不要直接写信寄来，陌生人寄信到农场会引起注意的，你可以夹在你妈妈的信里，但是内容不要让她看到，这个你一定有办法的，再有，你信的内容绝对不要涉及时政，切记，讲到朱莉，也含蓄些，你舅舅不笨。又及

一场突然降临的自然灾害使人们暂时团结起来，不计前嫌，阶级阵营模糊不清，所有的人都投入与天奋斗的行列，劳改犯的身份也因为一些人的亡故而被抹杀，他们远离故土远离家族，他们悔罪苦行接受惩戒，在更为无情的自然发怒面前，他们同仇敌忾，彼此原谅，仿佛末日来临之前的和解，而和解则是他们获得的恩典，灾难带来恩典，给为救灾抢险遇难的六位劳改犯举行简单的葬礼，连无神

论者的邦斯舅舅都掉了泪,他悄悄地对站在他身边的陈子谟说,如果我们这些人都像兄弟姐妹那样友好互助,我宁愿留在这里,上海的空气太龌龊,马路上全是人,却没有一个人认识,陈子谟说,那你的女人呢,邦斯舅舅说,她还是留在上海合适,女人嘛。

唐山大地震的第四天,洪稼犁牧师在南京西路静安别墅的一个小型家庭聚会中说了这样一番话:因为人的过犯,上帝被震怒,这个话对不对呢,这要看我们自己怎样领悟上帝旨意,抢险救灾,大家团结,这是人的本性,但是平常时刻呢,人因为自私贪婪,却不反省自己,人算什么,你竟顾念他?世人算什么,你竟眷顾他?每当发生大灾难,人们才意识自己渺小,大自然发怒了,山崩地裂,才想起来人有多渺小,诗篇里说,人好像一口气,他的年日,如同影儿快快过去,又说,他的年日如草一样,他发旺如野地的花,经风一吹,便归无有,好像《旧约》的某些章节很虚无,其实相反,因为这是诗人的声音,诗人的地位当然比上帝要低一些吧,世间男女只有把自己向上帝完全开放时,才是走向实现自己存在的目的,我们为这个目的被造,无论自己如何无足轻重,软弱无能,耶和华的慈爱归于敬畏他的人,从亘古到永远,祂的公义归于子子孙孙。

孙继中爸爸孙来福不愧是劳动模范,堂堂技工八级,数年来英雄无用武之地,长期病休在家养鱼种花仍然保持专业精神,以专业态度玩物丧志,世上就有这号人,纵然工人阶级出身,比资产阶级遗老遗少还讲究,玩物同样关乎荣誉，爱惜自己的荣誉如同鸽子爱惜自己的羽翼，李致行发现，孙继中家里的墙壁上没有一张他爸爸孙来福多年来获得的荣誉证书和嘉奖令，却挂了许多信鸽协会颁发的奖状，那些印刷简陋的奖状好像许多扇打开的窗子，忍不住问孙继中说，你阿爸呢，孙继中说，在上面，江楚天反应快，指指晒台方向说，在鸽子房里弄鸽子？李致行说，我服帖的，老革命白相起来也会玩命，这么小的鸽子笼，孙继中说，哎哎哎，是鸽子房，别瞎讲，李致行说，你阿爸钻了里厢，刚刚我跟楚天立了晒台上，哪能一点点声音也没有？孙继中说，哪能，一定要大扫除啊，江楚天帮腔说，鸽子房是天天打扫的，肯定要比你们安徽的茅坑干净，孙继中说，我去叫我阿爸下来，既然致行这样有兴趣，我让我阿爸自己介绍，我平常回上海从来不问他，今朝我们三个人听他吹牛皮，他肯定开心，说不定还会请你们留下来，晚上陪他一道吃老酒。

阿诺把邦斯舅舅的信读了好几遍，将仅有的一页信笺按原样对折，再对折，轻轻塞回信壳，妥帖地放进裤袋中，从阿妈的小房间回到前客堂，姆妈说，苏州孃孃来信啦，阿诺说，没有，姆妈说，你不是在小房间里读信给阿妈听吗？阿诺说，没啥事体，姆妈说，是不是苏州孃孃又来讨钞票了？阿诺说，烦死了，不关你什么事，也不关我的事，姆妈转向阿诺爸爸说，这个苏州孃孃最烦，肯定又要伸手拿钞票了，阿诺爸爸说，阿诺讲得对，阿诺姆妈说，他啥个对？阿诺爸爸说，不关你的事。

百密一疏的邦斯舅舅你怎么搞的，专门写了一封信给阿诺，避开阿诺的母亲与父亲，把阿诺视为你最信任的人，你把一个最重要的任务托付给阿诺，你说你现在暂时离开了农场，先不要写信给你，等到冬至以后再给你写信，而且要夹在你妹妹毓琇写给你的家书中，你想得多细致啊，几乎涉及了所有的环节，可是你居然遗漏了一个最最重要的信息，你怎么可以遗漏这个信息呢，现在，连阿诺都还没有意识到：你没有告诉阿诺，朱莉的地址在哪里，或者通过什么途径找到朱莉，哪怕是一个电话号码，或者从谁的手里知道这个号码，你竟然什么都没说，也就是说，你很可能在明年元旦之后接到的阿诺夹在他母亲的信里根本就没有关于朱莉的任何消息！

这个不叫金鱼缸，正宗名称叫水族箱，恒温是一个重要功能，干净更加要紧，鱼生活了里面，不能太拥挤，品种也不好太多，热带鱼容易生病，海洋里的水盐分足，海水永远是新鲜的，玻璃箱再大，总归会污染，所以要经常清洗，让水循环流动，每两到三天要清洗一次，电源插头拔掉，水族箱四面玻璃一定要用专用橡皮水刮器弄清爽，底层的植物和食物残渣，粪便，要彻底清理干净，再换水，抽掉三分之一，补充干净水，水温跟人体温接近，三十六七度，不要超过四十度，清洁剂的残留物是毒药，必须弄清爽，这个活很专业的，我清理鸽子房也很专业，必须专业，专业才能有乐趣，瞎弄八弄不行，鸽粪是好东西，做花的肥料是太浪费了，外国人用鸽粪做香料的一种配方辅料，鸽粪还可以烤鱼烤牛肉，当然还要其他东西配合，我收集鸽粪做消毒干燥处理，跟朋友交换其他东西，比方换鱼饵，换花籽，也换邮票，蛮开心，一点都不觉得龌龊，乐在其中，其实鱼的有些品种寿命非常长，讲给你们听你们会吓一跳，比方鲇鱼，鲤鱼，鲟鱼，都听说过的吧，中国鲤鱼多，苏联鲟鱼多，黑龙江松花江也有鲟鱼，这种鱼你不去碰它们，让它自然生长，可以活到五十岁，八十岁，甚至一百多岁，做啥，不相信我啊，我交了许多养鱼朋友，真正的渔业专家我也去拜访，哦哦，来来来，带你们开开眼，这个叫黑摩利，这个叫古比鱼，这个是鲶鱼，供观赏的，身型小，这个是霓虹灯，江阴路花鸟市场有，神仙鱼黑玛丽，比较好养，你们要欢喜，可以从霓虹灯开始，繁殖快，价钿便宜，我可以送几条给你们白相相，不过，一只专业的水族箱是不可少的。

理智一点，阿里阿德尼
你的耳朵很小，你有我耳朵
放一个深思熟虑的词在里面
应该相爱的人们，难道不该一开始就相互怨恨？
我是你的迷宫。

71

厉行节约的邦斯舅舅第二封信接踵而至，当晚阿诺还没有意识到这个问题，他还在考虑是不是拉了纤纤一起陪他去看望朱莉，东东说纤纤今天中午回崇明了，好像农场哪个要好同学突然死了，意外发生触电事故，纤纤两只眼睛都哭肿了，阿诺心情骤然跌落，神情恍惚回家，阿诺姆妈觉得奇怪，说今天怎么啦，刚出门又回来，魂灵头掉了？阿诺说，烦得要命，样样要问，阿诺姆妈说，有心事，对大人讲，你爸爸现在也回来了，难得一家人了一道，阿诺说，朱莉的传呼电话你晓得吗，四娘舅有事体叫我寻她，姆妈说，啥事体，要你去寻朱莉，阿诺说，我有几本书四娘舅借去看，是江楚天跟沈灏的，他们也是借来的，现在四娘舅那面叫他回去救灾，说走就走，我要去把几本书从朱莉那里拿回来，姆妈说，一天到晚几本书借来借去，有啥看头，眼睛看坏掉，阿诺说，电话号码，姆妈说，我从来没有朱莉的电话号码，我又不寻她的，阿诺爸爸在一边插话说，阿诺你可以问问你表哥，你表哥有这个女人的电话，阿诺姆妈说，你怎么知道得那么清楚，阿诺爸爸说，你记忆太差了，老四一九七一年第一次从青海回上海，就是通过你这个侄子找到那个女人的，阿诺姆妈说，不要当了阿诺面前女人女人的，难听不难听啊？

　　许多年之后，李致行与江楚天一定会回想起这个夜晚孙来福玻璃房煮酒论天下，孙继中爸爸从一个老工人变身老克腊，他兴致勃勃建议将晚饭摆在三楼阳台玻璃花房中进行，他们四个人围坐炉边就着青鱼干、豆腐干与花生米下酒，孙来福问江楚天带来的青鱼干是哪里搞来的，很珍贵的，江楚天说是果品公司年底发的土特产，家里还有鳗鱼干呢，李致行说，我们韶关那里只有木料和烟草，伯伯要木料打家具的话，下次我帮你托运，孙来福说，不麻烦，新伐的木材要放在露天暴晒雨淋一年才能用，让它们变形变够了，江楚天说，伯伯样样晓得，孙来福说，我就爱琢磨，李致行说，再讲讲鱼啊鸽子啊什么的，孙来福说，好呀，就说这咸鱼，为什么一定要挂起来风干，咸肉却要闷在甏里？江楚天说，这个也有学问？孙来福说，你们看到我养的热带鱼，基本都不是淡水鱼类，但是生活在盐分大的海水中，鱼的体内却不能含那么高的盐，就是说，海洋里的鱼，它们体液的盐浓度比外界海水的盐浓度低很多，这样就导致这些鱼的水分不断从体表，就是鱼鳞和鳃向外渗出，为弥补不断流失的水分，海水鱼每天要吞食大量海水，包括观赏的热带鱼也是，所以养热带鱼要勤换水，热带鱼代谢太厉害了，江楚天问，和咸鱼咸肉有什么关系呢？李致行说，我懂了，伯伯的意思是讲，鱼类的肌肉组织可能比较疏松，易吸水，也容易流失水，孙来福说，对，所以一般来讲，鱼肉比牛羊肉细嫩。

阿诺忽然觉得无聊了，平时他和表哥素无往来，他奇怪今天父亲有点点反常，好像非但不反对他去找朱莉，还积极提供如何找到朱莉的线索，阿诺知道父亲不喜欢朱莉，所以他得静下来好好想一想，饭桌上父亲的那杯酒还没有喝完，它孤零零地矗立着，父亲好像故意忘记了这杯只剩三分之一的酒，全神贯注地在读一份报纸，厨房传来姆妈洗刷碗筷的声音，阿诺无处可去，回到阿妈的小房间，阿妈正冲热水袋准备睡觉，阿诺关上门，问阿妈，四娘舅的信就只有这一张纸头吗，阿妈说，信是你拆的，我哪能晓得有几张，阿诺又问，这几天，你就看到厨房窗台上这一封信，会不会掉在地上了？阿诺话刚出口，拉开门就冲进厨房，姆妈说，做啥，心急慌忙，又要出去了白相啦？

宋老师得到这样一份意外的礼物，开心得语无伦次，情不自禁抱住阿诺亲了阿诺的脸，由于这个亲吻太突然，阿诺下意识躲了一下，两个人的鼻子相撞了，宋老师笑了，阿诺说，这本旧书很珍贵吗，宋老师说，当然珍贵，快有一百年了，你看，光绪六年刊印，老古董了，阿诺说，四舅舅讲，这本书送给宋老师，是名花有主，宋老师说，怪不得朱莉死心塌地要跟牢你娘舅，阿诺说，我翻了翻，看不懂，宋老师说，这本书太珍贵，我要把它抄下来，阿诺，我现在就抄，你立了旁边看，我一边抄，一边给你解释。

忆江南
　　昏鸦尽，小立恨因谁？急雪乍翻香阁絮。轻风吹到胆瓶梅，心字已成灰。

赤枣子
　　惊晓漏，护春眠。格外娇慵只自怜。寄语酿花风日好，绿窗来与上琴弦。

忆王孙
　　西风一夜剪芭蕉。倦眼经秋耐寂寥。强把心情付浊醪。读《离骚》。愁似湘江日夜潮。

72

马立克：《列王纪》中，记录了大卫和所罗门的一些轶事是真实的吗，我读起来怎么感到令人羞愧呢。

洪稼犁：这一点不降低他们的威望，他们有弱点，不错。

马立克：是人情味吗？

洪稼犁：有这个，但远远不止这个。

马立克：所罗门的歌，是歌中的雅歌，愿他用口与我亲嘴，因你的爱情比酒更美。

洪稼犁：基督徒的婚礼就唱诵这个，"因你的爱情比酒更美，你的膏油馨香，你的名如同倒出来的香膏，所以众童女都爱你，愿你吸引我。"

马立克：洪牧师的意思是？

洪稼犁：耶路撒冷圣殿重建时，这些诗篇可能是作为献殿礼上的颂唱，被记录下来了，据说还有乐器伴奏。

马立克：大卫的诗，就是指《圣经》中的诗篇吗。

洪稼犁：不一定，有人认为是"为大卫所写的诗篇"，不等于大卫是诗篇的作者，但是这类事情很难考证了。

马立克：所罗门除了写《箴言》和《传道书》，《雅歌》也是他写的吗？

洪稼犁：对，希伯来圣经里只有一卷标题有所罗门名字，就是"所罗门之歌"，中译本译为《雅歌》，可能翻译者想到了古代中国的《诗经》，风雅颂，译得很好。情爱是超越时间的，上帝是万物的创造者，万物包括男女情爱，各种各样的人际之爱，把这组情诗安排在《圣经》里，是非常必须的。

他为南京东路中央商场的最终消逝感到可惜，虽然他在那一刻还没有想到惆怅这个词，中央商场曾经是他生活的重要场所，就像巴尔扎克《驴皮记》开头，一个小伙子走进王宫市场消失在赌馆，他很享受这种消失在陌生人群里的异样快感，混入接踵摩肩的洪流只是不想被熟人一眼识别，一条马路的标志，几十年如一，当它日复一日存在于原处的时候几乎没有人会特别注意到它是否继续存在，而若要意识到它的存在，则必须等到这一标志寿终正寝，杂物、废物、无名之物的堆场，总会带来新的惊喜，多余的，稀有的，匹配的，等候人们对破烂的新期待，廉价商品，积压物资，半成品，残品、次品以及处理品，人们在其中跋涉，迂回，散步，鬼打墙，匮乏时期的恋物癖，反浪费崇节俭的伦理经济学，虚掷时间，而不是赢得时间，对一切物的特殊敏感，紧缺，功能，作用，搬移，替代，加工，意外，匮乏时代的丰富想象力之源，突然，中央空缺了，终于名副其实，它变成了堆满瓦砾的真正垃圾场。

马立克：那么，《列王纪》教会我们的，就是历史故事，它们的意义是一种隐喻，还是对未来的预言呢。

洪稼犁：《圣经》是一部上帝赐予我们的大书，我一直在读，有许多问题我也要请教学问更好的人，谦卑好学是耶稣基督教导我们的美德，你刚才说的《列王纪》，有些像中国司马迁的《史记》对帝王生平事迹的记载，但是时间要比中国西汉还要早一千年，立克小兄弟对知识充满热情令我欣慰，读书一目十行是年轻人博闻强记的优势所在，也可能形成好读书不求甚解的毛病，当然立克小兄弟专门来找我讨教，应该是谦虚谨慎，但是我要问，你读《圣经》的目的是什么，三千多年来，希伯来圣经的阐释与研究不知道留下多少浩瀚的文献，你真要感兴趣研究它，几辈子都不够用。

马立克：谢谢洪牧师当头棒喝，实不相瞒，家母也曾是基督徒，因六十年代国内基督教活动完全被禁止，个人信仰也无法去与弟兄姐妹交流，家父则是个无神论者，他是一个历史学教授，我记得我在五十年代读小学和初中的时候曾经跟随母亲去国际礼拜堂做礼拜，后来就去哈尔滨读大学了。

洪稼犁：继续说，我听着呢。

马立克：中间发生了许多许多事，现在，我从新疆回到上海，我到处游荡，最近家母也从北京回到上海，她问及我的状况，我回避她的问题，因为她提的所有问题都是任何一个母亲会问的，家母看我回避她，就跟我谈我小时候，谈音乐，后来就谈基督了。

洪稼犁：但是，你对基督教的知识兴趣，不是现在才有的，我记得两年前，阿诺就把你带来了。

马立克：是。

洪稼犁：你对知识有兴趣，对真理有怀疑？

马立克：以前是。

洪稼犁：《旧约》可以慢慢研究，立克小兄弟，我建议你集中思想注意力读《新约》，福音就是真理。

马立克：家母也这样说的，她说基督就是真理，真理就是爱。

洪稼犁：是的，哈里路亚！

历史学教授马馘伦一九七五年十二月初给他的儿子马立克的一封信，勉励他振作精神，不要无所事事：

> 立克，你妈妈这次回上海，一是用中医治疗类风湿关节炎，二是看看你在做什么，我不担心你的自主能力，我担心你无所事事，爸爸当然能够明白现在做事有多难，而且不仅难，甚至有风险，去年中央搞整顿，抓经济科技和教育，这是世界潮流，现在反右倾，是暂时的反复，爸爸不相信神，更不相信人可以变神，我都对未来有信心，你才三十出头，怎么那么消极呢？你妈妈说，你一会儿大量读书，有读无类，一会儿像个登徒子，游手好闲，她说她不晓得你在想什么，你读那么多杂七杂八的书，对你毫无用处，你原来的专业可以放弃，爸爸其实也不希望你的专业是制造战争武器，但是因为专业你学了俄语和英语，后来又在新疆自学了日语，这就是你将来的立身之本，我们一家，可能最好的工作领域就是外语，你有语言天赋，自学能力强，现在这个时局，暂时看不清，但是不会永远看不清，爸爸年纪大了，回顾我的前半生真是感慨系之，现在仍然战战兢兢如履薄冰，希望你的将来比我比你妈妈好，不要荒废专业不要虚度光阴，多与你妈妈聊聊，最不放心你的是她，谨记！
>
> 　　　　　　　　　　　　　　　　　　　父字。

林耀华一九七五年读书笔记，关于平等和绝对平等：

巴贝夫，一七六四至一七九七，影响了列宁？

《平等宣言》：不平等，宁可死，不平等即非正义

建立财产公共所有制

废除私有，公共占有，集体仓库，由"上级"平等分配

用"强制的有效劳动服务祖国"

教师与科学家"必须向上级提交忠诚证明"

并承认：这个平等主义世界将有政府官员和官僚机构的庞大扩张

出版物"不许危害平等的正义"

公共食堂，每日配额，私人娱乐被禁止

宗教："所有被称为启示的内容将为法律所禁止"

口号："不平等必须被铲除""穷人必须起来劫掠富人"

《平等宣言》的结论："也许一切都会回归混沌，但从混沌中将会诞生一个新的再生世界"

巴贝夫的军事兴趣与主张：

1．人民游击战争

2．职业革命家

3．法朗吉，即"共同目标之团体"

4．建立根据地

巴贝夫一七九七年叛乱失败，被拿破仑砍了头。

林耀华读书笔记，日期不详：

十九世纪三十四十年代，法国文学，乔治·桑，司汤达，巴尔扎克同时

欧文主义，卡贝主义，傅立叶主义，圣西门主义
共享主义（communion）
共产主义（communism）
正义者同盟，基督兄弟，人民的伟大复活日
流放者同盟，一八三四年，《一个流放者的信仰自由》
"流氓无产者"巴枯宁预言，追求无产阶级专政将导致绝对独裁，马克思对巴枯宁的反驳
第一国际分裂

73

孙来福的玻璃花房有几处漏雨，很难修，地上放了三只旧碗接屋漏水，江楚天说，一落暴雨，刮台风，我们仓库漏了一塌糊涂，要用铅桶接水，孙来福说，花房漏雨不碍事，不过晒台水门汀不吸水，其实住在底楼弄弄花草鱼鸟最好了，阁楼屋顶种花只有上海，房子轧得要死，人轧人，讲了好听空中花园，讲了不好听螺蛳壳里做道场，江楚天说，养鸽子养了晒台上总归是对的，鸽子一放出来就是蓝天白云，孙来福说，住了楼下，养养鹦鹉八哥倒蛮好，关了笼子里解解忱气，听它们叫叫，太阳好，拎着鸟笼到复兴公园兜一圈，养鸽子一定要住在顶楼，相对不会影响邻舍隔壁，你想想看，你了天井里搭一只鸽棚，早饭吃好了拿鸽子放出来，扑棱棱几十只鸽子腾空而起，弄堂狭窄，鸽子只好像直升飞机一样垂直向上飞，必须加大力度，动

作不优雅不去讲究了，鸽子的毛都会脱落下来，像棉絮一样飞来飞去，飞到隔壁人家晾了外头的衣裳上，人家觉得龌龊呀，江楚天说，我屋里了底楼，有只小花园，孙来福说，不一定要种花种草，空了那里也蛮好，清爽呀，晾晾衣裳，乘乘风凉，我空呀，江楚天说，我想跟继中阿爸学习养热带鱼，孙来福说，你屋里有现成的小花园，买两只大鱼缸，一半身体埋在烂泥地里，不要养热带鱼，就养中国锦鲤鱼，容易服侍，就是不能同时养猫咪，猫咪是要吃鱼的，老鼠倒不一定捉，江楚天说，热带鱼好看，而且技术含量高，名堂也多，孙来福说，热带鱼不要随便碰，一碰就上瘾，钞票吃不消啊，样样用钞票天天用钞票，电费就不得了，你看我的小火表，二十四小时了转，伯伯是有许多朋友，大家交换，省了许许多多钞票，小青年不要玩这个！

　　百姓因这路难行，心中甚是烦躁，就怨讟神和摩西，说，你们为什么把我们从埃及领出来，使我们死在旷野呢？这里没有粮，没有水，我们的心厌恶这淡薄的食物。于是耶和华使火蛇进入百姓中间，蛇就咬他们。以色列人中死了许多。百姓到摩西那里说，我们怨讟耶和华和你，有罪了。求你祷告耶和华叫这些蛇离开我们。于是，摩西为百姓祷告。耶和华对摩西说，你制造一条火蛇，挂在杆子上。凡被咬的，一望这蛇，就必得活。摩西便制造一条铜蛇，挂在杆子上。凡被蛇咬的，一望这铜蛇，就活了。

　　　　　　（《旧约·民数记》，二十一章）

为了隆重观摩孙来福收藏的全套"文化大革命"纪念邮票，包括著名错票"全国山河一片红"在内，事关重大，孙来福提议到二楼厢房去进行，这里估计是孙来福跟孙继中妈妈的卧室，收拾得十分干净，一张宁式大床和一座大衣橱占了半个房间，仅有的两把靠背椅并排摆在房门另一边，椅子上整整齐齐摞着报刊杂志，又有两串钥匙和一只票夹扔在椅子最显眼处，看来这两把靠背椅子平常基本是不坐人的，客人自然也是不会进入这个房间的，孙来福等他儿子继中、江楚天还有李致行都入内之后，叫站在最后的孙继中掩上门，好了，现在你们等我几分钟，孙来福撩开大衣橱旁边的一块蓝印布帘，手臂挥动之间板壁出现一扇门，孙来福身手敏捷地闪进后厢房，一切如变戏法一样，江楚天和李致行会意地互相看了一眼，好了，李致行对江楚天说，现在房间感觉似乎宽敞了不少，李致行说，我们今晚看的是秘密图纸，江楚天说，我们站着看吗，孙继中说，不是站了看，是弯了腰看，江楚天说，啥个意思？孙继中说，摆了大床上看，李致行说，你爸爸妈妈困觉的床啊，不会吧，孙继中说，他们睡在里厢房，外头这张床从来不困人的，这张床是我阿爸夜里欣赏邮票的展览台。

宋老师收起邦斯舅舅馈赠的纳兰性德词笺，放在梳妆台镜子旁边，从抽屉里找了一条丝巾把纳兰性德轻轻包好，回头对阿诺说，你舅舅要我为朱莉做点啥？阿诺没想到宋老师现在哪能问这个问题，一时没有反应，宋老师又问，你舅舅对你讲过吗，这本老版书是啥内容？阿诺才缓过来说，四娘舅讲，他五八年离开虹口麦加里本来认为两三年之后会让他回自然博物馆，想不到他的公职已经被开除而且上海户口也撤销了，四娘舅青海一去就是十三年第一次回上海探望外婆外婆已经八十岁了，中间四娘舅回来了好几趟，从来没有想过十几年之前他有些什么贵重东西还留在麦加里，这趟突然青海农场发生泥石流要紧急回去，碰巧我表哥准备了明年春节结婚，女方没有房子，新婚洞房只好先用一用麦加里这间大客堂，所以叫四娘舅顺便检查检查房间里里外外，看到有啥是四娘舅的东西，或者纪念品，可以拿回去，这本词笺就是这趟收拾麦加里老房子翻出来的，宋老师说，这样讲，下次你舅舅再来上海，住到啥地方去？阿诺说，我不晓得，宋老师说，阿诺，你娘舅命不好，不能怪他，他年轻的时候一表人才，阿诺说，娘舅要我代他去看看朱莉，你可以拿地址给我吗，还有传呼电话，宋老师说，这点小事，咦，你娘舅为啥不告诉你？阿诺说，娘舅给我一封信，讲了许多事体，偏偏这个地址忘记写了。

宋筝要阿诺在她的房间里等她一会儿，她去弄堂口给朱莉打电话，很快的，家里所有摆在外面的书你都可以拿下来看，记住，看完放回原处，因为不这样做，她以后就不容易找了，阿诺说好，坏坏地笑笑，宋老师一边穿外套一边问，阿诺你笑什么，阿诺说，地址电话都保密啊，宋老师说，今天要是朱莉在家，我们就一起去看看她，我也有半个多月没见朱莉了，你跟我去，地址不就告诉你了，一举两得，阿诺说，我不是为这个笑的，宋老师立在衣橱镜子前抿抿头发，说，围巾我不戴了，一歇歇就回来，阿诺说，假如朱莉今天有啥原因不能见我们，你一定要在电话里告诉她，是四娘舅的意思，要我去看看朱莉的，有些话要当面对朱莉讲。

似乎有许多影子向你走过来，女人逆光的影子，她们的轮廓线在颤动，离你大概两盏街灯之间的距离，你试图看清她们，或者竭力想看清楚其中之一，她们或她，却偏偏模糊下去，她们好像在舞台上，她们意识到你在看她们，但是她们一直保持这样的距离，她们隐藏在逆光的暗处，为什么呢，这样有什么必要吗，不让你看清，又站在那里不走开，那些身体与脸庞的黑色轮廓，无法辨别其年龄韶华，对呀，她们隐藏的仅仅是年龄吗，无限的虚无时间令人恐惧，肉身，躯壳，皮囊，火焰般的女人和金属般的男人，金属的腐锈与火焰的熄灭，重重的帷幕合拢了无限珍贵的肉体，躯壳，皮囊，九九归一永恒的轮回，看哪，那些影子！

74

孙来福：今天高兴，跟几个小朋友多吃了几杯老酒，真的开心。

孙继中：阿爸到底有点啥邮票，我都不清楚。

孙来福：这个，就简单看看，可以了，"文化大革命"纪念邮票，全套齐的。

江楚天：一共有多少套？

孙来福：七十几套吧，七二年之后就不再发行"文革票"了。

李致行：不好看，差不多，千篇一律。

孙来福：致行敢讲真话，的确不好看，毛主席，工农兵，祖国山川河流，延安宝塔井冈山黄洋界爬雪山过草地。

江楚天：集邮不是为了美术欣赏，两桩事体。

孙来福：楚天也讲对了，集邮的乐趣第一是"收集齐全"，或者专题收藏，里厢花头经交交关关，实寄封、首日封、盖销戳、邮封角、小型张、小本票，我是半路出家。

李致行：全国山河一片红，是哪一张。

孙来福：这张我另外摆开了，其实无啥看头，一张中国地图，全部是红色，台湾也是红的，出严重政治问题了，六八年全国统统成立革命委员会，发行这个邮票，结果发通知全部收回，但是还是有不少流落出去了，这个叫错票，白相邮票的人都晓得错票很珍贵，看是呒啥看头的，邮票体积小，便于收藏，好看不好看不太重要。

李致行：我小时候，看到外公有几本集邮簿，外公让我看，我记得好像都是外国邮票，图画很漂亮。

孙来福：外国人做的东西当然挺括，世界上第一张邮票是英国人弄出来的，邮票的老祖宗。

李致行：伯伯，你有外国邮票吗？

孙来福：有，不多。

李致行：中国邮票设计太土，我们不集邮，给我们看看外国邮票吧，我们只欣赏。

孙来福：喏，你们看，这张是英国邮票，维多利亚女王的头像。

孙继中：铜版画。

李致行：有些眼熟。

孙来福：你眼熟是这张邮票吧。

李致行：对对，我外公那边的香港亲戚，最近寄来的信都贴这个邮票。

孙来福：现在香港用的女王邮票是伊丽莎白二世，还活着呢，这个邮票的价值就是邮票上的价值。

江楚天：这个维多利亚女王就很值钱了？

孙来福：不知道国外邮票市场行情，这张邮票是一九〇一年维多利亚女王去世发行的纪念邮票，如果当时发行量多，许多人都收藏，现在就不会太值钱。

江楚天：七十几年了，可能值点钱。

孙来福：这几张比较好看，颜色好，像我鱼缸里的热带鱼，这张邮票面值一分，圭亚那发行的，黑底红色，漂亮吧，还有这张，慕尼黑发行的，图案是老式水车，邮戳多漂亮，像太阳旗，这张是毛里求斯的，这张是德国的。

李致行：伯伯像是做研究的，每张邮票都附一个中文说明。

孙来福：这个也是学习啊，哦，巴伐利亚，本来我根本不知道德国有个巴伐利亚。

李致行：继中，你爸爸有这些邮票，你可以画画了。

孙继中：一般欧洲的邮票本来就是一幅画，一幅铜版画。

江楚天：你画什么？

孙继中：素描，水彩，油画。

李致行：中国人不画铜版画吗？

孙继中：刻木刻的比较多。

李致行：为什么？

孙继中：没什么为什么，传统不一样，中国的材料传统是纸，木，水墨，欧洲是油彩，亚麻布，金属，欧洲的铜版画在十五世纪就有了，作为书的插图，还有藏书票，邮票一发明，自然铜版画就跟上去了。

江楚天：伯伯，你怎么会有这些外国邮票的，继中说，伯伯是前几年做逍遥派之后才开始积攒的，中国邮票好弄，外国邮票哪去弄啊？

孙来福：谁说中国邮票好弄？你们谁给我弄一张中国小龙票，我的鸽子你随便挑！

翁史曼丽的大黑猫死了，它忠诚地跟了翁史曼丽七年，不像猫，倒酷似狗，翁史曼丽为了这只黑猫，陆续给它购置了许多用品和配件，睡觉篮子，吃猫食和饮水的盘子，猫抓了玩的毛线球，梳毛的刷子和木梳，一只专用搪瓷脸盆作为厕所，还有项圈和皮带，翁史曼丽最后一次给大黑猫洗澡，用吹风机吹干，将自己的一件棉毛衫包裹了这只大黑猫的遗体，放入了旅行袋，翁史曼丽从容地做好这一切，抽了一支烟，简单地描画了自己的眉毛，拎着那只旅行袋下楼，轻手轻脚，开门关门，在淮海中路叫了一部三轮车，直接去了外滩公园，翁史曼丽走进公园朝人迹稀少的地方快步疾走，沿路捡了几块砖石塞入她的旅行袋之中，但是她又发觉这只人造革袋子太沉了，很容易引起游人注意，翁史曼丽于是先取走那几块笨重的砖石，将这要命的旅行袋隐匿在靠近苏州河的树丛里，舒了一口气，站在苏州河靠近黄浦江的沿岸吸了两支烟,冬至将至,夜长日短,黄浦江两岸上空的天幕迅速暗了下来,翁史曼丽分两三次把旅行袋与那几块砖石挪移到光线已经幽暗的苏州河边,一切就绪,那只装着大黑猫的旅行袋缓缓地沉入河里,几秒钟后,水面上出现一个小小的漩涡,然后恢复了平静。

宋老师果然一歇歇回来了,阿诺说,电话打通了?宋老师说,不急不急,我先脱脱外套,你帮我去弄堂对面水果店买点水果,我烧壶开水,阿诺说,朱莉等一歇过来啊,宋老师说,朱莉电话里讲,与其你们两个人过来看我,还不如我一个人过去看你们,阿诺说,苹果我已经买好了,四娘舅关照过了,一本书给宋老师,几只苹果带给朱莉,宋老师说,哦哟,你舅舅送我是厚礼,实在不好意思,阿诺说,我今天下半日准备分别拜访宋老师跟朱莉的,现在计划改变了,宋老师说,阿诺你的意思我听出来了,你有闲话要对朱莉一个人讲,是你舅舅叫你传话给朱莉,所以我夹在中间,碍手碍脚是吗,阿诺说,宋老师其实对我们家里这点事体比我还晓得了多,并没有啥可以瞒着宋老师,我姆妈一直对我阿爸讲,宋老师是她的小姐妹,宋老师说,我跟你姆妈,还有朱莉,三个女人是无话不谈的,你晓得不?阿诺终于忍不住,对宋老师说,四娘舅这趟叫我单独寻朱莉,不仅不要告诉你,连我爸爸姆妈都不告诉!

深冬时节,太阳懒洋洋张曼雨闲来无事,在母亲几只柜子和壁橱中东翻西翻,找到她与丈夫一九四八年回国随行李带来的一本薄薄的小说,舍勒姆写的《假期》,很久很久没有读英文小说了,张曼雨坐在铺了线毯的藤椅上,翻开这本有点陈腐气息的书的第一页,立即被深深吸引住了,一个傻乎乎的姑娘叫米凯蒂,对生活毫无了解,随随便便嫁给了外科医生皮尔特,后来跟丈夫去了香港,在那里米凯蒂因为无聊而与另一个风度翩翩的税务官亨利发生了一场热恋,亨利起先表示他愿意和米凯蒂厮守一生,但没几天就反悔了,他对米凯蒂明说他不会为米凯蒂离婚的,米凯蒂因了这场爱情背叛几乎要被击垮了,米凯蒂丈夫皮尔特了解到妻子的外遇受到重创,他们决定去中国内地的一个小山村疗伤,于是米凯蒂在那个平静的小山村开始了心碎者无休无止的自责与追问,张曼雨被小说吸引了,多少年了,英国小说和法国小说,还有音乐,克拉拉与勃拉姆斯,李斯特与玛丽,那种令人心碎的爱、绝望的爱,离开她都有多久了,少女或少妇的心碎的爱,剧烈,微妙,疼痛,到底做错了什么,那些一去不复返的时光,往昔,背叛,分手,张曼雨依稀想起,这本小说她曾和马諴伦讨论过,舍勒姆把一个英国故事放到二十世纪二十年代的中国,是他们决定买下这本流行小说的原因,可惜,当时他们归心似箭,他们之后再也没有碰过这本不起眼的英国小说。

75

朱莉和阿诺面对面坐下了,阿诺是第一次这样近距离地直视她,借助邦斯舅舅给予他的使命,阿诺沉默地凝视她,朱莉皮肤本来就白,由于生病初愈(阿诺是这样猜测的，他不知道朱莉半个月前做了人工流产），现在朱莉的脸色白得几乎透明，阿诺觉得他可以看到朱莉颧骨上方的毛细血管，淡蓝色的，里面的骨头支撑着她的脸庞，那张贫血的脸，有一种非常勉强的意志让朱莉保持了她一贯的平静，阿诺发现了朱莉深藏不露和不为人知的孤独，似乎连邦斯舅舅都未必能够真正懂她，或许这一瞬的浮想联翩只不过是某种假象，确实有一类女人，当然男人也同样，她们的长相与表情让人捉摸不透，其实她们并非那么心思复杂，但是她们拥有的那张鲜活或矜持的脸总是传达出许多种涵义，要解读这样的女人非常不容易，与她们对话要十分小心翼翼，她们有时候会表现出一种试图逃脱你观察的努力，暗示你，这一切都是你虚构出来的错误印象，真相根本不像你们想的，她们同样在随时捕捉你的真正意图，但是无论如何，对话必须开始，即便从一句废话开始，我们都懂。

耶和华　神对蛇说："你既作了这事，就必受咒诅，比一切的牲畜野兽更甚。你必用肚子行走，终身吃土。我又要叫你和女人彼此为仇；你的后裔和女人的后裔也彼此为仇。女人的后裔要伤你的头，你要伤他的脚跟。"又对女人说："我必多多加增你怀胎的苦楚，你生产儿女必多受苦楚。你必恋慕你丈夫，你丈夫必管辖你。"又对亚当说："你既听从妻子的话，吃了我所吩咐你不可吃的那树上的果子，地必为你的缘故受咒诅。你必终身劳苦，才能从地里得吃的。地必给你长出荆棘和蒺藜来，你也要吃田间的菜蔬。你必汗流满面才得糊口,直到你归了土,因为你是从土而出的。你本是尘土,仍要归于尘土。"

(《旧约·创世记》三章)

朱莉:阿诺。

阿诺:嗯。

朱莉:是你寻我,啥事体,宋老师讲是舅舅的意思。

阿诺:我不晓得从啥地方开始讲起。

朱莉:这有啥难的,你舅舅讲你能说会道。

阿诺:比方讲,我寻你,应该先称呼你,但是我不晓得哪能称呼,我从来没有称呼过你。

朱莉:这个倒是确实的,但是,阿诺你有没有想过,这是为啥?

阿诺:我当然晓得。

朱莉:你舅舅在你面前称我啥?

阿诺:朱莉。

朱莉:朱莉是我名字,你为啥不叫。

阿诺:因为辈分不一样。

朱莉:辈分?

阿诺:是,舅舅一直讲,你应该是我的小舅妈。

朱莉:不可能的。

阿诺:这趟四娘舅匆匆忙忙一只电报叫他回青海,他在我屋里等了一天,叫我姆妈寻你,等到天黑,舅舅几次流眼泪水,他从来不哭的。

朱莉:我生病了,不想让你舅舅晓得,也没有告诉你姆妈。

阿诺：你们大人的事体我不管的，但是舅舅要我来看看你，就是看看你，我感觉，你，我不晓得哪能称呼你，你了回避。

朱莉：叫我名字好了，还有，阿诺你已经十八岁了，是大人了，我可以统统告诉你，只要你问得出，我朱莉都答得出。

阿诺：我不想打听舅舅的事体。

朱莉：不只是你舅舅的事体，也是我朱莉的事体！

阿诺：但是，要是不是我的四娘舅，我不会认得你朱莉。

朱莉：哈哈，认得你们范家的人五年了，你第一次叫了我一声朱莉！

我追想这些事，我的心极其悲伤。我的心哪，你为何忧闷？为何在我里面烦躁？应当仰望　神，因祂笑脸帮助我；我还要称赞祂。

你的瀑布发声，深渊就与深渊响应，你的波浪洪涛漫过我身。白昼，耶和华必向我施慈爱；黑夜，我要歌颂祷告赐我生命的　神。

（《旧约·诗篇》四十二篇）

纤纤农场来电报，称纤纤发高烧住院了，现在病情稳定，但连续晚上做噩梦惊叫不止影响其他病员休息，请家属赴崇明接纤纤回沪休养，焦头烂额的东东正在收拾行李，沪东造船厂有一个支援柳州西江造船厂的项目，东东两天之后就要出发，上午接到电报连夜把神情恍惚的纤纤弄回家中，陪同东东的一位农场干部对东东说，纤纤同寝室的一个女职工触电死在仓库里，一直没被发现，开始还以为她去了其他的队，三天后还没有露面，就打传呼电话问这个女职工的家人是不是叫她私自回家去了，回说没有，家属也着急了，到处问，又过了四天，这个女职工的尸体在一个很少使用的库房里被发现了，据看过现场的人说，库房打开后人们就闻到一股呛鼻的恶臭，他们知道事情不妙，没有人敢进去，喊了几个六十年代就来崇明垦荒的老职工前去察看，结果，那四个老职工打着手电走进库房深处，外面围观的人们听到里面的尖叫声，而且是连续的尖叫，同时，有一大群老鼠从库房的黑暗处窜了出来，从那些站在库房门口围观的人脚下逃出门外，这位农场干部一边向东东绘声绘影地描述，一边身体在打战，东东问，纤纤也在场吗，农场干部说，纤纤是事后知道的，但是她受到严重刺激，因为她们两个关系挺好的，而且，而且，农场干部欲言却止，东东说，而且怎么啦，农场干部说，那个女职工可能是自杀，没被及时发现，却被老鼠发现了，那天进入现场的几个人，他们看到上百只老鼠爬在那个尸体上，把死者的肚肠都吃光了。

76

一只成年雄性老鼠的尿液散发的气味，会向雌性老鼠透露希望交配的愿望，这种气味还带着信号让年轻的雌性老鼠提早性成熟，加快其交配和怀孕的准备速度。家鼠整年都可以进行繁殖，雌性老鼠每年生产多达十次，在十八至二十一天的妊娠期后，雌性老鼠最多可产下十二只幼鼠，通常是五到六只，雌性家鼠出生六周之后就可以进行交配了，从理论上推算，一对老鼠夫妻在二十一周之后会有五百多个孩子、孙子和重孙子。

新生的家鼠完全赤裸，既看不到也听不见，十分无助，体重只有一克，完全依赖母鼠的照顾，包括靠母鼠的体温。

新生第三天的家鼠开始吮吸母鼠的乳汁，基本处在睡眠中。

第六天，幼鼠的耳朵打开了，毛发出现，腿、爪子和尾巴变长，形象与成年老鼠接近了。

到了第十天，幼鼠已经长出浓密的棕色体毛，但仍然需要母鼠帮助保暖，不久后它们就会睁开眼睛了。

十四天之后，好了，它们可以离窝活动了，再过三天，它们开始吃固体食物，但是母鼠会继续给它们哺乳，直到四周后断奶。

阿诺：对不起朱莉，我不应该找你，四娘舅也讲我十八岁了，是成年人了，其实我不是，没有人告诉我，你有选举权了。

朱莉：什么选举权，你舅舅说的？

阿诺：我只是知道你在四娘舅心目中分量很重。

朱莉：他让你对我说这个？

阿诺：没有，他只嘱咐我一定要代他看看你。

朱莉：代他？

阿诺：是，那一个礼拜，你什么消息都没有，他丧魂落魄。

朱莉：后来我写信给你舅舅了，解释过了。

阿诺：我知道。

朱莉：你知道？他说我生了什么病？

阿诺：他没说，你的病要紧吗？

朱莉：哦，是慢性病，还要检查和观察，我心里很烦你晓得吗。

阿诺：但是你不应该瞒着，我姆妈也跟了急。

朱莉：讲给他听没有用，因为他帮不了我。

阿诺：但是你最后还是说了。

朱莉：阿诺，你是在批评我吗，但是但是。

阿诺：我不知道应该说什么。

朱莉：你对宋老师讲，你有话要对我说，是你舅舅有话带给我，所以宋老师就避开了。

阿诺：其实没有，如果是你们两个人之间的重要话，四娘舅不会让我传的。

朱莉：那你骗了宋老师？

阿诺：我随口讲的，我急了，她一定要挤在我们中间，根本没有她的事。

朱莉：你不是很喜欢宋老师的吗。

阿诺：谁说的。

朱莉：我看出来的，你妈妈也发现了。

阿诺：瞎讲。

朱莉：宋老师伤害你了？

阿诺：哪有，你们几个女人，还有我姆妈，背后说我什么了？

阿诺连续五天没有去上班了，他只有一张两天的病假单，昨天下午阿诺到牡岭街道地段医院找董医生，下午没有几个看病的人，董医生走开了，只有一个实习生在看报纸，他认识阿诺，说董医生上楼开个小会，你稍微坐坐，然后继续看他的报纸，阿诺心神不定，看见董医生办公桌左侧抽屉半开着，他眼尖，里面似乎有两张病假单，可能是写错字了，作废的，阿诺偷偷窥视那个实习生侧对着他，眼明手快，把那两张病假单捞了出来，塞进自己的裤兜中，阿诺以前有过一次这样的冒险，伪造病假单，伪造的方法其实并不复杂，但是有一个前提，病假单本身必须是真实的而且是盖了专用章的，空白病假单平时都放在医生的衣兜里，偷是不可能的，唯一的机会，是设法搞到作废的或过期的病假单，前一次，阿诺将一张休息半天的病假单改成休息三天，这个方法，需要传说中的"褪色灵"，但是什么叫褪色灵呢，褪色灵的化学配方应该是怎么组合的呢，为此阿诺向东东讨教过，东东说，先要把蓝墨水溶解，然后再除去，我们可以做做试验，需要起码两种液体，一个酸性的，一个是碱性的，最后两个东西中和，也许就能把纸上的蓝墨水痕迹除去，许多天之后，东东与阿诺搜集了十几种药物，居然把这种神奇的褪色灵配方弄出来了，甲液是高锰酸钾溶液，乙液是维生素C溶液。

江楚天听他母亲说，翁家姆妈最最欢喜的黑猫死了，不免有些幸灾乐祸，江楚天早出夜归不过问家长里短婆婆妈妈的事，但是他母亲总会在他耳边嘀嘀咕咕讲邻舍隔壁的闲闻，并不管江楚天听不听，什么十七号的谁生肝炎了，二十三号的谁吃了几年官司放出来了，一面问楚天饭要再添一碗吗，汤要不要再摆了煤气灶上热一热，也不要江楚天搭腔，母子俩已经非常默契了，但是今天晚上不一样，江楚天突然听到姆妈讲，二楼的大黑猫死了，翁家姆妈哭得两只眼睛血血红，停下手里的筷子，莫名其妙地讲，好好好，黑猫死了，白猫顶好也死掉，天下就太平了，江楚天母亲说，啥意思啊，人家屋里的猫碍你什么了？江楚天说，我最恨猫，猫阴丝刮搭，不祥之兆，顶好全世界的猫统统死光，江楚天母亲觉得儿子今天有点反常，弄不懂，猜想儿子这几天工作可能不顺利，受人气，赶紧逃到厨房间去了。

77

纤纤这趟回上海兴师动众，把历次带到农场宿舍里的全部一年季节换洗衣服被头铺盖日常用品夯帮郎当运到上海屋里，摊了两个房间扑扑满，纤纤说，她要把所有物件洗的洗，晒的晒，做一次彻底消毒，冲冲晦气，不幸触电去世的那个同寝室女职工本来两个人关系蛮热络，就是农场里纷纷扬扬传的那个几百只老鼠的场面让纤纤受到严重刺激，所以事情的性质变了，纤纤要阿诺到淮海中路蓬莱药房买了许多六六六、来沙尔、白醋跟药水肥皂，分批分类洗晒这两房间的腥醒物件，不要阿诺碰，但是阿诺必须立了她旁边陪她讲话，厨房间的自来水哗啦哗啦用掉不晓得有多少，阿诺立了旁边时间长了，腰酸背痛，说还不如让我帮你纤纤做点别的事体,纤纤说,你去搬只小矮凳,寻本书看看,沈灏有好几本史蒂文森写的小说藏在东东的床底下,阿诺你可以一面坐了吃香烟一面看书,夜里你陪我,不许走,给我讲故事。

孙继中读书摘录之一:
　　和与同异,声亦如味
　　一气,二体,三类,四物,五声,六律,七音,八风,九歌,以相成也
　　清浊,小大,短长,疾徐,哀乐,刚柔,迟速,高下,出入,周疏,以相济也
孙继中读书摘录之二:
　　夫礼之初,始诸饮食。《礼记·礼运》
　　一曰食,二曰货,三曰祀,四曰司空,五曰司徒,六曰司寇,七曰宾,八曰师。《尚书·洪范》

　　耶和华对摩西、亚伦说:……但那倒嚼或分蹄之中不可吃的乃是:骆驼,因为倒嚼不分蹄,就与你们不洁净……兔子,因为倒嚼不分蹄,就与你们不洁净。猪,因为蹄分两瓣,却不倒嚼,就与你们不洁净。这些兽的肉,你们不可吃,死的,你们不可摸,都与你们不洁净……凡在海里、河里,并一切水里游动的活物,无翅无鳞的,你们都当以为可憎……你们不可吃它的肉,死的也当以为可憎……雀鸟中你们当以为可憎、不可吃的乃是:雕、狗头雕、红头雕、鹞鹰、小鹰与其类;乌鸦与其类;鸵鸟、夜鹰、鱼鹰、鹰与其类;

鸮鸟、鸬鹚、猫头鹰、角鸱、鹈鹕、秃雕、鹳、鹭鸶与其类；戴鵀与蝙蝠。凡有翅膀用四足爬行的物，你们都当以为可憎……你们也不可因地上的爬物污秽自己。我是把你们从埃及地领出来的耶和华，要作你们的 神，所以你们要圣洁，因为我是圣洁的。……要把洁净的和不洁净的，可吃的与不可吃的活物，都分别出来。

(《旧约·利未记》十一章)

马立克：圣洁这个词，在《圣经》中居于一个非常重要的位置，它与洁净的关系是怎样的呢，就是我们讲的卫生吗？

洪稼犁：卫生是一个现代医学的名词，个人卫生和公共卫生，但是在《圣经》里，主要是《旧约》，洁净这个词关系到献祭仪式，当然也影响了当时犹太人的生活习惯，这是一个很有意思的话题。

马立克：洪牧师建议我主要去读《新约》，但是我还是放不下摩西五经。

洪稼犁：这很好啊，《圣经》是万书之书嘛……马兄弟的问题，在《利未记》中有描述。

马立克：在《创世记》中，上帝说一切地上走的天上飞的水里游的，都是人的食物，但是到了《利未记》，上帝改变主意了。

洪稼犁：不是上帝改变了，是人改变了，所以人被赶出了伊甸园，因为人的过犯，得罪了上帝，人就以献祭的形式与上帝修复关系，洁净是献祭中非常重要的一个象征，于是，本来这个无知的世界，就被智慧区分开来，包括洁净和污秽。

马立克：马立克领教。

洪稼犁：但是，祭祀中的"不洁净"不是指道德和行为上的，比如疾病，接触过尸体，妇女生产，月经，甚至包括房间很脏，衣物发霉，这些仅仅属于一个人在礼仪上的"不洁"，不涉及道德，当时的情景与今天不同，不过，基督徒的洁净包括礼仪习惯，我觉得都是好的。

纤纤很快就睡着了，还打起了呼，她可真是累坏啦，衣服晾出去了，还有许多物件没有力气整理，吃过夜饭，两个人一道打哈欠，纤纤说，我困了，故事明天讲吧，但是你要等我睡熟了起码一个钟头之后再回家，电灯不要关，我睡了小哥哥床上，我的房间你不要进去，明天我要打来沙尔，你坐了我床边上，等我睡着了再吃香烟，她声音越来越轻，一分钟不到就进入梦乡，阿诺立起来，在东东桌子上拿了几张印有沪东造船厂工会字样的信笺，给邦斯舅舅写信：四娘舅你好，近日已经在宋等家里见到了朱莉，刚刚写到朱莉两个字，就觉得别扭，停下笔，想想到底啥地方别扭，想不出啥个原因，总不见得写小舅妈，阿诺回想起，朱莉讲"不可能"三个字的表情，斩钉截铁，好像很怨恨，东想西想，信写不下去了，干脆把第一张信笺撕掉，揉成一团，塞进自己裤袋里，再写：四娘舅你好，又卡住了，这时候阿诺听到纤纤讲梦话，口齿不清，好像跟一个人解释什么事体，模模糊糊，翻只身，又没有声音了，阿诺走到床边，轻轻摸摸纤纤额头，纤纤睡得很沉，阿诺想起纤纤白天讲的,要阿诺夜里陪她,讲故事,当时觉得纤纤的意思是想跟阿诺一道睡觉的,看来纤纤没有这个意思,自己先睡了,让阿诺一个钟头之后再回自己屋里睡觉,苦笑了一下,三盏灯关了两盏,拉开房门,反身关上,离去了。

翁家姆妈每天有做不完的家务,从三楼下到二楼,又从二楼下到亭子间,再从亭子间下到底楼厨房,然后复上二楼或直接上三楼,她周而复始上上下下细碎的脚步声像时钟一样告诉了时间正在每个眨眼之间逝去,除了她的侄子牛皮筋,没有任何人注意到她的眼珠有些混浊,底楼的公共厨房是江楚天姆妈与翁家姆妈交换时事新闻的唯一场所,在这两位同样忙忙碌碌的女人可支配的闲聊时间中,不知道有多少零七碎八的琐碎杂闻浩浩荡荡地流过而不留一点点痕迹,但是今天午前翁家姆妈有些异样,她严肃的神态似乎从一个葬礼归来,平常的絮絮叨叨被一种不寻常的沉默无语所取代,江楚天姆妈向翁家姆妈打了一个含糊的招呼,有问无问地说,下来烧饭啦,翁家姆妈居然没有应答,好像压根就没有听见,或正沉浸在自己尚未释然的悲伤之中,江楚天姆妈说,翁家姆妈,想开一点,再去抱一只猫咪回来,想开点。

一个风和日丽的下午,虽已是隆冬,温煦冬阳很踏实地投向复兴公园的西门,读报栏前围聚了一群居住在附近的街坊行人,路边也有几个缄默不语的站立者,他们戴着口罩看不清他们的表情,读报栏那里有些小小的骚动,惊惶不安，情绪低落，一排照片，刚刚被处决的死刑犯，年关又要到了，最后掉落的一批梧桐枯叶在肃杀的思南路围墙角滚动，梧桐树是巴黎的也许是南京的，斜对面孙中山故居关闭数年了可能会永久关闭，送葬行列无声地走过中华门红领巾是红旗一角它用烈士的鲜血染成，马路上丝毫没有将要过年的气氛，黑体大字标语触目惊心视若无睹，反击右倾翻案风，走资派还在走，一个穿着黑色粗呢厚大衣的女人蹲在孙中山故居围墙铁栅栏外，伸出她的手，轻轻呼唤着，她眼睑潮湿，一条晶莹的清水鼻涕挂在鼻尖，她的黑围巾里冒出汗气，她身量不足屁股硕大，她轻轻向铁栅栏里面呼唤，先是一只手，然后是两只手，她的胳膊与屁股形成了一个起吊机的侧影，寒日光芒中一只小黑猫从花园枯黄草坪向她走来，跃过矮矮的灌木丛，四目相对。

　　我将你的来信放在左乳房下
　　人们说那里离心脏最近
　　后来困乏的我渐渐入睡
　　但那已经醒来的爱则全不知黑夜降临
　　我躺在床上入眠
　　不，根本无法入眠
　　因为你的信
　　尽管放在我的乳房下
　　却让我的子宫烈火一样燃烧
　　（中世纪康斯坦斯修女致博德里修士的一封私信）

78

天黑了,纤纤说我们到淮海路去吃饭吧,阿诺说,两个人,吃什么,纤纤说,去成都饭店哪能,阿诺说,我随便,两人走过思南路,踏进成都饭店店堂,十几只台子,只有两只台子有人吃老酒,纤纤说,太冷清了,阿诺说,要么去前头天津馆吃韭菜饺子,就在陕西路过去一点,纤纤说好,快点走,我手冻僵了,到了天津馆门口,隔了玻璃门里厢好像很热闹,阿诺掀起棉帘,先把又冷又饿的纤纤推了进去,正要回身关上玻璃门,就听到一个很熟悉的声音叫嚷:又来了一对!周围响起许多人的笑声,来来来,再拼一张桌子,阿诺抬头一看,真的觉得十分尴尬,想不到突然与失去联络的江楚天劈面撞见,而且以江楚天为首,左手边是郭小红和孙继中,右手边居然是翁柏寒和李致行,旁边还有一个不认识,那个人自我介绍说,我是孙继中的朋友何显扬,阿诺一下有点儿晕头,辞不达意地说,你们聚会啊,也不叫我,服务员过来,说你们让一让,一二三四五,孙继中说,八个八个,两张方桌拼一拼,服务员说,不行,八双筷子八只碗摆不下,饺子盘子大,你们还要喝酒吧,到里边去,给你们一张大圆桌,于是七八个人轰隆轰隆朝里面走,阿诺说,你们都提前回家过年了,翁柏寒说,她是你女朋友啊,难怪招呼不打,阿诺说,说来话长说来话长,一面吃老酒一面讲,今天真难得,李致行说,是纤纤啊,几年没见啦,还认得我吗,纤纤说,当然认得,我们一道打牌的,李致行说,你讲,我叫啥?纤纤说,反正都认得,你们都是我小哥哥跟屁虫,至于你们的名字嘛，我想你们班上的班主任都忘记得一干二净了！

生活是如此漫无目的，这一分钟不知道下一分钟，意志都在随时改变方向，你溶解在你无法预见的他人的洪流中，一个陌生人，更不要说一个熟悉的人，他与你重逢，邂逅，你只要一个闪念，你下一刻就会出现在某个意想不到的地点，见到更多的陌生人，那些本来不太有可能向你打开的门向你敞开，另一些人名，名称，场面，概念，杂念，赞赏，迷惑，一起掺和进来，你不需要的教诲，目标，多余，好奇，这座城市简直无奇不有，重大发现啊，你突然产生出一种几乎从未有过的野心，你想了解眼前的一切并包括它们背后隐藏的一切，你忘了这是二十世纪七十年代的上海，它可不是十九世纪中叶的巴黎与伦敦，其实你对巴黎伦敦的了解完完全全是一堆过时的文学皮毛，不不，你的好笑的野心虽然只闪现了几秒钟，却扎根在你的未来土壤深处，或许这个好笑的瞬间的闪念真的会变成现实，而那个动力却绝非是年轻时代萌生的计划，不自量力，好高骛远，恰恰是你一贯的漫无目标，它一直在明里暗里诱惑你，你从来没有走在人间正道上。

八个人重新落座，江楚天与翁柏寒叫服务员过来点菜，阿诺说，今天有啥好事，发财请客，江楚天说，今天奇怪，三摊人，都来吃饺子，结果碰到一道，千年难遇，阿诺说，哪三摊，孙继中说，加上你们两个，阿诺跟纤纤是第四摊了，纤纤说，不会吧，一塌刮子八个人，江楚天说，我跟小红，致行三个人出来吃夜饭，新粤酒店价钿太贵，改变方向吃水饺，结果了老大昌门口碰到孙继中，何显扬说，还有我，阿诺说，只有两摊人，翁柏寒说，我一个人单吊，阿诺说，翁家姆妈不烧夜饭把你吃了？江楚天说，翁家姆妈宝贝猫咪死了，做头七，七天不烧饭，翁柏寒说，夸张夸张，阿诺说，牛皮筋，到底哪能桩事体？翁柏寒说，大婶婶没心思烧饭，我出来买水饺回去，碰到他们了，孙继中说，阿诺你专门跑过来吃天津饺子啊，有点奇怪，阿诺说，不管啥个原因，反正蛮有意思的，今天哪能会钞？江楚天说，我，继中，阿诺跟牛皮筋四个人付账，女人不付钱，朋友的朋友也不付钱，纤纤说，好呀，今天夜里你们可以做一趟男人了。

江楚天说，菜点好了，天津馆我来得少，他们主要卖饺子，热菜少，冷盆多，郭小红说，啊哟，冷盆啊，翁柏寒说，热菜有的，放心，纤纤说，你们要吃老酒，可以吃冷盆的，要么先来几份饺子，空肚皮吃老酒不舒服，旁边服务员说，饺子已经下锅了，饺子冷盆热菜一道上，孙继中说，酒呢，江楚天说，叫了，两瓶绍兴黄酒两瓶张裕红葡萄酒，牛皮筋讲，要照顾小姑娘的，翁柏寒说，本人姓翁，主人翁的翁，松柏的柏，寒冬腊月的寒，住了江楚天楼上，这里我年纪最大，江楚天说，大家叫他牛皮筋好了，亲切，翁柏寒三个字，讲也讲半天，纤纤说，是的，我想起《红岩》里厢的《红梅赞》，翁柏寒说，就是，寒冬腊梅，郭小红说，牛皮筋是老三届老高三，庆祝解放的意思，江楚天说，不要乱讲，孙继中说，这点酒不够的，我们再要两瓶白酒，服务员！服务员在门边一直听着，回话说，只有七宝大曲，五十五度，要不要？

李致行坐在翁柏寒右手，侧身和另一边的何显扬低声说话，郭小红大声说，李致行，说响点，不要嘀嘀咕咕开小会，李致行说，显扬刚认识，新朋友，你们只顾讲废话，人家又插不进，江楚天说，讲给我们大家听听，是不是也是废话？孙继中说，都是废话，说过了就作废，翁柏寒说，我晓得的，你们只要碰到一道，肯定是讲政治，江楚天说，李致行又有什么高见了，刚刚下午你在我家里讲得还不够？阿诺说，致行听到啥个内部消息了，李致行说，算了算了，这种场合还是聊聊轻松一点的话题，而且小红跟纤纤也在，她们对政治又没有兴趣，郭小红说，这样说起来，致行刚才跟继中这位画画朋友咬耳朵，不是在谈论内部消息啰，我最烦内部消息，尤其是北京传来的消息，我最讨厌，纤纤说，哦，你是画画的呀？何显扬说，插兄插兄，跟继中安徽认得的，郭小红说，你刚刚跟致行是不是谈内部消息？何显扬说，那倒没有，我不关心政治，纤纤说，那你关心什么？何显扬说，我只关心自己。

79

马立克：洪牧师，家庭生活的重要性，是《箴言》的基本关注点吗？

洪稼犁：这是当然的，家庭是人际关系的核心，圣父圣子圣灵三位一体，圣母圣子都是一样的象征，但不仅如此。

马立克：还有呢？

洪稼犁：在《箴言》看来，除了家庭，人也需要好邻居，好朋友，有些时候朋友比家人更可贵，《箴言》说："你的朋友和父亲的朋友，你都不可离弃。你遭难的日子，不要上弟兄的家去，相近的邻舍强如远方的弟兄。"还有呢，为了交朋友，就要表示自己的善意，《箴言》说："你那里若有现成的，不可对邻舍说：去吧，明天再来，我必给你。"因为对朋友要慷慨，讲诚信。

马立克：那么，什么人是不可交朋友的呢？

洪稼犁：《箴言》确实真了不起，耶和华说祂所恨的有七样："高傲的眼，撒谎的舌，流无辜人血的手，图谋恶计的心，飞跑行恶的脚，吐谎言的假见证，并弟兄中布散纷争的人。"

马立克：我记得了，洪牧师。

洪稼犁：爱你的朋友们，他们是你的姊妹兄弟。

地图还是五年前的老样子，马路两边的梧桐树没有丝毫改变，穿越街头吞云吐雾逃离乡村，游荡的人自闭的人苦闷的人浑浑噩噩的人，无忧无虑的人和无所期待的人，暗恋的人与失恋的人，临死的人和将要诞生的人，所有还等待黎明的人你们有福了，此刻，这里的八个年轻人，六个男孩正在不停诉说，作为互补，两个女孩也不时加入进来，不同的音频于是在小小的饺子馆空间里产生尖锐啸叫的嘶嘶声，他们吵吵嚷嚷，不停地吸烟，郭小红对纤纤说，我宁肯自己也吸烟，呛死我了，纤纤说，我在崇明，他们男的个个吃香烟,江楚天说,天冷,大家吃香烟等于房间里烧火炉,郭小红说,我跟纤纤到门口透透气,纤纤说,我不去,门口太冷,郭小红摸摸纤纤的手,说你的手不冷呀,纤纤说,脚冷呀,不相信你也摸摸看!

郭小红刚刚离开,纤纤就对江楚天说,你的女朋友啊,老好看的,江楚天说,瞎讲,没有你好看,纤纤说,你女朋友长得像西哈努克亲王老婆,莫尼克公主,江楚天说,你触我霉头,阿诺说,西哈努克亲王老婆介好看,哪能触你霉头？江楚天说,再好看,也是老太婆了,纤纤被江楚天顶了一句,正尴尬,郭小红推门进来了,不知道前面他们在讲什么,一边坐下一边说,大家快点吃,外头落雪了,翁柏寒说,我去看看,看落雪,透透空气,阿诺说,今朝不怕冷了？翁柏寒说,落雪不会感觉冷,低温基本集中了雪里厢,空气反而不冷,李致行说,西伯利亚落雪,也不冷？翁柏寒说,我讲的是温带气候,结冰临界点落雪,寒带是另外一节课的内容,江楚天说,看见了吧,这就是牛皮筋脾气,样样要争,阿诺说,翁柏寒,听听这个名字,柏寒,寒冬里的松柏,对气象研究是有天赋的,郭小红说,哎哎哎,只晓得讲,大家一道出去看下雪呀,孙继中说,显扬你现在没有闪光灯,可以拍雪景吗？纤纤说,你有照相机啊！何显扬说,可以试试看,李致行说,上海这种雪,落地就融化,拍它做啥,何显扬说,城市里落雪就是这个样子,龌里龌龊,可能反而有味道,我试试看。

纤纤向江楚天要了一支烟,深深吸了一口说,小红是你的女朋友啊，江楚天说，现在算吧，纤纤说，你们这种男人，翁柏寒说，对面的屋顶都白了，树上的积雪也蛮好看的，最好下一个通宵，郭小红说，能给我拍一张照片吗，何显扬说，没有闪光灯，拍雪景，光圈开足，还不知道结果，江楚天问，为啥？何显扬说，我用的是处理品胶卷，乐凯，第一次拍夜景，江楚天又问，你这只照相机我没见过啊，孙继中说，苏联照相机，国内没有的，翁柏寒说，苏联的东西很笨重，何显扬回头一笑说，内行嘛，翁柏寒说，我家里有过一只苏联照相机的，郭小红说，牛皮筋还有什么宝贝东西藏在家里？翁柏寒说，啥个宝贝，都是废铜烂铁，孙继中说，留着，以后都是古董，李致行说，不要讲这个了，好东西多着呢，一场革命，统统充公，统统，话音未落，积起薄雪的马路上有一个骑自行车的人突然摔倒，但又很快爬了起来，郭小红说，这样落雪落到天亮，明天上班就苦了，大家都不响，郭小红看看四周那些看雪的人，说，进去吧，饺子要冷了，阿诺说，我明天不上班，病假，江楚天说，我可以迟到的，纤纤说，我要待到过年之后，李致行说，继中跟显扬，我们三个都是插兄，可以睡懒觉，纤纤说，牛皮筋呢？阿诺说，牛皮筋从来不上班，翁柏寒说，我挖过防空洞，一九七一年底，也下雪了，真冷啊！

　　阿诺：我们话题集中集中，鸡毛蒜皮有的是机会讲，两位女同学都漂亮，比西哈努克老婆漂亮，好了吧，现在集中话题。

　　郭小红：啥个西哈努克，莫名其妙。
　　纤纤：是呀，十三点。

李致行：你想讲什么呢。

纤纤：反正我不欢喜致行和那个画家低了头讲悄悄话。

李致行：我们在谈政治，你们又不要听。

纤纤：吹牛，你们男人谈政治，表情我看得出的。

李致行：啥表情？

纤纤：哦哟，严肃得来，神秘得来，深刻得来。

阿诺：纤纤不要打岔，今朝我们请继中的画画朋友多讲讲，讲他手里的照相机。

郭小红：照相机是你们男人最关心的，还有啥个脚踏车啦，半导体，喇叭箱啦，我们两个人听不懂。

翁柏寒：我是男人，就一定要听啊。

阿诺：就算牛皮筋是女人，三比五，少数服从多数。

何显扬：我也不要听，四比四。

翁柏寒：阿诺莫名其妙，又不见你拍照，怎么今天对这只老爷货突然感兴趣了？

阿诺：你晓得啥，你整天缩在家里，不见阳光。

何显扬：（掏出照相机）给这位大阿哥看看，这只老爷货是什么货。

翁柏寒：我开开玩笑的，我小时候看到家里有过几只老爷照相机，没有人教我哪能拍，结果，六六年统统抄走了。

何显扬：这只照相机牌子叫"哈苏"，苏联人仿造的，两年前我用一只八成新的海鸥 DF 跟一个沈阳朋友换的。

李致行：苏联仿造，那么这个牌子是哪个国家的？

何显扬：瑞典人，叫维克多·哈苏。

阿诺：不是说，德国的照相机是最好的吗。

何显扬：那当然，莱卡，蔡司，但是哈苏是一个例外。

阿诺：为什么？

何显扬：当时是第一次世界大战，有人请哈苏仿照德国照相机，问他行不行，哈苏说，我不会仿照，我会创造，会比德国好。

阿诺：后来呢？

何显扬：后来他做到了，有几个技术革新就是他完成的，比方把德国照相机的焦平面快门，改为镜后叶片式快门。

李致行：这两种快门有什么不一样呢？

还能怎么样，一个风雪交加的夜里，多么渺小的几个人，为了那些注定要被迅速遗忘的愚蠢话题，小小的好奇，不足道的嫉妒，庸俗的念头，碌碌无为，年纪轻轻，为虚度你们的年华而不知悔恨，但愿你们依然热爱你们自己，躲避监督的目光，从一份名单中剔除，被调往其他岗位，一张可疑的病假条，只为了渺不挂齿的某个下午，你们永远得不到你们最为渴望的生活，却也得过且过，这样的生活事后想来仍然是揪心的美好，只因为你们一无所有，你们绝不是最糟糕的，明天会怎样谁知道，雪会融化吗，地上的积雪会结成冰吗，衣领里灌满了寒风，太阳要什么时候才会升起，每天有人悄悄死去，每天有人悄悄相爱，或者不再相爱，活着是唯一可以确证的事实，其他皆不明朗，深深地惦着一个人，她或他，近在咫尺，或远在天边，仅仅一个夜里，还不死心梦想下半辈子，恋爱很容易，早早不再轻信永恒，时光飞驰，青春转瞬即逝，身体疲惫和身体满足，暂时地从一架大机器上脱落下来，丢失了号码，贫瘠的原野隆隆成为风景，山河破碎依然壮丽这不是一种幻觉,谎言啊谎言,青春啊青春,每一次被愚弄就更迫切需要额外的补偿,幻灭啊幻灭,憧憬啊憧憬!

80

林耀东的参军计划以失败告终,不是父母阻挠的缘故,而是因为超龄,都二十几了,想什么哪,造船厂军代表安慰林耀东,当兵有啥好,我复员后还梦想留在大上海呢,林耀东说,为什么,军代表说,我的老家在河南安阳,复员回老家呀,林耀东说,你不是留下当干部了?军代表说,总不能一辈子当丘八吧,和老婆两地分居,一年在一起的假期不到一个月,你不懂啊,林耀东说,想老婆,你回安阳啊,军代表说,安阳不能回,我的目标是转业到南京,不能跟上海比,毕竟也是大城市,林耀东听了沉吟了一会儿,军代表说,要知道满足,你父亲托人找到我,我说不用劝你,你超龄了,林耀东说,还是老爸在捣蛋,军代表说,我没说啊,赶紧溜了,林耀东向一个工友要了一支香烟,点上,突然想起不安分的沈灏和游手好闲的阿诺,他们也不喜欢每天打卡考勤,春来暑往,上班下班,两点一线,厂里干活,回家睡觉,真是浪费生命,看看周围,班组里几个同时进厂的,原先空下来大家还可以聊聊天,说说国家大事世界大事,或者还向东东借两本小说翻翻,也算多一个谈资,现在哪有这个闲工夫,今非昔比,除了东东一个人还在胡思乱想,其他几个都有女朋友了,以前东东还取笑他们呢,现在好,连比他东东还小四岁的阿诺,都跟自己的妹妹纤纤公开黏在一起了！

阿诺回家了，还没掏出钥匙，从外面就看见窗台上有几封信，阿诺把手伸进去，逐一过目，一封是苏州孃孃写给阿妈的，一封是邦斯舅舅写给母亲的，还有两封信的收件人都是三楼的王嘉歧，阿诺心里咯噔一下，王嘉歧一九六八年就自杀了，而这个写信的人显然对此一无所知，于是阿诺不假思索，条件反射般掏出钥匙开门，先把苏州孃孃寄给阿妈的信跟邦斯舅舅写给母亲的信装进兜里，他一边盘算着这一次他要拆开那封寄给范毓琇的信，顺便把苏州孃孃的信读给阿妈听，同时对那两封寄给一个死人的信产生了一种从未有过的好奇，带着紧张感，他小心翼翼地将这两封信并排摆在自家的灶台上仔细端详，不错，两封信的发件人确实是同一个人，笔迹一模一样，那么接下来的一个判断是：这个人刚刚把第一封信件投入邮箱后不久，他似乎立即发现还遗漏了些什么内容没有写，或者第一封信里有某种错误，所以必须立即再写一封信进行补充，或者进行纠正，但是问题是：王嘉歧已经去世七年了，这个写信人虽然对此一无所知，诡异的是这样一个与收信人七年失去联络的人，居然还郑重其事地为一封信的某些遗漏和错误进行如此急切的订正，他究竟是谁？

阿诺这时候才发现，这两封信的信封下端没有留下寄信人的名字和地址，邮戳上显示的信息却令阿诺意外万分：上海沪西邮政局。

必须承认，林耀东现在对沈灏不得不刮目相看了，这个感觉是林耀东从去年底突然意识到的，两个人的个子其实差不多高，沈灏不锻炼身体，肩膀没有东东宽厚，反而显得个头比东东高一些了，这个错觉东东没有，人家站在旁边看他们两个就有，林耀东对沈灏的刮目相看，是两个人在知识性方面的逆转，尤其是军事技术领域的知识，一九七二年沈灏没有去插队落户，受到照顾分配在附近街道电子通讯元件加工厂焊接无线电线路板，鬼知道沈灏在短短几年里是怎么变成一个热衷各种科学技术的百事通的，起先，尤其是沈灏跟阿诺、孙继中、艾菲一帮小鬼头天天在弄堂里瞎玩的几年，东东记得沈灏是他们中最不起眼的一个乖孩子，东东见过沈灏妈妈，但是谁也没有看见过沈灏的爸爸，后来据阿诺说，沈灏爸爸是做火箭的，涉及国家重要机密，常年不能回家，当然，东东的父母也在一个内地的军工厂工作，不过东东知道，父母的这家军工企业主要生产的是玻璃纤维与橡胶合成的军用产品，不外是军用帐篷跟什么遮盖坦克大炮的遮雨布罢了，并没有什么重要的技术机密可言，沈灏和阿诺一样很少上班，阿诺是混病假，沈灏不需要混病假，沈灏的那个小厂说穿了就是里弄生产组，一群阿姨妈妈，沈灏是里面唯一有文化的年轻人，平时上班，没有什么指标，任务少，没加工订单，人浮于事，阿姨妈妈们整天在小作坊天井里叽叽喳喳晒太阳，沈灏呢，就一个人去瑞金街道图书馆和卢湾区图书馆泡半天，晚上没有事情，几步路荡到阿诺家里看看，借书还书，再移步至东东的家一屁股坐下，东拉西扯，大家都在混，一会儿说说流言蜚语，一会儿呆坐闷声不响，谁知道某一天，沈灏说他要换一个工作了，阿诺觉得这不是一件什么了不得的事情，东东却被沈灏刺激了一下，在阿诺的印象里，沈灏喜欢文学幻想，后来增加了科学幻想，但是在东东看来，沈灏喜欢近代历史，特别是近代跟现代科学技术发展史跟军事发明史，总之，东东现在十分在意沈灏，阿诺则对沈灏仍然维持着原来的印象：文弱、羞怯、敏感，下一次见到沈灏，一定要向他借几本书，因为纤纤提到了，史蒂文森、马克·吐温、大仲马跟儒勒·凡尔纳。

81

天津饺子馆九点钟打烊，两瓶绍兴黄酒吃光了，两瓶张裕葡萄酒只吃掉一瓶，留下一瓶没有开瓶，可以退，两瓶七宝大曲还剩有半瓶的样子，孙继中说，谁没尽兴跟我到我家继续喝，我家里还有酒，雪夜踏歌，纤纤说，我也去，郭小红说，我劳碌命，明天还要轧电车，翁伯寒说，我本来就不喝酒，下趟你们来我屋里厢，顶好下午来，继中跟这位何显扬一道来，我就住在江楚天楼上，阿诺说，我要回去了，我不回去，姆妈会开了灯，等我到天亮，纤纤说，阿诺你陪我一歇歇，坐一个钟头，九点钟睡觉太早，江楚天说，这个年底到春节，我们多聚聚，今朝我不参加了，明朝要上班，李致行说，我没有事体，等在旁边准备关灯的服务员说，哦哟，十八相送啊，闲话讲光了吗，酒拿好，大衣围巾不要忘记，我要关灯了。

写作从来不是谨慎地增添，而是极大幅度地删除，当你写出了一行时，已经放弃了十行，那些尚未写出来的句子一直沉睡在你的想象世界里，当你接近它们的时候，它们似乎有所知晓，并蠢蠢欲动，那些关于已经消逝的生活与人物行动的字词，本来应该随着它们的主人的死亡而坠入忘川，只是因为你走近了它们，这些无所附丽的字词可能直觉地预感到，一个召唤已死者幽灵的魔术师来了，它们百年一遇返回尘世的机会到来了，于是它们围绕着你，追逐你，尾随你，这一切究竟是为什么？写作到底是为了未来，还是为了那些沉沦的过去，是死人的故事攥着我们，还是我们这些当下的活人，即未来的已死者，以一种不能知道其来源的神秘力量，紧紧地攥住那些已经不再存在、而曾经存在、就像我们每天尚能确证它确凿的存在，让它们复活，复活在此时此刻的写作中，然后通过未来的阅览与诵读，重复这个语言奇迹。

许多年过去了，那个一直被反复深情回忆并绘声绘影描述的银色夜晚，当时你们真的是那么快乐吗，八个人在天津饺子馆门口分成两路，江楚天、郭小红和翁柏寒朝西踏雪归去，孙继中、何显扬、李致行、阿诺与纤纤雪夜访友，朝东拐入茂名路去大沽路，沿大街两侧有一些行色匆匆而步履小心的路人，偶尔有一部无轨电车缓缓驶过，水银路灯下雪花仍旧不紧不慢地飘降下来，好像马路和楼房在慢慢上升，纵向看去，两排透视线朝后退去的两边屋顶全是一片银色，沿街阳台和窗户都被勾出了分明的银色轮廓，人行道和马路两边也是银色的，只有中间部分被来往的电车与脚踏车压出了一条宽阔的黑色带，纤纤兴奋地尖叫,阿诺的记忆中他的脚趾很冷,李致行说孙继中现在画画之后成了老夫子,说话都有出典了,何显扬说,为什么他的绰号叫牛皮筋,我直觉这个老三届家庭背景很有来历,孙继中说,去我家我马上烧热水,纤纤疲劳了阿诺你陪她回家,致行和显扬可以住我家,我们三个挤一挤,何显扬说,雪夜访戴,乘兴而来,尽兴而不归,李致行说,胡不归。

孙继中:从这个角度看过去,以前梧桐树没有这么大,十月一号游行队伍从人民广场走出来,经过我们家的晒台。

何显扬:我想拍游行队伍。

孙继中:好几年没有游行了,国庆典礼和游行取消了。

李致行:这种组织的游行有什么可拍的,呆板得很,很难看。

何显扬:摄影是记录真实,不是记录美。

李致行:你刚才给我看的几张照片,非常美啊。

何显扬:当然,美很重要。

孙继中:摄影第一是记录,所以可以做新闻,做档案,做证明。

李致行:假新闻,假证明也是摄影弄出来的。

孙继中:昨晚阿诺女朋友讲你们两个人在悄悄聊天,聊什么呢?

李致行:忘记了,谁记得,东讲讲西讲讲。

何显扬:她说我们又在谈政治。

孙继中:是政治?

何显扬:是。

孙继中:你真的记得?

何显扬：因为她的怀疑提醒了我。

李致行：女人有第六感觉。

孙继中：谈什么。

李致行：我真的忘了。

何显扬：在猜，投降派是谁。

孙继中：不就是邓小平。

李致行：邓小平是走资派，所以毛主席讲走资派还在走，投降派一定另有其人。

孙继中：记得很清楚嘛，还说忘了。

李致行：我们还讲了别的。

孙继中：教育改革还改不改，我们还有机会吗？

李致行：只有等，快了。

何显扬：致行是乐观派。

李致行：不是乐观，是希望乐观，我不甘心，不死心。

孙继中：运动一个接一个，没有个头。

李致行：会到头的。

从一九六六年到一九七五年的漫长九年里，马立克与林耀华这代稍早选学理工科，专业性十分明确，比老三届更多接触科学技术的，因为"文化大革命"爆发以及几乎没有停息的持续，他们中的一些人慢慢地将注意力转移到社会历史领域，原来的专业荒废了，或者被冷落，他们不再被重用，除非你在某个极为关键的国防科技领域工作，比如沈灏的父亲，余下这些本来可能成为国家栋梁的高才生突然都成了边缘人，他们即便仍然钟情自己原来学的专业，但是他们无法继续获得这一专业在世界范围的进展信息，交流停止了，政治是统帅，是灵魂，政治运动高于一切，每个人，首先要考虑的是立场与态度，而不是专业创见与发明，在这样一个前所未有的困惑情境里面，有一种人诞生了，他们有意无意地将自己的剩余思考力和求知欲指向了政治哲学、历史学以及社会学甚至神学，其中就有马立克和林耀华。

但是在另一头，比老三届要年轻几岁的，就像阿诺、李致行、江楚天、孙继中、沈灏与何显扬，在"文化大革命"爆发之前，他们连起码的科学启蒙和常识教育都没有在课堂里听老师们好好讲过，一九六六年的那个灼热夏天正午，领袖发动的"文化大革命"降临了，作为少年，他们随身拥有的只有三样东西：饱满的精力、天真的理想及奇奇怪怪的想象力，这是多么珍贵、又是多么容易惹出无限麻烦的三种力量啊！

中午了，李致行要走，说昨天下午出来的，二十四小时了，姆妈会惦记的，孙继中说，你常年不在家，你妈妈就不惦记？李致行说，我在安徽，老娘反而省心，一回家，就不一样了，何显扬说，致行很有见解，我们以后通信，孙继中说，过了年，我们一起去江浦，住几天，何显扬说，好啊，我们先在南京碰头，南京好玩的地方很多，孙继中说，李致行忧国忧民到处跑，不是玩，是做社会调查，何显扬说，放松一点，李致行说，是，既要北国风光，也要橘子洲头，孙继中说，哈哈，既有莺歌燕舞，也有万户萧疏鬼唱歌，何显扬说，继中刻薄，李致行说，我还有一个问题要问显扬，何显扬说，问吧，昨天你说哈苏发明的照相机快门，和德国的什么快门不一样，后来被谁打断了，孙继中说，致行真认真，何显扬说，哦，镜后叶片快门，李致行说，你写在纸上，何显扬说，真的啊，孙继中立即拿来纸笔，何显扬说，还毛笔宣纸啊，孙继中说，只有这个，我已经不用钢笔了，于是何显扬伏案铺开纸墨，边写边解释，原来德国的焦平面快门很好用，但是到了第一次世界大战，德国侦察机用这个照相机就不行，飞机高速飞行，拍的照片地面变形，图像不是变窄就是拉宽，反正就是变形，哈苏的发明完全克服了这个缺陷，李致行问，为什么，何显扬说，因为对角线鱼眼镜头使得像场畸变，孙继中说，好好好，再问下去，你姆妈要急死了！

　　事后回忆起来，那一刻的李致行对何显扬肯定是有点儿着迷了，他又提出了一个要求，请何显扬用毛笔给他写几个字，因为他发现这个何显扬写得一手好字，这样的字，他李致行怎么可以让何显扬写照相机说明书一类的东西呢，太不像话了，写吧，纸笔都是现成的，随便写什么都可以，题几个字勉励勉励也行，他要把这幅字挂在他的房间里，何显扬推辞不了，拿起笔，在那个曹素功墨盒边搽来搽去，孙继中说，写两句诗吧，显扬对古诗很熟，何显扬说，唐诗大家太熟了，李致行说，不要豪迈的啊，不要北国风光啊，何显扬说，有了，遂写："江南好，真个到梁溪，一幅云林高士画，数行泉石故人题。还似梦游非？"写罢，何显扬将笔一扔，李致行和孙继中一起鼓掌，李致行发痴般看看何显扬，又回头看看这几行字，问，谁的词？孙继中大声嚷嚷，不解释了，不解释了！

82

　　使过去的复活,并不是自欺欺人的幻想,而是反方向的浪漫主义变种,它需要一种方法要求,借助某种文学虚构形式,简化的印象主义肖像学,以借入的手段,文本的滑动和信息的交叉跑动,越过平面描写,选择它们,压缩它们,解放那些浅显常识,克制隐喻,这是一种说服自己的写作,一次反普鲁斯特和法朗士的特殊使命,为此不惜退回到巴尔扎克甚至司汤达,它向过去开放,它等待过去的读书人,它无意诉诸今天的新一代人,它宁可未来三十年的年轻读者忽略它怠慢它,它或许会以出土文物的形式出现在一百年以后,肤浅的思考、过时的知识、原始录音式的苍白对白,庸庸碌碌,纷繁、凌乱、无秩序、琐碎、普通,大量不值得回味的段落,经不起分析,这恰恰是它所要的:它一直在那儿,它根本上排斥阅读,如生活本身一般无意义,不管这个时代曾经如何黑暗,或正相反,它如何伟大与光荣。

　　沈灏坐在林耀东的房间等林耀东,阿诺跟沈灏说话,纤纤打传呼电话叫小哥哥请假回来,阿诺说,我们好久不见,你怎么刚回来又要走呢,沈灏说,这半年,我来找你许多次,没有一次见到你,你倒反问我,你轧女朋友了吧,阿诺说,你是找东东,顺便看我在不在,沈灏说,你阿妈说你经常病假,混到哪里去了,阿诺说,听东东讲你调到长江航道局去了，沈灏说，爸爸帮的忙，他的一个战友转业后在航道局，阿诺说，做啥工种，沈灏说，从头开始学，从水手开始，业余时间再自己读书，阿诺说，吃力吧，睡觉都没有时间了，沈灏说，阿爸讲，年纪轻，不怕吃苦，阿诺说，我不行，上一天班，吃过夜饭就倦了，沈灏说，纤纤跟你蛮好吧，阿诺说，就是一般朋友，从小在一道的，沈灏说，我想换工作，还有一个原因，阿诺说，啥原因，沈灏说，只对你讲，我心里压了好几年了，阿诺说，啥事体，我保密，沈灏说，我姆妈一个人带我，爸爸一直在甘肃，姆妈不容易，唉，阿诺说，怎么了，沈灏说，姆妈这些年一直有男朋友，我小时候就有记忆，但是那个年纪我不懂，后来我大了，姆妈也不避开我，但是常常要支开我，或者让我去爷爷家过夜，我屋里实在待不下去，阿诺听了有点不知所措，不吭声，沈灏说，你知道吗，你根本想不到，姆妈最早的男朋友是谁，阿诺摇摇头，沈灏说，是李致行的爸爸。

李致行一夜没睡两眼血丝，兴致勃勃回家途中仍在回味昨天中午到现在发生的事，次序有些颠倒，看看手里揣着那幅字，装在一只牛皮纸信封里，对了，显扬最后还钤了印，朱红一压，精神百倍，显扬左右看看，又摸出一枚闲章，补于左上方，李致行最怕繁体字，但这闲章易辨认，就"以化天下"四字，没有繁简之分，李致行说，我把它卷起来，何显扬笑笑说，不用，一边就大大咧咧将墨迹刚干的那张皱巴巴的纸对折，又两次对折，向孙继中要了一只旧信封，就塞了进去，李致行目瞪口呆，孙继中说，宣纸折不坏，揉成一团，弄破了都没有关系，请个裱画师傅一裱，新的一样，李致行说，哪里去找裱画师傅啊，"破四旧"都多少年了，何显扬说，我不在上海住，上海我比你熟，南京东路朵云轩就有裱字画服务，孙继中说，你外公以前收藏的那些老字画，你小时候从来没有看过啊，李致行说，真的没看过，孙继中叹了口气，李致行说，叹气干吗，孙继中说，阴差阳错。

谁会意料到呢，刚回家的李致行看见窗台上有一封信，孤零零扔那儿，很蹊跷，信封皮九个大字，"李致行同志收，李敏行"，李敏行？这个名字怎么跟我只差一个字，正面反面，都没有贴邮票也没有邮戳，撕开，一页纸，练习本扯下来的，信有十几行字——"致行：我是李敏行，还记得两年前我们在上饶相识，觉得我们像兄弟，现在我在上海，又是出差，昨晚到上海，漫天大雪，两年前你给我的地址我一直留着，今天上午找你，你家大概没有人，邻居说你回上海了，这封信是在你家弄口的邮政局写的，想想只有几步路，我过会把信放在你家窗台上，我有话对你说，很重要，如果你能看到这封信，请一定打电话给我，我住在金陵路裕德池，靠近人民广场，两年前我们认识就是在上饶的公共浴室，我在上海逗留三天，希望见到你，握手，李敏行。"

李致行：老兄什么事，你很好吧。
李敏行：路过上海，这个咖啡馆你经常来？
李致行：不常来，就因为离你住的裕德池很近，好找。

李敏行：旁边就是上海图书馆嘛，哦，我不喝咖啡。
　　李致行：天冷，喝杯热牛奶吧，外面融雪了。
　　李敏行：你一夜没睡，眼睛都红了，怎么啦？
　　李致行：几个老同学聚会，又碰到下雪，聊个通宵。
　　李敏行：真有雅兴。
　　李致行：上海难得下雪。
　　李敏行：你看窗外，融雪了，马路比平时更脏了。
　　李致行：有什么重要事？
　　李敏行：快半年了，你们都不知道，消息一直封锁着，太惨了。
　　李致行：究竟发生了什么事？
　　李敏行：快半年了，我想这么大的事总会传出来的。
　　李致行：又饿死人了？
　　李敏行：死人了，死了很多人，不是饿死的，是淹死的，起码有好几万，没有统计数字，封锁消息，我看见了。
　　李致行：你慢点讲，从头开始。

　　李敏行说他要走了，晚上约了一家轻工业配件公司两个人吃饭，问李致行河南中路怎么走，李致行说，出门沿着南京东路一直往东走，顶多二十分钟，不用坐公交车，步行好，上海公共交通太拥挤，你会受不了，李敏行说，中国的人真的是多，死掉多少，都无所谓，李致行说，你先过去吧，小心路滑，李敏行说，唉，吃饭也在河南路，河南路，河南路，一边说一边对了李致行挥挥手，下楼梯走了，留下一个李致行坐在海燕咖啡馆二楼发呆，岂止发呆，是惊呆，是震呆，李敏行断断续续告诉李致行，五个月前，月初，台风莲娜，尼娜是今年的台风名字，本来台风年年有，都往福建浙江方向去，今年莲娜朝北走，走到淮河一带进入河南南部，连续大暴雨，河南的许多水库水位突破警戒线，八月八日终于有两个大水库的泄洪闸崩溃，一个是板桥水库，一个是石漫滩水库，可能是设计失误，可能是施工质量低劣，土法上马，不科学，人海战术，平时又缺乏维护，大坝一定要经常维护的呀，人力，物力，财力，技术，管理，两个大坝决口，坍塌，一片汪洋，消息中断，相互没法联系，救援无法展开，消息全部封锁，四五天之后洪水退去，几万具尸体才全部暴露出来，然后新的大麻烦来了，食品药物短缺，水污染，传染病开始传播，主要是痢疾，前前后后不知道死了多少人，唉唉，我当时人在老家凤阳，凤阳只是下了几天大雨，没受灾，后来我想去受灾地区看看，不让进去，找逃出来的当地活下来的灾民，你们看到什么，他们说：完了，龙王来了，龙王来了！

83

马立克走出他的储藏室，立在客厅当中一动不动，他记得一年前天气与今天差不多的下午，宋筝几乎喘着气，抓了搁在椅背上的围巾，背对着他，似乎在最后等马立克说句什么，她想听什么呢，马立克迟疑了短短的十几秒钟，宋筝走了，她把她的围巾套上脖子，朝走廊走去，马立克跟着她，马立克应该了解宋筝的性格，虽然认识了才六个礼拜，但作为一个比马立克大十一岁的女人，宋筝未免太激动了，不至于就这么走了，看样子就是一刀两断的样子，或许宋老师就因为这样不好弄，才一直单身吧，马立克想起几天以后阿诺曾经这样分析，阿诺倒是有点儿幸灾乐祸，马立克知道自己不在谈恋爱状态，不知道为什么，他懒得想，宋筝很安静，也许马立克更需要激情，就像常常在马立克梦中出现的卡娜依姆？此一时彼一时，马立克回过神看着虽然收拾得干干净净，却依然多处脱落与污损的墙纸，吊灯上的灰尘，还有母亲张曼雨花了二十五元钱从淮海路国营旧货店买来的两只棕色皮沙发，张曼雨说，我们家里本来的几只沙发比它好多了，后来北京红卫兵坐在上面指挥抄家，脚翘在茶几上，马立克说，还不知道这两只旧沙发是哪个资本家小老婆卖出来的，张曼雨说，这种沙发不值钱，红卫兵都看不上，马立克的记性突然变得特别清晰，那天旧货店一个师傅拉着黄鱼车把两只沙发送到复兴中路，张曼雨带路，马立克正好站在窗台前，他望见了他们从马路对面过来，冬天空寂的复兴路两边的梧桐树叶掉光了，母亲在前，师傅和黄鱼车尾随其后，马立克抬起头，看到对街窗台上有几盆颜色枯槁的盆栽，可能已经死了，但是还屹立在那里呢。

傍晚五点林耀东回家了，房间里已经很暗，林耀东推门进房间就说，为啥不开电灯，好像夜饭也没有做，你们几个人了做啥，阿诺说，沈灏专门来看你，晓得你夜里下班比较晚，叫纤纤叫侬早一点回来，沈灏从黑暗角落立起来说，东东，我后天又要出门了，大概要半个月样子，怕碰不到你，林耀东把帆布书包挂了门背后，开电灯，四面看看，问道，纤纤到啥地方去了，只剩你们两个，阿诺说，纤纤吓得逃出去了，就在楼上顾家姆妈那里，讲吃夜饭叫她，林耀东说，逃出去了，啥意思，沈灏说，刚刚天还没有黑，我们三个人坐了这里讲闲话，一边等东东，突突听到纤纤尖叫一声，问她做啥，纤纤讲看到两只老鼠窜过去，一只大一只小，纤纤吓死了，林耀东说，老鼠怕啥，阿诺说，肯定是受了刺激，是你东东把她弄回来的，连牢几天做噩梦，林耀东说，两只老鼠是从啥地方跑出来的，朝啥个方向走的，沈灏说，就是从纤纤困觉的房间窜出来的，跑到厨房间去了，阿诺说，纤纤吓得哭了，讲我的房间有老鼠了，从来没有的，要死了，老鼠从崇明带回来了，阿芳的魂灵头跟牢我了，老鼠做窝了，大老鼠，还有一窝小老鼠，屋里厢我蹲不下去了，林耀东说，阿诺你现在就去蓬莱药房买老鼠药，沈灏你帮我一道收拾房间好吗，这段时间屋里太乱，纤纤又欢喜吃零食，不晓得招老鼠呀。

　　林耀东立了楼梯口叫纤纤下来，纤纤在楼上问，老鼠捉牢了？林耀东啼笑皆非说，老鼠介好捉啊，我叫阿诺买老鼠药去了，纤纤大声说，不要给老鼠吃毒药，它要是死在哪个角落头，寻都寻不出，林耀东说，老鼠吃了药肯定是死了外头的，纤纤说，为啥，林耀东说，老鼠吃了药嘴巴干，要出来吃水，一般死了水池旁边或者阴沟旁边，哎呀，你下来呀，我们一起去乔家栅吃面，沈灏还有事体的，纤纤依然不下楼，继续问，老鼠死了外头，东一只，西一只困了地上哨，我想想也吓人倒怪，兄妹两个一个楼上一个楼下正扯皮，阿诺回来了，林耀东说，老鼠药买来了，阿诺说，买来了，但是药房里的人讲，摆老鼠药用场不大，我们这片街道都是老房子，可以说家家有老鼠，老房子五六十年了，房管所从来没有修过，底层地板下面全部是通的，像地道战，壁炉烟囱上下连通，老鼠比人还多，阿诺刚刚说到这里，二楼又是纤纤一声大叫，两只脚乱顿，林耀东说，药房的人讲这个做啥，阿诺说，药房里的人建议我们养一只猫，两只更加好，一只养了房间里，一只养了灶披间，还讲，这里的许多老太太养猫，一方面解解恹气，一方面吓吓老鼠，你以为她们喜欢猫咪啊。

李致行怀揣何显扬赐予的墨宝，摇摇晃晃走了，何显扬意犹未尽，说，桌上还有半瓶七宝大曲，昨日夜里忘记了，我们再喝，孙继中说，好一个高阳酒徒乾坤颠倒，我下楼去买两瓶老酒，痛快淋漓，先斟满，啊呀，昨日夜里龌龊杯子还没有洗，何显扬说，不要杯子，太麻烦了，拎过酒瓶直接朝喉咙里咕嘟咕嘟灌了几口，铺纸研墨，开始挥毫走笔，字迹歪斜斑斑点点曰："斗室中，狂狷烦恼尽捐了，说甚苍蝇梅花，芙蓉国里千堆雪，蚂蚁蜉蝣天宫闹，珠帘卷雨三杯后，万家无声真自得，惟知秦皇宋祖，寡人乐逍遥。"何显扬停笔大笑，孙继中念念有词，回头说，什么意思，学宋江啊，何显扬说，反诗反诗，送给你，千万不可外传，切记切记。

对于绝大多数不愿意思考生活危机的人来说，只有在危机来临才惊惶失措，临时抱佛脚，不知道该怎么办才好，平时人们并不在意那些紧紧与他们联系在同一座房子的动物世界，那么重的、微观的、阴暗的、隐匿的、看不见却与你肌肤相亲的异度空间，活跃的老鼠、蟑螂、蚊子、蛞蝓、蜈蚣、白蚁、螨虫们，它们以浩瀚的分布、天文级的数量、比人类更悠久的历史、更强大的繁殖力，比人类更具有生存能力、更适应与忍耐千百万年来的那些无法想象的恶劣环境，谁会想到这些肮脏生命也在按照各自的自然法则在为它们无限卑贱的肉身作徒劳的生存斗争呢，它们注定是人类的麻烦和敌人，人类瞧不上它们，现在，这个冬夜，这几个人的生活被两只老鼠扰乱了，这个非决定性的细节，插曲式地打乱了这几个人原先的计划，似乎有点荒诞，毫无疑问，这一插曲的意义不是关于未来的，无论是用毒鼠诱饵杀灭老鼠（这怎么可能呢）还是养一只或两只猫吓退老鼠（这怎么可能呢），这种伎俩只是自欺欺人，作用仅仅在于不再看见老鼠，仅仅在你们看不见的地方，所谓眼不见为净，讲的就是这个道理，永远向"眼不见为净"的世界后退，是你们为自己献上的唯一礼物，这些短暂的对象，一种意外的惊恐、噩梦、令人憎恶、不得不去解决麻烦，让日常生活的秩序得到恢复，这是此刻的中心任务，很遗憾。

东东交代任务，三个人分工明确，沈灏先去厨房楼梯间，把东东脚踏车拿出来揩揩清爽，气打打足，阿诺拿只钢精锅去淮海路买生煎馒头，纤纤不欢喜吃面，所以三个人就迁就纤纤，大家吃生煎馒头，简单点，弄两只钢精锅也太夸张，东东又叫纤纤下楼来，说你从崇明带回来的衣裳总归要你自己整理吧，哪些要洗，哪些衣裳要收起来，纤纤在楼上说，一塌刮子几件衣裳，先拿张床单包起来，摆了大橱顶上，东东说，你自私得不得了，三个人围了你兜兜转，下来下来！东东听到纤纤叽里咕噜对顾家姆妈说，意思是让顾家姆妈下楼帮帮忙，她现在一想到老鼠就心跳头皮麻，顾家姆妈说，今朝纤纤就睡在二楼亭子间好了，就是房间朝北冷一点，我把你自己的被子抱上来，给你冲个热水袋，一边说一边下了楼梯，沈灏问，二楼有老鼠吗，顾家姆妈说，半夜里有时候会听到天花板里厢叽里咕噜响，估计就是老鼠，真是糟心，看倒是没有看到，东东说，老鼠药怎么摆，顾家姆妈说，老鼠聪明的，疑心病重，你摆了毒药，它发现陌生，碰也不碰的，你开头几天先给老鼠吃真的，不放老鼠药，一点油条，一块饼干，老鼠放松警惕了，再拿老鼠药拌到里面，沈灏说，今天我们留一点生煎馒头皮，试试看，东东说，不给，生煎馒头，人都难得吃，给老鼠吃？沈灏说，顾家姆妈为啥不养一只猫吓吓老鼠，顾家姆妈说，猫屎臭来，烧猫食腥气来，我不欢喜养猫咪的，太烦，沈灏说，那么顾家姆妈，你觉得摆老鼠药好，还是养一只猫好，顾家姆妈说，比较下来看，还是养一只猫，但是要找一只样子长得蛮清爽的猫，弄得不好，猫又是一个麻烦。

84

一九七五年的东南亚局势对一个中国男孩子意味了什

么，现在是在电影院，灯光暗下来大幕拉开，滑轮吱吱嘎嘎响，一架飞机，像一只老鹰远远飞来，轰隆隆引擎声充斥银幕抖颤，许多小黑点由远而近，黑压压的轰炸机飞机编队，拥挤而重迭，五百多架B29飞向东京，东京在那里待着，完全暴露，一座差不多不设防的城市，不能苛求美国人了，战争最后关口，彼此生死存亡，没有人道主义，连怜悯心都不应该有，只有无情的报复、报复、报复！只有无情的摧毁、摧毁、摧毁！世界变小，几十万人可以在一瞬间灰飞烟灭，化为尘埃，一座城市不过是一只易碎的坛子，无数生灵在里头渐渐腐烂，死者是哑巴，美国人摧毁了半个东京，凝固汽油弹把东京变为人间炼狱，流质燃剂用于战争，古战场名之为希腊火，火神赫菲斯托斯，来自地狱的哀号，一千度高温，堂堂哈佛大学的魔鬼创造，路易·菲塞教授，斯文的魔鬼，你们谁都不认识他，胶状汽油，目的只有一个，散播对战争的巨大恐怖，摧毁战斗意志，以后的战争全是这样，没有什么英雄与懦夫，你会像一只老鼠，不，像一只蚂蚁那样死去，你连名字都无法留下，顶多是一个数字，最小单位，微积分意义上的最小值，它在某个庞大国家结构中作为一块砖瓦，工具，炮灰，棋子，知道金兰湾吗，越南，对，但不是北越，北越那个叫北部湾，现在正在谈判，抗美援越，是同盟，现在尼克松撤出了东南亚，中国迟早可能会跟越南打一仗，社会帝国主义超级大国，现在驻军金兰湾，为越南牺牲了多少中国军人，结果人家倒向了苏联，其实你以前也是一边倒，不是东风压倒西风，就是西风压倒东风，这叫辩证法，事物向相反的方向转变，敌人变朋友，朋友变敌人，东风无力百花残，敌人和朋友都不是你选择的，素不相识，沙场上你死我活，不要幼稚，保家卫国，你保住了你的家你再说，战争是好玩的？是你玩的？

国家相互之间，由于无共同法律的制约，隐含着战争危险，国防军的存在就意味了，必要的时候动用武力，防御或者进攻，除此不可能根据理性再有其他方式，缔结国与国的和平条约或联盟条约都蕴藏危机，撕毁和平条约仅仅是一个时间问题，仅仅是权宜之计，阻止战争，并且不断扩大联盟这个消极的替代品来扼制人类的冒险与恐惧，祈求和平正表明战争的诉求与冲动更加普遍，国家之间没有裁判官，只有仲裁员和调停人，他们的出现是偶然的，以争议双方的特殊意志为依据，这样的调停必定旷日持久，大家心照不宣地拖延时间，直到谈判破裂，黑格尔比较悲观，他认为基于各自利益，没有一个主权国家愿意放弃武力，除非受到另外一个强大国家的庇护，国际法如果要真正发挥作用，必须有对违反协约的国家拥有制裁实力的国家存在，即霸权国家，如果没有霸权国家就不会有和平，即使和平很重要，战争本身并非一定要彻底否定，一部世界史，就是各国相互抗争的舞台与法庭，世界理念从中诞生并最终获得实践，就像拿破仑那样。

阿诺从江楚天那里回来了，有点泄气地说，猫是太容易弄一只了，流浪猫到处有，不过猫的习性很难捉摸，东东说，你碰到谁了，阿诺说，我们太仓促了，都没有具体讨论过，最关键一个问题要落实，假设现在我们养了一只猫，啥人负责，吃喝拉撒，总归要有一个人专门负责，沈灏跟我肯定不现实，我住了隔壁，沈灏就不用考虑了，东东跟纤纤，我看你们两个人没有一个人肯弄这只猫，二楼的顾家姆妈已经讲了，她不欢喜猫咪，猫屎臭来，猫食腥气来，她是要我们养猫，因为她也吓老鼠，不等于让顾家姆妈去负责，东东说，我跟纤纤讲去，应该她负责，她最害怕老鼠，就必须要管这只猫，不会弄，可以请教顾家姆妈，过来人，经验丰富，前面她讲得头头是道，什么老鼠毒药要怎么讲究，猫食腥气，说明顾家姆妈晓得猫要吃啥，沈灏说，江楚天的姆妈养猫的？阿诺说，是江楚天楼上的翁家姆妈养了两只猫，我去讨教讨教，是否可以借一只，东东说，她不肯借？阿诺说，本来这个翁家姆妈养了两只猫，一黑一白，黑猫蛮凶的，白猫比较温和，我想试试，被翁家姆妈一口回绝，讲她的黑猫死了好几天了，刚刚又抱了一只小黑猫回家，她让我自己到复兴公园附近去寻一只，那里流浪猫交交关关，我问她，野猫跟家猫有啥两样，翁家姆妈讲家猫就是野猫变的，家猫逃出去，就是野猫，东东说，这个翁家姆妈懂辩证法，阿诺说，后来我发现翁家姆妈的一只手用纱布包扎，翁柏寒说婶婶的手就是让那只流浪猫抓破的，沈灏说，我晓得了，前几个月，我好几次来寻阿诺，阿诺的祖母一直说阿诺不在，出去了，原来就是混了翁家姆妈屋里白相啊！

沈灏这趟找阿诺其实是碰巧，主要是寻林耀东，有一肚皮话要讲，想不到阿诺就在东东屋里，看样子阿诺跟纤纤两个人好像蛮要好了，又不好意思问，照沈灏的想象，两个从小一道长大的城市男女邻居是不大会谈恋爱的，因为彼此太熟悉，脾气性格，父母兄弟，一点点新鲜感都不会有，关系是好的，可以讲讲心里话，有事体帮忙，叫一声就行，但就因为太熟，好像不会有"那个冲动"了，当然事情并不像沈灏自己分析的那样，人是各色各样的，男女之间的逻辑也是各色各样，沈灏急于见林耀东，要纤纤打电话，纤纤走了，不知道为什么，好像是阿诺问他为啥不愿意待在上海，沈灏克制不住，对阿诺说了他母亲很多年前就跟李致行爸爸的私情，但是沈灏还是隐瞒了一件事：他有一次看了母亲的日记，发现其中记录了一件事，李致行爸爸说，他们两个人的私情被李致行知道了，父子间发生了剧烈冲突，这是一九七三年的日记，然而在沈灏的记忆中，母亲与李致行爸爸的私情发生在一九六六年夏季之前，后来李致行爸爸去贵州了，换句话说，李致行爸爸在一九七三年之后又与沈灏妈妈联系上了，这件事对沈灏打击非常大，此后沈灏迅速地不跟李致行江楚天来往，表面上是工作太忙之类托辞，根本的原因他不想见到李致行，好像有种很微妙的屈辱感，尽管沈灏知道，他母亲和李致行爸爸彻底结束了。

一九七五年十二月下旬冬至夜，马臧伦邀请何乃谦到寒舍小酌，何乃谦六点不到就敲门了，不合常规啊，何乃谦进门就脱大衣，马臧伦说了一个词，何乃谦没有听清，遂问马教授最近在读什么书，马臧伦说，他们让我翻译几段葛兰西与陶里亚蒂，急用先学，翻了两本意大利文辞典，何乃谦说，意大利知识分子一般用法文写作的，马臧伦说，苦差事，好像我应该样样懂，就是马列不如他们懂，何乃谦坐下，四边看看，马馘伦说，曼雨回上海了，今晚就你我两个，很久没有说说话了，何乃谦说，再过一个礼拜就是元旦了，不知道又有啥新闻，马馘伦说，不谈时政，何乃谦说，只谈风月？马馘伦说，风高月黑，还有什么风月，何乃谦说，酒呢？马馘伦说，先喝茶，香港有人带了一听给曼雨的，何乃谦说，英国人喝茶要加牛奶，马馘伦说，有牛奶，何乃谦说，享受特供了？马馘伦说，算照顾，走卒而已，何乃谦说，刚才我进门，马教授念了一个词，是意大利语吧，马馘伦说，就是你进门讲的"不合常规"，也可以解释为古怪、变形，何乃谦说，活学活用嘛，马馘伦说，还是副统帅影响大，活学活用，急用先学，何乃谦补充一句，立竿见影，马馘伦说，工具罢了，何乃谦说，驯服工具，马馘伦大笑说，我们的世界观基本已经改造好了，何乃谦说，嫂夫人关节炎有否缓解，马馘伦说，我年底回一次上海，看看内人和儿子。

85

洪稼犁牧师在一九七五年最后一个晚上说了如下的故事：

犯了错误的人类被放逐到世间各地，他们遇到了许多麻烦，他们好奇，贪心，粗暴，充满欲望，不是欣赏世界的奇迹，感恩戴德，而是掠夺造物主的馈赠，踩躏自然，一味寻求满足那些不正当的欲望，他们彼此争夺，破坏了他们与同伴的合作关系，他们贪婪，恐惧，妒忌，暴乱，疯狂，上帝被震怒了，祂甚至后悔造了人类把他们丢在地球上，上帝决定重新开始，祂的计划是带给世界一场洪水，毁灭一切生灵，除了一个男人应该在洪水中得救，那个男人就是诺亚，还有他的三个儿子，以及他们的妻子，诺亚和他的家庭由于上帝恩宠，他们在洪水中得救，大雨停了，大地干燥，上帝在天上布置了一道彩虹作为信号，表示上帝以后不再会如此严峻地对待人类的堕落，未来祂将保护人类，免于最糟糕的自然灾害，这个信号后来在亚伯拉罕的契约中得到了肯定与证实。

　　何乃谦：怎么，突然不说话了。
　　马鹼伦：我想起那一年，还记得吗，你宿醉。
　　何乃谦：本来应该忘了，马学长经常提这个事，当然记得。
　　马鹼伦：多少年了。
　　何乃谦：七千人大会后，又反右倾了，千万不要忘记阶级斗争。
　　马鹼伦：一九六三年。
　　何乃谦：十二年了，太漫长了。
　　马鹼伦：七八年来一次。
　　何乃谦：不谈时政，马教授想开点吧。
　　马鹼伦：偏偏他们安排我的工作分工，就是马克思主义研究。
　　何乃谦：说说学术如何，拉伯雷《巨人传》怎么样。
　　马鹼伦：拉伯雷是消遣的。

何乃谦：不好吗，令郎去我家借书，与你一样，貌似兴趣广泛，其实忧国忧天。

马箴伦：没人可说呀。

何乃谦：如果我没记错，老兄被召回北京，是校阅马克思和蒲鲁东？

马箴伦：是啊，可是深入进去，就是一大片，施蒂纳、巴枯宁、费尔巴哈。

何乃谦：拔出萝卜带出泥。

马箴伦：哈哈，老弟也会使用泥腿子语言了。

何乃谦：马学长继续，我洗耳恭听。

马箴伦：只说一个，读蒲鲁东的心得。

何乃谦：好极。

马箴伦：十九世纪以后的法国社会主义运动是与宗教结合在一起的，比方圣西门，当时的社会主义者都认为耶稣就是社会主义者，但是蒲鲁东从经济学出发，提倡科学社会主义，蒲鲁东之后的社会主义者们开始否定宗教信仰的意义，这个情况到十九世纪后期才有改变，恩格斯与考茨基尤其是考茨基写了《基督教的起源》，指出社会主义的源头要从基督教运动中去寻求。

何乃谦：学长的意思是？

马箴伦：法国革命倡导"自由、平等、博爱"，三个口号各有不同的交换形式，自由是市场经济，平等是国家的再分配，博爱是互酬制，蒲鲁东把自由放在第一，这个我以前没有注意到，现在反复对比马克思对他的批判，印象深刻，但是在法国蒲鲁东是少数派，从圣西门到路易·布朗，都把国家放在首位，所以他们都拥护雅各宾主义，马克思嘲笑拿破仑的外甥，可是拿破仑第三就是一个圣西门主义者，要知道，对这种国家主义式的社会主义提出根本质疑的只有一个蒲鲁东！

何乃谦：让我想想。

马赋伦：我的意思是，马克思一直站在平等优先的立场，这决定了马克思对国家的态度。

何乃谦：我记得马克思有一句话，共产主义是"自由人的联合体"，他应该是反对国家的吧。

马赋伦：这是马克思的早期思想。

何乃谦：那是，他赞赏巴黎公社的工人阶级直接民主，自主行使权力。

马赋伦：这个话题可以联系到中国的"上海公社"，整整八年了，那时候我在上海，被关在牛棚里。

翁史曼丽与她的侄子翁柏寒在床上一直躺到中午，从昨天半夜开始两个人交替地醒来，起先是翁柏寒做梦做到他的澳门爸爸回来了，给翁史曼丽买了一件黑色裘皮大衣，在梦里他翁柏寒好像还是一个十几岁的男孩子，他在穿衣镜里看见三个大人坐在大桌子边吃饭，还有一个也是男人，他们好像争吵起来，澳门爸爸很激动，另外那个男人的脸看不清楚，后来翁史曼丽走到澳门爸爸背后，把一根黑色绳索套到他的脖子上，于是翁柏寒就一身冷汗惊醒了，伸出右手去摸，右边枕头是空的，正疑惑，却听到了翁史曼丽均匀的呼吸声，翁柏寒打开台灯，看见翁史曼丽睡在大沙发上面，那只一周之前从马路边捡来的小黑猫不见了，翁柏寒舒了一口气，用枕头毛巾盖住台灯罩子，房间里的光线一下子变暗,他想了想刚刚做到一半的梦,庆幸这个梦没有做下去,再看看窗子,外面依旧漆黑一团,翁柏寒套上毛衣坐起来,把另一只枕头塞进背后,犹豫着是不是找一本书看,还是喝点水,因为两件事都必须下床,但是他光着屁股,翁柏寒呆呆地凝视翁史曼丽那个位置,现在她的呼吸声似乎更轻了,好像进入了又一轮深睡眠状态,于是翁柏寒决定去大沙发,他现在需要抱住他大伯母温热丰腴的肉体睡觉,他不需要喝水也不需要看书,他的身体火辣辣地膨胀,翁柏寒蹑手蹑脚赤足走到翁史曼丽沙发前,把一只手慢慢伸进被子隆起处,他摸到了他最熟悉的薄绸短裙,他的手指继续深入……翁柏寒喜欢在大伯母最疲倦睡得最昏沉的时刻突然发起进攻,他不喜欢他的大伯母控制他,他要像一个陌生人野蛮地闯入她,但是意外发生了,不知道是翁柏寒出其不意拉开翁史曼丽的被子,还是一股来自别处的力量,紧裹着翁史曼丽的被子突然弹开了,一只黑乎乎的东西扑到了翁柏寒的肩膀与脸颊之间,随着一声凄厉尖叫,这个躲在翁史曼丽被窝里的黑色活物,抓伤了翁柏寒的左耳就逃之夭夭了。

张曼雨的精心安排是马立克意料之中的,刮胡子换衬衫擦皮鞋,什么意思,这还要问吗,你就不能把自己弄得像样些,这不是名士风度,是不礼貌,你爸爸学问比你好吧,官派穷学生,三九年我们在图宾根大学阅览室第一次见面,穿得整整齐齐,啊,母亲你给我介绍女朋友吗,你担心我做和尚啊,是不是女朋友,不是我姆妈讲,也不是你马立克讲,要看人家有没有这个意思,明天我带她去老城隍庙九曲桥兜兜，吃夜饭之前到复兴路坐一会，先认识认识，对外贸易部的译员，气质邪气好，姆妈看了一眼就记牢了，也巧，她也留了办公室电话，你爸爸起先还怀疑人家是派来盯你爸爸的，我跟你爸爸两个读书人，要盯就盯我，我妹妹妹夫在香港做生意，无非外贸部也想交香港商界人士，不管怎样，跟政治肯定没啥关系，你回家把房间稍微收掇收掇，弄弄清爽，书摊了外头不要紧，衣裳袜子不要瞎丢，本来我想约你们跟我一道去咖啡馆坐坐，后来觉得不妥当，怕你尴尬，还是请到上海屋里坐坐，你爸爸北京的家她已经去过了，不算第一次了，让她看看你目前的生活状况，屋里除了书，啥都没有，或许有共同语言，或许有缘分，都是讲不定的，对了，讲了这么多，没讲姓名，贺子蓝，贺兰山的贺，子丑寅卯的子，红蓝白的蓝。

当他们聚集在一起，寒冷的十二月，房间，熄灭的火炉，讨论暂停，想一想那些来不了的人，默默念他们的名字，失魂落魄的游荡，门口外的闲逛者、无业者、危险者、逃亡者，无目的地的漂泊，晒晒太阳，不忘勾引，饥不择食，冒险偷渡，同情心赠予谁，陷入自我怜悯的孤境，照顾同类是一种无需思考的本能，暴政即仁政，权力失控，早已失衡，漫天各种恐吓，谣传，流言，匿名信，草堆里的一根针，丢掉你的幻想，谦卑者如何呼唤，回避等于欺骗自己，消失于人类，你永远在人类中，非人类的无穷严峻，不要道出憎恶或野心，忘记自我，接受针对你的秘密审判，使自己愚钝、僵化、变傻、幸福，其实你是潜在的被告，变成一个没有理解力的牺牲品！

86

沈灏准备三天之后就要去神农架的计划被林耀东否决了，这并非是一年之前林耀东踌躇满志想参军的梦想首先被沈灏击破，林耀东耿耿于怀，今天也让沈灏尝尝被泼冷水的滋味，事实上林耀东的确超龄了，父母也坚决不同意东东当兵，说他不顾家庭全局，是一种幼稚的个人英雄主义，这些都让林耀东很不爽，这其实没有沈灏的事，不过"超龄"这个词是从沈灏嘴里说出来的，当时就给林耀东烙下阴影，觉得开局不利，心里暗暗骂沈灏是乌鸦嘴，但是这次轮到沈灏犯低级错误了，林耀东当然不知道沈灏不想留在家里的真实原因，只以为沈灏太冲动，去神农架，而且是单枪匹马，原始森林啊，要准备的功课太多太多了，最起码，现在快到腊月了，在城里待着都缩手缩脚，还敢去神农架露宿？沈灏说，因为三天后有一艘考察驳轮去三峡，他可以搭乘，就为这个便利，不花钱，冒险去？沈灏哑口无言，想想也对，干脆聊别的话题吧，林耀东说，你是看了马克·吐温中毒了，出去冒险，人家是美国，是小说好不好，这个历险记那个历险记，阿诺说，沈灏的几本小说还在吗，林耀东说，听到有书看就起劲了，书全部在床底下，你自己去拖出来，当心哦，床底下有老鼠窝，你吓吗？

三个人坐在最靠近厨房的第一间房间，阿诺说，我想吃香烟，可以吗，林耀东说，吃，正好熏熏老鼠，阿诺说，拿只空罐头,做烟灰缸,林耀东说,沈灏到厨房里拿只搪瓷饭碗给阿诺,摆点水,阿诺说,讲究来,林耀东说,安全,车间里老师傅吃香烟,香烟头最危险,阿诺说,原来台子上交交关关瓶瓶罐罐,啥地方去了,沈灏进来把搪瓷烟灰缸摆了阿诺脚旁边,说,刚刚你去江楚天那里搬救兵,一歇歇,垃垃圾圾统统掼光了,是纤纤讲的,讲屋里这么腥腥,零零碎碎样样留了做啥,像仓库一样,老鼠就欢喜仓库,阿诺点着了一支烟,深吸一口,正想说什么呢,二楼传来纤纤的声音:东东阿诺沈灏,我先困了,我明天出太阳一定下来,砰一声,亭子间门关上了,林耀东说,阿诺你明天还是病假,是吗,阿诺说,还有两天,林耀东说,我明天要上班,尽量下午请假,你和沈灏,想想办法弄只乖一点的老猫来,摆摆样子也好,消灭老鼠是做不到的,只有赶,我明天开始彻底检查房间地板角落有啥洞眼,死角,再商量哪能养只猫的问题,沈灏说,东东是带兵的料,有步骤,有条有理,起码是班长,林耀东说,讽刺我,只好做班长啊,沈灏说,希特勒第一次世界大战是上等兵,第二次世界大战就是元首了。

一个过去的时代是为我们才存在的吗,某些特殊时刻事情好像就是这样,只要我们有能力做"正相反"的努力,距离太巨大了,不知是远古还是未来,不要奢谈未来,谁能抓住未来呢,未来难道不是以迎面撞上的一连串瞬间向过去的坠落形式向我们展示的吗,未来必须成为过去式才能被把握,一个想象的乌有乡,另一个星系,我们观察它的光,都是千年之前的光,啊,写作的唯我论,绝对的幻象，万物不移，形态永恒，惟细胞极易消亡，但是它们的编码可以无限重复，对过去的捕获充满狂热，历史即对缺席者的研究，让缺席者无处藏身，比当时的隐秘在场更加醒目，让他们再次存在，世界已经存在，只要这一切还远远没有完成，安息日就绝不到来。

从纤纤看到两只老鼠下午惊魂阿诺急召林耀东回家商量灭鼠对策，一阵忙乱过去已经九点半，林耀东明天一早要挤公交车上班，摇摇热水瓶说，阿诺你再烧壶水，这瓶热水我洗脚了，你香烟少吃点，让沈灏也早点回去，明天下半日你们再过来，我先困觉，阿诺说，晓得，我跟沈灏再聊聊，我们两个人可以困懒觉的，本来沈灏跟我想好好讲点事体，被纤纤的两只老鼠搞乱了，沈灏说，是咯，本来还想跟东东聊聊的，林耀东说，不就是去神农架探险吗，精神可嘉，准备不足，在战略上要藐视神农架，在战术上要重视神农架，要做调查研究，阿诺说，东东精神蛮好，不去洗脚啦，林耀东说，你们两个人到纤纤那间房间里去，我困觉要打呼噜的，再讲,阿诺吃香烟影响我困觉，沈灏说，东东你怕老鼠吗，林耀东说，怕倒不怕，就是腻心，阿诺说，你不怕半夜里老鼠了你床底下磨牙齿？林耀东说，两只老鼠不是从纤纤房间里窜出来的？阿诺说，啥人讲的，我们三个人就坐了这间房间，两只老鼠是从你的床底下窜到灶披间去的，林耀东面孔肌肉稍微抖了一抖，说，没关系，我开了灯困觉，老鼠欢喜了黑暗里活动，这个我晓得。

与老鼠的不期而遇不仅影响了纤纤的精神状态，激起纤纤巨大的恐惧，还连累了许多人，不用说，下午那一大一小两只老鼠的突然出现，一定让纤纤想起她在崇明农场听到的那个群鼠吞噬尸体的壮观场面，这个场面仅仅由传言构成，但是想象力却让纤纤不寒而栗，现在，连我们这位曾经豪气冲天个人英雄主义想当兵上战场的林耀东，为了想象中的老鼠他决定开了灯睡觉，人有义务解释他为什么害怕某种动物吗，为他自己的行为寻求理由吗，生活从不为它做任何解释，生活只是推进它，形成它，老鼠的意志与人的意志，老鼠知道它们的莽撞已经激起了人类的愤怒，于是决定杀死它们，最起码要驱赶它们吗，在人鼠之间留下如此不可接近的阴暗空间，无法分辨的，那些无法确定的各自活动区域如何划分，讨论这种生命伦理不会立项，它不需要得到道德解释，这里的世界不需要被照亮，小说叙述有时候会情不自禁地滑向一个裂隙，一个无解的反讽，一个骇人的空洞，就像房间里的鼠穴，它通往另外一个无边的世界，这个世界紧紧贴在我们身边，无法与人类和解。

林耀东可真是疲倦极了，不到两分钟就鼾声如雷，沈灏说，阿诺你去把电灯关掉，开通宵浪费电，阿诺说，老鼠没睡，沈灏说，不许再讲老鼠两个字，听见吗，阿诺说，我已经麻木了，沈灏说，为啥麻木，阿诺说，因为我屋里厢就有老鼠，我家房间跟东东房间地板下头是通的，我不吓老鼠，我讨厌猫，沈灏说，不许讲老鼠，阿诺说，你问我的，为啥麻木，我回答你，必须有老鼠这两个字，沈灏只好先转移话题说，东东讲得对，匆匆忙忙去神农架，欠考虑，但是我不想待了上海，过了元旦我一定要离开上海，阿诺说，你姆妈没意见啊，沈灏说，姆妈待我好，但是她不大关心我，阿诺说，大概是你不要她关心你，你变了一个人，现在特别独立，沈灏说，可能我遗传爸爸性格，阿诺说，你爸爸好吗，他不知道你姆妈事体吧，沈灏说，爸爸晓得咯，去年我爸爸探亲回上海一个礼拜，住了招待所，跟我讲他和姆妈长期分居，大家都很痛苦，他晓得姆妈有男人，但是不愿意伤害姆妈，因为爸爸是军队编制，破坏军婚是要吃官司的，爸爸说，为了国家只有牺牲自己，因为这种事体让组织上晓得，姆妈跟那个男的都会名誉扫地，爸爸讲，他不愿意，阿诺说，为啥不离婚，沈灏说，国家规定的，现役军人的配偶不能提出离婚，阿诺说，是你爸爸不想离婚？沈灏说，爸爸讲是为了我，他在酒泉，根本不可能照顾我。

87

很难描述此刻马立克在想些什么，贺子蓝是挽着张曼雨的胳膊并排走上通往二楼的楼梯的，起先是马立克万般无奈地等候在家里，一会儿拿起本英文版《大卫·科波菲尔》翻两页，一会儿把父亲的一顶黑呢马球帽戴到头上，照照镜子，母亲昨天说，你英语丢掉很可惜，你以前学俄语基本是白学了，英语毕竟世界通用，还好张曼雨娘家没有被红卫兵抄过，许多书许多唱片幸存下来，还有好几套马鹹伦的粗呢大衣与羊皮夹克，张曼雨倒是没有留下什么好衣裳，五十年代都穿旧了，丈夫一回国就与国内同事打成一片穿着朴素，叫本帮裁缝做了几身四开袋中山装与中式老棉袄，从西洋带回来的两箱毛料衣物基本就暗无天日了，马立克在阿克苏的时候学习了骑马，他喜欢哈萨克人骑马的装束，特别是马裤和马靴，马立克看到镜子里的自己有点滑稽，于是就想象他父亲戴这个帽子会是一副什么神情，他退后几步，远远地看了看镜子中的身影，马立克多少年没有这样照镜子，仔细端详自己了，平常他只有刮胡子的时候会认真检查自己的脸，现在他则是在打量自己，好像要等待一个重要的客人，张曼雨很明确地告诉儿子今天下午她要带一位气质很好的女性过来，有点介绍女朋友的劲头，马立克虽有踌躇，却并没有拒绝，会是一个可以有共同语言的女人吗，宋筝曾经是一个，但是宋筝无法让他激动起来，而宋筝的一往情深肯定会害了宋筝自己，马立克戴着这顶黑色呢帽走到窗前，像往常一样朝马路中间眺望，啊，她们来了，一个穿着蓝色大衣的小个子女人正挽住张曼雨的右胳膊，斜穿大街，朝马立克站着的方向走来，进入底楼门洞。

目睹落到身边的人头上的不幸使我们不安、难受和同情，暗地里也难免让人觉得侥幸，这样的事亏得没有发生在自己身上，感谢上天，不要，不要啊，人很脆弱，怯懦，面对不幸者、痛苦者、落难者，我们要去帮助他，要不，我们的良心会不安，其实我们最在乎的还是自己，同情心包含了优越感，献出同情就是摆脱自己的不安，心同此理，因而那些非常敏感的不幸者，他们可以接受帮助，却拒绝接受同情，他们的冷漠有时候被视为坚强，骨子里是一种巨大的自卑，这种自卑通常是不近情理，也很拙劣，自诩伟大的人经常如此。

公元前两千年埃及人就开始驯化猫，那些中东与北非的野猫，它们天生会划分自己的地盘，夜间在自己的领地猎食，只有在发情季节它们才会允许别的老鼠闯入自己地盘，埃及人驯化猫不是为了把它当作宠物，而是把猫奉为神圣，祭司与工匠为猫修建了宏伟的神庙，在它们寿终正寝时为其举行隆重葬礼，并将它们的遗体制作成木乃伊，谁要敢于杀死一只猫，就会受到极为严峻的惩罚，后来猫在埃及衰落后流落四方，商人和传教士将那些流浪猫带到意大利，许多年之后它们又北上斯堪的纳维亚半岛安家落户，猫不再是圣兽，也还没有变成宠物，猫只是一种有效的捕鼠器，欧洲城市的家猫与欧洲褐家鼠一起繁殖并共同成长，大批早期的褐家鼠跟随葡萄牙和西班牙商船来到欧洲大陆，它们的皮毛可以做女人的衣服帽子及围巾，欧洲城市人口众多垃圾泛滥正好适合啮齿动物什么都能啃食的生存条件，于是它们跟随了凯旋的商船成功地侵入欧洲，几百年后它们终于占领了全世界的港口城市。

在这幢房子里，就像看到另一幢复制的房子，类似的熟悉与生疏，淡淡的悲伤，每间房间都留下了悲伤，邻居的死，失踪，不想打听下落，不是爸爸不在就是妈妈不在，要么爸爸妈妈都不在，偶尔会有一封信突兀地空降到公共厨房的窗台上，秋末最后的落叶飘进来，一片，两片，好几片，谁会去问，谁寄来的信？像钓鱼的人坐在岸边，凝视着浮标，他在猜想水下的动静，那一边，究竟是吉讯，还是凶兆？

纤纤纤纤，可以起来了，你说过太阳出来就下楼去的，亭子间冷冰冰，床这么短，你一定睡得不舒服，脚放哪了，我给你焐焐脚吧，快十点钟了，吃过中饭我去江楚天家，向翁家姆妈借一只猫，或者请她想办法，她养了好几只猫，你不要烦恼自己，东东过一歇就回来，不要把面孔别过去，转过来好吗，给我看看你的脸，侧面，正面，纤纤你的下巴真好看，轮廓，睫毛，鼻翼，冬天的太阳很亮，我看见什么啦，门我没有闩，万一顾家姆妈推门推不开，她又煎咸鱼了，顾家姆妈是不欢喜猫的，不过刚刚讲了，她同意给猫烧猫食，沈灏下半日也会过来，要不是昨天发生的事，他是准备出远门的，现在不去了，我不骗你纤纤，只要你开心，我心甘情愿陪你，坐了你身边，我第一趟给你讲了介许多话，你总是笑，没有烦恼的样子，其实你是烦恼的，人在上海，关系了崇明，不是你一个人，我跟你一样，东东也不开心，纤纤你笑笑吧，你流眼泪了，哭出来，哭出来好，我晓得你为啥哭。

纤纤突然从床上坐起，呜咽说，你根本不晓得，不晓得！

李致行好像听到飞机空投的呼啸声由远而近，他望望天空正对着墙根撒尿，旁边传来嘻嘻哈哈大笑声，然后他就惊醒了，两个枕头都掉落在地板上，李致行觉得脖子僵硬难耐，窗外闪耀着一种虚假的光芒，它从下面朝上照亮了整个天花板，这已经是他做的第二个梦，大洪水来了，大水来自苍白天空像瀑布般无声下坠，头顶一片浩瀚汪洋，李致行似乎飘浮于半空，身体失去重量，他模模糊糊想起李敏行留给他的信件，他轻松了，他记得他有一本六十年代初刊印的《新约》，它很薄，里面没有《创世记》当然也找不到诺亚的方舟，轮船渡口有许许多多人排队秩序井然，有两个戴船型帽的人，沉默不语一件件检查行李，于是他赶紧躲进卫生间，把门栓拉上，掏出被他揉皱的那封危险信件撕得粉碎抛入便池，这时候有人敲门，他第三次醒来了。

邦斯舅舅来信说，台风与台湾海峡没有关系，只是一种气象学命名，热带副热带，主要是指夏季，海面上的热带气旋，持续风速十二级以上，发生在北太平洋西部和印度洋叫台风，发生在北太平洋东部和大西洋就叫飓风，今年的尼娜我不知道，我们那边的自然灾害一个是干旱一个就是泥石流，厄尔尼诺现象我不太了解，是美洲现象，我们农场里有好几位懂这个，南方来的，福建浙江籍的，说理论上讲台风是种地球自我平衡，狂风暴雨带来热平衡，像一年一度的调整，拉平大范围气象状况的结构差序，通过革命达到平均，台风就是一场有破坏性的革命，陈子谟现在就在我房间里聊天，他知道一点点知识，他说这不是他专业，但是很像人的生病，是调整，回到正常，台风与飓风是猛药，发高烧，翻江倒海也有好处，狂风暴雨产生丰沛淡水，日本、中国沿海、东南亚都是受益的，受灾的是地面庄稼和房屋，受益的是土壤结构，当然这个是讲宏观了，八月份河南受灾的事这里没有人知道，不过我只是侧面打听，传谣言在这里是绝不允许的，陈子谟医生身体完全康复了，他比舅舅小几岁，四十年代康奈尔毕业，他在美国见过飓风，就是中国人讲的龙卷风，那里叫"云柱"，巨型的积雨云，垂直的，底部像漏斗，周围气流围着云柱旋转，现在陈医生一边说我一边记：正电荷云团气流，小区域集中释放能量，跟炸药相似，巨型积雨云形成是TNT，正电荷云团气流就是雷管。

阿诺阿诺你快点过来抱抱我快点呀，我不讲你了，纤纤你现在心情又好啦，反复无常，人家脾气不好嘛，你不开心啦，大哥哥小哥哥根本不管我，你让让我嘛，我觉得他们待你很好的，都让你的，阿诺我们不讲他们了，现在只有我跟你，啥意思，笨蛋，到我床上来，介厚的绒线衫脱掉它，这是顾家姆妈的房间啊，她会进来的，不会不会，快点脱衣裳呀，顾家姆妈去地段医院打针灸，起码一个钟头，纤纤你不怕冷啊，这间房间特别冷，就是因为冷，人家才要你的嘛，你是我的热水袋，纤纤纤纤你以后不要再任性，好好好，脱绒线衫不要硬拉，手拿开，你的手冰冰冷，你刚刚讲我是热水袋，你的手不是热水袋，我不能碰你，我到你床上去干什么，先用身体焐热我，一歇歇你的手就热了，再摸我，纤纤，嗯，叫我做啥，纤纤身上很香的，真的吗，是很香，想吃吗，想。

88

下午两点半，林耀东背了只硕大的工具包回到家里，很意外，沈灏在和纤纤聊天，纤纤心情似乎很好，完全没有昨天晚上那种歇斯底里的样子，连一点痕迹都不留，沈灏站起来说，阿诺骑了你的脚踏车出去两个小时了，或许弄一只老猫回来有难度，纤纤说，没有两个钟头，阿诺出去的时候是十二点五十分，东东说，什么时候见到你有时间观念了，沈灏说，包里是啥，东东说，自己做的老鼠夹子，沈灏说，东东的老鼠夹子有什么特点，东东说，捉老鼠不需要再搞技术革新，模仿做的，纤纤说，我看看，东东说，别碰，你摸过了，老鼠闻得出来，沈灏说，样品哪里来的，东东说，厂里仓库里有许多老鼠夹子，纤纤说，为啥不借一只，还花力气做一只新的，东东说，夹过老鼠的老鼠夹子有老鼠的气味，其他老鼠就躲开了，纤纤说，老鼠鼻头比狗还灵，沈灏说，一只老鼠夹子只好用一趟？东东说，要用开水反复烫，纤纤说，为啥不用开水烫呢，还做一只，又不是做航模，东东说，只晓得问，啥都不动手，看到老鼠哇哇哇叫，纤纤说，到底用老鼠夹子，还是借一只猫，沈灏说，两套方案，其实都是吓吓老鼠的。

阿诺与纤纤有很久没有亲热，正像纤纤上午说阿诺是个"笨蛋"，这绝不仅仅是亲密的昵称，寒冬腊月的，纤纤在被窝里动作那样麻利，甚至还突如其来搞些小花样，阿诺曾经埋藏在心底的嫉妒有点释然了，他仍然很拘谨，这是顾家姆妈的房间，房间里家具很多，好像平时就是堆东西的，一只座钟滴答滴答走着，时间在指针旋转中流逝，阿诺看了看手腕上的手表，跟座钟的时间对一对，他的手表快了十分钟，这显然是顾家姆妈的钟慢了十分钟，如果两者只相差两分钟，阿诺倒不好判断哪个时间是正确的了，突然纤纤说话了，使阿诺很惭愧，纤纤问，你没感觉啦，像个木头人，看钟干吗，还看表，阿诺说，我怕顾家姆妈回来，看看时间，纤纤说，只有过了二十几分钟，阿诺说，哦，纤纤说，你比以前有进步，阿诺说，我晓得，纤纤说，你晓得啥，阿诺说，不讲，纤纤说，讲嘛，阿诺小心肝，欢喜跟了我一道吧，阿诺说，欢喜咯，纤纤身体开始大动，阿诺说，床太小，纤纤说，人叠人，不小，阿诺说，你出汗了，纤纤说，阿诺的手滚滚烫。

阿诺匆匆吃了中饭，迅速用热毛巾擦了擦身，阿妈好生奇怪问，睡觉前不洗，中上晌赤膊换衣裳，到啥地方去？阿诺说，我们家里有老鼠吗，阿妈说，看到过，厨房阴沟里有老鼠的，阿诺说，那怎么办，阿妈说，吃的东西要藏藏好，阿诺说，为啥以前不告诉我，阿妈说，老鼠总归有的，不稀奇的，阿诺到隔壁拿脚踏车，跟纤纤说，我阿妈讲老鼠不稀奇，她一点反应都没有，阿妈还总归是女人，胆子比你大，纤纤说，我现在不吓老鼠了，太阳出来了，阿诺说，哼哼，当我不晓得，纤纤凑到阿诺耳朵旁边说，今朝夜里我还困了二楼亭子间，阿诺说，做啥，纤纤咬耳朵说，你夜里上来好吗，钥匙我给你，阿诺说，你不怕顾家姆妈听到啊，纤纤说，顾家姆妈困了三楼，二楼没有人，阿诺说，夜里再讲，纤纤说，我不怕，你怕啥，阿诺说，我先到孙继中屋里厢兜一圈,他爸爸办法多,顺路,江楚天不晓得是否了屋里,不过我可以直接寻翁家姆妈。

为了创造一种风格,先要熟悉各种风格,外型特征,一望而知的遣词造句,节奏感,甚至音韵的细微变化,表述思想的技巧,流畅是起码的,模仿某种结结巴巴的说话,喃喃自语,风中的叹息,摧枯拉朽震动耳膜的力量,恋人絮语,描绘一个人的肖像,圆形人物扁平人物,行动的性格逻辑,意志与欲望,危机,急转直下,伟大的动物,含混不清的哲学如何在一部小说中被某些角色谈论,制造悬念又将其遗忘,音乐,沉默,挣扎,等待,生活只有成了过去式之后才呈现出来,因此生活无须呈现,让生活自生自灭吧,伟大的小说多半起源于一个偶然,它是一个意志的命令,却不是诞生于精心设计的策划,我要写个小说!说那个话的人于是就写了。

前几天一场雪不大不小,劳动模范孙来福对鸽子棚防冻保暖早有足够重视,当晚大雪覆盖鸽棚户外气温也就零下三度,第二天傍晚融雪时气温回升至零上两度,半夜孙来福检查鸽子们的状况,发现有两只鸽子情况不妙,到了天亮,一共有四只鸽子已乘仙鹤西去,阿诺立在楼下叫孙继中名字,孙来福的半张脸伸出晒台,说继中出去了,有啥事体?阿诺说,是我阿诺,继中啥辰光回来,孙来福说,他去图片冲晒社印照片了,阿诺说,阿是跟一个何显扬一道去的,孙来福说,哦,是阿诺啊,你上来吧,时候差不多了,两个人应该回来了,阿诺锁好脚踏车,走进楼梯间,直闻到炖鸡汤香气扑鼻,还听见晒台噼噼啪啪有交关鸽子翅膀扑腾,孙来福说,阿诺你也是长病假吗,阿诺说,算是半休,孙来福说,没有啥个大毛病吧,阿诺说,香得流口水,孙继中带老母鸡给伯伯吃老酒,门外头就闻到了,孙来福说,不是鸡,是鸽子,阿诺说,伯伯舍得杀鸽子啊,孙来福说,不是杀的,是昨日冻坏的,冻死了就不好吃了,阿诺说,《圣经》里讲鸽子是报信的,孙来福说,这个我晓得,我养的大多数是信鸽,每年要比赛,阿诺说,除了信鸽,其他是啥,孙来福说,是菜鸽,专门吃的,营养比鸡好,继中姆妈有头晕病,美尼尔症,给她炖鸽子汤。

　　沈灏和林耀东坐在第三间房间等阿诺,纤纤今天的情绪好得让东东摸不着头脑,沈灏也迷惑不解,老鼠问题似乎不再紧迫,谈什么呢,现在去神农架这个话题完全失去了重要性,就像一年前林耀东沸沸扬扬要去舟山群岛,天天把福州军区挂了嘴上,都是过眼云烟了,两个人又不吸烟,闷声不响看窗外天井的那株夹竹桃,开裂的水泥墙垛,对面渔阳里的两排纵深的红砖房,那盏路灯与乱七八糟的电线,从这个巷子进去可以走到沈灏的家,是最近的距离,只是东东家的天井大铁门永远挂了一把大铜锁,沈灏每回找东东必须绕道而行,两个人一阵子沉默,东东开口问,沈灏你放在我床下的一旅行袋书不要啦,沈灏说,要的,东东说,老早借一本书,急死要还,现在怎么不急了,有大半年了吧,不是你的书啊,沈灏说,说来话长,东东说,我没有兴趣听故事,你把这袋书拎回去,我床底下统统要弄清爽，沈灏说，这袋书本来就是我姆妈叫我还人家的，哪能好再拎回去，东东说，那么还人家呀，沈灏说，所以说来话长，东东说，简单讲，沈灏说，这个人抓进去了，东东说，偷书啊，沈灏说，偷书算啥，我们都偷过的，东东说，那违啥法？沈灏说，算了算了，说来话长，不讲了，东东说，我有办法了，阿诺欢喜看书，你把这一拎包书暂时放了阿诺屋里，沈灏说，好呀，不过，近期阿诺好像没心思看书，东东说，一直看书要看呆的。

脚踏车阿诺带路，五六分钟，一部三轮车停在门口，翁家姆妈双手抱住一只肥皂纸板箱小心翼翼走下来，立在上街沿朝两边望望说，一点点路，阿诺说，怕猫咪逃出来，翁家姆妈说，不会的，阿诺敲门，开门的是顾家姆妈，阿诺介绍说，这是翁家姆妈，这是顾家姆妈，顾家姆妈笑吟吟说，猫咪带来了？翁家姆妈蹲下来把纸板箱打开，一只大白猫跳将出来，翁家姆妈说，木木要乖，婶婶要出门几天，把你寄放这里，过一个礼拜婶婶来接你，要听顾家姆妈话，顾家姆妈说，阿诺快点叫东东纤纤出来，猫来了，翁家姆妈的猫咪真漂亮，清爽得来，翁家姆妈说，阿诺你领我进去看看，我的猫咪困了啥地方，洗澡了啥地方，阿诺说，翁家姆妈我们进去讲，猫不是顾家姆妈领养，是我领养，顾家姆妈帮猫烧饭吃，顾家姆妈住了二楼，我住了底楼，猫咪也困了底楼，阿诺一边讲，大白猫带头，三个人走到厨房间，翁家姆妈立了厨房中央四周环顾，又问，厨房间只有两家人家用是吗，蛮好的，顾家姆妈说，翁家姆妈考究得来，一只捉老鼠的猫，还要洗澡，翁家姆妈说，啥个捉老鼠的猫，木木从来不捉老鼠的，阿诺说，对的，翁家姆妈讲只要这猫在楼梯口坐镇，附近老鼠就绝对闻风丧胆，用不着去捉老鼠的。

89

翁柏寒不敢怠慢，上午八点半穿上棉袄戴好围巾推翁史曼丽房间，推不动，门从里面上了插销，翁柏寒把嘴贴门缝说，我去医院了，打个破伤风针，里面没动静，遂转身下楼，底楼厨房没人，弄堂也静悄悄，翁柏寒迅疾朝广慈医院走，他可能发烧了，额头烫手，不清楚是半夜着凉还是受到惊吓，慢性子的翁柏寒思虑过重，天蒙蒙亮的时候他回到大伯母房间，那会儿的房门没有上插销，借着窗外微弱的晨光，他看到翁史曼丽已经睡在了大床上，她的呼吸非常均匀，几乎没有一点声音，翁柏寒不知道那只小黑猫此刻躲在哪儿，不会又睡在翁史曼丽的被窝里吧，翁柏寒对猫的态度十分复杂，他本人并不喜欢猫，对邻居家豢养的猫他视若无睹，只有在一种情况下翁柏寒会对猫产生好奇，即猫与大伯母在一起的时候，他会比较大伯母和猫的表情与眼神，翁史曼丽问翁柏寒在琢磨什么，他只是笑笑，翁柏寒多次产生杀死那只跟随了翁史曼丽七年的老黑猫的幻觉，翁史曼丽与她的侄子同床共枕时，必须要那只黑猫在场，他们开始的第一年，应该是一九六八年吧，大伯母诱惑了翁柏寒，事后，翁柏寒吓坏了，大伯母说不怕，柏寒是我的命，没有人会知道，除了这只猫，翁柏寒说,我不怕别的,就怕这只猫,它从头到尾看着我们,嘴巴里咝咝地叫,大伯母说,哦,你分心了,翁柏寒说,有点,大伯母说,分心好,翁柏寒说,为什么,大伯母不响,过了一会说,这只黑猫是我捡回来的,它的主人自杀了,在院子里嚎叫了三天三夜,猫很少有这样的,狗才会给主人哭坟守灵,所以我把它抱回来了。

岁月流逝,水火无情,普罗米修斯的希腊神话一直是思考同一个世界的参照隐喻,这位来自古埃及的神灵在两千多年之前就被驱逐,沦为人类的宠物、工具与仆役,猫与人类的关系是前世注定的远房兄弟姐妹吗,两者的争夺、相互猜忌、谄媚与报复、喜怒无常、忠诚和背叛,这些全由人类去描述,又让猫们无声地去执行,猫们以人类的名义,那些无政府主义的猫,揭开了我们人类身上那些未知的秘密,触及了尚未命名的敏感区域。

沈灏说,这个房间还是老样子,这架米格战斗侦察机还是你做的呢,当时我和阿诺佩服死你了,东东说,长江后浪推前浪,哎,你怎么知道这是战斗侦察机,这么小的模型,沈灏说,机头下有火炮,机翼薄,这是基本概念,东东说,我只喜欢动手,你现在能动嘴了,沈灏说,林耀华呢,长远不看见了,东东说,是呀,这点衣裳被子都是纤纤扔在这里的,沈灏说,这些《航空知识》早就过时了,东东说,有这几本蛮好了,沈灏说,半年前苏联电影《斯大林格勒保卫战》看过没有,还有《攻克柏林》,东东说,当然看过的,沈灏说,第二次世界大战流行俯冲轰炸机,越南战争就进入高空轰炸机时代了,东东说,这个我当然知道,轰炸胡志明小道都是B52,沈灏说,我不是这个意思,我是讲,做航模白相相,讲究造型好看,过时的俯冲轰炸机漂亮,特别是战斗机最漂亮,B52又大又笨重,谁会把它做摆设呢,东东说,欢喜做航模,是大哥哥影响我的,沈灏说,小时候,林林当时是我们的榜样,长大了,他是叶公好龙,他对打仗、战争完全没有兴趣了,东东说,你哪能晓得的,我都不晓得,沈灏说,一年前头,我来借书,我拿了几本林林的大学三年级教材,好像关于金属材料方面的,东东说,这是林林的专业,沈灏说,我回去一翻,其中有一本他的笔记本,大概是一九六九年左右写的,他自己可能忘了,里面的观点让我吓了一跳,没敢告诉你,东东说,真的?沈灏说,你放心,但是我会当面还给他的,两个人正严肃地说这事呢,听到里面传来杂沓的脚步声,纤纤与阿诺,后面一个胖嘟嘟的女人,捧了一只固本肥皂纸板箱走进了第二个房间。

翁家姆妈郑重其事将那只引人瞩目的纸板箱放到房间中央,一样一样从里面朝外头掏东西:一只腰子形的医用搪瓷盘,一条棕红色的毛巾,一只毛线球,一把小木梳,一根项圈,最后掏出一只藤条编的扁托盘,东东说,翁家姆妈,这个是猫咪的陪嫁是不是,翁家姆妈说,出来做客人,生活用品总归要自己准备的,阿诺说,我了翁家姆妈屋里已经听她介绍过了,这个是吃饭的,东东说,听翁家姆妈再详细关照一遍好吗,翁家姆妈说,这只藤筐是猫咪困觉的床,就铺这条毛巾,东东说,猫尿会撒了毛巾上吗,翁家姆妈说，猫比人清爽，这只搪瓷盘是它的便盆，猫咪认得咯，东东说，阿诺瞎讲，讲这个是吃饭的，阿诺说，我猜的，翁家姆妈说，要铺一层煤球灰，晓得吗，阿诺说，啥地方去弄煤球灰，翁家姆妈说，公共食堂里有的是，沈灏说，那么吃饭用啥，翁家姆妈说，随便寻只旧碗就可以了，猫咪对碗不讲究，肚皮饿了总归要吃饭的，东东说，猫咪吃啥，翁家姆妈说，到小菜场鱼摊头，向刮鱼鳞的要一点，给他两分洋钿，弄点鱼肚肠，回来拌了冷饭冷粥里，用一只空罐头，摆了煤气灶上烧热，就可以了，倒了碗里，中上晌跟夜里厢，猫咪一天吃两顿就可以了，隔夜倒掉，明天再烧猫饭，所以鱼肚肠每天弄一点，不需要多，两分洋钿够了，阿诺说，猫咪名字阿是叫木木？翁家姆妈说，木木是我叫的，你们不要叫，它也不会睬你们的，你们就叫它咪咪好，猫听得懂的。

被禁止的欲求仍然是有可能的，掩盖得严严实实，最常见的，随时随地的默契，没有暴露的犯罪就不算犯罪，作为一种平衡，每天有不可能的事情发生，不知不觉就在眼皮子底下发生，最熟悉的人，好像无须表白，语言反而是丑闻证据，肢体够用了，气息、味道、摩擦，不知道什么时候拉开帷幕，慢慢趋近，少量对白，不要旁白，纯粹的默片，角色就是观众，也许闭幕了也在不知不觉间，没有记录，只有偶然的回忆，没有物证人证留给自己的那些徒劳幻觉，以上帝的名义对魔鬼起誓，最不可能有爱情的时期有人如此疯狂，竟然毫不胆怯，精心策划，将一切危险抛置脑后，阴暗中的地狱之火照亮了天堂，撒旦或许是颠倒的上帝形象，他不是试探你们来的，这不算是滔天大罪吧，最后审判遥遥无期，沙漠横亘在你我之间，敞开心扉不如敞开身体，身体不说谎，身体在身体中沉浸、融入、消失、升起，身体不能被强暴，只需要两个人的自由意志，艰难时世的一杯水主义，飞蛾扑火式的爱欲献祭，战战兢兢，即便是荒唐的一时冲动，也比深思熟虑的心灵受辱好上千倍，最黑暗的地方才是最有可能找到光亮的地方，烈日即深渊，当情欲熄灭了，放弃，清理干净，苍白友好，等你开始窥伺，门已关闭。

90

蹊跷的事情一件接一件发生，先是房管所维修队来敲门，弄堂里两个老师傅轮番叫"底楼林家有人吗"，砰砰砰天井铁门拍得震山响，东东不耐烦大声说，走后门，这扇门锁上了！墙外面的师傅更不耐烦，说拿钥匙开锁，我们要进来修落水管，东东冲到天井里，对着铁门踹一脚，直着嗓子骂，放你的屁，是我的家还是你的家！墙外说，隔壁三层楼落水管坏了，好几家人家都出了问题，我们要把梯子拿进来，小阿弟配合配合，狐疑的东东回头看，发现两边几家人家天井里都架起了梯子，爬了梯子上的师傅对下面站着看的人抱怨说，这烂洋铁皮管子统统要换了，堵塞了一塌糊涂，下头的师傅问，哪能会这么多家人家一道塞牢，梯子上师傅挥挥手说，不是里厢垃圾塞牢，是三楼跟二楼落水槽，堵得扑扑满，下头师傅问，到底啥东西，爬了高头的师傅说，不是猫屎，就是鸽子屎，屋顶屋檐变黄昆山了。

巴尔扎克《驴皮记》说他要把一座城市作为古物研究者的对象去观察，储藏了无数物质财富，像一幅被享乐之后的废墟图景，不过巴尔扎克不会想象出有一座停滞凋敝的城市，所有历史遗存都为一种比法国大革命更伟大的狂飙式革命所摧毁，旧文化荡然无存，极目四望，取而代之的居然是这座城市的动物们斑斑点点留下的遗矢，猫、鸽子、老鼠、麻雀、蟑螂、蝙蝠，它们随地便溺，到处是它们的遗痕、踪迹乃至连臭气熏天的排泄物皆变作化石，成为飞临这座城市的鸟儿歇息得以目睹的壮丽风景，这怎么得了，啊呀我要飞跃。

阿诺的二舅一九六三年自然灾害之后，政府大幅度裁员，精兵简政，削减城市吃商品粮人口，被动员举家撤销户口，老老小小九口人从苏州下放到吴江县先进公社先进大队做农民，阿诺第一次看到二舅的印象非常淡漠了，后来姆妈跟姐姐会说起阿诺那次在新城隍庙走失，全家惊吓不小，二舅二舅妈也在旁边呢，阿诺倒被她们说出印象来了，读小学这几年，阿诺对农村、农民、下放这些词完全没有概念，阿诺六岁的时候阿妈给一角钱拷酱油，阿诺拎一只空酱油瓶，用另一只手展开皱巴巴的一角纸币，热火朝天的生产劳动景象，读小学两年级，跟姆妈到淮海电影院看《李双双》，只记得李双双欢喜吵相骂，很积极，很爱揭发别人，农民劳动的镜头，阿诺怎么都想不起来了，教音乐课的熊老师指挥全班唱大合唱，"我有一个理想，一个美好的理想，等我长大了要把农民当，要把农民当"，许多年后还能哼几句，对农民仍旧一无所知，二舅在四舅一九七〇年第一次出现在阿诺之前，一直是阿诺十分欢迎的姆妈那一边的重要长辈，二舅给阿诺带来的是奶油太妃糖和花生米，饥馑的六十年代食物紧缺，二舅偶尔来一趟上海对阿诺的意义就是平时难以见到的食品，剩下的就是二舅与阿诺爸爸妈妈他们大人们自己的聊天了，阿诺认识四舅的那年他已经十四岁，他自认为已经成年，那一年阿诺还在等分配前夕，他开始读普希金、托尔斯泰和马克思，当然，还迷上了巴尔扎克，阿诺私下把四舅称为邦斯舅舅，是一九七一年的事了，到了一九七六年过年前几天，刚过冬至不久，阿诺终于给予二舅一个新称呼："劳尼舅舅"。

劳尼舅舅个子矮小，怕冷，多痰，坐了沙发里棉大衣依旧裹在身上不肯脱，撕了半张报纸，叠了几叠，做了一只香烟盒大小的容器，往茶几一搁，阿诺姆妈说，二哥做啥，旁边有烟灰缸，劳尼舅舅说，吐痰用，用了差不多了，捏成一团掼了垃圾桶里，阿诺说，你们姓范的，都很会动手，劳尼舅舅说，动手有啥好，劳心者治人，劳力者治于人，阿诺说，二舅舅毛笔字写得好，劳尼舅舅说，没用的，抄抄写写，做做账写写对联，只好算动手，不好算劳心，阿诺说，界限在啥地方，劳尼舅舅说，领导是劳心，被领导是劳力，阿诺说，你的长相很像外婆的，讲话腔调也像，劳尼舅舅说，面相有点像，声音不像，第一，我现在牙齿落掉许多，声音轻了，因为漏风，第二，我生了武汉，从小武汉口音，后来苏州待了二十几年，加上牙齿又不好，声音软绵绵，有苏州口音了，像江南女人声音，你外婆满族人，年轻辰光嗓子亮，一口京片子。

阿诺父亲留劳尼舅舅吃夜饭，这次劳尼舅舅没带奶油太妃糖与花生米，却拎着一条近两尺长的风干青鱼，用报纸跟腊绳捆绑包扎了，坐三轮车从十六铺码头直接过来，平时面部表情总是那样阴郁的父亲今晚兴致盎然，回家途中买了半斤花生牛轧糖，阿诺父亲并不知道阿诺的二舅正坐在家里等他，他的兴致盎然完全是因为另一件事：一九六八年二月五日对他进行抄家所扣押甚至当时以为肯定要没收的书籍及财物，今天向他宣布落实政策，将全部予以发还，包括自对他宣布隔离审查至从五七干校回上海参加战高温工厂劳动这长达六年的扣押的工资，会在明年一月份的发薪日全数返还，失而复得，塞翁失马，晚上阿诺父亲喝了不少绍兴加饭，阿诺觉得父亲已经有十年没有这么放松啦，其实阿诺父亲一九六五年起就心神不定了，现在，他不停对劳尼舅舅劝酒呢，劳尼舅舅说，我只能喝这么一点点，阿诺父亲说，烧一条鱼放这点酒也不够呀，劳尼舅舅说，我不是鱼，不知鱼能酒否，阿诺父亲说，花生米和猪头肉是茅万茂的，劳尼舅舅说，最好有豆腐干，阿诺父亲说，花生米配豆腐干一道嚼有火腿味道，劳尼舅舅说，我吃不出，阿诺父亲说，我也吃不出，劳尼舅舅说，我只咬得动豆腐干，花生米已经咬不动了。

一顿夜饭吃到八点半还没有结束，主要是阿诺父亲情绪高涨，吃菜是助兴，兴就是一个酒，劳尼舅舅牙齿的确不行,不仅拔了不少牙齿,剩下的也摇摇欲坠,阿诺发现一九七〇年外婆使用的那把镶银嵌红蓝碎宝石象牙柄小刀,现在归劳尼舅舅在进餐中使用,裁面包切割肉、将大块食物化整为零,和已故外婆的动作一模一样,缓慢,从容,有的是时间,一锅汤冷了两次端到厨房加热了两次,阿诺突然听到父亲问,那个马立克是谁?阿诺一怔,随口撒个谎说,一个同学的哥哥,父亲说,没听说过你有姓马的同学,阿诺说,其他班级的,怎么了?父亲说,我看到一本你借回来的书,阿诺说,哦,《赫鲁晓夫回忆录》,父亲说,他是干什么的,阿诺说,人家三十几岁了,我问他做啥,阿诺姆妈插话说,胆子介小,父亲说,这本书蛮好看,讲了交关斯大林的事体,阿诺姆妈说,斯大林老早死掉了,还要提他做啥,父亲说,他是我的噩梦,你不懂,劳尼舅舅闷声不响,在小刀帮助下慢慢咀嚼一块鱼,对阿诺父亲说,啥个书,我看看?阿诺动作快,把插进书架的那本《赫鲁晓夫回忆录》抽出来,递到劳尼舅舅手里,劳尼舅舅刚翻到扉页,盯住那个签名好几秒钟,抬头对大家说,这个马立克,跟大名鼎鼎的亨利·马立斯有啥关系?阿诺父亲大笑说,这个马立克肯定是中国人,那个马立斯是英国人,阿诺来劲了,问劳尼舅舅说,马立斯是啥人,这个英国人你们两个都认识?

劳尼舅舅要回鸿兴路旅社,父亲让阿诺送,劳尼舅舅说,我认得路,父亲说,认得路没有用,因为你不知道怎么乘车,要换两部公交车,26路到八仙桥,走到工人文化宫再乘18路,一边讲,几个人一边走到厨房通道,阿诺走在第一个，后面是父亲，劳尼舅舅与阿诺姆妈落在最后，阿诺很乐意有这份差使，劳尼舅舅比邦斯舅舅幽默，说笑话时他不笑，等你们笑了，他才尴尬地笑一笑，仿佛很无辜，阿诺好像又发掘了一块宝藏，劳尼舅舅命运和外貌跟邦斯舅舅大相径庭，习性迥异，邦斯舅舅单身一人，劳尼舅舅与二舅妈生育了七个子女，吃夜饭的时候阿诺姆妈轮番问劳尼舅舅七个子女的近况，七个名字绕来绕去，阿诺一个没记住，现在他能单独对劳尼舅舅问东问西了，正在这个时刻，阿诺听到背后的劳尼舅舅对着窗台外用不太熟练的上海话喊叫了一声，嗨，做啥？

随着劳尼舅舅一声喝斥，阿诺恍惚看见窗外有个白影闪过，姆妈说，好像是只猫，阿诺父亲说，怕什么，劳尼舅舅说，一个人影立在窗外，戴个口罩，我一喊，人就没了，阿诺赶紧打开门，朝两边张望，却是没有可疑之人，只有对马路有零星几个行人匆匆赶路，阿诺回头瞥了瞥那扇永远合不拢的窗子，突然想起数日前发生的那件事，就对父亲母亲与劳尼舅舅说，三楼的王嘉歧啥时候自杀的，阿诺姆妈说，讲这个干什么，想不到劳尼舅舅惊觉问道，琇妹，二房东王嘉歧已经死了？阿诺姆妈说，老早死了，"文化大革命"第二年就自杀了，阿诺父亲说，是一九六八年初，他自杀以后，局里再来抄我家的，劳尼舅舅说，不可能吧，你们看见尸体运出来了吗，阿诺姆妈说，没有尸体，是失踪，留了绝命书，走了，跳黄浦江了，劳尼舅舅说，吓死人了，活见鬼了，刚刚这个戴口罩的人，大概就是王嘉歧，阿诺姆妈说，他发神经病啊，装死，再回来看看，捉牢了再枪毙啊，阿诺父亲说，王嘉歧比我还大十岁，刚刚阿诺开门，眼睛一眨，人跑到啥地方去了，没有这样灵活的，劳尼舅舅说，我了两年前，去绍兴看一个老同学，有天下半日，我跟了这位老同学去爬会稽山想看看大禹庙遗址，我遇到过王嘉歧，千真万确。

91

他们喜欢谈论神秘事件，让他们去吧，对死亡的害怕转化为对死而复生的畏惧，新版鬼故事，手抄本，绿色尸体，两封寄给亡灵的信，那几年里的人可真是烂漫天真，死了的人或许都以某种特殊形式活着，某人亲眼所见，我发誓，他们死不瞑目，他们还有话要说，他们写信给自己，来自彼岸的消息就是来自此岸的消息，债务尚未清偿，死者的孤魂，永不忘却的濒死之痛，活着的，此刻还活着的芸芸众生，大人物小人物大角色小角色，泰山之重鸿毛之轻，谈论死亡只证明一件事实，我谈故我在，或我听故我在，谈论死者之复活，以文学的名义回到那个未死之前，战胜恐惧，诡秘传说让我们对现世的鬼魂毫无怯色。

尚未刑满释放的姚宗藻好不容易从提篮桥监狱带出来的一封信，没有抬头也没有落款，尽管如此，张守诚拿到这封信之后他的脸色煞白了，"你应该知道我是谁，你认得我的笔迹，我快出来了，平反是迟早的事了，里面的人消息很灵通，你在忙什么我都晓得，过去的七年半，快三千天了，三千个日日夜夜，你来看我一回，我们订的合同应该还在吧，口头合同，但是有两份清单，一式三份，我出来会补偿你，我会重重谢你，上帝禁止说谎，立约就要履约，守信诚信，这四个字分量很重，如果把这四个字撕开，那就难看了，我另外还有一封信，近期会通过一个小朋友交给你，你有什么话要讲，让他转达给我，希望我们不久就能相见，我已饱受渴慕自由之苦，各自珍重。"

人们一直喋喋不休讲话，他们的话题与周围的事物发生短暂关系，条件反射般的，即说即忘，这种最频繁的日常杂语昙花一现却也历尽沧桑，可是在历史的陈述中，这种日常杂语从来不被记录在案，它们的主题通常是循环的，即兴、偶然、重复、累赘、含糊、结结实实及语焉不详，在一个貌似最没有说话自主权的"说／听"环境里，人们仍然处于不断唠唠叨叨的广阔表层上，任何人都在说话，他们只要在场，就不得不被纳入其中，保持沉默反而是一种鲜明态度的表示因而引人注意，那些情况多半出现于家庭或私人圈子之间，一九七五年后的家庭内部揭发狂热已经降温，私人朋友互相告发的风尚或许依然在秘密盛行(能够作为一门特殊门类列入言说考古学吗)，不过群居的人们基于交流的强大本能，碍于惹上麻烦之虞，他们除了传播流言蜚语，每个人的个人见解早就拱手相让，即便有个把个人见解，其实也无非是一些幼稚猜想与情绪好恶，人人心里有数，何必说它，一说就是傻。

把储藏于身体内部而不完全铭刻在记忆之中的青春幽

灵再度释放出来，想象它们历经大浪淘沙终于逃脱，毫无方向地寻求某些令其转向的时代脱节之物，从废墟中捡起那些仍然具有潜在能量的知识与停滞不前的陈旧故事，汲取它们的营养，那虽然只是事后诸葛亮式的浮华命名，却也为那个难以名状的时期留下的谜团做出了一种类似辩证法之狡诈解释，前所未有的事物与空间的确被制造出来了，包括那个漫长的浩瀚空间，无处藏身的空间恰恰是最容易躲避的空间，似乎人人都生活在政治运动的裹挟中，危险与安全巧妙地向行动开放，极度的高压监管和无数敞开没人看守的荒原，被这些敏感的青春少年所发现，当然这绝不是全部，生存并非难题，没有绝对的发号施令，领袖与人民之间有多么辽阔无边的距离，他慈祥地凝视我们，世界是你们的也是我们的，但是归根结底是你们的，你们！归根结底！世界！

  孙继中：出门在外，一个人有一个人的好。
  沈灏：我觉得，要看情况。
  何显扬：最好三个人。
  沈灏：继中说，你常一个人旅行。
  何显扬：我从来没有三个人结伴旅行过。
  沈灏：那你的根据呢，为什么三个人最好。
  何显扬：一个人没人说话，每一分钟属于自己，孤独没关系，就怕生病，还怕迷路。
  沈灏：可以备一些药，带个指南针。
  何显扬：书呆子。
  沈灏：为什么。

何显扬：迷路了你会非常恐惧，你都会怀疑指南针。

孙继中：有个伴最好，踏实。

何显扬：继中就爱聊天。

孙继中：我跟显扬跑过几个地方，一路聊天。

何显扬：聊天很消耗精力。

孙继中：我觉得很好，我不感到累。

沈灏：为啥三个人最好。

何显扬：可以轮流睡觉，比如我们三个，继中想聊天，我累了，想睡觉，那沈灏你就陪他聊。

沈灏：要是我聊累了呢？

何显扬：那么继中也应该睡觉了。

孙继中：沈灏走的航线就是长江中上游，我建议你不忙去神农架，华中，汉阳武昌一带山很多，武当山和木兰山，可以先去走走。

沈灏：我了解过，我不喜欢风景区，而且同事讲，武当山的紫霄宫都被红卫兵敲坏了。

孙继中：纠正你两个误解，凡是有名胜古迹的山，一定有道理，风水，历史，地貌都有讲法，神农架是探险的地方，不要讲你一个人，我们三个人也不敢走进去，连一张好好的地图也弄不到。

沈灏：还有啥个误解。

孙继中：还有一个误解是，现在啥地方还有游山玩水的人，名胜古迹，呵呵。

何显扬：黄陂的木兰山值得看看，庙还有许多，大部分荒废了，山腰庙里还有几个老和尚住了里面，外面种种菜。

沈灏：你们画画的，拍拍风景，我没有什么胃口。

92

现在终于可以毫无挂碍地谈论这件大事了，下午四点，唁文昭告天下，导师安息不可避免，这一天到来了，中国古代有个叫司马迁的说过，人固有一死，彻底的唯物主义者无所畏惧，自然法则再一次在大地震之后显示它的沉默力量，医生们穷尽了所有努力，芸芸众生惟有表情复杂大地恸哭冲上云霄，一张巨大椅子空出了位子，现在我们可以说说这件事了，当时，你在哪儿，你听到了哀乐周而复始彻天响起，你想到谁了，是他，真的是他，这可能吗，我不敢相信，我以为他是不会死的，我从来没有这样设想，我回避他，他太大太远，我天天看到他的肖像，到处都是他，他怎么会从这个世界上消逝呢，消逝，就意味着他离开我们了，虽然我不觉得他和我有丝毫切身关系，他太亮，灼烧我眼睛，不可名状的恐惧，会发生什么大事吗，这件事还不够大吗，天大的大事啊，山崩地裂，所有的歌颂与赞美，终局就这样来了，平平常常地降临了，我渴望流下仅有的一滴泪水，天高云淡秋季雏菊金黄漫山遍野一缕花香冲入我的鼻腔直奔脑颅，他走了，恋恋不舍我们，他的敌人尚未消灭干净，与人奋斗其乐无穷，现在他永垂不朽了，他缺席了，安息了，终于。

一九七六年九月九日中午，孙继中、何显扬、沈灏和李致行在休宁南城供销合作社吃了饭,背起各自的行囊步出西门,李致行说,怎么走,何显扬说,往西走,沈灏说,大概多少路,何显扬说,三十里吧,但是不爬山,沈灏说,前面好像有个长途汽车站,孙继中说,这个汽车站废掉了,李致行说,走吧,十五公里,步行三个钟头差不多,沈灏说,我没问题,何显扬说,我们平常也搭车,长途汽车班次太少,一般找顺路的手扶拖拉机,塞几根香烟,像这点路,一包"大铁桥"就可以了,上海的"大前门"更好,沈灏说,这里有手扶拖拉机经过吗,孙继中说,我们从生产队里出来,比方去休宁,也要和老乡预约的,在路边等,点名去齐云山,开玩笑,再说今天我们四个人,手扶拖拉机装不下,除非搭大卡车,起码两包大前门,何显扬说,我们边走边留意,运气好,说不定可以搭到顺路的车,省点力气,到了齐云山,我们要爬的,沈灏说,山有多高,何显扬说,不高,五六百米,但是陡,齐云山很诡,平地拔起,不像黄山和九华山,山连山,它是孤零零一座山,沈灏说,我翻过地图,没有详细介绍,何显扬说,那一定是新版地图,而且是交通地图,沈灏说,对,没有历史介绍,不过有地质介绍,叫丹霞地貌,层积砂岩,何显扬说,这个我不了解,李致行说,齐云山现在还有道士吗,何显扬说,当然有,孙继中说,显扬对道教有点研究,何显扬说,不行不行,山外有山,孙继中说,为什么乾隆皇帝下江南一路给和尚庙题字,也给道观题字,何显扬说,释迦牟尼管来世,张天师管长生不老,皇帝都要的,李致行说,现在齐云山还有乾隆题的字吗,何显扬说,有,刻了石壁上,还在,两句,天下无双胜境,江南第一名山,沈灏说,太没劲,又是江南，又是第一，李致行说，因为皇帝第一，何显扬说，还有一个对子,黄山白岳相对峙，绿水丹崖甲江南，李致行说，陈词滥调，又是乾隆题的？何显扬说，不知道是谁，文人墨客吧，沈灏说，显扬记性好，背得出，何显扬说，我拍下来了，有照片，所以记得。

邦斯舅舅来信告诉朱莉，他假期总算是批下来了，计划买九月十五日西宁开出的普快，十七日晚上到上海北站，老规矩，买普通坐铺，可以省下三十九元钱，都可以买四瓶茅台酒了，邦斯舅舅在场里老职工那里搞来了一点藏红花，这个老职工姓周，他有个儿子在上海，住在静安寺，想请邦斯舅舅趁这个假期抽空去看看他儿子，儿子从小有小儿麻痹症，一直在自学英语，如果可能呢，就希望邦斯舅舅辅导辅导他，藏红花可以泡酒，也可以煮水喝，对身体免疫力差的女人恢复很有益处，可以酌情分一点给宋筝，宋老师对朱莉像自己姐妹，她要朱莉平时没事就写写毛笔字，写小楷，这个主意好，春天到现在，你写了有半年了，叫你寄给我看看，你说不行，我说没关系，我的毛笔字也不好，我们范家四兄弟当中，我毛笔字写得最差，只有英语马马虎虎，我问你临谁的字，你不说，还是毓琇妹写信告诉我的，说你在抄《金刚经》，临欧阳询的帖，不得了啦，我的好朱莉！

等到朱莉收到邦斯舅舅信的那个时候，正好在宋老师家里写毛笔字，外面邮递员叫，宋筝有信！宋老师下楼，又急急上楼，说，四哥来信了，朱莉停下手里的笔说，把信给我,巧吧,正好写好了两段,手酸,可以歇一歇,于是,朱莉拆信读信,宋老师便站在一旁读朱莉写的《金刚经》:"须菩提!又念过去于五百世作忍辱仙人,与尔所世,无我相、无人相、无众生相、无寿者相。是故须菩提!菩萨应离一切相,发阿耨多罗三藐三菩提心,不应住色生心,不应住声香味触法生心,应生无所住心。若心有住,即为非住。是故佛说:'菩萨心不应住色布施。'须菩提!菩萨为利益一切众生,应如是布施。如来说一切诸相,即是非相。又说:一切众生,即非众生。"

虽然《能断金刚般若波罗蜜经》是宋筝并不多的藏书之一,宋老师还是读了很慢,似懂非懂,还有一个字不会念,回头问朱莉,你四哥要回来啦?朱莉说,十七号到,今天九月九号,还有八天,宋老师说,都数日子了,想他了吧,朱莉说,习惯了,宋老师说,骗我,朱莉,你一个人其实更好,清静,宋老师说,想也是想的,就是命里没有,朱莉说,不是没有,是缘分没到,宋老师说,哦哟,抄了半年经,有长进!朱莉说,金刚经你没有看过啊,宋老师说,没有,你看懂了?朱莉说,好像心里很有触动,但是讲不出来,宋老师说,你也做过代课老师,哪能会讲不出?朱莉说,我代的是音乐课,不是语文课,宋老师说,为啥你不寄给四哥看看,让他高兴高兴?朱莉说,不是讲佛经是迷信吗,他们农场信要检查的。

从一九七四年年底起,阿诺好像不大看见艾菲跟艾菲妈妈,大铁门不再敞开了,到了农历除夕之前,里弄居委会照例按每个家庭人口分发春节年货票，一只冷气鸭子，一条冰得邦邦硬的青鱼，一斤草鸡蛋，一斤花生米，外加一斤冷库里拿出来的冰蛋，阿诺姆妈拿不动，回来叫阿诺帮忙，顺口对阿诺说，艾菲一家搬家了，阿诺说，不可能的，我怎么不知道，阿诺姆妈说，前几天艾菲倒是来我们家两趟的，你都不在，我问啥事体，艾菲讲没有什么大事体，我就忘记告诉你，阿诺问姆妈怎么知道的，阿诺姆妈说，刚刚到居委会排队领年货票子，隔壁邻居都在讲，艾家好像去香港了，艾菲爷爷在香港，政策放宽了，保密工作做得好，里弄居委会都不晓得，大家猜，肯定有啥来头，阿诺说，假使艾菲一家真的去了香港，肯定会来信的，阿诺姆妈说，不去管它了，帮我拿年货去，阿诺跟着姆妈出门，经过艾菲家的时候特地看了看那两扇大铁门，一下子有点伤感，似乎他的儿童时代随着这大铁门永远合拢，彻底结束了，山墙后面是太阳陨落的地方。

劳尼舅舅滞留上海只有四天，时间安排紧凑，第二天中午就过来了，见到阿妈就说，老母亲好，阿妈听不懂，劳尼舅舅说话漏风，于是再说一遍，阿妈早！阿妈说，还早啊，我们中饭都吃过了，劳尼舅舅说，我已经在乔家栅吃了一碗面，毓琇妹呢，阿妈说，她今天开会去了，只有阿诺在家，两个人在厨房说话，阿诺全听在耳朵里，阿诺昨晚已经打探到劳尼舅舅的计划，知道劳尼舅舅下午两点半去马当路大华书场听苏州评弹，阿诺很惊奇，《智取威虎山》居然也可以用软绵绵的苏州评弹来表演，用扬州说书还讲得过去，劳尼舅舅说，我就眯着眼睛听听评弹那个调子，打打瞌睡而已，劳尼舅舅还说，好的评弹演员大多数都在上海，票价很便宜，阿诺问一张票子多少钱，劳尼舅舅说，只要两毛五，还有一杯茶水，中间有一把热水面可以揩揩，等于困个中觉，阿诺想不到劳尼舅舅生活得如此自在，问他解放前是怎样生活的，劳尼舅舅说，要讲上海滩，还是讲广州或者重庆，阿诺说，讲上海，劳尼舅舅说，讲日本人来了之前，还是讲日本人投降之后？阿诺说，都要知道，阿爸姆妈从来不讲，劳尼舅舅说，明天我去听评弹，我提前来，讲故事把你听，但是不吃中饭，要吃夜饭，你跟你姆妈讲一声，阿诺说，一句闲话，阿爸补发工资，恐怕有好几千，这几天肯定会天天吃老酒，二舅舅你过来，阿爸绝对开心。

整整八年，一个男人和一个女人几乎每晚在一个房间里共同度过，能说是他们在深深相爱吗，床单枕头沾染污渍让他们洗涤不净的罪恶，幻觉一般恍惚贫瘠身体之满足，别提那堆读过的书，都是谎言，那些重复了无数遍的耳边腻语和无微不至的呵护，这么多年了，饱受监禁般的无尽苦闷，他们明白那是不可能打碎的牢笼，又惧怕这一不可饶恕之罪总有一天将会被阻止，每一次插入痉挛疼痛几近麻木不仁，如十字架铁钉无情扎进他们下腹部，不伦之恋带来的卑贱耻辱惩罚还要持续多久，最后一次，最后一次，最后一次！你还在等什么呢，终于，听见了，你听见什么了，我还要，不要停，我的柏寒，我的心肝宝贝，我哀求你了，伯母你别说话，不是哀求，好像是哀乐，是哀乐，它远远飘了过来，越来越响，响彻了整个城市上空，谁死了，谁死了，我要去看看，不要，不要出去，不要离开我，你去把收音机打开吧！快让我穿衣服，我听见弄堂里在一家一家敲门声，一定是顶顶重要的大人物死了，挨家挨户通知，我要穿衣服，现在是下午几点钟了？过四点了，把收音机开响一点，现在，播报治丧委员会名单，啊啊，真的是他，翁柏寒拉开窗帘，苍白的脸转了过来，太阳光已经西斜，翁柏寒全身赤裸呆呆站在房间中央，翁史曼丽则坐在床沿翘起一只脚在穿袜子了，她顺手拎了一件衬衫扔给翁柏寒，异样的冷静，翁柏寒一字一句问，你听到是谁死了，翁史曼丽说，知道，快穿衣服，话没说完，翁柏寒扑向翁史曼丽，环臂将翁史曼丽紧紧抱住，嚎啕大哭。

93

纤纤问阿诺，姬家爸爸是怎样认识你姆妈的，你讲给我听听，我不喜欢看爱情小说，都是瞎编，我要听真的，顶好是我认得的人，阿诺说，你就说"你爸爸"好了，叫啥个"姬家爸爸"，听上去很怪，纤纤说，是有点奇怪，才问你的，阿诺说，我阿爸姆妈两个人哪能会认得，你觉得这桩事体很奇怪？纤纤说，是呀，你块头大，我个子小，两个人走了一道比较配，你阿爸瘦小，你姆妈块头大，阿诺说，唉，是咯，我阿爸姆妈好像从来不一道出去荡马路的，纤纤说，我老早就发现了，阿诺说，小时候，过年全家出去拜年，阿爸总归走了前头，两个姐姐跟了后头，姆妈拉牢我的手跟了末脚，纤纤说，看见了吧，我没有瞎讲，还有，姬家爸爸个子小，走路特别快，阿诺说，对呀，姆妈胖，走不快，纤纤说，去去去，我姆妈走路也慢的，但是我阿爸可以放慢步子，两个人并排走，阿诺说，纤纤你啥个意思，是讲我阿爸姆妈两个人有问题？纤纤说，我是好奇呀，姬家爸爸第一次跟你姆妈约会，总不会一个人自顾自走了前头，让你姆妈一个人跟了后面吧，阿诺说，这个问题问得好，我夜里问问我阿爸，纤纤说，不要说是我讲的哦，姬家爸爸会生气的，阿诺说，不会，这几天阿爸天天夜里请我二娘舅陪他吃老酒，心情好得很。

林耀东荣幸挤进了参加柳州西江造船厂首次潜水艇下水仪式十二人名单，三天后回来，柳州只待大半天，还有两天要耗在火车上了，坐铺，上海到柳州，普快单程要二十六小时，通知很突然，东东拿了换洗内衣袜子毛巾牙刷朝帆布书包里一塞，还有点空隙，于是就翻沈灏留下的那个大旅行包，拿了史蒂文森一本《金银岛》，一本《化身博士》，差不多了，又抽出本《巴尔干的炸药库》，顾不上看是谁写的，急急忙忙装进帆布书包就走，纤纤说，几天回来啊，又留下我一个人，东东说，三天，火车还有一个多小时就开，坐41路，来不及了，纤纤说，我住顾家姆妈那儿啊，东东说，好，还有，要阿诺去上班，不要天天黏着，纤纤说，不要你管，我也不管阿诺的事。

总有某些事物吸引我们，或者某些人物总是吸引我们，它们与他们让我们害怕，洪灾、地震、瘟疫、老鼠、战争、政变以及显赫一时的大人物进入天堂，切身的问题！正在做的事情！不能立即搁置的手边工作！外面世界的新闻我们无暇顾及，真理无关紧要，狂妄无知，一己之短暂快乐，不要叫醒他们，他们会嫉恨你的！什么时候还我失去了的尊严，用恐惧填满心灵，飞到云端去，去太阳下坠的地方，命中注定，渴望生活，难以剥夺的精神生活最廉价，浑浑噩噩的人，谨小慎微的人，不知底细的人，传说版本不一的人，突然失踪的人，耐心等待的人，无忧无虑的人，像一株植物那样生存的人，莫测高深隐藏于朝廷的人，他们统统挤在一条诺亚大船上，瞧啊，瑰丽晚霞将葬身于海上。

　　张曼雨把贺子蓝带到三楼楼梯口，也不介绍，就对贺子蓝说，你和立克先聊聊，我还要去吴江路岳阳中医院配点煎药，三轮车等在下面，马立克说，晚上母亲一起吃饭吗，张曼雨说，当然，我还是坐这部三轮车回来，我先走了，三轮车师傅了等要急的，贺子蓝说，阿姨一会儿见，两个人就立在楼梯口目送张曼雨下楼，等张曼雨拐进二楼走道，贺子蓝遂回身将手伸给马立克，自我介绍说，贺子蓝，马立克忙不迭伸手与贺子蓝相握，自报家门说，马立克，只听见那贺子蓝几乎同时念出"马立克"，一时间把个马立克弄得有一点点尴尬，赶紧说，神交已久，贺兰山，红蓝白，贺子蓝说，漏了一个"子"，马立克说，是母亲这样介绍的，还有一个子丑寅卯，贺子蓝说，不好吗？马立克说，一个"子"就很好，子丑寅卯太老气，贺子蓝说，换个怎样，君子的子？马立克说，子不语，贺子蓝噗嗤一笑，又说，你应该请我进你的房间去，我就不再讲话，听你讲，马立克说，请进，贺蓝君子。

贺子蓝说，你的房间收拾得好干净啊，马立克说，千真万确，贺子蓝说，只有沙发里有一本书，《大卫·科波菲尔》，马立克说，我不在客厅看书，况且，我也没有多少书，贺子蓝说，阿姨讲你博览群书，一目十行，马立克说，好读书，贺子蓝说，不求甚解，马立克说，难怪我父亲怀疑贺蓝君子是负有特殊任务的人，贺子蓝说，特务不会这样卖弄聪明的，马立克说，我底细你都一清二楚，讲讲你的经历吧，贺子蓝说，从小时候开始讲？马立克说，不要，反过来，贺子蓝说，从我现在的工作开始，倒回去，大学，中学，小学，马立克说，对，国际惯例，贺子蓝说，贺子蓝，女，目前在北京外贸部港澳商贸联络室任商务译员，外贸部总部坐落在东长安街，联络室设在西城区阜成门，一年前，我在中美联络处工作了八个月，任助理译员，马立克说，对不起，停停停，你不会怀疑我是特务吧，贺子蓝说，阿姨真的没有告诉你我的简历吗，马立克说，母亲只在信里讲了你的名字，印象深刻，其他都没说，这次回上海，母亲习惯住在她父母家，和我不住一起，贺子蓝说，这里不是阿姨与马教授原来的家？马立克说，我十八岁就离开父母去哈尔滨了，贺子蓝说，那是哪一年，马立克说，一九五九年，贺子蓝说，然后呢，马立克说，在我记忆里，这里本来是个大客厅，这里曾经摆了一架母亲的钢琴，其他地方，沙发上，壁炉架上，地板上，整个房间堆满了书，我乱看书，一目十行的老毛病，就是从小养成的，贺子蓝说，堆满了书，客人坐在哪里呢，马立克说，没有客人，五十年代初开始，客人越来越少，书越来越多，贺子蓝说，现在连书也没有了，马立克说，你什么都知道，贺子蓝说，我对你知道不少，不都是阿姨告诉我的，比方说吧，刚刚一会儿，我知道了你的年龄，你三十四了，马立克说，这不是秘密，贺子蓝说，我二十七岁了，马立克说，为什么要告诉我，贺子蓝说，为了公平，马立克说，我不明白，贺子蓝说，年龄背后是经历，你大我七岁，你的故事一定比我多，马立克说，我们之间的认识，家母有意让你认识我，你也愿意认识我，仅仅是为了我们两个人彼此讲故事，而且在今天这个前途很不乐观的时期，你的处境是很不错，学以致用，外贸部，中美联络处，我，马立克，专业荒废，一个狼狈不堪从新疆逃回上海的社会青年，你不认为这有什么不对劲的地方吗？

劳尼舅舅叼着一根香烟，说话哆哆嗦嗦，香烟灰就不断掉在地上，阿诺也视若无睹，劳尼舅舅两只瘦骨伶仃的手袖在棉大衣袖筒里，两腿盘拢于沙发中，正在讲马立斯的故事，纤纤进来了，问阿诺姆妈和阿妈哪里去了，阿诺说，姆妈开会，阿妈了困中觉，纤纤说，这是你二娘舅啊，阿诺说，正在讲故事呢，坐下来一起听，纤纤说，二娘舅好，劳尼舅舅说，是林家伯伯的女儿啊，纤纤说，是咯，你们了讲啥人的故事，阿诺说，你晓得跑马厅吗，纤纤说，当然晓得，就是现在人民广场，阿诺说，你晓得跑马厅旁边有个马立斯小菜场吗，纤纤说，好像一直听顾家姆妈讲马立斯小菜场，问这个做啥，阿诺说，二舅舅就在讲这个外国犹太人，劳尼舅舅说，不是犹太人，是英国人，纤纤说，我不欢喜听这种故事，马立斯牛立斯，远开八只脚，劳尼舅舅说，是阿诺问我，我讲讲白相相，等一歇我要到大华书场听评弹了，阿诺说，还有十分钟，来得及，二娘舅再讲下去，纤纤说，二娘舅，你为啥对上海老早事体介了解？劳尼舅舅说，日本人投降以后，我跟阿诺姆妈、阿诺外公外婆，还有几个兄弟，一家人统统从番禺搬到上海来了，纤纤说，阿诺姆妈年轻辰光长得好看吗，劳尼舅舅说，肯定比你好看，纤纤说，为啥，劳尼舅舅说，你太瘦了，纤纤说，二娘舅自己太瘦，小姑娘不可以太胖的，劳尼舅舅说，哎，可惜，你们没有看见过从前的电影女明星，嘉宝，胡蝶，都是胖美人，现在人瘦，因为营养不好，阿诺看看纤纤，问舅舅，为啥我姆妈一直比较胖呢，劳尼舅舅说，这是遗传，你姆妈像外公，我瘦，像你外婆，纤纤又问，二舅舅，你晓得阿诺爸爸是怎样追到阿诺姆妈的吗，阿诺说，问这个做啥？劳尼舅舅说，晓得一点，他们两个曾经在一间写字间共事，阿诺爸爸请阿诺姆妈看电影，阿诺姆妈答应了，阿诺说，介简单啊？纤纤说，二娘舅怎么会晓得介详细，劳尼舅舅说，我妹妹平常下班总归六点左右到屋里，这天回到屋里已经十点钟敲过了，阿诺外婆一直没有困觉，坐了房间里等，阿诺姆妈回答，一个同事请她吃夜饭，吃过夜饭再去大光明看《魂断蓝桥》，阿诺外婆问，是男同事还是女同事，你们知道阿诺姆妈怎么说，纤纤两眼放光问，她怎么说？劳尼舅舅说，阿诺姆妈大声说，当然是男同事！

　　昨天在小食堂里吃午饭，晚了，没有几个人，马馘伦就向老钱提前请了半天假，说今天要去北京大学图书馆还书，老钱点点头说，这几天好像将要发生什么事情，早去早回,马馘伦说,还能出什么事情啊,天还会塌下来?老钱轻声说,就怕天塌下来啊,马馘伦一脸迷惑,哦?钱教授,你是指?钱秉坤教授伸出一根食指朝天花板指指,马馘伦摇摇头说,马某愚钝,钱秉坤教授说,你真没听到什么吗?马馘伦说,你的意思,好像全世界都知道了,只有我蒙在鼓里,钱秉坤说,快了,马馘伦说,此话何讲,钱秉坤教授站起来,端起碗筷大声说道,彻底的唯物主义者是无所畏惧的!

现在马馘伦才明白昨天老钱讲的神神叨叨那番话是指什么了,中午起,中央人民广播电台不断播放一则通知,声调冷峻,气氛格外异样,整个编译局鸦雀无声,这在马馘伦经验里是前所未有的,说今天下午四点整中央人民广播电台要播报重要新闻,马馘伦觉得蹊跷,究竟是什么重大新闻需要预告播出,而且要把正式播报的时间延迟到四个小时之后,也就是说,这条新闻,或这个消息,不是一个需要做出紧急反应的突发偶然事件,而是一个可以延迟发布,却是需要人们做好心理准备的某个必然事件,马馘伦下楼去小食堂,迎面碰到钱秉坤,说今天下午他不去北大图书馆了,钱秉坤教授面无表情,轻轻拍拍马馘伦肩膀说,看来是真的了。

94

一九七六年九月二十三日马馘伦给马立克的信:

立克：

　　昨日接尔母信，得知家中平安，尔自称病亦渐好，至以为慰，尔今日从事德语、中世纪史两项，行之不倦，虽甚慰，却虑中世纪典籍浩如烟海，盘根错节，未知重点何处，惟担忧尔一意孤行，学而无类，有心为国而无处安身，惜乎哉！

　　尔母不适北方居行，滞留沪上已大半载，不必依赖药物，中医西医，皆不可迷信，余在京畿凡目所见者，皆庸医也，近读曾文正公开卷有益，彼曰每日饭后走数千步，谓养生家第一秘诀，尔餐后望携母行走两千步，持之以恒必有大效。

　　导师仙逝，然尘埃尚未落定，尔努力读书，成不了栋梁，绝不怕没饭吃，只读书未必沦为朽木，化腐朽为神奇，钱教授说导师赋诗填词大手笔，不须放屁，典出清代江南才子书《何典》，只知羊角扶摇有典，不知放屁亦有典，真是字字有典。

　　　　　　　　　　　　　　　　此谕

沈灏跟了孙继中、何显扬和李致行一块去安徽，是孙继中的提议，沈灏妈妈是知道的，沈灏不愿意待在家里，儿子爱妈妈懂妈妈，好了，这段时间不会有人去找沈灏，没有干扰了，沈灏妈妈多年不太跟邻居往来，居委会也晓得沈灏爸爸是一个造火箭的科技人员，有关方面一直关照下来，要照顾好这母子俩，帮他们解决困难，其实沈灏母子根本不需要别人照顾，沈灏妈妈的困难只有她自己解决，难道不是吗，所以多年了，这母子俩并没有欠街坊邻居什么人情，不过，自从沈灏妈妈把李致行爸爸第一次带回家，四周邻居是看到的，那还是"文化大革命"前夕，不多久，一九六六年之后，几乎有一半以上邻居的家都被抄了，关牛棚，隔离审查，五七干校，上山下乡，家庭成员越变越少，每家人家都自顾不暇，每家人家都有政治问题，谁还在意安静随和的沈灏妈妈和什么人来往呢，沈灏妈妈表面看上去性格内向，发作起来炽热激烈，这一面性格只有几个男人才有机会得以领教，此时此刻，沈灏妈妈一个人锁了门，坐在一只大木桶里洗澡，九月份还不太凉，她慢慢用一只瓢朝肩膀和背脊浇热水，她大腿通红，浑身暖暖烘烘的，她使劲搓揉自己的脸，举一面椭圆镜子，在蒸汽氤氲里凝视镜中那个女人，她发胖了，她拧拧下巴，拍打胳膊，有点儿松弛，她想起来，李致行爸爸曾经说她的身体像一只胖胖的鹅，说她结实，她问李致行爸爸，结实不好吧，李致行爸爸说，能夹住男人，秘密武器，现在，他会觉得她松了，更加胖吗，哦哦，不要再想这个男人，她现在的男人可不再是他啦，他应该快到了，东想西想，沈灏妈妈打了两个喷嚏，哦，洗澡水有些儿凉，沈灏妈妈揩干身体，拎了一条干净毛巾，裹住湿漉漉头发，直接钻到了被窝里。

就在这懒洋洋时刻，等待情人寻欢作乐的下午，突然，成千上万的人，肃立，狂奔，隔壁房间，悬崖边，阳台对面，帐篷里，工矿企业，哨卡，打谷场，码头，操场，营地，弄堂深处与大街上，同一支沉痛低徊悲伤的管弦乐曲，訇然炸响，希望迟迟不来，苦死了等待的沈灏妈妈，他答应过她，他会来。

在后来阿诺留下的两本日记中，他曾经用第三人称、代号与拼音字母，零零散散写下了他的自我反省，涉及了纤纤、殷老师，对邦斯舅舅与朱莉的描述，兆熹叔叔出狱后也加入了这个名单，当然还有对马立克和宋筝及贺子蓝的心理分析，这个爱好持续了仅仅一年，动力来自他读了《约翰·克里斯朵夫》和卢梭《忏悔录》，在这之前，阿诺偶尔写一点点读书笔记，起先只是做摘录，并不写心得，后来他着手伪造读书笔记，把自己的思想、怀疑或感受，模仿各种风格，常常以晦涩、迂回、重叠的复句和漫长的从句，采取将主语不断移动的拙劣伎俩，混淆视听，不知所云，看起来完全不像一个十七八岁的人所能写出，最后，借一个名，甚至捏造一个名，隐藏于子虚乌有的署名背后，一则一则地混杂在他的笔记本中，连阿诺的父亲都没有识别出来，阿诺的日记从不示人，但是他断定父亲会看到这几本插在书柜某个位置的牛皮纸工作手册，一九六八年初那个寒冷午后伊始，除去房门，阿诺家里所有抽屉橱柜都没有锁。

浦卓运：那一天，马諴老你在哪里，还记得吗。

马諴伦：让我想想。

何乃谦：你在办公室，你说过的。

马諴伦：那天我应该去北大图书馆还书的，事前请了假。

何乃谦：事实上你没去。

马諴伦：对，我们都等着，鸦雀无声，手里一直拿着一本书。

浦卓运：是什么书。

马箴伦：《韩非子》。

浦卓运：在读？

马箴伦：是，不知道为什么，三个多钟点，就在看那一页，就好像那天一直在图书馆里。

何乃谦：半天读一页，发现什么了。

浦卓运：莫非"八奸"？

马箴伦："安危"，安术有七，危道有六。

何乃谦：无非天下大乱，再天下大治。

浦卓运：利人之所害，乐人之所祸，危人于所安。

马箴伦：所爱不亲，所恶不疏。

浦卓运：与人奋斗其乐无穷。

何乃谦：浦兄还是管不住这张爱闯祸的嘴。

马箴伦：何兄，那天你又在哪里呢？

何乃谦：我在家。

马箴伦：还记得那天吗。

何乃谦：我的生活一成不变，学无所用，看看书。

浦卓运：百无一用是书生，除非为虎作伥，《韩非子》，《商君书》，《君主论》。

马箴伦：奔车之上无仲尼，覆舟之下无伯夷，也是事实。

何乃谦：老浦你呢？

浦卓运：政治最肮脏。

何乃谦：我问你，那天你在哪里？

浦卓运：那几天我住杭州女婿家，清波门，女儿女婿是工人，家里没几本书可看，一个人出来西湖转圈，下午路过岳坟吃了一碗面,快四点钟了,正准备去西泠印社望望。

何乃谦:老兄居然如此雅兴!

浦卓运:毕竟西湖。

何乃谦:岳王坟上草萋萋。

浦卓运:我怎么知道那天会发生什么事。

马畒伦:浦老弟神出鬼没,那两年,我收到三封匿名信。

浦卓运:报个平安而已。

何乃谦:老浦继续讲下去。

浦卓运:在孤山公园边门我碰到一个陌生人,有四十几岁样子,他盯住我看,我没有理他,他跟着我走,我停下来问,有什么事吗,他问,你姓浦?我说你认错人了,他说,太像了,我看看他好像没有什么歹意,就问他那个姓浦的人你是在哪里认识他的,他说,不瞒你讲,在安徽白茅岭农场,十几年了,我一惊,但是马上很平静地对他说,那你肯定是认错人了,他呆呆地看我,又自说自话地说,他会算命,我知道了,他的确认错人了,因为我根本不会算命,更不可能胆敢在白茅岭劳改农场算命,我确定这个人其实不认识我,于是就跟他聊了起来。

何乃谦:下文如何?

浦卓运:孤山公园的广播喇叭响了,讣告,哀乐,治丧委员会名单,一遍又一遍,我很镇静,我看见那个人蹲了下来,两只手捂住自己的脸,脑袋在抽搐,不是哭,是呜咽,趁这个空隙,我悄悄离开了这个人,走了几十步,回头看他,他还蹲成那个姿势,老地方,一动不动。

马畒伦:浦老弟深居简出,赋闲逍遥,作壁上观。

浦卓运：小弟死里逃生，还算幸运。

马鹹伦：可我，还是记得老弟的无头信，字字千斤重啊。

何乃谦：唉，中国文化太阴暗了。

马鹹伦：何兄何出此言？

何乃谦：刚才卓运兄问及学长那天手里拿的是什么书，学长回答《韩非子》，卓运兄第一反应就是"八奸"，而非冠冕堂皇的"安危"与"治乱"。

浦卓运：何教授一针见血。

马鹹伦：《商君书》和《韩非子》，根源在性恶论，说得透，接近马基雅维利。

何乃谦：秦始皇和美第奇不可相提并论。

马鹹伦：就"政治当中没有朋友"而言，韩非子与马基雅维利倒是高度一致的。

浦卓运：我不熟悉马基雅维利，我估计，导师没有读过马基雅维利。

马鹹伦：莫非浦老弟背得出韩非子的"八奸"？

浦卓运：一曰同床，二曰在旁，三曰父兄，四曰养殃，五曰民萌，六曰流行，七曰威强，八曰四方。

马鹹伦：好记性。

何乃谦：厉害。

浦卓运：我不厉害，老祖宗厉害。

阿诺逐渐意识到了问题的存在，俩人天天黏在一处，阿诺啧有烦言，林耀东不在的几天里，纤纤一直拉住阿诺，顾家姆妈亭子间朝北，半夜冷，一清老早大卡车开过，纤纤就被吵醒，偏要阿诺陪，才肯回到自己房间睡觉，白天黑夜，两个年轻人几乎不下床，阿诺感觉他的思维停顿了，有点儿失去耐心，开始哄，后来就大叫纤纤纤纤你可以起床啦，纤纤有气无力说她不想踩在地板上，况且，她还是听到床底下叽里咕噜老鼠响，她害怕，阿诺说，那我坐在你旁边看书，可以吧，纤纤说，不可以，你一看书，脑子里就没有我了，阿诺说，那我困够了，不想在床上怎么办，纤纤说，你人还这么小，就开始嫌女人了，阿诺说，我们两个人是一样大好吧，纤纤说，你要我的辰光，嘴巴好甜，要过了，要够了，就一个人坐起来吃香烟，或者就坐起来看书，不管我了，阿诺说，我喜欢看书，你又不是刚刚知道，纤纤说，看书是解恢气，没有女朋友，空虚，只好看书，有了女朋友，还要看书，要么是书蠹头，要么就是不欢喜我，阿诺说，我们把翁家姆妈的大白猫放到房间里来好吗，床底下的老鼠声音就肯定不会再有了，纤纤说，不要转移大方向，我讲的不是猫跟老鼠，是你跟我，阿诺说，好好好，听你的，陪你困觉，纤纤说，介难听，啥个陪我困觉，阿诺说，又讲错了？纤纤说，其实我也困够了，头昏脑涨，要不，你讲个故事给我听听，阿诺说，我的故事都是书里看来的，纤纤说，那当然，你才几岁，你有什么故事，阿诺说，好像你有什么故事，纤纤说，我的故事只有开始，没有结果，阿诺说，是失恋故事吧，纤纤说，我们两个人算是恋爱吗，阿诺一下子不说话，纤纤说，阿诺为啥不响，阿诺说，你一提醒，我想起我没有给你写过情书，算不算恋爱，纤纤说，我们不需要写情书，梁山伯祝英台，两地分居才要写情书，阿诺说，对的，我们住了贴隔壁，纤纤说，阿诺快点抱抱我，阿诺于是伸手搂纤纤肩膀，纤纤掰

423

开阿诺两只手说，笨来，抱都不会抱，纤纤将阿诺左手臂垫进她的脖颈，又把阿诺身体扳过去，把阿诺右手掌插入她的两腿内侧，阿诺说，又饿了？纤纤说，十三点，我不饿，抱了紧一点，我们都不讲话，我钻了被头筒里听你心跳，阿诺闭起眼睛，想起了他的两个秘密笔记本，他刚才差点准备告诉纤纤，他其实是专门写过情书给纤纤的，类似的情书，写在自己的笔记本里，无法寄出，还单相思一阵呢，纤纤代号"铅笔头"，殷老师代号"小袜子"，马立克"钢笔"，四娘舅"邦斯"，兆熹叔叔"太阳镜"，正犹豫是不是告诉纤纤，因为牵涉许多人，怕会难以解释，却被纤纤自己解了围，纤纤说，我们不需要写情书，看来纤纤对写不写情书并不在意。

95

人间的苦难难道还不够深重吗，朝生暮死，连一个短暂欢快都无法允诺难道就是上帝的对我们无辜原罪的惩罚吗，人间的惩罚是否就是上帝的旨意，还是正好恰恰相反，快要溺死的人能够抓住什么救命稻草呢，北方大地正在强烈震动，莫非大自然对老弱病残都充满了憎恨，不然又应该怎样解释？瓦解的征兆也许真的已经向我们显示，古老的暴力压迫正由于古老的卑微懦弱，蜉蝣般渺小的生物必须接受稍纵即逝的生存期限，朝霞满天，一个新世界将在悲剧之泪中诞生，此岸的记忆必须在彼岸那头得到恢复。

中午，宋筝学校打来传呼电话，紧急通知，下午四点全校师生集体收听重要广播，不能缺席，朱莉问，发生什么事了，宋筝说，不是好事体，朱莉说，又是哪里地震，宋筝说，不像，地震不会要求集体听广播，朱莉说，要不打仗了，宋筝说，不像，朱莉说，我也要回去，宋筝说，我们去弄堂口饮食店吃碗面，我换换衣裳，你把桌子收一收，一起走，朱莉说，还有一点墨，我再写几个字，遂将《金刚经》翻过两页，若有所思，拿起笔，书写于右："凡所有相。皆是虚妄。一切有为法。如梦幻泡影。如露亦如电。当作如是观。"宋筝走过来，看了看说，这段话，我看懂了，朱莉说，我好像在哪里看到过的，宋筝说，你相信菩萨吗，朱莉说，信，也不信，宋筝说，我不信，修百世方可同舟渡，修千世方能共枕眠，你相信吗，朱莉说，我也不信，宋筝说，那你信它什么，朱莉说，色即是空，宋筝说，走吧，肚子不能空，朱莉说，你特地换了一身素装，蛮好看的，宋筝抿抿头发说，秋天了。

沈灏知道阿诺与纤纤黏上了，林耀东滞留柳州，反正有那只翁家姆妈送来的大白猫在，纤纤怕不怕老鼠他就不管了，有阿诺陪伴呢，沈灏在家里待不住，频繁往孙继中那儿跑，向何显扬请教孤身一人探险旅行注意事项，同时也说说他的计划，何显扬与林耀东一样反对沈灏一个人去神农架，冬季到了，是明摆的，睡睡袋，你以为浪漫啊，你会搭帐篷吗，你会看地形、实地勘察吗，夏季到了，蚊子毒虫，什么水可以喝什么水不可以喝，带武器了吗，什么东西可以当做武器，都有变通，沈灏说，慢点讲，给我一张纸，我记一记，孙继中说，为什么一定要一个人走呢，多复杂，多几个人可以互相帮助，何显扬说，这是两件事，单身一人在野外生存，露营，很刺激的，对吗沈灏？沈灏说，我阿爸支持的，说这是真正的锻炼，孙继中说，你姆妈晓得吗，沈灏说，姆妈说，注意安全就行，孙继中捏捏沈灏肩膀说，嗯，比以前结实多了，沈灏说，最重要的是什么呢，显扬是否可以概括一下，我记了脑子里，其他细则，比方要带什么，碰到什么情况应该怎样应付处理，我一条一条写下来，何显扬说，只有两个字，孙继中说，安全，沈灏说，废话，听显扬解释，何显扬说，处境，一人在外，处境变幻莫测，要学会识别自己的处境，安全不安全，怎样保持有利处境，怎样摆脱不利处境，怎样利用各种手段，说来说去就是一个经验，你的对策，怎么控制局面，迅速决策还是耐心等待，镇静，还是怎样，都取决于你的处境，和你对这个处境的判断。

宋筝戴了黑纱回来，看见朱莉站在楼下等她，宋筝拿出钥匙开门，上楼，朱莉默默跟在后面，宋筝说，你还不回家啊，下半日去哪里了，朱莉说，我心里很乱，宋筝说，老刘呢，朱莉说，我不想讲他的事体，宋筝说，到房间里来讲，朱莉说，你好像哭过了，眼睛肿的，宋筝说，学堂里女老师统统哭了，朱莉说，难为你了，宋筝说，不要瞎讲，朱莉说，我不是这个意思，你看，我也戴了一块黑纱，宋筝说，坐下来讲，朱莉说，出了这个事，剑虹可能这个月不能回上海了，宋筝说，我陪你，朱莉说，我心里空落落的，宋筝说，你今天就困了我这里，朱莉说，嗯，宋筝说，我去烧夜饭，朱莉说，我来弄夜饭，你比我累，你不要动，宋筝说，要不就把中午吃剩的饭菜热一热，再煎两只荷包蛋。

天黑了，朱莉把饭菜端进房间，宋筝背对朱莉立了写字台前，手中握笔，铺开的宣纸已经抄好了一幅字：城上清笳城下杵。秋尽离人，此际心偏苦。刀尺又催天又暮。一声吹冷蒹葭浦。把酒留君君不住。莫被寒云，遮断君行处。行宿黄茅山店路。夕阳村社迎神鼓。

兆熹似乎有幻听，魑魅魍魉窃窃私语，世界末日要到了，大汗淋漓惶惶不可终日，梦见2767姚宗藻发出一阵奇怪的喘息声，鼻腔里咕噜咕噜响，走廊换上了刺眼的新灯泡，教管员皮鞋咔哒咔哒来回，不要说话，不许说话，禁止说话！天主不公道，兆熹在黑夜中画十字，哦哦哦，我在家里，主保佑我，阿诺被紧急通知叫到厂里，一个都不能少集体布置灵堂，脑袋空空荡荡，图书馆和食堂之间的门肃穆地打开了，墙角堆满白色凄凉纸花，那天他的记忆出现了裂缝，父亲严厉地呵斥，警告，现在是非常时期，阿诺后悔没有跟孙继中沈灏他们去安徽，不然，不然，现在什么都不能说，连想都不能想，最漫长的一个下午，想象一个人已经不再存在，但四周到处依旧是他个人的存在，铺天盖地的存在，比平常存在的时候更加表现为庞大的存在，他离开了，恩格斯在马克思墓前说，这个人停止思考了，从今往后，谁来代他思考呢，可不是嘛，未竟的宏伟事业，那个空位置，以后将摆一张谁的照片呢，我预感天下可能会大乱，你被打了一针麻药，白血球异常，慢性阑尾炎发作，肠梗阻，你疲倦极了，身体发冷，喉咙干燥，你要喝水，你孤零零躺在手术床上，盖一条白被单，一个窈窕护士径直走过来，她朝你的下腹涂红汞液，痒痒的触碰，用一块湿润纱布擦拭你嘴唇，她款款软语，声音遥远，说你不能饮水，我不担心天下大乱，看看那个护士例行公事口罩上的眼睫毛，世界停顿了，就那么熬着，等着，等着，啥都不去想，脑子昏昏沉沉，事实就是如此，不是自己骗自己，不愿意面对它，关我什么事？啊，你总算讲了真话，阿诺，我明白了，你平日只思考自己，你不思考他，是的，现在我可以告诉你，我从没见过他，虽然我和他曾经同时生活在一个世界上，他出局了，我也出局了，真的吗，阑尾炎发作，把你救了出来，你一贯逃避，阑尾炎成全了你。

她渴望获得，要么枯萎，要么燃烧，她伸出丰饶的手臂做了一个蛙泳划水动作，必须专注于现在的这个男人，她或许也会为那个逝者哭泣，但是现在不会，她心思集中于官能，皮肤浮肿神情疲惫，有一些与生俱来的微妙东西正在远离她，时光荏苒，依然没有力量反抗来自生命的欲望，她是对的，弱者的风暴在床上，强者痴迷沙场，还能指望什么呀，犯同样的错误，为爱受尽折磨，反正爱情会褪色，尽力保持它吧，女人反正不能改变性别，就像男人反正不能改变国籍，换个话题吧！

亚当的意志似乎因溺爱堕落的配偶而堕落了，他宁肯去满足她的欲望，而不愿意来成全上帝的诫命，但若没有新的恩典帮助，他就无法达到主耶稣向其跟随者所应许之永恒生命的幸福境界,藉着上帝的恩典,在罪得赦免时,意志便得以自由,人因上帝恩典的帮助,有可能持续地走正道,然而由于在他里面存在着原罪的残迹,却并没有脱离犯罪的倾向,虽然藉着赦罪,恩典大大平息了罪,因此可以克服罪,但并没有将其斩草除根。

(摘自十六世纪伊拉斯谟《论自由意志》)

96

贺子蓝:你的声音很优美。

马立克:你是第二个这么说我的人。

贺子蓝:一个女人?

马立克:是。

贺子蓝:她长得漂亮吗。

马立克:你见过。

贺子蓝:我知道了,你母亲。

马立克:让你失望了。

贺子蓝:我很喜欢你母亲,在北京,我们的主要话题就是你。

马立克:怎么样。

贺子蓝:一言难尽。

马立克:你的那几盘磁带是从香港带进来的吧。

贺子蓝:对,在香港翻录的。

马立克:我会自制录音机,但是没有好音乐。

贺子蓝：这几盘歌带，算好音乐吗？

马立克：我在阿克苏的时候，短波可以收到塔斯社，收不到美国之音。

贺子蓝：阿姨说，你本来学俄语，后来自学日语，为什么？

马立克：塔城有个日本人留下的图书馆，英语俄语和汉语，还有大量日语书籍。

贺子蓝：受到诱惑了。

马立克：对，因为没人看。

贺子蓝：怎么样，不要学我，说一言难尽。

马立克：当时我很惊讶，日本人对中国和苏联的研究很透。

贺子蓝：比方说？

马立克：比方测绘和地图，日本人收集历代地图，而且花力气测绘新地图。

贺子蓝：为了侵略吧。

马立克：肯定有这个目的，但不完全是。

贺子蓝：你怎么知道，我怀疑。

马立克：明治维新之前，就有一些日本探险家、旅行家进入新疆测绘勘探了。

贺子蓝：嗯，日本还在闭关锁国。

马立克：你在英国读了几年书？

贺子蓝：你听得出我的口音。

马立克：我英语不好，只能读写，说不行。

贺子蓝：香港一年，英国一年。

马立克：认识你以前，我根本不知道鲍勃·迪伦和披头士。

　　贺子蓝：我太喜欢了，在香港发现的，一九七二年我去了香港，尼克松来中国。

　　马立克：国家派遣。

　　贺子蓝：形势变得很快，两年后，邓小平就在联合国大厦发表演说了。

　　马立克：很兴奋吧。

　　贺子蓝：还用说。

　　马立克：你听摇滚乐、爵士乐，是被允许的？

　　贺子蓝：是的，可以接触，因为我的工作是外交译员，不能有盲点。

　　马立克：我喜欢鲍勃·迪伦，尤其喜欢列侬。

　　贺子蓝：为什么。

　　马立克：我们是同一年出生的。

　　贺子蓝：阿姨说你对古典音乐缺乏热情。

　　马立克：天哪。

　　贺子蓝：阿姨会弹钢琴吧。

　　马立克：我最后一次听母亲弹琴是一九六一年，我暑假回上海。

　　贺子蓝：记得你母亲弹了什么曲子。

　　马立克：月光奏鸣曲，贝多芬的《月光奏鸣曲》。

　　贺子蓝：阿姨说，你不提贝多芬。

　　马立克：连这个都对你说，我的天。

　　贺子蓝：阿姨很爱你。

　　马立克：那个时候，只有阳光，没有月光。

　　贺子蓝：好像很久很久以前的事了。

马立克：我们出去走走吧，天都黑了。
贺子蓝：不知道今晚有没有月光。

林耀东外出学习逾期不归，造船厂打来传呼电话问，纤纤急了，说我哥哥是你们派到柳州学习的，他人没有回来，应该是我问你们要人，对方说，我们是造船厂保卫处的，你是他家属吗，纤纤一听"家属"两个字就急哭了，结结巴巴问，你们把我哥哥弄到哪里去了啊，对方说，你是林耀东的什么人，纤纤说，我是她妹妹，他到底怎么啦？对方说，没什么事，就是他两天没上班了，不见人，没有请假条，怎么回事，纤纤说，林耀东不是去柳州学习了吗，造船厂保卫处说，其他一起去学习的同事都回来了，纤纤又呜呜哭了，对方说，我们调查了，有其他同事反映，回上海途中，林耀东在金华下车了，说是去看望一个插队的老同学，如果林耀东回来了，叫他马上到厂里来报到，纤纤松了口气，揉揉胸脯对了电话筒大声嚷嚷说，这点事也要保卫处打电话，没事体做啊，大不了算旷工好了，有本事你们自己去寻林耀东，我不晓得，不晓得，晓得也不告诉你们！嘭一声，把电话挂了。

马臧伦：萨特的那篇文章看完了没有？
何乃谦：哪篇？
马臧伦：存在主义是一种人道主义。
何乃谦：还没有，看完我会写信给你的。
马臧伦：可能是我想错了。
何乃谦：什么。

马馘伦：没什么。

何乃谦：什么你想错了。

马馘伦：关于萨特一个观点，我们以后再谈。

何乃谦：萨特来过中国，上过天安门。

马馘伦：这个我不感兴趣。

何乃谦：但是你们编译局很感兴趣。

马馘伦：因为人道主义。

何乃谦：你怀疑萨特的人道主义？

马馘伦：是。

何乃谦：不管他，现在需要人道主义。

马馘伦：一时的政治利用而已。

何乃谦：学长最近的一些想法我跟不上了。

马馘伦：想做学问，结果只是做了政治工具，却不能研究政治。

何乃谦：何某愿闻其详。

马馘伦：回顾几十年，有好几个姓马的，对我的影响非常大。

何乃谦：马克思。

马馘伦：马克思是不用说了，还有马尔萨斯，马基雅维利。

何乃谦：现在承认马尔萨斯人口理论了，马寅初也姓马，平反了。

马馘伦：马尔萨斯没有预见技术革命，但他预见到了"极限"这个概念。

何乃谦：纲举目张。

马馘伦：罗马俱乐部的报告，用了这个词，增长的极限。

何乃谦：马基雅维利没那么简单吧？

马諴伦：反省这建国三十年，联合政府到人民政府，为了消灭不公，消灭富人的腐败，结果一步一步，为了消灭剥削，防止了富人的腐败，却助长了平民的放肆。

何乃谦：我没有看到平民的放肆。

马諴伦：你忘记一九六六年了。

何乃谦：列宁说，革命是盛大的节日。

马諴伦：革命不就是放肆吗，而且是流血的放肆。

何乃谦：继续马基雅维利，他怎么说。

马諴伦：马基雅维利认为，把富人或平民的任何一方从联合政府中驱逐出去都是不可取的，谁要是处于完全的支配地位，都会有产生暴政的危险。

何乃谦：解决方案？

马諴伦：解决问题的办法是制定一种与政治制度相关的法律，使对立的社会势力之间构成一种互相制约的均势，在这种均势中，所有各党派都参与政府的事务，彼此保持互相监督，这样就能防止富人的傲慢和平民的放肆，由于彼此竞争的集团互相猜疑并且监视对方的任何夺取最高权力的迹象，这样的压力产生出来的结果，将意味着，只有那些有益于公共自由的法律和制度才能被通过，由于人们的自私和利益推动，各个党派集团就合成了一只看不见的手，相互倾轧形成了公共利益。

何乃谦：亚当·斯密著名的"看不见的手"，出自马基雅维利？

马諴伦：或许。

何乃谦：唉，五百年前发现的政治逻辑，至今依然有效。

马諴伦：也可以说，在这里，完全无效。

何乃谦：马基雅维利错了？

马諴伦：不，马基雅维利还有另外一套理论，解释专制暴政。

何乃谦：这个何某知道，《君主论》。

马諴伦：马基雅维利真了不起，相较之下，萨特很滑稽。

何乃谦：为什么？

马諴伦：萨特滥用平民的放肆，却出现在中国人的观礼台上。

何乃谦：还有姓马的吗，马教授？

马諴伦：马丁·路德。

艾菲回上海了，不辞而别的艾菲，他的同学并没有对他提出非难，全家人移居香港，在那个年头，就意味着永远不会回来了，香港是另外一个世界，不是青海，不是新疆，更不是江西或安徽，说回来就回来，当然，也可能永远无法真正地回来了，像昆仑山上的一根草那样扎根，城市身份，农村户口，吃商品粮，千百万人的心脏为此不停跳动，千辛万苦前途迷惘，离开一个地方，是为了最后回到这个地方，也有人，离开这个地方，则是为了再不要回到这个地方，人与人，差别该有多大！香港啊香港，究竟是花花世界，还是人间地狱呢，艾菲说，去年他在香港电视里看到了西德贝肯鲍尔跟荷兰克鲁伊夫，还有巴西球王贝利，他都三十好几了，我们以前都不知道！纤纤说，我们场里只有一只电视机，你家里有电视机啊，艾菲说，全世界十亿电视观众看到了世界足球杯直播，电视不稀奇，香港几乎家家有,阿诺说,根本不是电视的问题,报纸广播也不报道,在这里,我们什么消息都不知道,纤纤说,艾菲别讲那些事,阿诺会心情不好的,求求你,阿诺说,我没有这么脆弱,其实我是知道贝利这个名字的,他踢进了一千多只球,艾菲说,你怎么晓得的啊,阿诺说,书上看来的,纤纤说,我怎么不晓得,艾菲说,纤纤又不看书,纤纤说,不关你啥事体,阿诺说,两个美国人写的书,一本叫《出类拔萃之辈》,一本书《约翰·福斯特·杜勒斯回忆录》,都提到了球王贝利,我记住了,美国国务卿也专门提到贝利,一个巴西人,肯定不得了,纤纤说,艾菲,你一家去香港,里委会阿姨说你外公在香港很有钱,是吗?艾菲说,外公了香港不算有钞票的,纤纤说,噢哟,又不会问你借钞票的,阿诺说,无聊,纤纤说,开开玩笑可以吧,艾菲说,对了,我带了两样小东西,我不晓得你们两个在一道,现在正好,一只电子手表,一副太阳眼镜,一人一样,纤纤说,两样东西都是男人用的,艾菲说,白相相的,阿诺说,太阳眼镜还是纤纤戴好看,艾菲说,对的,纤纤皮肤白,面架子小,戴太阳眼镜绝对灵,纤纤说,是吗,我去照照镜子,艾菲,谢谢你噢。

97

太阳低低挂在天上,酷暑难当,蝙蝠聒噪不已,没有什么可以隐瞒了,缎子内裤如一绺头发随风乱舞,伸手很容易就摸到泪流满面的姑娘,这面旗帜下就剩我们俩举起巴掌宣誓，保守秘密，永远不说真话，不信赖任何人，你和我，你和我的爸爸妈妈，我们什么都不承认，除非让我们做伪证说假话，不必记录我们每天所说过的一切，我们自然而然地把事实真相弄反搞错，说我们是什么我们就是什么，任凭别人讲吧，我们自己瞧不起自己，所以我们无所谓，无条件我们合作吧，我们支持你，谁不知道你是千秋万代统治者，吼吼，吼！

8314次开往蚌埠的慢车猛烈摇晃一下，精神抖擞启动了，轮子挤压铁轨尖啸刺耳，醒醒酒鬼打破了沉默，咯噔，咯噔，动得很突然，紧接着刹住车轮，没有任何预告，没有解释没有动静，短暂逗留恍惚印象，墙垛夷为平地，起吊龙门，支撑仓库的支架、拱腹、梁柱、道岔，错落有致清晨雾凇，冬日照耀之光效应，铁灰一团，反复无常的场景野草丛生，槐树缺枝少叶，腐朽铁栅栏，冰冻三尺不寻常，天要落雨娘要嫁人，雄鸡一唱天下白引吭高歌飞鸣啼，深居简出皓首穷经翻烂了一部二十四史，精疲力竭垂垂老矣却道东方欲晓莫道君行早踏遍青山人未老风景这边独好。

李致行一直等待的那个日子终于到来了，接近某种不可告人的阴暗等待，秘而不宣，无法交流的罪恶念头，这之前，它从来没有在睡梦中以任何形式出现过，内在的恐惧严厉地控制了李致行，要保持冷静，绝不能为了一个迟早要发生的自然事件白白毁了自己，现在，你不再怀疑大自然的铁律了，这座陈旧不堪的城市正在熟睡，但是有一件重要事情已经被改变，局势还很不明朗，一定会有一连串的变故与意外纷至沓来，你只能是个旁观者，和以前一样，和你此刻一样，这个世界将如何运行根本没有你的份，黑暗中你的脸色苍白，你张开嘴巴，你意识到自己的面颊肌肉朝两边拉伸，你想象你笑的样子，它非常丑陋，那是一种阴森森的笑，你觉得这样很卑微，一个无能者，苟活者，像草芥那样渺小，庞然大物轰的倒坍，大地震，大洪水，大瘟疫，谁知道为什么频仍降临这个国度，脚下没有一寸土地属于你，所有事物都不属于你，全能的拥有者死了，终于放手了，失去了权柄，你在黑暗里闭紧眼睛，双重的黑暗里你冲着深渊彼此对视，你额头发烫幻影破碎四分五裂，许许多多幻影，人形的，行走的，扭动，聚合，涌出，狂奔，机器，木偶，尖叫，哭泣，全世界发生了波澜壮阔大罢工，地球不转了。

　　道出真相还不算最可怕的，最可怕的，是那些听到真相的人，乌云遮护落日，寿命屈指可数，上帝的嗜好无法测度，大团星尘后面的琼楼异象渐渐显露，朝霞悬停在天幕之上，道德败坏是一种惩罚，还能沿着原路足迹返回吗，他们异口同声说，不，我们不再相信，真理再一次与他们擦身而过，物种屡遭涂炭，顺天知命，服从强权，向命运低头，承受难以承受的耻辱，前方惟有光焰跳跃闪烁，大火熊熊燃起，内库烧为锦绣灰天街踏尽公卿骨，疲惫之躯或隐或现，凹凸不平的马路形同山谷，灼日西沉，这一侧与那一侧，某些秘密尚未到被察觉的时日，光明一闪而过，晦暗迅速笼罩世界，在你的眼皮底下，夕阳如此美丽，你对此毫无办法。

林耀华九月初突然回家一趟，没有打招呼，可能是临时决定，急急忙忙只待了一个下午和一个晚上，连顾家姆妈都没看到，第二天清晨就匆忙离开了，大方桌收拾了干干净净，桌子中央留下了一张纸条，纸条上写："东东和纤纤，我回来过了，拿点东西，明天一早赶火车，去爸爸妈妈那里，然后去云南，到那里安顿下来再写信，林林。"林耀华当然不知道纤纤跟阿诺坐船去崇明玩，东东大意失荆州莫名其妙为了一封伪造的信被追查，也已失踪多日，纤纤那天听沪东造船厂保卫处说东东半途下火车去金华看望同学，破涕为笑，回来对阿诺说，东东自从参军没有如愿，开始吊儿郎当，上班没有心思了，阿诺说，你们三兄妹，其实你最吊儿郎当，纤纤说，叫小姑娘做男人做的生活，啥人想出来的，阿诺说，你赖在上海，我没有意见的，纤纤说，啥个赖在上海，你自己天天混日子，好意思讲我，阿诺说，我们去崇明白相几天好吗，纤纤说，不好，带一个男人，他们会议论的，阿诺说，你不要心虚就可以了，你不讲，啥人晓得，我们夜里又不困了一道，纤纤说，你十三点啊，痴头怪脑，阿诺说，我去实地考察，看看农场里的男人生活到底小姑娘吃得消还是吃不消。

隆康坊之夜，阴暗巷弄倾斜，雾蒙蒙昏昧粉橙灯光，无人听闻乐声久矣，一九六六年到一九六七年红卫兵所向披靡，隆康坊笛子跟手风琴春眠不觉晓毛泽东思想宣传小分队如火如荼，我们是毛主席的红卫兵从草原来到天安门老子革命儿好汉老子反动儿混蛋，后来红卫兵解散，八个样板戏风靡,隆康坊主旋律就变成京胡和二胡了,朝霞映在阳澄湖上芦花放稻谷香北风吹林涛吼峡谷震荡望飞雪漫天舞巍巍丛山披银装,这个窗口与那个窗口咿哩哇啦此起彼伏一度取而代之,渐渐地,几年下来也就稀稀落落,最后终于偃旗息鼓了,隆康坊恢复了一九六六年之前的枯索与宁静,林耀华回来那个夜晚,九点敲过,阿诺姆妈和阿诺爸爸正准备睡觉,听见若有若无从隔壁林耀华家传来如泣如诉口琴声,先是阿诺姆妈听到的,花儿为什么这样红,为什么这样红,哎红得好像,红得好像燃烧的火,阿诺姆妈不禁跟着哼了起来,阿诺爸爸搁下手里报纸说,阿诺这几天怎么一直不看见,阿诺姆妈说,阿诺几个插队同学回来了,经常住了同学屋里,阿诺爸爸叹了口气,阿诺姆妈说,年龄一年一年大了,将来不晓得怎么办,此时,隔壁口琴混进了一个女孩的声音,嗓子压得低,略带沙哑,咬字却十分清晰:花儿为什么这样鲜,为什么这样鲜,哎鲜得使人,鲜得使人不忍离去,它是用了青春的血液来浇灌……阿诺爸爸说,雷振邦不知道现在在哪里,阿诺姆妈说,雷振邦是啥人,阿诺爸爸说,这只电影插曲,都是他谱的,阿诺姆妈说,声音好像是林家传过来的,阿诺爸爸说,阿诺不会在那里吧?阿诺姆妈讲,不可能,一定是住了孙继中屋里,忘记告诉你,隔壁林家大儿子回来了,下半日我了门口拣鸡毛菜,看到林林拎了一只大箱子,带了一个女的,叫了我一声,问我阿诺在家吗,我讲阿诺不在,阿诺爸爸说,林家这个大儿子比阿诺大了靠十岁,寻阿诺做啥,阿诺姆妈说,阿诺跟男的来往你不放心,跟女的来往你也不放心,你叫阿诺闷了屋里厢看书,又怕他脑子复杂，你到底要他哪能？阿诺爸爸不吭声了，这时候，隔壁口琴再次如泣如诉响起，好像一支苏联歌曲，阿诺爸爸跟阿诺姆妈似乎耳熟，五十年代肯定流行过，旋律有点忧伤，歌名却怎么也想不起来了。

98

看似随意的方式，无懈可击！从遗忘中唤醒，繁衍，萦绕，仿佛没有目标，只是一种不肯放弃的期待！最后的一次夺取，终结革命，千年帝国的梦想必须宣告自身的正确，绝对服从它，怀疑一切，却不能怀疑它！"希望"不过是"或许不一样"的承诺，紧迫，并不！习惯某个事物不等于一定要了解这个事物，语无伦次，自相矛盾，任其摆布应该是一种默契，无数匿名者，抹杀他们，从人群中一个一个将他们找出来，重新命名，不许谈论那些已经做了决定的决定，起码的纪律！以柔克刚，惰性将赌注压在悠悠不尽的时光，无所作为者最终胜出，记忆维系天下苍生无足轻重的秘密纽带，爱与痛楚，怕与忧郁，近距离回味以及遥远的呻吟，即便如此绝望，正是因为没有明天所以爱，这才是爱的真谛！仍渴望走向似乎难以靠近的欲望边缘直至坠入漩涡，爱是一种疾病，无论它短，还是长！盛装，白痴，琐碎，陈腐，幻灭，青春，火车离站，迷雾里留下两道尾灯，蓝灯是你哀伤，红灯是你心脏！

张曼雨：还记得我们最后一次去看电影，是哪一年。

马毓伦：啊，对不起，我真的不记得了，不过我记得我们第一次看的电影，在图宾根，看《意志的胜利》。

张曼雨：几天以后，希特勒向波兰宣战了。

马毓伦：年底我们一起离开德国，是你的决定。

张曼雨：你不想走，你说你不喜欢美国哲学，不喜欢杜威。

马毓伦：因为爱情。

张曼雨：爱情，多少年了，你的嘴里再也没有说过"爱情"两个字。

马毓伦：爱祖国爱人民，哈哈哈。

张曼雨：为什么？

马毓伦：什么为什么？

张曼雨：阴阳怪气。

马毓伦：我忽然想起一九三八年，那时候我们还不认识，你在巴黎，我在弗莱堡大学听了海德格尔的一次讲演。

张曼雨：记得内容吗？

马毓伦：领袖的真理和领袖的意志，德国的未来，希特勒万岁。

张曼雨：为什么男人总是能够记住这些东西？

马毓伦：对了，你刚才问我什么的，我想起来了。

张曼雨：我们在谈电影啊。

马毓伦：你问我，我们两个人看电影，最近一次是哪一年。

张曼雨：是啊，你想起来了？

马毓伦：不就是昨天晚上吗，你说毓伦，我买了两张电影票，衡山电影院，离家很近，我们散步着过去，不要来了上海休假，还天天朝图书馆跑。

张曼雨：谢谢你，馘伦，没想到，你把我讲的话都背出来了。

马馘伦：这么简单的问题。

张曼雨：其实我是想问，这一次不算，这之前。

马馘伦：那我真的不记得了，你还记得？

张曼雨：我也忘了。

马馘伦：你不是女人吗？

张曼雨：男女都一样。

马馘伦：什么感觉。

张曼雨：我说不出来，很迷惑，你觉得呢？

马馘伦：男女平权运动，在德国十九世纪下半叶就开始了。

张曼雨：男女平等，不是把女人变成男人的意思吧。

马馘伦：希特勒要把女人赶回到厨房里去，你认为对吗。

张曼雨：我不知道，不要谈你的德国。

马馘伦：那么美国呢？

张曼雨：美国是自由世界，贺子蓝很喜欢美国。

马馘伦：立克和那个贺子蓝，俩人怎样，交往有两年多了吧？

张曼雨：我不知道，没问，怎么问啊，他们都那么大了。

马馘伦：昨天看电影，注意到一个疑点，回家翻了翻字典，弄明白了。

张曼雨：南斯拉夫电影，你也研究？

马馘伦：和男女有关，你想听吗，不听拉倒。

张曼雨：说吧。

马臧伦：这个电影的插曲很好听，主题歌，这里译成了《啊朋友再见》，我听来听去，好像是意大利语，那个反复出现的"Bella"译成中文应该是"姑娘"而不是"朋友"，这可能是一首意大利民歌吧，啊姑娘再见，才像是意大利男人的口气。

张曼雨：你的意思呢。

马臧伦：欧洲传统之一，骑士精神，打仗不单单为保卫祖国，而且为母亲，为女人，这个价值观不符合中国文化习惯，就擅自把"姑娘"改为"朋友"。

张曼雨：那不见得，上海人把"谈恋爱"说成"轧朋友"，朋友这个词，可以包涵男女关系，马教授不要食洋不化。

马臧伦：阿拉领教了，张教授。

0978工厂装备副总工程师林之遂三天前接到儿子林耀华航空挂号信，说他将出差去成都，如果可能，希望能在成都与父母相见，届时他会住宿在南郊武侯祠附近的招待所，林耀华在信里留了一个电话号码，说只要拨通这个号码就能知道他的确切地址，林之遂看了看邮戳日子，估计林耀华已抵达成都，立即去机要室拨通了那个成都电话号码，对方问，你是哪里，找谁，林之遂说，我是0978工厂的，我们有个同事近日是不是去了你们那里，他叫林耀华，对方说，是有一个叫林耀华的，我们派人火车站接他去了，但是他是南京来的，不是你们0978工厂的，林之遂说，哦，对不起，我是林耀华父亲，是0978工厂总工程师林之遂，你是哪里？对方说，你好，林总工程师，我们是成都军区的，番号不能告诉你，是不是等林耀华同志来了之后，让他打电话给你，请你把你的电话号码告诉我，我转告他，林之遂说，小同志，你们那位去接林耀华的同志大概什么时候可以回来，对方说，这个我不清楚，可能有小半天了，林之遂说，小同志，那我过两个小时，再拨你这个电话？对方说，好的，首长。

阿诺：你们一家搬走后，这扇大铁门再也没有打开过。
艾菲：是吗。
沈灏：那时候我们都还很小，那个天井真是大呀！
阿诺：我们不做作业，关起门，摸瞎子。
何显扬：摸瞎子，什么意思？
孙继中：就是捉迷藏。
何显扬：这个天井现在不属于艾菲家了？
阿诺：现在是街道工厂仓库。
何显扬：难以想象。
艾菲：我已经不再想这些了。
孙继中：还是谈谈香港吧，艾菲。
艾菲：讲不清楚。
阿诺：啥意思。
艾菲：区别太大了，两个世界。
沈灏：艾菲有工作了？
艾菲：你怎么知道。
沈灏：你买了介许多礼物送给我们，不会用你爸爸妈妈钞票吧。
艾菲：在外公一个朋友开的图书公司，做装帧设计，夜里了夜校上课。

（大家沉默）

艾菲：其实也不开心，真的。

孙继中：不会吧。

艾菲：整天工作，读书，紧张得不得了，看到你们还是那么轻松。

阿诺：我们换一换。

艾菲：我不是这个意思。

沈灏：阿诺，还记得艾菲曾经讲过，他的理想是做一个昆虫学家吗？

阿诺：当然记得。

艾菲：沈灏要做宇航员。

沈灏：阿诺要做作家。

阿诺：现在是李致行要做作家了。

何显扬：阿诺的理想改了？

艾菲：今天你们怎么没有叫李致行跟江楚天？

阿诺：他们到江西韶关去了，李致行在那里插队。

沈灏：艾菲还记得，你当时有好几本讲昆虫的书，不肯借给我们看。

阿诺：《昆虫记》。

沈灏：亨利·法布尔写的。

艾菲：你们还记得啊！

沈灏：你是生在福中不知福。

艾菲：讲我？

沈灏：你现在条件有了，不去实现理想，就挣钱过日子了。

艾菲：香港人都这样。

何显扬：沈灏现在的理想不是也改变了吗？

阿诺：沈灏现在是想做探险家。

孙继中：我觉得，沈灏顶多是个旅行家。

沈灏：江楚天不是很满足他的仓库保管员工作吗，怎么有时间去江西了？

阿诺：他说他们那个果品仓库发现了白蚂蚁，正在请白蚁防治所解决这个问题，他趁机溜出来了。

何显扬：就是那个徐家汇天主教堂？

阿诺：就是啊，这个江楚天，一直说要带我们去玩的，说话不算数，以前我们去那里抓蟋蟀，全是荒草。

何显扬：明天我们一道去看看，我想拍拍照。

孙继中：显扬最爱拍废墟。

原徐家汇天主教堂，果品杂货公司仓库的食堂梁架开始被发现罹患白蚂蚁，得归功电工曹永禄，一年前曹师傅先在食堂旁边的配电间屋檐下居然目击赫赫然倒挂着一只椰子那么大的黄蜂巢，引起了大家的恐惧与轰动，曹师傅是多面手，独自一人承担果品杂货仓库所有维护修理，没事的时候就晒晒太阳，寻人聊天，泡一杯茶，拎只竹壳热水瓶，走到哪里，喝茶喝到哪里，江楚天很欢迎曹师傅荡到他库房来，这个平时不声不响的曹永禄，其实见多识广，他肚子里东西都让江楚天闻所未闻，老早九重天四马路野鸡大世界黄楚九巡捕房黄金荣杜月笙兰馨大戏院，曹师傅根本不像苦大仇深的工人阶级，江楚天早注意他那只大搪瓷杯用了许多年头了，上面写七个大字，大海航行靠舵手，茶杯内侧积满了深赭色茶垢，江楚天曾经问过父亲，以曹永禄为例，解放前上海工人应该什么样，父亲说，要看他做什么行当，具体情况具体分析，不能一刀切，于是江楚天就想侧面打听，又问不出口，仓库工作一人管一大块空间，平常彼此不怎么往来，能够说上几句的，也就是曹永禄师傅一个，总不能直接问曹师傅吧，现在机会来了，去年夏季刚刚清除掉大黄蜂巢仅仅是序幕，现在白蚂蚁登场了，仓库全体员工不寒而栗，上级领导紧急开会，决定立即请白蚁防治中心派人对原天主教堂进行一次彻底检查，果品杂货公司仓库临时关闭，所有库藏统统转移，留少数职工配合白蚁防治所灭蚁，其余员工等待另行安排，有调休的赶紧调休，想看病的抓紧去看病，曹永禄说，这么好的房子做仓库，真是作孽，人人晓得仓库养老鼠，养蟑螂，老鼠多，只好养交交关关猫咪，好了，完结了，仓库成了猫跟老鼠的天下，现在更加好，白蚂蚁也出来了，都是那些乱七八糟的果品杂货，把白蚂蚁从外地带过来了，一帮败家精啊！

贺子蓝起来得很早，她披了衬衫轻轻走过客厅来到空气清新的阳台，对着复兴路的梧桐树荫愉快地做起了晨操，在她舒展起伏的身影背后，有一张装了镜框的照片出现于摆满了书籍的壁炉架上，照片里的那个人就是贺子蓝，以纽约联合国总部大楼为背景，站在蓝天白云之下，她不会忘记就是同一天晚上她与几个联合国粮食署同事去麦迪逊广场花园，宾夕法尼亚火车站上面听了大卫·鲍伊演唱会，"宇宙之旅"令她热泪盈眶，昨天夜里她告诉马立克说,她爱美国,毛主席也喜欢美国人,毛主席讨厌苏联人,美国人简单,美国不仅有摇滚乐,还有蓝调,英雄邂逅美人,吉米唱道,我自由,因我永远在奔逃,马立克说,这就是形容我吧,我掳掠了你,却还来不及知道你的来历,贺子蓝说,你是梦想取回金羊毛的强盗,我要把你说的话记下来,就是蓝调的歌词了,马立克说,我没有要我寻找的指环,我无处藏身,我所到之处,就是我的家,贺子蓝说,做歌词好,做座右铭不好,马立克说,为什么,贺子蓝说,我孤独的新疆人,不要太消极,马立克说,那你唱吧,我喜欢你讲的那个蓝调,贺子蓝说,保罗唱词比你更强盗,我所到之处,我爱上她们,然后离开她们,粉碎她们的心,马立克说,我爱你,贺子蓝说,你说什么?你再说一遍,马立克说,我爱上你了,贺子蓝说,来吧,我的爱人,来把我粉碎。

99

一九七六年七月二十八日,北京时间3时42分53秒,东经118.1度、北纬39.6度,在距地面十六公里深处的地球外壳,中国河北省唐山市丰南区一带发生里氏7.9级强烈地震,23秒钟后,唐山被夷为废墟。

何显扬肩挎那台笨重的基辅哈苏相机,沿苏州河北岸从西藏北路泥城桥一路往东,东张西望,起先没啥感觉,看到了河南路桥邮政大楼,有点意思了,遂踱步慢慢靠近邮政大楼，顺花岗岩墙根溜达，忽见一扇侧门洞开，走廊里摆了脏兮兮两排脚踏车，似乎没人管的样子，就擅自走了进去，楼道很暗，前面十来米有亮光，估计是楼梯了，果然是楼梯，扶手蒙灰，好像不经常有人使用，何显扬小心翼翼上楼，一路黑咕隆咚，顺一个方向走了七八圈，抬头望到通向大露台的门，门敞开着，楼梯尽头的死角堆满破损的桌椅板凳，何显扬拿出哈苏，两只脚一前一后踩在最后几级楼梯上，就以露台外的天空为远景，开始拍这堆垃圾，正在这时候，有人在他后面的楼梯下说，要不是你，我这辈子也不会来这里的，何显扬回头看，那人居然是沈灏，何显扬说，你跟踪我啊，沈灏说，啊呀，这里可以看苏州河，视野开阔，何显扬说，可惜你对上海没有兴趣，沈灏说，我到邮政大楼发电报，碰巧看到你，刚刚想叫你，你进楼梯了，何显扬说，我不拍苏州河，我拍房子，苏州河太龌龊，沈灏说，城市嘛，都是龌龊的，何显扬说，你以为乡下干净啊，沈灏说，看，这座城市，它就是萨拉热窝！何显扬说，这个话有点耳熟啊，沈灏说，没看南斯拉夫电影《瓦尔特保卫萨拉热窝》？何显扬说，啊，想起来了，沈灏说，冯·迪特里希，党卫军上校，何显扬模仿沈灏口气说，你难道没看见这座城市吗？

　　　　那一天早晨，从梦中醒来
　　　　啊朋友再见吧，再见吧，再见吧
　　　　一天早晨，从梦中醒来
　　　　侵略者闯进我家乡
　　　　啊游击队呀，快带我走吧

啊朋友再见吧，再见吧，再见吧
游击队呀快带我走吧
我实在不能再忍受

晚上六点，林之遂再次拨通成都军区那个不肯透露部队番号的电话，对方说，林总工程师吗，请稍等，然后就是林耀华的声音，爸爸好，我是林林，林之遂说，你的航空信我今天下午才收到，你在成都待几天啊，林耀华说，我有两个整天，大后天要去昆明，爸爸，妈妈好吗？林之遂说，妈妈很好，东东和纤纤好吗，林耀华说，他们都很好，叫妈妈放心，爸爸，你明后天能来一趟成都吗？林之遂说，我还没请假呢，估计有困难，你只有两天时间，我来不及安排啊，林耀华说，五年了，爸爸妈妈才回来上海一次，就请一次假，也不行吗？林之遂说，好，我现在就去党委书记那里去请假，林耀华迟疑了几秒钟，改用上海方言对父亲说，我现在打的是人家电话，不好多讲，纤纤蛮好，东东出了一点事体，请爸爸关心关心，我要出一趟远门，现在不方便讲，旁边有人，你放心，到辰光我会写信给你的，成都你不要来了，本来想见个面，但是辰光来不及了，我要走了，好好照顾姆妈，啪嗒，那边电话挂了，林之遂一时怔住了，想想不对头，再把电话打过去，对方接电话的还是那个小同志，林之遂问，林耀华同志呢，请他听电话，对方小同志说，他走了。

我正穿过舱门
以最最古怪的姿势漂浮过去

今日的星辰看上去不同凡响
因为现在我正坐在密封舱里
遥远地高悬于这世界之上
行星地球如此蔚蓝
而我对它一无所为
虽然我已穿越千万
但我心中宁静安稳
你能听见我吗
你能听
而我正在四处漂浮
遥远地高悬于月球之上
行星地球如此蔚蓝
而我与它永无牵挂

  他们三个人并排坐着,紧傍三清宫遗址的墙垛背对太阳,李致行、江楚天与曹永禄,谁都不说话,累坏了,这之前,今天他们中午半路搭了一辆运木料的解放牌卡车,三包飞马和一包赣州黄花烟丝,一个半小时的车程,带他们到了玉山县跟德兴市交界处,李致行说这个交易还算公平,曹永禄认为太便宜,江楚天说,不能跟上海比,李致行说,你要给多了,江西老表反而觉得不正常,好比香港人回上海,买一只大饼三分钱,香港人觉得太便宜,非要付一角,结果会怎样?江楚天转移话题说,曹师傅觉得赣州土烟丝味道哪能,曹永禄说,蛮纯的,就是有点辣,是不是江西样样都辣,李致行说,生的烟叶就是这个味道,要晒过的,曹永禄说,你们看见过香烟会发霉,看见过香烟被虫咬吗，李致行江楚天不知道曹师傅葫芦里卖的是啥个药，都不做声，曹永禄说，香烟被虫咬，虫吃的是纸头，不是烟丝，李致行说，辣椒也没有虫子咬，因为辣，对吗，我没有研究过，曹永禄说，茄子跟番茄，不辣吧，你们谁看见过番茄茄子里面有虫子？李致行大惊，说曹师傅，你是上海老师傅，这种知识你怎么会有的？曹永禄说，这种知识没有用，知识无用晓得吧，只好当故事讲，江楚天说，我有兴趣，辣椒跟香烟啥个关系，跟番茄茄子又有啥关系，曹永禄说，它们之间只有一种关系，都是茄科植物，李致行说，辣椒辣，虫不吃，茄子番茄不辣，为啥虫不吃？曹永禄说，做牛做马，只吃草，老鼠苍蝇，样样吃，我怎么知道？李致行说，听人讲，三清山本来有几个道士蛮厉害，还隐居在山上吸风饮露，现在不知道怎么样了，江楚天说，肯定当年红卫兵捣毁三清宫，大鬼小鬼，蛇神八脚，我们还是往回走吧，李致行说，张天师不修道，牛鬼蛇神放出来了，仙气变妖气，山里的风是有点阴冷，江楚天说，洪太尉红卫兵误走妖魔，曹永禄说，我觉得也是，好像背脊中了阴气，肚皮痛，这里气息不对头，说时迟那时快，三清宫残垣断壁不知哪来了一股旋风，落叶飒飒作响，沙土滚动，两头乌鸦摆出俯冲姿势，声音喑哑边叫边从他们三人头顶飞掠而过，李致行赶紧喊，快找一些枯草树叶，烧三堆火，再下山！江楚天说，有必要吗，曹永禄说，有必要的，这是它们的地盘，牛鬼蛇神只有如来佛压得住。

四天以后的那个下午，林耀华已经坐上了从大理开往保山的长途汽车，他的目标是腾冲，准备住下了之后再做下一步打算，林耀华的计划安排得很缜密，成都向南，第一站昆明，再西行，沿路停留大理、保山最后落脚腾冲，山路崎岖，长途汽车摇摇晃晃西照阳光透过车窗玻璃，树影婆娑忽幽暗忽耀眼，林耀华闭目回想上午他还在大理三塔寺流连忘返，昨天呢，对，昆明开往大理的长途汽车，差不多走了整整一天，司机沿途加了两次油还换了一只轮胎，之间搭了两个陌生人，马上和司机混熟了，前天与大前天，林耀华住在昆明西山脚下一家紧靠公路的供销社里，可以听到早中晚一天三次拉线广播，滇池就在公路另一侧的山路后面，热乎乎的天空中水蒸气弥漫，林耀华白天睡觉，傍晚才去滇池那儿散步，那么四天前呢，林耀华像电影回放那样，他迷迷糊糊中看见自己坐上了成都开往昆明的快车，连续而漫长的火车旅程其实从南京就开始了，八天八夜，今天已经是九月九号了，不知道父亲母亲现在在干什么，他们好像从来没有家庭观念，当然他们两个人倒一直没有离开过，所谓夫妻恩爱吧，那个晚上林耀华搁下父亲电话，其实并没有立即离开，他不想让那个电话值班的小战士感到有什么蹊跷，说过会儿如果我父亲再打电话来，就说我走了，我父亲很啰嗦，老人家总是拖孩子的后腿，话音未落，父亲的电话果然打了过来，值班小战士很老练地按照林耀华意思对林之遂撒了谎，林耀华突然感觉自己的喉咙有那么一点哽咽，但马上平静下来，这时，摇摇晃晃的长途汽车停了，前面是一个公路哨卡，大概有六七辆汽车停在那儿，司机打开门，上来一个不带枪的军人，要全部乘客拿出工作证或者介绍信，林耀华看见窗外车下，还站有一个带枪的军人，以为是搜查什么人，略有一点点紧张，一个被叫醒的乘客问，发生了什么事，还荷枪实弹，那个军人很严肃地说，统统下车，听广播，检查完毕再走！

两分钟后，林耀华，还有那些周围所有不认识的人都知道了，导师今天凌晨去世了，阳光下的一团影子，林耀华恍兮惚兮，这是一个陌生的南方公路哨卡，他怎么会看见自己的影子木然站在长途汽车旁边，那个人似乎在流泪，可不是四天前的哽咽，云南烈日暴晒干枯的藤蔓，一刹那，林耀华改变计划了。

嗨嗨，谈论该结束了，你们荒废耕作有多久了，只看那头顶鸟儿的飞过，你们从不读你们必须要读的书，看上去你们好像知道所有的事，看透了一切，你们也从没有目标，高谈阔论浑浑噩噩，该结束谈论了，世界转向，看见没有，你们该醒醒了，每个人都要承担自己的义务，迟早而已！形势已发生变化，变幻莫测的可能性随时会发生，不可能的机会或许将莫名其妙地出现，不是为了你们的前途而是为了他的前途，大风暴雨来自雷电，却也润泽了大地，老天爷不管你们，连你们父母都罩不住你们，谁知道你的位置在哪儿呢，世界很难被我们理解，你们的生存事实本来就是一个奇迹，也可能是一次不幸的偶然，振作起来到明天，明天不属于那些无所预备的人，还来得及，趁着这个世界没有解散，难道还不懂吗？

一九七六年十一月中旬，英明领袖接替伟大领袖，举国欢腾，邦斯舅舅才获准回到上海，邦斯舅舅说，江青以前叫蓝苹，我读中学的辰光看过她拍的电影，印象不深了，阿诺说，我老早就晓得，我爸爸讲的，跟唐纳赵丹叶露茜他们去六和塔集体结婚，邦斯舅舅说，我不敢对你讲，传出去我要吃官司，要死了青海了，阿诺说，我晓得，邦斯舅舅说，你的同学沈灏到了上海吗，阿诺说，舅舅寻他做啥，邦斯舅舅说，沈灏写信给我，向我讨教问题，阿诺说，他怎么会有舅舅地址的，邦斯舅舅说，两年前头，你带几个同学到南市来看我，沈灏问了我地址，阿诺说，这个沈灏，背了我要舅舅地址，多少危险，舅舅你晓得吧，沈灏爸爸了酒泉卫星发射中心做工程师，国防绝密单位，人家会认为舅舅是别有用心，邦斯舅舅说，还好，我从来没有给沈灏写过回信，沈灏前前后后也只有给我写过两封信，阿诺问，沈灏有什么问题要请教舅舅呢，邦斯舅舅说，他问我野外生存知识，还有一些医学和自救方面的事，他问这个干什么？阿诺说，这个我们同学之间都晓得，沈灏想做探险家，邦斯舅舅说，抗战时期舅舅了重庆读大学，军训课有过野外生存内容，还记得一点，读了沈灏信，我当时吓一跳，以为这个沈灏要做啥危险事情，回信又不方便写，阿诺说，没事体，沈灏是空想，邦斯舅舅说，啥人不是在空想啊，阿诺说，朱莉呢，怎么没有一起过来吃夜饭？邦斯舅舅说，朱莉就在雁荡路剪头发，你爸爸姆妈啥辰光回来，我们一道吃老酒，阿诺说，舅舅想吃啥个酒，我到茅万茂去买，邦斯舅舅说，不要买，我备了两瓶酒，自己做的，不晓得你爸爸吃得惯吗，阿诺说，是青海的青稞酒吗，邦斯舅舅说，不是青稞酒，是苦艾酒，阿诺说，名字听到过，好像左拉小说里看到过，邦斯舅舅说，左拉是啥人，阿诺说，是一个法国人，邦斯舅舅说，这个酒法国人最喜欢，阿诺说,青海怎么可以做外国酒呢,邦斯舅舅说,只要原料一样,配方一样,程序一样,做出来就是苦艾酒,阿诺说,舅舅设备从哪里来的,邦斯舅舅说,你还记得陈子谟吗,阿诺说,医生,记得,邦斯舅舅说,苦艾酒是蒸馏酒,陈医生有蒸馏器,懂了吧,阿诺说,原料呢,邦斯舅舅说,苦艾就是原料,一种野生植物,我们当地叫它羊毛火绒草,阿诺说,可能我爸爸会不习惯那个味道,邦斯舅舅说,我有办法让你爸爸姆妈,还有朱莉一道喝,阿诺说,为什么,邦斯舅舅说,我会说,入冬了,这个酒对男人女人都有益,消食、暖胃、止血。

舅舅,你真了不起。

纤纤在天井里发现一只孤零零的男人球鞋。

阿诺妈妈也喝酒了,满脸绯红,搁下筷子哼吟北风那个吹雪花那个飘,阿诺说,姆妈难得的,阿诺爸爸说,这个苦艾酒不苦嘛,倒有点甜味,邦斯舅舅说,酒里摆了茴香跟肉桂,阿诺妈妈问,我面孔红不红,阿诺爸爸说,今天大家开心,唱《白毛女》做啥,哭哧乌拉,朱莉说,毓琇姐唱周璇,《玫瑰玫瑰我爱你》,邦斯舅舅说,太哆了,阿诺爸爸说,靡靡之音,朱莉说,要么《何日君再来》,阿诺爸爸说,好的,祝剑虹早日回上海,朱莉唱,好花不常开,好景不常在,愁堆解笑眉,泪洒相思带,今宵离别后,何日君再来,阿诺姆妈说,朱莉还记得介许多歌词,邦斯舅舅说,几十年没有听了,阿诺姆妈说,要是大阿哥还活着就好了,大阿哥拉京胡,我唱《苏三起解》,阿诺爸爸说，不好，又是吃官司的苦戏，朱莉说，我头有点晕，邦斯舅舅说，来个提劲的，阿诺爸爸说，那只有《码头工人之歌》，阿诺姆妈说，吃老酒唱这种歌，亏你想得出来，朱莉说，聂耳的歌其实蛮好听的，邦斯舅舅说，有了，唱聂耳，不如唱《马赛曲》，阿诺爸爸说好，邦斯舅舅起调，两个男人一起轻轻唱道：前进，前进，祖国的儿郎，那光荣的时刻已来临……

这回，林耀东真是走投无路了，在南京，冶金部江苏合金研究所的值班门卫说，林耀华出差去昆明了，具体情况不清楚，走了有一个礼拜，林耀东说，我是林耀华弟弟，能不能为我问问，林耀华临走前，可有什么信，或者什么重要东西委托他的同事交给我？值班的人说，不会吧，林耀华要是有信可以直接寄给你，为什么要等你亲自来拿呢，林耀东说，因为我哥哥知道我要来南京找他，他提前走了，现在无法联系，俩人正在啰嗦呢，有个戴鸭舌帽的人进来拿报纸，见到林耀东就说，东东啊，你怎么在这里，林耀东抬头一看，面孔好像认识的，想不起来叫什么名字，那个人说，忘了吧，我是庞志刚，林耀东说，对，有几年没见了，那个值班的人把情况对庞志刚说了，庞志刚说，是的，林耀华是有东西留在我这里，就是等他弟弟来拿，他就是林耀华的弟弟林耀东。

地图随时介入其中，懵懂探索，熟悉的环境突然变得如此陌生，自作聪明编制路线图，山路是物质的，狗吠鸟鸣属于声音，牛屎猪粪引导村庄，车轴即道路，行程就是燎泡，水比食物更加重要。

邦斯舅舅说，茶叶店的茶不要买，淮海电影院隔壁那家茶叶店，又贵又不新鲜，其实把大麦颗粒炒到有点焦，泡茶喝，也比陈茶好，沈灏说，上海哪里去找大麦，邦斯舅舅说，小竹叶，车前草，白三叶草，蒲公英，都可以，阿诺说，我只认得蒲公英，邦斯舅舅说，用蒲公英顶好用它的根，洗干净，切碎，炒到半焦，泡出来的就是茶水，沈灏说，一个人在野外，有水喝就可以了，邦斯舅舅说，你们的野外生活是玩，自己做茶也是玩，真正的野外生存是野外工作，是战争，是逃亡，不是寻开心的，性命交关的大事体，沈灏说，野外生存最重要晓得哪些知识？邦斯舅舅说，比方逃亡，躲在城市里，首先是伪装，住宿，还有钞票，如果逃到乡下，或者深山老林，这个就复杂了，做啥？问这个问题，想做犯法事体，准备逃，现在想也不要想，天罗地网，阿诺说，沈灏讲的野外生活当然是白相的，沈灏说，四舅舅，我的意思就是讲，白相要有专业态度，邦斯舅舅说，首先需要有一张地图，最好自己绘制一张，听清楚啊，不是画一张地图，是绘制，画图是艺术，绘制地图是科学，沈灏说，我跟阿诺从小就欢喜自己画地图，邦斯舅舅说，自己绘制地图，方位不重要，距离也不重要，这个可以让指南针去解决，阿诺问，啥个算重要呢，邦斯舅舅说，比方河流，房子，水井，你觉得重要的设施，障碍物，通道，捷径，隐蔽地点，内容是各色各样的，阿诺说，四舅舅讲的地图，像特工潜伏特务的地图，邦斯舅舅说，我大学学过的，没有用过，沈灏说，四舅舅有空写下来,我要研究研究,邦斯舅舅说,害我啊,写一本特务手册,教唆犯的罪名,阿诺说,假使手边没有指南针,迷了路哪能办?邦斯舅舅说,那你必须有一只机械手表,不可以既没有指南针,又没有手表,沈灏说,手表可以代替指南针?邦斯舅舅说,我现在没有戴手表,你们谁把手表给我,再给我一根火柴棒,我就能找到正北方向。

一九七六年九月林耀东致阿诺的信,邮戳浙江富阳,没有具体日期与落款:

阿诺,我现在人在桐庐,马上就要离开,我没有事,你看过这封信就烧掉,把下面这个地址抄下来,藏好,以后可以通过这个地址联系我,你借我三十元钱,交给这个地址的阿康,不需要对他讲什么,林林不知道我的事,如果他见到你,不要说我去了哪里,纤纤你要照顾好,谢谢了,我最近出了麻烦,是他们弄错了,讲不清,干脆躲一躲,以后可能会被厂里开除,反正就这样了,顶多去阿爸姆妈那里,去四川,就不容易见到你了,前几天我去了宣城军天湖农场,我一个在黄山茶林场同学给我开的介绍信,他现在是武装部的连长,认识军天湖劳改农场的副场长,本来以为那里比较安全,现在也不行了,不知道外面出了什么事情,出入军天湖劳改农场的路都被封锁了,副场长来接,路上吃了点东西,有便车载我去了泾县住了一晚,第二天下午到太平,进入黄山风景区,脚都起了泡,想起沈灏这小子,整天想一个人出去流浪,黄山风景好,没有心思欣赏,从太平走到汤口,走了一天,除了农民，只看到一个游人，可能是游人，我猜的，因为他在拍照，我们擦肩而过，出门在外多日，看到一个人都不打招呼，可想而知，你多多保重，告诉纤纤，最近好像有什么事情，让她待在家里，崇明能够不去就不去，太平第一，我现在深有体会。

马立克仍在睡觉，贺子蓝一个人在听磁带，缓慢沙哑受创的女声：

女人生来就是要哭泣，烦恼
待在家里，照顾炉灶
以咖啡与香烟
浸泡她的伤情过去
等待我的宝贝
可能的来访
让我抓狂

果品杂货仓库现在是一派狼藉工地，脚手架围困了巍峨钟楼死气沉沉，铁梯新刷了柏油，被隔断的敞廊堆满弧形瓦片，高墙阴影覆盖那片小小菜地，曾经的栏杆与平台都用石灰水涂过，房柱，竖窗，阁楼，橱柜，穹顶，长椅，楼梯，门洞，空空荡荡的神龛被浮尘遮掩，想象中的彩色玻璃，想象中的管风琴和想象中的十字架，一只苍蝇停在灰绿色的走廊墙上，走近看，隐隐约约可以辨认出一句用法语写下的潦草字迹：我将在尘世找到我的天堂。

阿诺睡着了，朦胧中响起一首嘹亮的歌，整齐的队鼓声由远而近：
>我们新中国的儿童
>我们新少年的先锋
>团结起来继承着我们的父兄
>不怕艰难不怕担子重
>……

阿诺睡着了，他梦见了马思聪。

责任编辑∷樊晓哲
设计∷刘　静

ISBN 978-7-02-011806-9

定价：48.00元